DEAD SPACE

THE MARTYR

데드 스페이스
| 순교자 |

브라이언 에븐슨 지음 / 정호운 옮김

제우미디어

데드 스페이스 : 순교자

초판 1쇄 | 2012년 8월 20일
2판 7쇄 | 2016년 10월 4일

지은이 | 브라이언 에븐슨
옮긴이 | 정호운
펴낸이 | 서인석
펴낸곳 | 제우미디어
출판등록 | 제 3-429호
등록일자 | 1992년 8월 17일
주소 | 서울시 마포구 상수동 324-1 한주빌딩 5층
전화 | 02-3142-6845
팩스 | 02-3142-0075
홈페이지 | www.jeumedia.com

ISBN | 978-89-5952-266-8
※파본은 본사나 구입하신 서점에서 교환해 드립니다.

제우미디어 소설 공식 카페 | cafe.naver.com/jeunovels
제우미디어 페이스북 | www.facebook.com/jeumedia

만든 사람들
출판사업부 총괄 손대현 | **책임 편집** 하일구 | **기획** 전태준, 김용진 | **디자인** 더더디자인
제작 김금남 | **영업** 김응현, 김소영, 김영욱, 신한길
도와주신 분 김준영

프롤로그

괴물이 달려들자 사내는 옆으로 몸을 날렸다. 놈은 요란한 소리와 함께 원형 밀실의 벽면을 우그러뜨렸다. 사내는 온몸을 파고드는 고통을 억누르면서 가까스로 몸을 일으켜 반대편 벽면으로 절뚝절뚝 걸어갔다.

괴물은 사내보다 몸집이 두 배는 더 컸다. 놈은 키틴질로 덮인 우둘투둘한 양팔을 바닥에 딛고 다리를 뒤로 돌려 방향을 틀더니 무시무시한 속도를 내며 앞으로 달려들었다.

사내는 놈이 몸을 돌린 다음 방향감각을 되찾고 바닥을 울리며 돌진하는 모습을 침착하게 지켜보았다.

사내는 아슬아슬한 순간까지 기다렸다가 또다시 옆으로 몸을 피했지만, 놈의 가시에 걸려 팔이 찢어지고 말았다. 괴물은 짜증과 분노가 뒤섞인 괴성을 내지르며 사내를 찾으려고 크게 몸을 돌렸다. 놈이 목표물을 포착했을 즈음 사내는 힘 닿는 데까지 멀리 달아나 밀실 반대편에 서 있었다.

'자, 이제 내 차례다.'

사내는 피가 철철 흐르는 팔을 움켜잡으며 속으로 중얼거렸다.

괴물이 다시 돌진해오자, 이번에는 옆으로 몸을 피하지 않고 놈의 양팔 사이로 몸을 날려 연약한 복부 아래로 미끄러져 들어갔다. 사내는 칼을 뽑아 놈의 썩어문드러진 살점을 있는 힘껏 찢어발기고는 벌떡 일어나 허겁지겁 달아났다.

그러나 괴물은 거리를 벌릴 틈도 주지 않고 사내의 발을 낚아채서는 인형처럼 휘둘러 내동댕이쳤다. 사내는 바닥에서 일어나려 했지만 몸이 말을 듣지 않았다. 벽에 부딪히는 순간 숨이 멎을 듯한 통증이 온몸을 덮쳤다. 등뼈가 부러진 것 같았다.

사내는 이번에도 괴물이 이리로 달려들겠거니 하고 생각했다. 하지만 괴물은 느굿하고 호기심 섞인 몸짓으로 사내를 향해 다가갔다. 놈이 가까이 다가올수록 사내는 점점 공포에 사로잡혀갔다.

혐오스럽게 생긴 괴물이 사내에게 그림자를 드리웠다. 놈이 온몸을 거칠게 들이받자 사내는 벽에 부딪혀 나가떨어졌다. 이러다 정신을 잃겠다는 생각이 머릿속을 스치는 찰나, 갑자기 방금 전까지만 해도 없던 긴장감과 먹먹함이 밀실에 감돌았다.

괴물은 사내를 허공에 들어 올리고 또다시 괴성을 내질렀다. 그리고는 사내를 잡고 마구 흔들다가 머리부터 아가리에 처넣었다.

잠시 뒤 괴물은 사내의 몸을 반으로 찢어버렸다. 얼마 가지 않아 사내는 숨이 끊어졌다.

1부

푸에르토 칙술루브

1

    동이 트기 직전, 차바는 평소보다 일찍 잠자리에서 일어났다. 어머니와 여동생은 아직 잠들어 있었다. 아버지는 또 어디론가 훌쩍 여행을 떠났다. 어디 가느냐고 물어보면 늘 대답을 얼버무리던 아버지였기에 앞으로는 괜히 캐묻지 말자고 생각하던 참이었다. 차바는 곤히 자는 여동생을 깨우지 않으려고 조심스레 국자로 양동이에 든 물을 떠마셨다. 그리고는 대야에 물을 부어 세수를 하고 손과 팔을 씻은 뒤 조용히 흙바닥에 물을 따라버렸다.

    그래도 졸음이 가시지 않았다. 차바는 들릴까 말까한 신음을 내며 자꾸 뒤척거리는 여동생을 바라보았다. 왜 차바만 이렇게 일찍 깼을까? 소름끼치는 꿈 때문이었다. 꿈속에서 뭔가가 뒤를 쫓아왔다. 살았으면서도 죽은 것처럼 보이는 이상한 괴물이 다리를 절고 몸을 움찔거리며 쫓아왔다. 차바는 어떻게 살아있는 동시에 죽은 것처럼 보이는 것이 있는지 신기하게 여기며 고개를 저었다.

    차바는 주섬주섬 옷을 걸치고는 임시 대문으로 쓰는 알루미늄 철판을 살짝 닫고서 판잣집을 나섰다. 밖으로 나오자 코끝에서 느껴지는 짭조름한 냄새와 함께 몇 백 미터 앞에서 철썩이는 잿빛 파도가 보였다. 썰물 때라 파도 소리조차 들리지 않을 정도로 물결이 잔잔했다.

    차바의 머릿속에서는 속삭이는 듯한 소리가 계속 맴돌았다. 하지만 알아듣지 못하는 말인 데다 너무 낮게 읊조리는 나머지 말의 맺고 끊음을 가려내기도 힘들었다. 소리를 떨쳐버리려고 애를 썼지만 조금 잦아들기만 할 뿐 사라지지는 않았다. 그 소리는 머릿속 깊숙한 곳에 숨어서 끈질기게 차바를 괴롭혔다.

    불현듯 꿈에서 보았던 광경이 눈앞에 펼쳐졌다. 차바는 어른보다 조금 더 큰 괴물의 등을 바라보고 있었다. 꿈속에서 처음 보았을 때는 사람인 줄 알았다. 하지만 뒤돌아서는 괴물의 얼굴에는 아래턱이 온데간데없었다. 양팔도 어딘가 이상했지만 꿈결인 탓에 정확한 모습은 기억나지 않았다. 괴물은 생선 눈알처럼 차갑고 흐리멍덩한 눈빛으로 차바를 쳐다보았다. 그리고는 날카로운 숨소리를 내며 단숨에 달려들어, 성한 이빨 하나 없이 침이 질질 흐르는 위턱으로 차바의 목을 덮쳤다.

차바는 몽롱한 머릿속을 좀처럼 떠나지 않는 뒤숭숭한 꿈을 잊으려고 애쓰며 이리저리 돌아다니다 정신을 차려보니 어느새 바닷가에 다다라 있었다. 오른편 먼발치에서 어부 두세 명이 파도를 맞으며 뭔가를 끌어당기고 있었다. 보나마나 또 기름내가 나는 기형 물고기를 잡았겠지. 그런 생선은 목구멍으로 넘기기도 고역이었다. 이제는 물고기조차 안심하고 잡지 못했다. 이곳의 바다는 오염으로 조금씩 죽어갔으며 비슷한 문제가 내륙으로도 번져나갔다.

몇 년 전만 해도 잘 자라던 농작물이 지금은 싹도 틔우지 못하거나 싹이 나더라도 시들시들하기 일쑤였다. 이제 안전한 먹을거리라고는 거대기업 관리하의 청정 환경에서 재배하여 소수의 사람들만 사 먹는 특허작물뿐이었다. 차바는 아버지가 화를 내며 했던 말이 생각났다. 아버지는 다들 세상을 파괴하지 못해 안달 난 현실 속에 남은 선택권이라고는 몸에 해로운 음식을 먹으면서 천천히 죽어가든가, 아니면 감당할 형편이 되지 않는 값비싼 음식을 사먹으면서 빈털터리가 되든가 둘 중 하나뿐이라며 한숨을 쉬었다.

막 어부들이 있는 곳으로 걸어가려는데 뭔가가 차바의 발길을 천천히 돌려세웠다. 차바는 발길이 끊어진 반대편 해변으로 내려갔다. 아무도 없을 줄 알았던 그곳에는 뭔가가 파도를 맞으며 철벅거리고 있었다.

처음에는 물고기이겠거니 하고 생각했는데 가까이서 보니 물고기치고는 너무 큰 데다 모양도 어딘가 이상했다. 혹시 물에 빠져죽은 사람인가? 하지만 그것이 파도에 뒤집힌 순간 차바는 자신이 잘못 짚었음을 알아차렸다. 단단히 잘못 짚었다.

차바는 등골이 서늘해지기 시작했다. 머릿속을 차지하고 점점 크게 울리는 불쾌한 속삭임을 애써 무시하며, 차바는 그것을 향해 발을 내딛었다.

2

마이클 알트만은 눈을 비비며 홀로그램 화면에서 눈을 돌렸다. 알트만은 선명한 청록색 눈동자에 옆머리가 희끗해지기 시작한 사십대 초반의 키가 훤칠한 남자였다. 평소 같았으면 눈에서 예리하고 지적인 눈빛이 번득였겠지만, 오늘은 다소 초췌하고 피로해 보였다. 온갖 시체와 유혈이 낭자하고 피비린내 나는 악몽에 밤잠을 설친 탓이었다. 조금도 기억하고 싶지 않은 그런 꿈이었다.

"거 이상하구만."

알트만과 같은 연구소에 근무하는 지구물리학자 제임스 필드가 말했다. 필드는 삐걱거리는 의자 등받이에 몸을 기대고는 뭉툭한 손가락으로 대머리가 되어가는 백발을 쓸어넘기며 맞은편에 있는 알트만에게 고개를 돌렸다.

"알트만, 자네도 같은 수치가 나오나?"

"무슨 수치 말인가요?"

필드는 홀로그램 화면에 사본을 띄워 알트만 쪽으로 돌렸다. 칙술루브 분화구의 직경 170킬로미터를 나타낸 부게르/살보 중력지도였다. 칙술루브는 6천5백만 년 전 지름 10킬로미터에 달하는 운석이 지구에 충돌해서 생긴 분화구였다.

제임스 필드는 국영 기업인 중미 지구 자원공사(Central American Sector Resource Corporation, CASRC)에서 거의 평생을 분화구 정밀지도 제작에 몸담아 온 오십대 후반의 남자였다. 그는 주로 주요 광물자원이 밀집되어 있어서 채광이 신속하게 이루어질 것으로 예상되는 소광맥을 찾아 열곡 경계선상에 있는 내륙을 조사했다. 하지만 이런 작업이 이미 수백 년째 되풀이되어 왔다는 사실인즉, 이곳은 자원 위기가 있기 이전의 사람들이 거들떠보지 않았을 정도로 광물 부존량이 적은 곳임을 뜻했다. 필드가 하는 일은 지구물리학자 노릇을 하면서 회계사 업무를 보는 것 마냥 더디고 지루한 일이었다. 하지만 그는 신입인 알트만에 관해 알고 싶어 하기보다는 오히려 그 따분한 일에 더 열중하는 듯했다.

그런 필드와 반대로 알트만은 칙술루브로 발령된 지 1년밖에 되지 않았다. 그의 애인인 에이다 코르테스는 후원받는 연구비로 유카테크족¹⁾의 설화와 전설이 현대에 미치는 영향에 관해 연구하는 인류학자였는데, 알트만은 후원금을 조금이라도 더 타게 해주려고 남몰래 뒷줄을 써서 멕시코로 전근을 오게 된 참이었다. 위성 촬영과 수중 탐사에서 나온 자료를 토대로 해저 분화구의 단면도를 작성함으로써 해저 700미터 지점의 지질 구조도를 작성하는 것이 그의 일이다. 말로는 철저히 과학에 입각한 탐사 계획이라지만, 그는 자신이 정보를 수집하는 족족 대학에서 채굴회사에 팔아넘기리라는 사실을 뻔히 알고 있었다. 그는 그 점에 관해서는 되도록 생각하지 않으려고 애썼다. 진척이 더디고 일하는 보람도 없지만, 그래도 필드가 맡은 업무보다는 뜻있는 일이라고 생각하며 위안으로 삼았다.

알트만은 필드가 돌린 홀로그램 화면을 자세히 들여다보았다. 그가 보기에 중력 수치는 여느 때와 다름없이 정상이었다.

"아무 이상 없는데요?"

알트만의 대답에 필드는 이마를 주름지었다.

"자네가 신참이라는 사실을 깜박했구만. 가운데를 확대해주지."

분화구의 중심부는 필드와 알트만이 있는 연구소에서 대략 10킬로미터 떨어진 심해에 있었다. 알트만은 실눈을 뜨고 화면에 고개를 기울였다. 분화구 중심부의 어두운 부분에서 중력 이상이 탐지되었다.

"이건 같은 지역에서 기록한 한 달 전 수치라네. 차이점을 좀 알겠나?"

필드는 다른 기록을 띄웠다. 그 기록에는 중심부의 검은 부분이 없었다. 알트만은 처음에 봤던 기록을 다시 확인했다. 중심부를 제외한 다른 지점의 수치는 똑같았다.

"이게 어떻게 된 일이죠?"

---

1) 유카탄 반도에 사는 마야족의 한 종족.

"자네가 봐도 이상하지? 이렇게 갑자기 변할 리가 없는데 말이야."

"단순한 장비 고장 아닐까요?"

"내가 여기서 근무한 지가 하루 이틀인 줄 아나?"

필드가 받아쳤다.

"장비 고장인지 아닌지는 척 보면 알아. 그런데 이건 아냐. 위성 영상하고 수중 촬영 둘 다에서 이상이 감지됐는데 단순 고장일 리가 없지."

"뭔가 원인이 있을 겁니다. 화산 분출 때문은 아닐까요?"

필드는 고개를 저었다.

"그렇다고 해도 이런 이상현상이 생기지는 않네. 게다가 화산 폭발 같았으면 다른 장비에서도 잡아냈겠지. 거참 앞뒤가 안 맞는군. 뭔가 심상찮은데."

필드는 그렇게 말하며 벌써 전화기에 손을 뻗고 있었다.

3

차바는 가까이 다가설수록 불안한 맘이 들었다. 그것은 물고기는커녕 물고기와 닮은 구석이 하나도 없었다. 바다거북도 아니고, 돌고래나 재규어도 아니었다. 그렇다면 원숭이가 아닐까 싶었지만 원숭이 치고는 덩치가 너무 컸다. 차바는 성호를 긋고는 두 손가락을 겹쳐 보호를 나타내는 손짓을 만들고서 꿋꿋이 앞으로 걸어갔다.

생김새가 뚜렷이 보이기도 전에 그것이 내는 씨근덕거리는 숨소리부터 들려왔다. 마치 뭔가 목에 걸려서 게워내려는 것처럼 컥컥거리는 소리였다. 파도가 덮쳐와 물보라가 일면서 거친 숨소리가 잠시 멈췄다. 이내 파도가 잦아들자 축축한 모래 위에서 숨을 헐떡이는 괴생명체의 모습이 다시 드러났다. 놈은 몸뚱어리를 틀어 대가리처럼 생긴 부분을 차바를 향해 돌렸다.

꿈에 나왔던 괴물과 비슷했지만 꿈에서 본 것보다 훨씬 더 끔찍했다. 괴물은 꼭 한 때는 사람이었을 법한 몰골을 하고 있었다. 목은 살점이 떨어져 나가 너덜너덜 했으며 그 아래로 비치는, 허연 반점으로 뒤덮인 시뻘건 속살에서는 진물이 질질 흘러내렸다. 눈이 있을 자리는 눈구멍만 뻥 뚫린 채 핏줄선 불투명한 막으로 덮여 있었고, 턱뼈가 있어야 할 자리에는 덜렁거리는 살갗과 뻥 뚫린 목구멍만 남아 있었다. 목구멍에서 새어나오는 씩씩거리는 숨소리와 매캐한 악취에 차바는 저절로 기침이 나왔다.

괴물이 몸을 웅크렸다. 손가락 사이의 물갈퀴와 팔꿈치와 엉덩이 사이에 들러붙은 가죽처럼 얇은 피막이 드러났다. 놈은 몸을 일으키려고 비척거리다가 도로 축축한 모래 위로 고꾸라졌다. 놈의 등에는 차바의 주먹보다 크고 시뻘건 살덩어리가 두 개 붙어 있었는데, 갈수록 크게 부풀고 있었다.

'성모 마리아시여…….'

차바는 속으로 되뇌었다.

등덜미에 달린 혹이 씰룩거리자 괴물은 신음 소리를 내뱉었다. 팔뼈가 으스러지고 뒤틀리기 시작하면서 놈은 더욱 더 흉물스럽게 변해갔다. 괴물은 기침을 하면서 아래턱 자리에 뚫린 목구멍에서 희멀건 액체 한 가닥을 길게 뱉어냈다. 뼈가 부러지는 요란한 소리와 함께 등덜미가 갈라지더니, 찢어진 틈에서 회색 다공질 기낭이 피를 뿜어내며 솟아나와 부풀었다가 쭈그러들기를 되풀이했다.

차바는 자리에 온몸이 얼어붙고 말았다. 괴물은 갑자기 대가리를 돌리고는 텅 빈 동공으로 이쪽을 쳐다보았다. 근육이 조여들면서 쩍 벌어진 목구멍의 힘줄이 뒤로 당겨져 올라가자, 놈의 면상이 억지로 웃는 듯한 표정으로 변했다.

차바는 돌아서서 뒤도 돌아보지 않고 달아났다.

4

몇 분 뒤 필드는 인근에 근무하는 지구물리학자인 라미레스와 쇼월터에게 이 사실을 전했다. 그쪽에서도 이상 수치를 확인했다고 전해왔다. 그렇다면 단순한 기기 고장이 아니다. 분화구 중심부에서 뭔가가 변한 것이다.

"대체 원인이 뭘까요?"

알트만의 물음에 필드가 고개를 저었다.

"난들 알겠나? 쇼월터 말로는 지진 활동이 감지기가 설치된 곳에만 집중되면서 일어난 현상 같다던데, 그러면서도 정작 자기는 잘 모르겠다고 얼버무리는 눈치였네. 라미레스는 우리랑 똑같이 갈피를 못 잡고 있고. 몇몇 다른 관계자한테도 얘기해 봤는데 마찬가지로 그쪽도 영문을 모른다더군. 다들 원인은커녕 어떻게 된 일인지도 모르는 상황일세."

"그럼 우리는 어떡하죠?"

필드는 어깨를 으쓱이고는 잠시 생각을 해보다가 천천히 입을 뗐다.

"난들 알겠나."

그는 벗겨져가는 머리를 쓸어넘기며 한참을 멍하니 앞만 바라보다 결정을 내렸다.

"우리가 더 손대서 좋을 일은 없잖나. 자원공사에 보고부터 올린 다음 그쪽에서 시키는 대로 해야겠지. 나중에 지시가 내려올 때까지 일단은 기다려볼 생각일세."

필드는 한숨을 내쉬며 화면으로 고개를 돌렸다. 알트만은 어처구니가 없다는 눈빛으로 그를 쳐다보았다.

"김새게 왜 그러세요? 한 번 덤벼볼 구미가 당기는 일이잖습니까?"

"뭐?"

필드가 도로 돌아앉으며 말했다.

"당연히 구미야 당기네만 나로서는 어떻게 손쓸 도리가 없잖나. 정작 알아보려고 했더니 다들 갈팡질팡하기는 매한가지고 말이야."

"그러고만 끝내실 건가요? 그냥 나 몰라라 하는 꼴이잖습니까?"

"입조심하게!"

필드가 살짝 언성을 높였다.

"내 자원공사에 보고를 올리겠다고 했잖나. 장담컨대 그쪽도 생각이 있겠지. 그렇게 하는 편이 최선일세."

"그럼, 보고서가 본사로 올라가기까지 몇 주, 누가 보고서를 읽고 조치를 취하기까지 또 몇 주가 지나는 동안 손가락만 빨면서 기다리겠단 말입니까? 그동안은 어쩌시려고요? 하릴없이 수치 기록이나 붙들고 있을 겁니까? 언제부터 그렇게 규정에 목매셨다고요."

필드의 얼굴이 흙빛이 되었다.

"규정을 준수하는데 설마 잘못되겠나. 난 맡은 바 책임을 다할 뿐일세."

"이건 예삿일이 아닙니다. 이런 일은 전례가 없다고 선배님 입으로 분명히 그러셨잖아요? 그렇담 직접 나서서 파헤쳐봐야죠!"

필드는 손을 부들부들 떨며 알트만에게 삿대질했다.

"어디 자네 좋을 대로 해보게."

그가 낮고 떨리는 목소리로 말했다.

"가서 고삐 풀린 망아지마냥 맘대로 들쑤시고 다녀보란 말이야. 이건 예삿일이 아닌 만큼 신중하게 처리해야 하네. 나는 내식대로 할 테니 그리 알게."

알트만은 이를 악물고 뒤로 돌아서며 다짐했다.

'죽는 한이 있어도 어떻게 된 일인지 반드시 알아내고 말겠어.'

몇 시간이 지난 뒤에도 알트만은 필드에 비해 별다른 소득을 얻지 못했다. 그는 칙술루브 인근의 과학자들에게 빠짐없이 전화를 돌렸으나 분화구에 흥미를 보이는 사람은 한 명도 없었다. 그는 노력이 허사로 돌아갈 때마다 수화기 반대편에 있는 사람에게 혹시 그밖에 알 만한 사람은 없느냐고 물어 다른 연락처를 알아낸 뒤 다시 전화를 시도했다.

오후 5시를 15분 앞둔 무렵에는 전화할 연락처마저 바닥났지만 상황은 여전히 제자리걸음이었다. 그는 수치를 재차 확인하며 동료들이 보내준 자료와 견주어보았다. 틀림없는 중력 이상이다. 뭔가가 전자기장의 흐름까지 바꿔놓았지만 현재로서 알아낸 사실은 고작 그뿐이었다.

필드는 오후 5시면 칼같이 퇴근하는 공무원마냥 자료를 전송하고 짐을 챙기기 시작했다.

"벌써 가시게요?"

필드는 히죽 웃으며 뱃살이 출렁거리는 몸을 자리에서 일으켰다.

"오늘 일과는 끝났으니 그만 가봐야지. 여기서 계속 죽친다고 초과수당이 나오는 것도 아니잖나."

필드는 그렇게 말하고는 문을 나섰다.

알트만은 연구소에서 몇 시간을 더 보내면서 자료와 수치를 거듭 살펴보았다. 이런 현상이 분화구나 여타 유사한 장소에서 일어난 사례는 없는지 찾으며 과거 20세기에 기록된 자료까지 샅샅이 뒤져보았지만 전혀 짚이는 데가 없었다.

그도 그만 털고 일어나 문을 나서려는데 전화가 울렸다.

"알트만 박사님 계십니까?"

"접니다."

"분화구에 관해 수소문하고 계신다고 들었습니다."

수화기 반대편의 목소리가 말했다.

"맞습니다. 분화구에서 이상 현상이 생겨서……."

"전화로 얘기하기는 어렵습니다."

목소리가 숨죽여 속삭였다.

"벌써 소문을 너무 많이 흘리고 다니셨습니다. 8시에 부둣가 선술집에서 봅시다. 어딘지 아십니까?"

"그야 알지요. 그런데 누구십니까?"

하지만 전화는 이미 끊어진 뒤였다.

5

차바가 어머니와 몇몇 판자촌 사람들을 데리고 돌아온 사이에 괴물은 또다시 변해 있었다. 등덜미에 솟아난 축축한 회색 기낭은 더 커져서 이제 완전히 부풀면 거의 어른 키와 맞먹을 정도였다. 어째서인지 팔다리가 서로 맞붙어 합쳐졌으며, 살점이 너덜너덜하던 목이 지금은 속에서 개미가 버글거리는 것처럼 보였다.

매캐하고 누르스름한 공기가 놈의 주위를 감쌌다. 마치 짙은 안개처럼 드리워서 가까이 다가서면 숨을 쉬기 어려울 지경이었다. 몸집은 작지만 점잖게 생긴 술주정뱅이 영감이 안개 속으로 어슬렁거리며 들어가더니 이내 쿨럭거리며 비틀거리다 바닥에 쓰러졌다. 옆에 있던 동네 사람 둘이 다리로 그를 끌어내 뺨을 두드리기 시작했다.

차바는 주정뱅이 영감이 정신을 되찾고는 더듬더듬 술병을 찾아들고 괴물을 노려보는 모습을 지켜보았다.

"도대체 저게 뭐죠?"

차바가 어머니에게 물었다.

차바의 어머니는 괴물을 지켜보며 숨죽인 목소리로 이웃 사람들과 말을 주고받았다. 차바는 어른들이 뭐라고 말씀하는지 다는 알아듣지 못했지만 '이시탑, 이시탑' 하고 되풀이되는 이름은 똑똑히 들었다. 의논이 끝나자 어머니는 차바에게 돌아섰다.

"이시탑이 누구예요?"

차바가 초조한 목소리로 물었다.

"어서 가서 브루하[1] 할머니를 모셔오렴."

차바의 어머니가 말했다.

"그분이라면 어떡해야 하는지 아실 거야."

차바가 찾아갔을 무렵 브루하는 벌써 해변으로 걸어오는 중이었다. 노파는 지팡이에 몸을 기대고 느릿느릿 걸음을 뗐다. 노쇠한 탓에 머리칼이 거의 다 빠졌으며 얼굴에는 주름이 자글자글했다. 일전에 차바는 브루하가 오랜 과거 스페인 군대가 마야인들을 학살했던 시절부터 살아온 어르신이라는 어머니의 말을 들었는데, 언젠가 이런 이야기도 들은 적이 있었다.

"그분은 잃어버린 역사책과도 같은 분이시지. 사람들이 오래 전에 잊은 것들을 훤히 알고 계신단다."

브루하는 어깨에 보따리를 메고 있었다. 차바는 괴물에 대해 설명하려고 입을 열었지만 노파는 손가락을 들어 입을 가로막았다.

"알고 있느니라. 짐작보다 늦었구나."

차바는 브루하의 팔을 붙들고 걸음을 부축했다. 다른 판자촌 사람들도 해변으로 몰려들고 있었는데, 꼭 최면에 걸린 듯한 이들도 있었다. 눈물을 흘리는 사람이 있는가 하면 달음박질하는 사람도 있었다.

"그런데 이시탑이 누구예요?"

차바가 불쑥 물었다.

"아, 이시탑 말이더냐."

브루하는 걸음을 멈추고 차바와 얼굴을 마주보았다.

---

1) bruja. 스페인어로 마녀.

"이시탑은 여신이니라. 밧줄의 여인이지. 나무에 밧줄로 목을 매어 두 눈이 죽음으로 감기고 몸은 반쯤 썩어가는 몰골을 하고 있지만 그래도 어엿한 여신인 게야."

"여신인데 죽었다고요?"

"자살의 여신이니 말이다."

브루하가 생각에 젖어 말했다.

"목을 매단 종말의 여신이지. 그래서 원인 모를 죽음을 맞이한 자들을 거두어 들이니라."

브루하는 차바를 뚫어져라 쳐다보았다.

"인정머리라고는 조금도 없는 여신이지."

차바는 고개를 끄덕였다.

"애야, 어젯밤에 악몽을 꾸었더냐?"

차바는 말없이 고개를 끄덕였다.

"어떤 꿈이었는지 얘기해다오."

브루하는 차바가 두서없이 늘어놓는 꿈속 이야기에 귀를 기울였다. 그리고는 사람들이 앞다투어 달려가는 곳을 향해 손짓했다. 이상한 괴물 주변에는 사람들이 벌써 구름처럼 몰려 있었다.

"저 사람들도 마찬가지니라. 다들 같은 꿈을 꾼 게야."

"그 꿈은 무슨 뜻일까요?"

"보고도 모르겠더냐?"

브루하는 차바에게 되물으며 떨리는 손으로 앞에 있는 괴물을 가리켰다. 괴물의 등에 돋아난 기낭은 이제 어른 둘을 합친 크기로 부풀어 있었으며 주위에 안개처럼 드리운 독가스도 점점 멀리 퍼져나가고 있었다.

"무슨 뜻인지 눈앞에 답이 있잖느냐."

"우리가 꿈에서 본 괴물을 정말로 만들어냈단 말예요?"

차바가 깜짝 놀라 물었다.

브루하는 이가 다 빠져 오물거리는 입으로 피식 웃고는 깔깔거리며 웃음을 터뜨렸다.

"너한테 그만한 힘이 있을 성 싶더냐?"

브루하는 발을 질질 끌며 다시 앞으로 걸어가기 시작했다.

"아니면 우리한테 그만한 힘이 있다고 착각하는 게냐? 어림없는 소리지. 우리 힘으로는 이런 일을 일으키지 못하느니라. 그 꿈은 예지몽인 게야."

"예지몽이요?"

"뭔가가 단단히 잘못됐다고 귀띔해주는 꿈인 게지. 이제 틀어진 것을 바로잡아야 하느니라."

두 사람이 한동안 말없이 모래사장을 가로질러가는 사이 브루하는 점점 숨이 무거워졌다. 괴물이 내는 날카로운 숨소리는 어느새 파도가 부서지는 소리보다 더 커져서 아직 먼발치인데도 그 소리가 차바의 귓가에 들려왔다.

"이제 좀 잠에서 깼느냐?"

브루하가 물었다.

"무슨 말씀이세요?"

차바는 겁에 질린 목소리로 대답했다.

"옳지, 목소리를 들어보니 다 깼나 보구나. 이제 몸을 사리는 편이 좋을 게다. 네가 놈을 처음 봤다는 말인즉 네가 나서야 한다는 얘기니 말이다. '칙술루브'라는 말이 무슨 뜻인지 아느냐?"

차바가 고개를 가로젓자 브루하가 나무랐다.

"네 녀석은 평생을 이 동네에서 나고 자랐으면서 어찌 여태껏 자기가 사는 곳의 이름 뜻도 모르는 게냐?"

차바는 잠시 말이 없다가 다시 물었다.

"그럼 안 돼요?"

브루하는 끌끌 혀를 차고는 아무 말도 하지 않았다. 대답할 가치조차 없는 질문을 던진 모양이었다.

"칙술루브가 무슨 뜻인데 그래요?"

차바는 잠시 뒤 다시 물음을 던졌다.

브루하는 잠깐 걸음을 멈추고 지팡이 끄트머리로 모래에 그림을 끼적거렸다. 두 선이 서로 꼬인 모양을 한 그림이었다.

차바는 손가락을 겹쳐서 어릴 적에 배웠던 보호를 나타내는 손짓을 만들어 그림을 따라해 보았다. 브루하가 말없이 고개를 끄덕였다.

"이게 무슨 뜻이죠?"

브루하는 묵묵부답이었다. 그러다 느닷없이 이가 없는 입을 크게 벌리자, 순간 해변에서 봤던 턱이 없는 괴물의 목구멍과 소름끼칠 만큼 닮아 보였다.

"악마의 꼬리라는 뜻이니라."

브루하가 대답했다.

"악마가 잠에서 깨어나 꼬리를 흔들어대기 시작한 게지. 행여나 악마를 달래어 도로 잠재우지 못하면 그날로 세상은 종말을 맞이할 게야."

6

알트만은 굳이 가볼 것도 없다고 생각했다. 누가 그를 골려주려고 꾸민 유치한 장난일지도 모르니까. 그렇게 열심히 소문을 퍼뜨리고 다녔으니 누군가 나서서 그를 웃음거리로 만드는 일이야 불을 보듯 뻔했다. 나중에는 누가 자신의 뒤를 캐거나 함정에 빠뜨리려는 음모가 아닐까 하는 생각마저 들었다. 이번 일은 이성적이고 과학적으로 접근해야 하는 문제였다. 그래서 바에 들리지 않고 곧장 집으로 돌아갔다.

집에 가보니 에이다가 먼저 와 있었다. 그녀는 탁자 의자에 등을 기대고서 졸고 있었는데, 귀 뒤에 붙은 길고 검은 머리칼이 어깨를 타고 아래로 치렁치렁 흘러내렸다. 알트만은 목에 입을 맞춰 에이다를 깨웠다.

에이다는 웃음을 지으며 검은 눈동자를 반짝였다.

"오늘은 왜 이리 늦었어, 자기. 설마 바람피우고 돌아다니는 건 아니겠지?"

에이다는 장난삼아 알트만을 떠보았다.

"그러는 당신이 더 피곤해 보이면서 무슨 소리야."

알트만이 심드렁하게 대꾸했다.

"어제 밤잠을 설쳐서 그래. 악몽을 꿨거든."

"나도 마찬가지야."

그는 털썩 앉아서 깊이 숨을 들이쉬었다.

"해괴한 일이 벌어지고 있어."

알트만은 자신과 필드가 이상 현상을 발견한 일을 시작으로 그가 전화로 수소문했던 일, 자신을 비롯해 다른 사람들 모두 뭔가 이상하다고 느꼈던 일에 관해 털어놓았다.

"우연 치고는 재밌네."

에이다가 말했다.

"하필이면 안 좋은 쪽으로 말이야. 나도 오늘 그랬거든."

"당신도 중력 이상을 탐지했단 말이야?"

"그런 셈이지. 인류학 쪽에서도 그거랑 맞먹는 일이 생겼거든. 이야기가 변하고 있어."

"이야기라니?"

"민속설화 말이야. 설화가 순식간에 변하기 시작했어. 이건 하늘이 무너져도 일어날 리가 없는 일이야."

"그게 정말이야?"

"정말이래도."

"뭐가 뭔지."

"사람들이 하나같이 '악마의 꼬리' 얘기를 꺼내더라. 서로 꼬이고 갈라져서 꼭 꼬리처럼 생긴 건데, 거기에 관해 얘기할 때면 손가락을 이렇게 겹치더라고."

에이다는 중지와 검지를 서로 겹쳐보였다.

"그런데 좀 물어보려고만 하면 다들 입을 꾹 다물어. 사람들이 나한테 그런 태도를 보이기는 이번이 처음이라니까. 꼭 더는 날 믿지 못하겠다는 눈치 같았어."

에이다는 탁자를 손바닥으로 쓸어보고는 대뜸 물음을 던졌다.

"제일 이상한 걸 알려줄까?"

"뭔데?"

"혹시 유카테크어로 '악마의 꼬리'가 무슨 뜻인지 알아? 분화구 이름이랑 똑같아. '칙술루브'야."

알트만은 목이 바싹바싹 타들어가는 듯했다. 시계를 확인해 보니 7시 45분이었다. 바에 들리기에는 아직 늦지 않은 시간이었다.

7

한동안 아무도 입을 열지 않았다. 다들 가만히 서서 브루하를 지켜보는 사이, 브루하는 차바의 어깨에 손을 얹어 몸을 추스르고는 괴물을 바라보았다.

"보이느냐, 점점 커지고 있느니라."

브루하는 괴물이 내는 씨근덕거리는 숨소리에 묻혀 들리지 않을 만큼 가느다란 목소리로 입을 열었다.

브루하는 보따리에 손을 집어넣어 뭔가를 한 움큼 꺼냈다. 그리고는 괴물이 뿜어내는 독가스 안개의 가장자리를 따라 천천히 원을 그리며 춤을 추기 시작했다. 그리고는 차바를 끌고 다니면서 손에 쥔 뭔가를 모래 위에 흩뿌렸다. 브루하의 춤은 술주정마냥 그 모양새가 엉거주춤했다. 사람들도 처음에는 가만히 지켜보았지만 어느새 하나 둘씩 대열에 동참하기 시작했다. 마치 최면에서 벗어나려고 하는 듯이 머리를 절레절레 흔드는 사람도 있었다.

브루하는 괴물과 정면으로 마주보는 순간 걸음을 멈추고 몸을 돌렸다. 브루하를 지켜보던 나머지 사람들도 곧 똑같이 몸을 돌려 자리를 잡고서 천천히 온전한 원을 이루었다. 괴물을 향해 돌아서는 사람들 중에는 파도에 무릎까지 잠긴 이들도 있었다.

브루하는 지팡이를 꺼내들고 뒤로 물러섰다가 다시 앞으로 다가섰다. 차바는 무심코 발을 크게 내딛었다가 괴물이 내뿜는 가스를 살짝 들이마시고는 콜록거렸다. 가스 때문에 눈이 따끔거리고 목이 간질거렸다.

브루하는 양손을 들어 검지와 중지를 겹쳐보였다. 그리고는 '칙술루브'하고 속삭이며 다시 몸을 돌렸다. 그 말은 사람들의 입을 타고 신음처럼 중얼중얼 퍼져나갔다.

브루하는 천천히 몸을 돌리고 물러나기 시작했다. 곱사등이 꼿꼿이 펴졌으며 걸음걸이도 전처럼 비틀거리지 않았다. 그렇게 원에서 1미터 남짓 물러서서 모래를 파헤치기 시작하더니 바닷물에 떠밀려온 나무토막을 파내고는 다시 대열에 들어섰다. 브루하는 차바에게도 잠시 물러나 나무토막을 가져오라고 고갯짓으로 일러주었다. 그러자 나머지 사람들도 멍하니 대열에서 벗어났다가 제자리로 되돌아왔다.

괴물의 기낭을 감싼 회색 피부는 기낭이 커질수록 점점 얇아져서 이제는 반투명하게 보일 정도였다. 기낭은 천천히 부풀어 팽팽해졌다가 바람이 빠지면 절반 크기로 쪼그러들었다 다시 불룩해졌다. 차마 눈 뜨고는 보지 못할 끔찍한 광경이었다. 차바는 저러다 기낭이 터질까봐 가슴이 조마조마했다.

브루하는 다시 춤을 추기 시작했다. 바닷물에 떠내려온 나무토막을 높이 치켜들고, 이 없는 입으로 웃음을 짓다가 괴물에게 나무토막을 집어던졌다.

나무토막이 괴물의 얼굴을 찰싹 때리고 아래로 떨어졌다. 하지만 놈은 꿈쩍도 하지 않았다.

"이제 네 차례로구나. 높이 들었다 세게 던지거라."

브루하가 차바에게 말했다.

차바는 나무토막을 높이 들었다가 괴물의 왼쪽 기낭을 노리고 세게 집어던졌다. 나무토막이 기낭의 아래쪽에 명중해 피부를 긁어놓으면서 공기가 조금씩 새어나가기 시작했다. 브루하가 양손을 치켜들었다 내리자 사람들은 한꺼번에 손에 든 나무토막을 던졌다. 한두 토막은 빗나가고 또 한두 토막은 맞고 튕겨났지만, 몇 토막은 살갗을 깊이 파고들며 기낭을 찢어놓았다. 양쪽 기낭에서 바람이 새어나오자 매캐한 안개가 천천히 흐트러지기 시작했다.

"어서 가거라."

브루하가 다 쉬어가는 목소리로 차바에게 말했다.

"저기 저 비틀거리는 고주망태 영감이 보이느냐? 얼른 뛰어가서 술병을 뺏어오너라."

차바는 둥글게 둘러선 사람들을 지나가 아까 독가스에 가까이 다가섰다가 죽을 뻔했던 겁 없는 검은머리 주정뱅이 영감에게 뛰어갔다. 영감은 차바에게 돌아서서 비식 웃어보였다. 차바는 영감이 미처 막아서기도 전에 다리 사이에 놓아둔 술병을 잽싸게 낚아채 브루하에게 달아났다.

브루하는 차바에게서 술병을 받아들고 병뚜껑을 뽑았다. 주정뱅이 영감이 뒤에서 역정을 냈지만 다른 사람들이 붙잡아 말렸다.

"잠시 숨을 참거라."

브루하가 술병을 건네는 차바에게 말했다.

"네가 가서 나무토막과 괴물한테 술을 부어야 하느니라."

차바는 떨리는 가슴을 부여잡으며 심호흡을 한 다음 앞으로 뛰쳐나갔다. 괴물의 기낭에 난 찢어진 상처가 벌써 아물어가는 모습이 눈에 뜨였다. 바람이 거의 다 빠져 쭈그러들기는 했지만 또다시 부풀어 오르고 있었다. 차바는 술병을 거꾸로 세워 괴물과 주위에 떨어진 나무토막에 술을 붓고는 쏜살같이 브루하에게 되돌아갔다. 잠시였는데도 눈이 퉁퉁 부어올라 따끔거릴 지경이었다.

브루하는 지팡이 꼭대기에 불을 붙이고는 조심스레 앞으로 다가가 지팡이로 괴물의 머리를 건드렸다.

순식간에 괴물과 나무토막에 불이 옮겨 붙었다. 브루하는 지팡이도 던져 함께 불타도록 내버려두었다. 괴물은 날카로운 비명을 지르고 몸부림치면서도 결코 불길을 피하려들지 않았다. 놈은 등덜미에 달린 회색 기낭이 한줌 재로 변해 흩어지고 나서야 끝내 몸부림을 멈추었다.

브루하는 다시 천천히 사람들을 원으로 이끌고는 무어라 중얼거리며 춤을 추었다. 차바는 누가 다리를 대신 움직여주기라도 하는 것처럼 자신도 모르게 걸음에 이끌려갔다. 얼마나 많은 동네 사람들이 자신과 똑같은 느낌을 받았을까 하는 궁금증이 문득 들었다. 판자촌 사람들 중에서 주정뱅이 영감만 우두커니 있었다. 영감은 약간 거리를 두고 휘청거리며 서서 못마땅한 얼굴로 타오르는 불길을 뚫어져라 쳐다보았다. 동네 사람들의 춤은 괴물의 몸이 전부 불타 새까맣게 그을리고 연기가 피어오르는 뼈만 남을 때까지 천천히 허공을 가르며 계속되었다. 거죽이 사라지고 뼈대만 남은 괴물의 모습은 사람과 다를 바가 없었다.

8

알트만은 병맥주를 주문하면서 꼭 뚜껑을 따지 않은 채로 가져와 달라고 부탁했다. 그는 거스름돈을 기다리는 동안 전화를 걸었을 법한 사람을 찾으며 선술집 안을 찬찬히 둘러보았다. 작은 가게라 손님이라고는 북미 지구 출신 과학자 대여섯 남짓밖에 없었지만 이중의 한 사람임이 분명했다.

맥주를 받아들고 자리에 앉아 한 모금 마시는데 어느 사내가 다가왔다. 창백한 피부에 짧게 깎은 머리, 거기에 점프수트를 걸친 행색으로 봐서는 기술직에 근무하는 사람 같았다.

"알트만 박사님이시군요."

낯선 사내가 그를 대번에 알아보고 말을 걸었다.

"맞습니다. 그쪽은……."

"친한 사이가 아니면 이름은 비밀이라서 말입니다. 저랑 친구 하실까요?"

알트만은 말없이 사내를 쳐다보았다.

"아무래도 초면에 바로 친구를 사귀는 성격은 아니신가 보군요. 좌우간 누가 물어보거든 저한테 들으신 적 없는 겁니다."

알트만은 잠시 머뭇거리다 답했다.

"그러는 셈 치지요."

"그럼 악수라도 할까요?"

사내가 손을 내밀자 알트만은 손을 맞잡고 악수를 나눴다.

"전 찰스 해먼드입니다."

해먼드가 다른 자리에서 의자를 가져와서 앉자 알트만이 말했다.

"만나서 반갑습니다. 이제 무슨 영문인지 얘기를 들어봅시다."

해먼드는 몸을 가까이 숙였다.

"뭔가 눈치를 채셨나 보던데, 그런 사람이 어디 박사님뿐이겠습니까."

"그런가요?"

알트만은 태연한 척 말했다.

"저는 통신설비 쪽에서 일합니다. 주로 산업단지에서 프리랜서로 먹고 살죠."

해먼드는 손가락으로 알트만의 가슴을 쿡 찔렀다.

"그렇다보니 저도 낌새를 눈치챘다 이 말입니다."

"아, 예……."

"느리고 불규칙한 전파를 감지했는데, 강도는 약하지만 다른 신호를 약간 교란할 정도였습니다. 제가 좀 완벽주의자 끼가 있다 보니, 일을 깔끔하게 매듭짓지 않고는 못 배깁니다. 남들은 거들떠보지도 않을 일이 저한테는 거슬린 적이 한두 번이어야 말이죠. 그 탓에 눈치를 챘던 겁니다."

해먼드는 잠시 말을 멈추었다. 알트만은 차분히 기다려주었다. 하지만 좀처럼 말문을 열지 않고 감질나게 만들자 맥주를 한 모금 마시고 먼저 입을 열었다.

"그래서 뭘 눈치챈 겁니까?"

해먼드는 고개를 끄덕였다.

"처음에는 드레저 사(社)의 지시로 설치 중이던 통신 단말기가 말썽을 일으킨 줄로만 알았습니다."

"드레저 사에서 이곳에 손을 댄다는 얘기는 금시초문이군요."

알트만은 자못 놀라 말을 잘랐다. 무엇보다 드레저 사가 관련되었다는 사실인즉 수상쩍은 일이 벌어지고 있다는 말이었다. 드레저 사는 자원채취기업 중에서도 가장 악명 높은 회사로 손꼽히는 곳으로, 지방 정부의 감시망을 피해 노천채굴이나 시굴사업을 벌여 한몫 두둑이 챙긴 다음 발각되겠다 싶으면 후다닥 달아나는 악질 기업이었다.

"공식적으로는 아닙니다. 쥐도 새도 모르게 발들인 거죠."

해먼드가 말을 이었다.

"당장 제가 그쪽 직원들 정보도 하나 모르니까요. 좌우간 처음에는 접촉 불량 때문에 방전이 일어나서 자꾸 잡음이 생기나 했습니다. 그래서 분해를 해봤어요. 아무런 이상이 없더군요. 그래서 다시 조립했습니다. 그런데 또 잡음이 잡히지 뭡니까. 잡음이 분당 몇 초씩 한두 번 꼴로 잡히는가 하면 아예 안 잡힐 때도 있더군요. '내가 뭘 놓쳤나보다' 싶어서 그놈의 단말기를 도로 뜯어보려다가, 그럴 바에야 같은 설비에 든 다른 단말기를 확인하는 편이 낫겠다 싶었습니다. 해봤더니 똑같이 말썽이더군요. 그래서 드레저 사의 설비를 통째로 분해하려는데, 어쩌면 이곳뿐만 아니라 다른 곳에서도 같은 문제가 생기지 않았을까 하는 생각이 번개처럼 드는 겁니다."

"그랬더니요?"

해먼드는 고개를 끄덕였다.

"다른 데서도 똑같이 잡음이 잡히는데 아무도 눈치를 못 채지 뭡니까. 단순한 기기 문제가 아니었습니다. 분명 어디선가 미약하고 불규칙한 전파가 나왔던 겁니다.”

“그게 뭐였습니까?”

“그래서 조사를 해봤지요.”

해먼드는 알트만의 물음을 무시하고 말을 이었다.

“전파 수상기를 몇 군데에 설치하고 삼각측량으로 전파의 발신지를 잡아냈습니다. 신호가 약해서 어디서 나오는지 알아차리는 데 시간이 좀 걸렸지만요. 그런데 막상 위치를 잡아내고 나니까 ‘이럴 리 없는데’하는 생각이 드는 겁니다. 그래서 수상기를 다른 곳으로 옮겨서 다시 측량을 하니까 그제야 발신지가 어디인지 확신이 서더군요.”

“그게 어디였습니까?”

해먼드는 몸을 더욱 가까이 숙이더니 알트만의 어깨에 팔을 두르고 그의 귀에 입을 바짝 갖다 댔다.

“명심하세요. 저한테 들으신 적 없는 겁니다.”

알트만은 고개를 끄덕였다.

“분화구였습니다.”

해먼드가 귓속말로 속삭였다.

“칙술루브 분화구 정중앙, 진흙과 바위를 뚫고 내려간 해저 1~2킬로미터 지점이었습니다. 박사님이 이상현상을 잡아낸 바로 거기 말입니다.”

“그럴 리가.”

알트만은 에이다에게 들은 이야기를 해먼드에게 해주었다.

“각기 다른 세 가지 사실이 모두 칙술루브 분화구로 이어진 겁니다.”

해먼드는 의자에 등을 기대고 고개를 끄덕였다.

“동감입니다. 분화구에서 전파가 나오고 있었는데 여태껏 아무도 알아채지 못했는지도 모르겠군요. 어쩌면 민감한 장비를 쓴 덕택에 아직까지 전파를 잡아낸 사람은 박사님하고 저 둘뿐일지도 모를 일입니다. 사실 생각해보니 이전에도 얼핏 눈치챈 적이 있습니다. 제가 이런 일은 놓치지 않거든요. 그런데 하나 물어보고 싶은 점이, 박사님이 보시기에는 그게 단순한 전파 같습니까, 아니면 일종의 신호 같습니까?"

"신호라니요?"

"다소 불규칙하기는 하지만 일정한 형태가 있어서 말입니다. 장담은 못하지만 자연적으로 나오는 것 같지는 않아요. 깊은 해저에서 뭔가가 신호를 송출한다 이 말입니다."

"무슨 얼토당토않은 말씀을."

"말도 안 되지요. 헌데 일이 점점 괴상하게 돌아가지 뭡니까."

해먼드가 다시 몸을 바짝 기울이자 알트만은 그의 전전긍긍하는 눈빛이 들여다보였다.

"보고를 해야 될 듯해서 드레저 사에 전파 얘기를 꺼냈거든요. 알아차린 사람이라고는 달랑 혼자뿐이지만, 일단 다른 데서도 일어나는 문제라고 못박아둬야 나중에 가서 제 과실이라고 뒤집어쓰지 않을 테니까요. 그랬더니 그쪽에서 뭐라고 하는지 아십니까?"

"뭐라던가요?"

'혹시 이 얘기를 다른 사람한테도 했나?' 딱 이러지 뭡니까. 그리고는 발설금지 문서를 내밀어서 얼떨결에 서명을 하고 말았습니다. 대신 금전적 보상을 받기로 했던 탓에 전파에 관해서는 입도 뻥긋 못하고 있었습니다. 박사님을 뵙기 전까지는 말이죠."

"무슨 꿍꿍일까요?"

"박사님 생각은 어떻습니까? 뭐 하나 물어봅시다. 보안통신 시스템에서 보안에 제약을 받지 않는 사람이 누구겠습니까?"

"누군데요?"

"바로 설비를 설치한 사람입니다. 시스템 내부에만 들어가면 폐회로를 써서 몰래 접속할 방법이 차고 넘치거든요. 실력이 녹슬지 않게끔 가끔 연습 삼아 해봐서 하는 소립니다. 심심풀이 정도로만 말입니다."

해먼드는 들릴락말락한 정도로 말소리를 낮췄다.

"그렇게 드레저 사내 통신망을 뒤져보려고 했더니 말입니다."

"그랬더니요?"

"얼마 가지를 못했어요. 설비를 설치한 지 열흘밖에 되지 않았는데 전부 뜯어버리지 뭡니까. 그리고는 북미 지구에서 따로 사람을 비행기로 불러다 작업을 시키던데, 이번에는 정직원을 쓴 모양이더군요."

"시스템에 허점이 있다는 사실을 알아차렸나 보군요."

"그건 그쪽에서도 알아낼 재간이 없습니다. 알아챘을 리 만무하죠. 뭔가 일을 벌이고 있어서 그랬던 겁니다. 분화구 밑바닥에 세상에 둘도 없는 뭔가가 있다는 얘기가 떠돌더군요. 아직 도청이 될 때만 해도 통신망에는 거기에 관한 추측이 넘쳐났습니다. 그런데 사흘 뒤부터는 하나둘씩 자취를 감추더군요. 전부 암호를 걸기 시작한 겁니다."

해먼드는 주머니에 손을 넣어 휴대용 홀로그램 영사기를 꺼냈다.

"한 번 봐보세요. 남한테 안 보이게 가리시고요."

"이게 뭡니까?"

"낸들 압니까."

알트만은 영사기를 감싸쥐고 손바닥 사이에서 천천히 돌아가는 형상을 살펴보았다. 디지털 처리된 물체였다. 물체를 구성하는 물질이 무엇인지는커녕 정확히 무슨 모양인지조차 분간할 수가 없었지만 어렴풋하게나마 갈피가 잡혔다. 반들거리는 3차원 형상은 두 부분으로 나뉘어 있었는데, 굵은 아랫부분이 위로 갈수록 가늘어지면서 끝이 둘로 갈라지는 모양을 하고 있었다. 한눈에 봐도 자연적으로 형성된 것이 아니라 인공적으로 만들어낸 물체였다. 아니면 인공물로 착각하도록 만들어낸 허구의 디지털 형상인가? 홀로그램을 보고 있으니 어딘가 생각나는 데가 있었다. 얼핏 보기에는 둘로 분리된 듯하지만, 원래는 중심점이 수직으로 관통된 하나의 뾰족한 구조였던 것처럼 밑에서 맞물린 두 가닥이 나선형으로 감겨 올라가는 형상.

그렇게 홀로그램을 천천히 돌리면서 한참을 들여다보던 중 불현듯 기억이 났다. 에이다가 손가락을 겹쳐서 보여주었던, 갑자기 마을 사람들이 만들어 보이기 시작했다던 바로 그 손짓과 모양이 똑같았다.

"악마의 꼬리……."

알트만은 무심코 중얼거리다가 소스라치게 놀란 해먼드의 얼굴을 보고서야 자신이 입 밖으로 소리 내어 말했다는 사실을 알아차렸다.

그는 홀로그램 영사기를 끄고 해먼드에게 돌려주었다.

"회사에서 설비를 뜯어내기 전에 어쩌다 구한 겁니다."

해먼드가 말했다.

"홀로그램에 첨부된 메시지를 보니 알만한 정보처는 모조리 뒤져본 모양이더군요. 전파나 이상 현상은 물론이고 박사님이나 저는 알지도 못하는 것까지 말입니다. 그렇게 해서 내놓은 결과가 바로 이겁니다. 분화구 속에 이런 물체가 있다는 얘기죠."

두 사람은 각자 술병만 바라보며 한동안 말을 잇지 못했다.

"그렇다면 전파가 발단이로군요."

알트만이 침묵을 깨고 입을 열었다.

"아마 일종의 신호일 겁니다. 분화구 중심에 있는 인공적으로 만들어졌을 법한 물체가 신호의 발신지일 테고 말입니다."

"만들어졌다는 점은 분명합니다. 그런데 사람이 만든 것이 아니라면요?"

해먼드가 말했다.

"사람이 만들어낸 것이 아니라면……."

알트만은 말꼬리를 흐리다가 퍼뜩 그 말뜻을 알아차렸다.

"설마, 사람이 아니라 외계인의 작품이라도 된다는 말입니까?"

"저야 잘 모르겠지만 그런가 보더군요. 드레저 사측에서 그렇게들 생각하니 말입니다."

알트만은 고개를 저었다.

"도통 모를 일이군요."

그리고는 불안한 눈으로 주위를 둘러보았다.

"이런 얘기를 왜 저한테 해주시는 겁니까?"

해먼드는 또 알트만의 가슴을 쿡 찔렀다.

"열심히 수소문하고 다니셨잖습니까. 사실 이게 꽤 오래 묵은 정보거든요. 그동안 알아차린 사람도 분명히 있을 겁니다. 그런데 일일이 알 법한 사람들한테 연락해가며 알아내려고 노력한 사람은 박사님뿐이십니다. 그 소문을 듣고 제가 무슨 생각을 했는지 아십니까? '이 사람은 돈 욕심이 아니라 때 묻지 않은 탐구심에 불타는 거구나' 했던 겁니다."

"어디 저만 그렇겠습니까?"

"단도직입적으로 말씀드리는 편이 낫겠군요."

해먼드가 듣다못해 나섰다.

"누군가가 이 사실을 은폐하려 들고 있어요. 그게 드레저 사일 수도 있고, 아니면 더 큰 배후가 있는지도 모릅니다. 낌새를 눈치챈 사람은 많은데 다들 쉬쉬하고만 있습니다. 왜겠습니까? 매수됐으니까요. 제가 뭐하러 이렇게 털어놓겠습니까? 박사님은 매수된 사람 같지는 않으니까요."

해먼드는 맥주병을 비우고는 알트만을 빤히 쳐다보았다.

"적어도 지금까지는 말이죠."

9

브루하를 오두막집까지 바래다주는 길에 도저히 믿기지 않는 일이 일어났다. 아까 전까지만 해도 브루하는 차바의 옆에서 조곤조곤한 목소리로 이야기를 들려주고 있었는데, 돌아봤더니 어느새 홀연히 사라지고 없었다. 그뿐만이 아니었다. 차바가 놀라서 뒤를 돌아보니 모래 위에는 자기가 걸어온 발자국밖에 없었다.

차바는 브루하의 오두막을 향해 계속 걸어갔다. 아마 자기를 놔두고 먼저 갔으리란 짐작에서였다. 잠시 한눈팔다 놓쳤겠지.

차바는 오두막에 다다라 대문 대신에 달아놓은 찌그러진 양철판을 두드렸다. 아무 대답이 없었다. 차바는 다시 조금 세게 두드렸다. 그래도 대답이 없었다.

끝내 호기심이 두려움을 이기고야 말았다. 차바는 숨을 깊이 들이쉬고는 양철문을 살며시 열고 고개만 빼꼼히 들이밀었다.

불빛이 없어서 눈이 어둠에 익숙해지기까지 시간이 조금 걸렸다.

처음에는 문틈으로 들어오는 빛줄기 말고는 아무것도 보이지 않았다. 하지만 코를 찌르는 쇠 냄새 같은 것이 확 풍겼는데, 정확히 무슨 냄새인지는 긴가민가했다. 천천히 주변 사물이 눈에 들어오기 시작했다. 뭔지 모를 물건들이 어수선하게 흩어져 있는 탁자, 발 디딜 틈이 없는 흙바닥 위에 거꾸로 엎어져 있는 대야. 지푸라기로 만든 초라한 이부자리에 누워 누더기 이불을 덮은 사람이 오두막 한구석에 있었다.

차바는 브루하를 소리쳐 불렀다.

"브루하 할머니!"

침대에 누운 형체는 꼼짝도 하지 않았다.

차바는 천천히 오두막을 가로질러가 이부자리 앞에 섰다. 그리고는 조심스레 이불에 덮인 몸에 손을 대고 살살 흔들었다.

"저 왔어요. 차바예요."

브루하는 차바 쪽으로 누워 있었다. 차바가 브루하를 바로 눕혀주는 순간, 이불이 스르륵 걷히면서 브루하의 멍하니 치켜뜬 눈과 길게 찢어진 목이 드러났다.

차바는 성냥갑을 찾아들고 떨리는 손으로 이부자리 옆 흙바닥에 놓인 등잔에 불을 켰다. 이불을 걷어내자 손에 칼을 쥐고서 뻣뻣하게 굳은 브루하의 시체가 드러났다. 칼은 피가 덕지덕지 말라붙어 갈색을 띠고 있었다. 차바는 조심스레 칼을 손에서 빼내어 이부자리 옆에 내려놓았다. 브루하의 반대쪽 손은 심하게 베여 손가락이 온통 상처투성이였다.

"이시탑······."

불현듯한 생각이 차바의 머리를 스쳤다.

차바는 등잔을 들어 브루하의 얼굴 가까이 불빛을 비추었다. 엉망으로 찢어진 상처에서 시퍼런 기관지가 비죽 튀어나와 있었다. 죽은 지 한참은 지난 것처럼 보였다. 적어도 몇 시간에서 많으면 며칠 정도. 그제야 차바는 오두막 안에서 풍기는 냄새가 브루하의 피비린내라는 사실을 알아차렸다. 어떻게 이런 일이? 방금까지만 해도 브루하 옆에 있었는데. 혹시 브루하와 같이 있다고 착각이라도 했던 걸까?

차바는 고개를 설레설레 내저으며 돌아서서 문으로 되돌아가다가 우뚝 멈췄다. 등잔 불빛 속에서 뭔가 다른 것이 눈에 들어왔다. 난생 처음 보는, 피로 거칠게 휘갈긴 이상한 글자가 오두막의 벽을 뒤덮고 있었다.

차바는 아연실색하여 멍하니 글자를 바라보았다. 무어라 속삭이는 소리가 조금씩 머릿속으로 기어들어오더니, 어느새 브루하의 목소리가 함께 섞여 들리기 시작했다. 차바는 뒤도 돌아보지 않고 달아났다.

10

알트만이 떠난 뒤에도 해먼드는 선술집에 남아서 술을 들이켰다. 자꾸만 머리가 지끈거렸다. 알트만에게 아는 대로 털어놓은 일이 정말로 현명한 행동이었을까? 혹시 그의 사람 됨됨이를 잘못 짚지는 않았을까? 정말로 자유 계약직일지도 모르지만 행여나 정보를 캐내는 중이었다면, 실토해도 안전한 사람으로 보이게끔 연기하면서 제 발로 나서서 귀띔해줄 사람이 나타나기만을 노렸을지도 모르잖은가? 아무나 덥석 믿을 수는 없는 노릇이다. 방금 그 순간에도 누군가 지켜보고 있었을지는 아무도 모를 일이다. 놈들은 언제 어디서나 감시를 붙여두기 마련이어서, 가장 안전하다고 믿은 순간이 사실은 놈들이 가장 가까이에서 은밀히 감시하며 머릿속 꿍꿍이를 꿰뚫어볼 기회를 포착한 순간일지도 모른다. 놈들이라면 그러고도 남을 테지. 해먼드의 머리에 녹음기를 심어놓은 것이 틀림없다. 그렇잖아도 며칠 전부터 두통에 시달렸다. 왜 진작 눈치를 차리지 못했을까? 그의 뇌파를 기록한 다음, 무슨 극비 최첨단 신경연구소 같은 곳으로 전송해 다른 사람의 뇌 속에서 신호를 풀어내 그가 무슨 생각을 하는지 낱낱이 들여다보는 것이 분명하다. 막을 방법이라고는 생각하지 않는 것뿐이다. 생각을 하지 않는다면 놈들을 물먹일 수도 있겠지.

누군가 가게 안을 가로질러 그에게 다가오고 있었다. 얼굴에 주름살과 갈색 반점이 있고 콧수염이 덥수룩한 거구의 사내였다. 놈들의 끄나풀이 틀림없다. 그는 정신을 바짝 차리고 자리에서 꼼짝도 하지 않았다. 주머니에서 칼을 꺼내들고 사내를 찌를 기회가 있을까? 보나마나 그럴 틈도 없겠지. 하지만 손에는 맥주병이 있다. 맥주병을 집어던져 사내의 머리를 정통으로 맞힌다면 단방에 바닥에 드러누울지도 모른다. 아니지, 병 주둥이를 잡고 내려쳐 깨뜨리면 즉석에서 날붙이가 생기는 셈이다. 순순히 놈들한테 잡혀갈 수는 없지.

"세뇨르? 어디 편찮으십니까?"

사내가 걱정스러운 얼굴로 물었다.

누구 목소리지? 낯익은 목소리의 주인은 선술집 주인이었다. 주인장 이름이 뭐였더라? 대충 멘데스 같은 흔한 멕시코 이름이겠지. 해먼드는 긴장을 풀었다. 도대체 왜 이렇게 안절부절 못하는 거야? 이 사람은 그냥 술집 주인일 뿐이잖아. 그는 고개를 설레설레 내저었다. 편집증에라도 시달리는 걸까? 평소답잖게 오늘따라 왜 이러지?

"괜찮습니다. 맥주 한 병 더 시키고 싶군요."

"죄송하지만 이제 문 닫을 시간입니다."

정말로 주위를 돌아보니 가게에 남아 있는 손님은 그뿐이었다. 검은 숄을 걸치고 구석 자리에 틀어박혀서 그를 지켜보는 이름 모를 동네 주정뱅이 영감을 빼면 아무도 없었다.

해먼드는 고개를 끄덕였다. 그는 자리에서 일어나 문으로 걸어갔다. 주정뱅이 영감도 그를 계속 지켜보며 뒤를 따라왔다.

'그냥 모르는 척하자. 끄나풀은커녕 동네 주정뱅이일 뿐이잖아. 놈들의 앞잡이는 무슨. 어깨 쭉 펴자. 아무 일도 없을 거야.'

그는 먼지투성이 거리까지 무사히 빠져나왔다. 파도 소리와 함께 짭조름한 바다 내음이 실려왔다.

'이제 어쩐다? 어디로 가지?'

그때 번쩍 생각이 들었다.

'얼른 집에나 가자.'

그가 아무도 없는 거리를 따라서 숙소가 있는 단지에 절반쯤 다다른 순간, 어디선가 무슨 소리가 들렸다. 뭔가 덜그럭거리는 소리였는데, 지나가던 동물이 내는 발소리 같았다. 그가 걸음을 멈추면 소리도 멈췄다. 하지만 다시 걷기 시작하면 머릿속에서 불분명하게 울리는 소리마냥 희미하게 들려왔다. 거리를 반 블록쯤 더 지나자 확신이 섰다. 누가 뒤를 쫓고 있었다.

주위를 돌아보았지만 아무도 보이지 않았다. 그는 발걸음을 재촉했다. 눈앞에 드리운 그림자 속에서 속삭이는 소리가 새어나오는 듯했지만, 가까이 가면 다시 잦아들었다가 길을 따라 멀리서 계속 들려왔다. 그는 머리를 절레절레 흔들었다.

'이게 무슨 조화야. 정말 미치고 환장하겠네.'

또다시 거슬리는 소리가 뒤에서 들려와 그를 한 바퀴 휘감았다. 이번에는 약간 거리를 두고 떨어진 곳에 있는 검은 형체에서 소리가 나오는 듯했다.

그는 걸음을 멈추고 검은 형체를 노려보았다. 놈도 움찔 멈추더니 모습을 드러내기가 무섭게 그림자 속으로 물러나 자취를 감추었다.

"거기 누구 있어요?"

그는 참지 못하고 소리를 내고야 말았다.

심장이 두방망이질치기 시작했다. 주머니에서 칼을 꺼내 날을 폈다. 손에 들린 칼은 우스워 보일 정도로 조그마했다. 칼을 들고는 검은 형체가 모습을 감춘 그림자 속으로 겁 없이 들어가려던 찰나, 이러다가 놈들의 속셈에 넘어가는 꼴이 되겠다는 생각이 들었다. 그는 얼른 발걸음을 돌리고 가던 길로 되돌아갔다.

그런데 발걸음을 돌리고 보니 아무도 없던 거리에 누군가가 있었다. 사내 셋이었는데, 둘은 꽤 몸집이 컸고 셋 다 드레저 사 단지에서 본 적이 있는 사람들이었다.

"찰스 해먼드 씨 맞습니까?"

셋 중에서 덩치가 제일 작고 유일하게 안경을 쓴 사내가 말했다.

"누가 사주한 겁니까?"

해먼드가 물었다.

"그쪽하고 할 얘기가 있는 분들이 계십니다. 따라오시죠."

"그게 누굽니까?"

"자세한 사항은 말씀드릴 수가 없습니다."

"아직 출근 시간도 아니잖습니까. 오늘 업무는 끝난 지가 오래일 텐데요."

"그쪽 출근 시간은 지금부터요."

다른 사내가 말했다.

해먼드는 말없이 고개를 끄덕였다. 그는 사내들 쪽으로 걸어가며 군말 없이 따르는 척하다 갑자기 방향을 틀고는 반대편으로 있는 힘껏 달아나기 시작했다.

뒤에서 고함치는 소리가 들렸다. 골목으로 들어가 길을 따라 내달렸다. 골목길 가운데 있던 떠돌이 개가 발소리에 놀라 짖어댔다. 임시 담장을 뛰어넘어 쓰레기 더미에 풀썩 떨어졌다. 그는 벌떡 일어나 다시 달리기 시작해 어느새 마을을 벗어나 판자촌에 들어섰다.

머릿속이 미칠 듯이 울렁거렸다. 뒤를 돌아봤더니 사내들이 쫓아오면서 거리를 좁히고 있었다. 끊임없이 달음박질한 탓에 옆구리가 쑤셔오기 시작했다. 속력이 떨어졌지만 그래도 쉬지 않고 뛰었다.

판자촌 변두리에 다다를 즈음에는 거리가 더 좁혀져서 사내들이 내는 헉헉거리는 숨소리까지 들릴 지경이었다.

'결국에는 붙잡히겠지. 뛰어봐야 헛수고야.'

이런 생각이 들자 그는 우뚝 멈추고 뒤로 돌아서서 주머니칼을 꺼내들었다.

세 사내는 재빨리 흩어져 세모꼴로 해먼드를 에워쌌다. 그는 숨을 헐떡거리면서 칼을 오른손에 쥐었다 왼손에 쥐었다 하며 앞뒤로 휘둘렀다. 사내들은 거리를 유지하며 양손을 들어보였다.

"힘들게 이러지 맙시다. 그분들은 이야기만 좀 하고프실 뿐이니까요."

안경잡이 사내가 말했다.

"그 작자들이 대체 누굽니까?"

"그만 칼을 내려놓는 편이 이로울 겁니다."

"톰, 저놈 저거 왜 저리 발악한대냐?"

첫 번째 사내가 물었다.

"쫄아서 저러잖냐, 팀."

두 번째 사내가 대답했다.

"하긴 나 같아도 쫄겠다. 저 도둑놈 곧 된통 당할 테니까."

팀이 말했다.

"도둑놈? 저놈이 진짜 기밀을 훔쳐냈단 말이야?"

톰이 말했다.

"쓸데없는 소리들 그만해. 괜히 분위기 험악하게 만들지 말고."

안경잡이 사내가 말했다.

또다시 머릿속에서 목소리가 들리기 시작했다. 하지만 이미 하수인이 코앞에 들이닥쳤는데 왜 구태여 머릿속에 소리를 흘려넣는 거지? 그러자 끔찍한 생각이 해먼드의 뇌리를 스쳤다. 지금 자신을 붙잡으려드는 무리들이 하나가 아니라 둘이라면? 드레저 사뿐만 아니라 다른 세력까지 합세했다면? 혹시 둘이 아니라 셋일지도 모른다. 어쩌면 넷일지도. 도대체 뭘 노리고 이러는 걸까? 흠씬 두들겨 패려고? 아예 숨통을 끊어놓으려고? 아니면 죽는 것보다 훨씬 더 험한 꼴을 보게 해주려고?

"적당히 좀 하시죠."

안경잡이 사내가 이제는 초조함마저 묻어나는 얼굴로 말했다.

누군가가 내지르는 귀청 떨어지는 비명 소리가 들렸다. 귀를 틀어막고 싶을 정도로 끔찍한 소리였다. 한참이 지나서 알고 보니 고래고래 악을 써대는 사람은 다름 아닌 해먼드 자신이었다.

"제대로 돌아버렸나 본데."

팀이 등 뒤에서 말했다.

"아주 맛이 갔어."

톰이 맞장구쳤다.

세 사내는 해먼드가 한눈에 자신들을 보지 못하게끔 일정한 간격을 두고 각자 위치에서 버텼다. 그가 아무리 몸을 돌려보고 주위를 두리번거려도 셋은 한눈에 들어오지 않았다. 게다가 그의 머릿속에는 생각을 뽑아내는 기계까지 박혀 있다. 머리가 깨질듯이 지끈거렸다. 놈들을 막아내야, 머릿속에서 놈들을 뽑아내야 하는데.

"말로 할 때 칼 버리시죠."

안경잡이 사내가 말했다.

하지만 해먼드는 죽어도 칼을 버릴 수는 없었다. 그는 앞으로 달려들어 안경잡이 사내에게 칼을 휘둘렀다. 사내는 민첩하게 뒤로 몸을 날렸지만 칼날을 깨끗이 피해가지는 못했다. 칼날이 사내의 손목 아랫부분을 깊숙이 베어놓았다. 사내는 흐릿한 가로등 불빛 아래에서 순식간에 하얗게 질린 얼굴이 되어 상처를 움켜쥐고 손가락에서 피를 뚝뚝 흘렸다.

하지만 해먼드는 나머지 둘을 까맣게 잊고 있었다. 얼른 돌아서서 보니 두 사내는 여전히 간격을 두고 있었지만 점점 가까이 다가오고 있었다. 그가 눈치를 채자 두 사내는 얼른 뒤로 물러났다.

몸과 머리 안팎이 꼼짝없이 포위된 상태였다. 도저히 빠져나갈 재간이 없었다. 도망친다 해도 결코 무사하지 못하겠지.

그래서 그는 이만 단념하고, 목구멍까지 쿵쾅거리며 올라오는 심장박동을 추스르며 최후의 해결책을 행동으로 옮겼다.

  "이렇게 나올 줄은 몰랐는걸."

  톰이 말했다.

  "그러게 말이야."

  팀이 맞장구쳤다.

  "아주 천방지축이구만. 그나저나 뭐하러 이놈을 데려오라고 했던 거야?"

  "몇 가지 물어보려고 그랬지."

  안경잡이 사내가 말했다.

  "별 대수도 아냐. 그냥 질문 조금만 하고 끝낼 생각이었는데."

  사내는 한쪽 셔츠 소매로 손목을 감쌌다. 소매가 조금씩 피로 물들었다.

  "살다 살다 이런 일은 또 처음이네. 다시는 이런 꼴 안 봤으면 좋겠어."

  톰이 말했다.

  "두말하면 잔소리지."

  팀이 고개를 저으며 말했다.

  사내는 해먼드의 목에서 흘러나와 주변에 흥건히 고인 피를 밟지 않으려고 한 걸음 물러났다. 조금도 망설이지 않고 자기 목을 깊숙이 찔러 자살하는 경우를 보기는 그도 처음이었다. 이미 넘칠 대로 넘쳤는데도 피는 계속 흘러나왔다. 그는 다시 한 발짝 물러섰다.

  어떻게 저럴 수가 있지? 팀은 도통 이해가 되지 않았다. 분명 잔뜩 겁에 질렸거나 돌아버렸거나 둘 중 하나였다. 아니면 겁에 질려 돌아버렸는지도 모를 일이고. 팀은 관자놀이를 주무르며 옆을 힐끗 쳐다보았다.

  "팀, 너 괜찮냐?"

  톰이 물었다.

  "저놈에 비하면 팔팔하지. 그냥 머리가 쑤셔서 그래."

"나도 좀 그런데. 테리 너는?"

"나도 머리가 지끈거려."

안경잡이 사내가 대답했다.

"일진 한번 더럽네. 이제 잽싸게들 튀자. 경찰이 오기 전에 떠야지."

2부

밀폐공간

11

"다짜고짜 자살했단 말입니까."

화면 속의 사내가 말했다. 의문문이라기보다 평서문에 가까운 말투였다. 사내는 각진 사각턱에 뒤로 넘겨 매끈하게 다듬은 백발을 하고 있었다. 화면이 작아도 눈에 확 뜨이는 그런 용모였다. 군복 차림이었지만 화면이 흔들리는 탓에 기장을 보고 병과나 보직을 판단하기는 어려웠다.

"그렇다고 전해 들었습니다. 대령님."

태너가 대답했다.

윌리엄 태너는 분화구 중심부에서 심상찮은 일이 벌어진다는 낌새를 알아차리자마자 본사에서 서둘러 비공식으로 설립한 칙술루브 소재 드레저 사의 이사였다.

태너는 군인 출신이라는 경력을 바탕삼아 유령 회사 뒤에서 벌이는 극비작전을 전담했다. 이번에는 '에코다인'이라는 이름뿐인 회사를 내세우고 일을 진행하는 중이었다. 적절한 순간에 알맞은 명령어만 입력하면 이 허수아비 회사와 드레저 사 사이의 관계는 공식 기록에서 깨끗이 사라지게 된다. 그렇게 흔적을 지우고 잠잠해지면 또다시 그럴싸한 이름을 내걸은 유령 회사와 함께 나타나는 식이다. 수완가인 데다 어느 정도 행운도 따라준 덕분에 그는 지금껏 맡은 일을 척척 해결하며 드레저 사에서 10년째 장기근속하고 있었다.

화면에 나온 사내의 이름은 그도 모르고 있었다. 그가 아는 바라고는 사흘 전 드레저 본사의 레니 스몰 사장과 화상회의를 하면서 그 사내가 회사 밖에서 구한 인력이라고 들은 것이 전부였다. 태너가 사내의 이름을 묻자 사장은 빙긋이 웃었다.

"굳이 이름까지 알 필요는 없잖나."

사장은 그렇게 말하며 사내가 나온 정지된 영상을 태너의 화면에 띄웠다.

"이 사람일세. 뭘 물어보면 빠짐없이 답해주고, 뭘 하자면 그대로 하도록."

스몰 사장이 연결을 끊은 뒤, 태너는 고개를 절레절레 내저었다. 뭐하러 바깥사람을 끌어들인단 말인가? 일이 틀어질 빌미를 만드는 격이다. 작전이 끝난 뒤에 그가 해야 하는 뒤치다꺼리만 하나 더 늘어난 셈이다. 스몰 사장은 나이가 나이라서 그런지 아니면 과음 때문인지 일 처리가 점점 느슨해지는 감이 있는데, 자칫하면 관계자 전원을 위험에 빠뜨릴지도 모를 일이었다. 그 관계자에 태너도 들어가는 것은 당연지사다. 괜히 덤터기쓰는 일만은 사양하고 싶었다.

하지만 화면에 나타난 사내의 얼음장처럼 차가운 목소리를 듣는 순간, 태너는 자신이 스몰 사장을 속단했음을 깨달았다. 그 사내는 어중이떠중이가 아니었다. 한눈에 봐도 노련하고 상황 판단력이 남다른 군인 출신이었다. 속으로는 대령쯤 되지 않을까 하고 넘겨짚었지만, 실제 계급은커녕 무슨 병과에서 어떤 임무를 맡는지 알아낼 길이 없었다. 당장 대령이 지금 어디에 있는지조차도 파악하기 힘들었다. 배경이 교묘하게 잘려나간 까닭에 대령의 몸을 따라 묘하게 반들거리는 윤곽선만 눈에 뜨였다. 드레저 사에서 가로챈 여러 과학자들의 보고서를 토대로 표본을 제작함으로써, 분화구 중심부에 있는 물체가 무엇인지 실마리를 제공한 장본인은 다름 아닌 대령이었다. 처음에 설비를 설치한 기술자가 혹시라도 백도어를 남겨놓았을 위험성을 염려해 보안 설비를 전부 교체한 사람도 대령이었다. 그리고 알트만이라는 젊은 지구물리학자가 분화구에서 일어난 이상 현상을 수소문하고 다니자 놓칠세라 도청에 들어간 사람 역시 대령이었다.

몇 분 뒤, 대령은 다시 화면에 모습을 나타내고 알트만과 문제의 기술자 사이에 주고받은 통화내역이 있다는 사실을 전했다. 그 기술자 이름이 베이컨이던가. 아니지, 다른 무슨 고기 이름이었는데…… 햄, 해먼드다.

"추적하기는 너무 늦었습니다."

대령이 말했다.

"그래도 일단 해먼드란 작자를 불러들여 조사를 해봐야겠습니다."

그리고 지금 태너는 해먼드가 죽었다는 소식을 듣고도 눈썹 하나 까딱하지 않는 대령의 침착하다 못해 목석같은 태도에 적잖이 놀랐다.

"거짓말일 가능성은 없습니까?"

"직접 시체를 봤습니다."

대령의 물음에 태너가 대답했다.

"분명히 죽었습니다. 물어볼 것이 있으니 따라오라고 했는데 갑자기 미쳐서는 목을 그었다는군요."

"뭘 어쨌다고 했습니까?"

"자기 목을 그었다고 합니다. 머리가 거의 잘려나갔더군요."

"그 말을 곧이곧대로 믿으면 곤란합니다. 척 봐도 둘러대는 소립니다. 이야기 좀 하자는데 자기 목을 긋는 인간이 세상에 어디 있답니까?"

태너는 마른침을 삼켰다. 대령과 마주보고 이야기하자니 거북한 기분이 들었다.

"혹시 그쪽 사람들이 너무 몰아세운 것 아닙니까?"

태너는 고개를 저었다.

"그 삼인조는 전에도 손발을 맞춰본 적이 있어서 압니다. 시키는 대로 하는 믿을 만한 인력이죠. 어리둥절해하기는 그쪽도 마찬가지입니다."

대령은 짧게 고개를 끄덕였다.

"알트만이라는 작자가 위험인물이라고 보십니까?"

태너는 낸들 알겠냐는 듯이 어깨를 으쓱였다.

"해먼드를 불러서 위험 여부를 알아볼 요량이었는데 말입니다."

"어림짐작도 좋습니다. 위험한 인물입니까, 아닙니까?"

태너는 눈앞에 띄워둔 홀로그램 파일을 힐끗 내려다보고는 홀로그램 화면으로 옮겼다. 그리고는 대령에게 보이도록 화상연결 화면 반대편에 사본을 띄웠다.

"알트만이란 자는 크게 염려할 필요가 없을 듯합니다. 별다른 특이사항도 없고, 널리고 널린 일개 과학자일 뿐입니다. 아인슈타인마냥 특출한 인물도 아니고, 나서서 설칠 배짱이 있는 것도 아닙니다."

"제가 겪어본 바로는 그렇게 설쳐댈 부류도 적당한 구실이 생기기 전까지는 조용하기 마련입니다. 그리고 그런 인간들이 현실에 순응할지, 끝까지 저항할지는 뒤늦게야 밝혀지는 법입니다."

"동감입니다. 헌데 제가 겪어본 바로 그 지경까지 나대는 사람은 극소수였습니다"

"행여나 알트만이란 작자가 그렇게까지 나온다면 어떡할 겁니까……?"

태너는 그 점에 관해 생각해 보았다.

"잘은 몰라도 영웅 행세를 벌일 부류는 아닙니다. 다른 회사에서 보낸 산업 스파이 같지도 않고, 그럴 소지도 없는 인물입니다. 애초에 자기 애인하고 붙어 있고 싶다는 이유 하나로 칙술루브로 전근했으니 말 다했지요."

"그럴싸한 연막일지 누가 압니까."

"그야 모르지요. 하지만 정말로 연막이라면 먼저 대령께서 눈치를 차렸을 테고, 정말이라 한들 뭘 어쩌겠습니까. 저는 연막일 리가 없다고 봅니다."

대령은 파일을 빠르게 훑어보았다.

"맞습니다. 저도 동감입니다."

대령은 말없이 화면을 뚫어져라 들여다보기 시작했다. 실제로 마주보는 것도 아닌데 태너는 그가 자신을 꿰뚫어보는 듯한 인상을 받았다.

대령은 확인을 끝내고 마침내 입을 열었다.

"어서 다음 단계로 들어갑시다."

그는 홀로그램 저장장치로 몸을 돌리고는 태너의 화면에 삼차원 투시도를 띄웠다. 얼핏 보기에는 탐사정 같았다. 순간 태너는 우주 사출정을 떠올리고는 공포에 몸서리쳤다. 월면 전투에 타격대로 투입되어 달의 자원에 대한 소유권을 주장하는 어느 국가를 상대로 치열한 접전을 벌였던 지난날의 기억 때문이었다. 점점 산소가 떨어져가는 상황 속에서, 살아남기 위해 죽었거나 죽어가는 이들의 산소통에서 공기를 빼내 마셔야 하는 참혹한 일을 겪었다. 그 일로 말미암아 이제 우주라면 두 번 다시 나가보고 싶지 않았다. 하지만 다시 보니 사출정과는 거리가 멀었다. 무슨 잠수함 같은데, 겉보기로는 심해 탐사용인 듯했다.

"이게 뭡니까?"

"F/7형입니다."

태너의 물음에 대령이 답했다.

"사내에서도 아직 물량이 풀리지 않은 시제 잠수정입니다. 이걸 보낼 예정입니다. 믿을 만한 사람으로 조종사 두 명만 준비하시면 됩니다. 한시라도 서두르십시오. 반드시 우리가 먼저 손을 써야 합니다."

12

태너는 10년 전 입사할 당시 군에서 데리고 나왔던 부대 동기이자, 전적으로 일을 믿고 맡길 만한 인물인 동시에 탈것이라면 다루지 못하는 것이 없는 당텍을 골랐다. 당텍은 상황 판단이 신속 정확하며, 태너가 시키는 일이라면 아무리 꺼림칙한 일이라도 양심의 가책을 받지 않고 처리했다. 조금이라도 수틀린다 싶으면 바로 주먹부터 나간다는 점이 흠이지만. 당텍은 월면 전투에서 무슨 일을 겪었는지, 그 이후로는 마치 항상 허공을 바라보는 것처럼 냉정하고 무표정하기 그지없는 눈빛을 띠게 되었는데, 정확한 사연은 태너로서도 확인할 길이 없었다.

'그래도 나쁜 놈은 아니야. 사고관 자체가 판이할 뿐이지.'

태너는 가끔씩 당텍이 자신의 느슨한 도덕적 기준에 비춰보더라도 도저히 이해 못할 일을 저지를 때면 그렇게 되뇌었다.

그리고는 이렇게 덧붙여 생각했다.

'나도 그렇게 나쁜 놈은 아니야.'

태너는 한숨을 내쉬었다. 나쁜 놈이건 아니건, 또 그와 당택이 서로 다른 일처리 방식을 놓고 어떻게 생각하건 간에 일은 일이다.

그는 따로 명단을 뒤져 드레저 북미 본사에서 사람을 하나 골라냈다. 이름은 헤네시, 해양 지질학자이자 해저 탐사에 잔뼈가 굵은 인물이었다. 아직 30대 중반이라 젊은 축에 들지만 벌써부터 대머리였다. 사내에서는 나름대로 대접을 받았는데, 이미 드레저 사에 발을 들였다는 사실부터가 다소 법에 저촉되는 일을 시키더라도 크게 개의치 않는다는 증거라고 봐도 무방했다. 하지만 대령이 알트만이란 인물에 관해 제기한 의문이 계속 골치를 썩혔다. 나중에 결정적인 고비에 다다라 일의 전모를 깨닫는 순간이 온다면 헤네시는 과연 순응할까, 아니면 저항할까?

'그야 모를 일이지.'

태너는 속으로 그렇게 생각하면서도 실제로 그런 상황이 온다면 굳이 말리거나 막기보다 그가 어떻게 나올지 두고 볼 생각이었다.

태너는 스몰 사장과 미리 준비를 끝마치고 그날로 남미행 항공편을 써서 헤네시를 불러왔다. 헤네시가 푸에르토 칙술루브에 다다를 무렵에는 먼저 도착한 F/7형이 분화구 중심부에서 25킬로미터 떨어진 곳에 정박한, 선명을 지운 화물선에서 방수포를 덮어쓴 상태로 일행을 기다리고 있었다. 화물선은 겉으로는 녹슬어 보이지만 속은 최첨단 설비로 개량된 상태였는데, 승선한 군인 또는 군인 출신 승무원들은 규정된 제복 차림은 아니지만 빈틈없는 행동과 깔끔한 머리 매무새, 명령에 신속히 복종하는 태도로 보건대 훈련받은 티가 났다.

"승무원들 옆에서는 말조심하는 편이 좋겠지요?"

태너가 화상연결을 통해 대령에게 물었다.

"말조심은 누구 앞에서나 해야 합니다."

대령은 그렇게 답하고는 송곳니를 드러내며 태너가 짐작하기에 웃음인 듯한 표정을 지었다.

'척 봐도 잔인한 상이로군.'

대령은 또 이를 입술 밖으로 드러내 보이고는 덧붙여 말했다.

"가급적 불필요한 말은 삼가십시오."

F/7형은 심해 탐사용으로 제작된 시제 잠수정으로, 물밑으로 깊숙이 내려가 단단한 바위를 신속히 뚫고 내려갈 용도로 드릴을 탑재하고 있었다. 헤네시는 그 소식을 듣고서 크리스마스 선물로 조랑말을 받은 꼬마처럼 신나했다. 그는 태너와 당텍과 함께 잠수정을 둘러보고는 티타늄 합금 재질로 된 드릴과 분자 분쇄기만 있으면 어디든 막힘없이 뚫고 내려갈 것이라며 한참을 주절거렸다. 그러는 동안 태너와 당텍은 옆에서 가만히 장단을 맞춰주었다.

"어디 간다고 말씀하지 않으셔도 다 압니다. 칙술루브는 전부터 꼭 가보고 싶었거든요. 거기서 뭘 찾으면 되나요?"

헤네시가 기대에 부푼 목소리로 말했다.

'차차 알게 되겠지.'

태너는 그렇게 엄중히 생각하고는 태연한 목소리로 입을 열었다.

"일단 성능시험 삼아 F/7형으로 몇 차례 잠수해보도록 하지."

태너는 말한 대로 당텍과 헤네시에게 며칠간 연습을 시켰다. 둘은 먼저 수면 위에서 F/7형의 조작 성능을 시험해본 뒤 심해로 들어갔다. 그런 다음 마지막으로 드릴과 분자 분쇄기의 성능을 시험했다. 조작감만 놓고 본다면 헤네시가 전에 다뤄본 잠수정들만 못하지만, F/7형 같은 심해잠수정에서 중요한 것은 조작감이 아니라 심해에서 받는 엄청난 압력을 견딜 만큼 견고한가 하는 점이다. 물위에서는 이리저리 갸우뚱거려 원하는 방향을 잡기까지 상당한 시간이 걸렸지만, 일단 물밑으로 내려가면 물 만난 고기였다. F/7형의 성능이 진가를 발휘하는 순간은 진흙과 바위를 뚫고 내려갈 때였다. 드릴을 최고 성능으로 가동해 바위를 부수는 동안에도 잠수정에는 거의 흔들림이 없었다. 나사산에 걸릴 바위 표면이 불충분할 때는 후방 추진기가 잠수정을 바위에 밀어붙임으로써 드릴이 알아서 앞을 파고들었다. 그러는 사이에 분자 분쇄기가 작동되어 나머지 바윗덩이를 고운 자갈로 만든 다음 후방 추진기로 흘려보내 멀리 흩트리거나 아예 녹여버렸다. 헤네시는 감탄을 연발했다.

그렇게 둘은 F/7형을 타고 일곱, 여덟 차례 가량 시운전을 해보았다. 처음에 당텍은 헤네시가 조종하는 모습을 가만히 관찰하면서 그가 하는 이야기에 귀를 기울였다. 그러다 어느 날은 이제 자기가 조종해볼 차례라고 말을 꺼냈다. 헤네시는 당연히 가만있지 않았다.

"하지만 이건 아주 민감한 장비라고요. 제대로 조종하는 방법을 배우려면 몇 달은 연습해야……."

"그놈의 잔소리를 듣자니 머리가 더 지끈거리는군. 썩 비켜."

당텍의 이 한마디와 무표정한 얼굴과 냉정한 눈빛에 기가 죽은 헤네시는 말없이 조종석에서 물러나 처음으로 조종간을 양보했다.

그날 밤, 태너가 침대에 앉아 막 신을 벗으려는 참에 누가 문을 두드렸다.

"들어오세요."

태너는 그렇게 말하고서 계속 구두끈을 푸는데 눈에 익숙한 군홧발이 시야에 들어왔다. 그는 고개를 들었다.

'왜 마주칠 때마다 흠칫 놀라는 거지?'

그는 속으로 생각했다.

"자네였군. 일은 순조롭게 되어가나?"

당텍은 고개를 끄덕였다.

"조종법을 터득했습니다."

"만일의 경우에 잠수정을 직접 조종할 수 있단 말인가?"

"달 착륙정도 만져봤는데 잠수정이라고 못하겠습니까. 자유자재로 조종 가능합니다."

"드릴도 말인가?"

당텍은 어깨를 으쓱였다.

"그리 어려울 것도 없습니다. 드릴로 터널 뚫는 방법이야 익히 알고 있으니 나머지는 금방 손에 익습니다. 이제 헤네시를 굳이 쓸 필요가 없습니다. 그 놈이 막판에 가서 겁먹고 빌빌대거나 혹시라도 수틀리면 제가 조종을 넘겨받으면 그만입니다."

"'수틀리면'이라니 그게 무슨 말인가?"

당텍은 다시 어깨를 으쓱였다.

"만일에 대비하자 이 말입니다."

"만에 하나 그렇게 된다 해도 되도록 죽이지는 말도록."

태너가 목에 힘을 주어 강조했다.

당텍은 머뭇거리다 고개를 끄덕였다.

"명심하겠습니다."

다음날 아침, 태너는 화상연결로 대령에게 연락했다.

"준비가 끝났습니다. 당장이라도 분화구 중심에 배를 띄우고 F/7형을 내려보낼 수 있습니다. 두 조종사 모두 완벽하게 연습을 끝마친 상태입니다."

"좋습니다. 오늘밤에 화물선을 위치에 대기시킵시다."

대령이 말했다. 그는 이번에도 태너를 꿰뚫어보는 듯한 눈빛을 번득였다.

"오늘밤이오?"

"해지기 직전에 출항하는 겁니다. 21시까지 위치에 대기한 다음 22시에 투입하도록 합시다. 만에 하나 그쪽의 예상을 깨고 그 둘이 스파이라면 몰래 연락을 취할지도 모르니 일정은 미리 알리지 마십시오. 자는 도중에 깨운 다음 F/7형에 태워 자정이 되기 전에 잠수시켜야 합니다."

"알았습니다."

대령은 손을 뻗어 화상연결을 끊으려다 잠시 멈칫했다.

"피곤해 보입니다, 이사님. 어디 편찮으십니까?"

"괜찮습니다, 대령님. 그냥 두통입니다. 요즘 꿈자리가 사나워서 말입니다. 걱정할 것 없습니다."

"내일은 역사적인 날이 될지도 모르겠습니다."

"그럴 테지요."

"과연 뭐가 발견될 것 같습니까?"

태너 역시 며칠째 똑같은 생각을 되뇌고 있었다. 인공물로 짐작되는 물체가 대관절 어쩌다 수 킬로미터에 달하는 바위를 뚫고 내려간 해저 분화구 밑바닥에 가라앉게 됐을까?

"낸들 압니까. 겉보기에 부자연스럽다 뿐이지 실제로는 자연적으로 형성된 물체일지 누가 압니까. 정말로 인공물이라면 어쩌다 그런 곳에 처박혔는지는 아무도 모를 노릇이지요. 아니면 혹시……."

그는 말을 끝맺지 못하고 말꼬리를 흐렸다. 섣불리 넘겨짚기에는 너무나 중대한 사안이었다.

"아니면 혹시?"

대령이 대답을 재촉했다.

태너는 두통을 떨치려고 머리를 저었지만, 통증이 머리를 더욱 조여들었다.

"잘 모르겠군요."

"입 밖에 꺼낼 배짱이 없다면 대신 알아맞혀 보겠습니다. 보나마나 '인류가 아닌 다른 존재가 축조한 유물'이라 생각하실 겁니다."

태너는 묵묵부답이었다.

"믿건 말건 그럴 가능성은 충분합니다. 오히려 그렇게 되기를 벼르던 참입니다. 인류 외의 지성체와 최초로 대면하는 순간을 말입니다."

그 말을 듣고 나니 태너는 오싹한 생각에 머리가 아찔해졌다. 정말로 그것이 외계인이 창조한 물체이고 정말로 그렇게 밝혀진다면 그 여파란 상상하기조차 어려웠다.

"행운만 조금 따라준다면 곧 알게 되겠지요."

태너는 긴장한 티를 내지 않으려고 최대한 목소리를 가다듬었다.

"그럼 행운을 빌겠습니다, 대령님."

그리고는 화상연결을 끊었다.

13

그는 달아나려 했으나 뜻대로 되지 않았다. 허공에서 팔다리를 아무리 허우적거려봤자 헛수고였다. 발을 디딜 땅조차 느껴지지 않았고 공기도 뭔가 이상했다. 숨을 들이쉬려고만 하면 기침이 끊이지를 않았다. 그는 서서히 질식해가고 있었다. 미친 듯이 주위를 두리번거렸지만 어디를 둘러봐도 똑같았다. 사방이 잿빛으로 가득했으며 손에 잡히거나 발에 닿는 것이라고는 하나도 없었고, 그만이 홀로 허공 속을 떠다니며 죽어가고 있었다.

그는 자신이 죽은 줄로만 알았지만 어째서인지 숨은 붙어 있었다. 허공 속을 떠도는 데다 눈을 떠봐도 앞이 보이지 않았지만 몸은 계속해서 천천히 돌고 돌았다. 그곳에는 그밖에 없지만 그곳이란 장소부터가 모호하기 그지없었다. 어디선가 작은 소리가, 벌레가 종이 위를 기어가면서 내는 듯한 소리가 들렸다. 목소리가 그에게 말을 걸어왔다.

헤네시.

익숙한 목소리였다. 누구 목소리인지 분간하게 속삭이지 말고 더 크게 말해줬으면 하는 생각이 들었다.

헤네시.

또다시 목소리가 들려왔다. 귀를 기울이자 서로 다른 두 사람의 속삭임이 동시에 들렸다. 불현듯 깨닫고 보니 한두 사람이 아니라 수많은 사람이 하나같이 그의 이름을 속삭이며 아우성쳤다.

헤네시, 헤네시, 헤네시.

그때 몸이 돌아가자 그를 둘러싼 잿빛 공간이 더는 잿빛으로 보이지 않았다. 바뀌고 있었다. 사방이 다른 무언가로 변하고 있었다.

그는 몸이 움직여지지 않으니 당연히 죽었다고 생각했다. 그렇게 허공 속을 떠다니며 하릴없이 목소리에만 귀를 기울이는 사이, 주위를 둘러싼 잿빛 공간이 순식간에 변화하며 다른 모습으로 바뀌어갔다. 처음에는 주름이 지면서 굴곡이 생기나 싶었는데, 주름들이 얼기설기 뒤얽혀 구김살이 지면서 사람의 두뇌를 연상케 하는 형상을 띠었다. 그리고 여기서 또 오밀조밀하게 뭉쳐지면서 어렴풋이나마 자세한 부분이 눈에 들어오기 시작했다. 알고 보니 이는 허공이 아니라, 한데 뒤엉킨 살덩어리 속에서 엎치락뒤치락하는 수많은 시체였다.

눈을 감고 싶었지만 감을 수가 없었다. 수천, 아니 수만 구에 가까운 시체 속에서 얼굴들이 하나하나 드러나고 보니, 이들은 모두 그가 평소에 알고 지냈던 사람이었다. 사고로 목이 부러져 죽은 아내, 암투병으로 비쩍 말라가다 숨진 아버지와 어머니, 그리고 그밖에도 얼굴을 기억하는 사람들이 수없이 많았지만 그들도 모두 싸늘한 주검이었다.

헤네시.

미동조차 하지 않는 시신들이 벌린 수많은 입에서, 깊은 동굴에서 울리는 메아리처럼 목소리가 흘러나왔다. 대체 어느 입에서 나오는 말일까?

헤네시.

다른 목소리가 들렸다. 그러자 어느새 시체들은 하나도 빠짐없이 그의 이름을 부르며, 서로 몸을 부딪으며 점점 가까이 다가왔지만, 막아서기는커녕 가만히 지켜볼 수밖에 없었다. 곧 시체들은 손을 뻗어 살갗과 뼛속을 파고들며, 그의 몸속에 그들의 생각을 심어 넣었다.

"헤네시!"

누군가가 그를 소리쳐 불렀다.

"헤네시!"

뭔가가 그를 붙들고 흔들었다. 손이다. 누가 비명을 질러대고 있었는데, 알고 보니 악을 써대는 그 누구는 바로 헤네시 자신이었다.

그는 마구 발길질을 해대고 뒷걸음질을 치면서, 자신을 붙든 손아귀에서 벗어나려고 발버둥치다 벽에 등을 부딪혔다. 그는 그제야 비명을 멈추고 지금 자신이 있는 곳을 살펴보았다. 칙술루브 소재 드레저 사 단지 내부의 평범한 숙소였다. 내 방이잖아. 침대는 저기 있고. 이제 안심해도 된다. 악몽에서 현실로 돌아왔으니까.

웬 사내가 침대 옆에 무릎을 굽히고 있었다. 평범하게 생긴 안경잡이 사내였다.

"염병할!"

사내는 코를 감싸쥐었다. 핏방울이 손가락 사이로 뚝뚝 떨어져 내렸다.

"대체 왜 이러는 겁니까?"

뒤를 돌아보니 체격 좋은 사내 둘이 떡하니 서 있었다. 형제거나 쌍둥이가 아닐까 싶을 정도로 서로 생김새가 엇비슷했다. 이들은 전에도 단지 곳곳에서 어슬렁거리던 삼인조인데, 정확히 무슨 일들을 하는지는 여태 모르고 지내던 참이었다.

"분풀이로 내가 대신 한방 먹여줘?"

덩치 큰 사내가 말했다.

"그럼 손 좀 봐주실까?"

다른 덩치 큰 사내가 말을 받으며 주먹으로 손바닥을 쳤다.

"둘 다 성질 죽여. 멀쩡하게 데려가야지."

안경잡이 사내가 말렸다.

"정말 죄송합니다. 악몽을 꿨거든요."

덩치 큰 둘 때문에 쩔쩔매는 안경잡이 사내에게 헤네시가 말했다.

"요즘은 너도나도 악몽이 유행인가 봅니다. 어지간히도 심했나 보군요."

안경잡이 사내가 말했다. 그는 머리를 뒤로 젖히고 코에서 손을 치웠다. 이제 코

피가 거의 멈춘 듯했다. 사내는 확인삼아 코를 들이마셨다.

"그런데 제 방에서 뭐하시는 겁니까?"

"데리러 왔습니다. 얼른 옷이나 입으시죠."

'내가 아직 잠이 덜 깼나?'

헤네시는 아리송한 생각이 들었다.

"절 데리러요? 갑자기 왜요?"

"가보면 압니다. 빨리 옷이나 걸치고 따라오시죠. 아니면 이대로 팀이랑 톰이 몸이나 풀게 놔둘까요?"

삼인조는 헤네시를 부두로 데려갔다. 팀과 톰은 그의 양옆에, 안경잡이 사내는 앞장을 섰다. 부두에 도착하니 대형 고속정이 있었는데, 먼저 도착한 당텍은 진즉에 고속정에 올라타 등을 꼿꼿이 펴고 팔짱을 끼고서 느긋하게 앉아 있었다. 헤네시와 달리 따로 경호도 붙지 않았다. 화물선에서 승무원으로 근무하는 군인 하나가 한 발은 부두에, 다른 발은 갑판에 딛고 밧줄을 풀기만을 기다리고 있었다.

"어디로 데려가는 겁니까?"

헤네시가 안경잡이 사내에게 물었다.

사내는 아직도 콧등을 주물러대고 있었다.

"고속정까지 모셔오란 얘기만 들었습니다. 그것밖에 모릅니다."

"후딱 올라타쇼."

팀이 등 뒤에서 말했다.

"싫으면 손수 태워드릴깝쇼?"

톰이 이죽거렸다.

헤네시는 허겁지겁 고속정에 올라타 당텍 옆자리에 앉았다. 군인 승무원은 얼른 밧줄을 풀고 부두와 고속정 사이에 거리를 벌린 다음 곧바로 조종석에 몸을 실었다. 곧 엔진에 시동이 걸리자 고속정은 검은 물살을 그리며 바다로 나아갔다.

"대체 무슨 영문이죠?"

헤네시가 엔진 소음 사이로 당텍에게 물었다.

당텍은 무표정한 얼굴로 그를 쳐다보았다.

"개시됐나보군."

'개시됐다니? 그게 무슨 소리야?'

헤네시는 아리송한 생각이 들었다.

불어오는 찬바람과 쏟아져 들어오는 바닷물 때문에 헤네시는 금세 온몸이 얼어붙었다. 화물선에 도착할 무렵에는 추워서 이가 딱딱거릴 지경이었다. 헤네시와 당텍이 고속정에서 내려 사다리를 올라가자 태너가 갑판 위에서 둘을 맞이했다.

"제시간에 왔군. 수고했다."

태너가 고속정을 조종한 군인에게 말했다.

"감사합니다."

태너는 헤네시와 당텍에게 돌아섰다.

"둘 다 뭐가 어떻게 돌아가는지 궁금할 거다. 일단 선교로 자리를 옮기고 마저 얘기하도록 하지."

태너가 설명을 끝마치자 헤네시는 어딘가 수상쩍은 기분이 들었다. 그래도 소원대로 분화구 중심부에 내려가게 되어서 마음이 들뜨고, 아래에서 무엇이 발견될까 하는 기대에 마음이 부풀었다. 태너의 말로는 외계 지성체의 존재 여부를 판가름할 희대의 발견을 하게 될지도 모른다고 한다. 어쩌면 단순한 이상 현상으로 싱겁게 끝날지도 모르지만. 그는 너무 촐싹대지 않으려고 마음을 추슬렀다.

게다가 어딘가 석연찮은 구석이 있었다. 문제의 물체를 탐지한 곳은 비단 드레저 사뿐만이 아닐 것이다. 설령 그렇다 한들 먼저 보고를 해야 하지 않던가? 합법적인 경로를 통해 멕시코 정부에 동의를 얻어야 도리가 아닌가? 그렇다면 드레저 사에서는 이렇게 한밤중에 난데없이 탐사할 것이 아니라, 멕시코 정부의 관할 아래 합동 조사에 들어가야 맞지 않을까?

발각됐다가는 엄청난 결과를 낳을 음모를 꾸미는 중이 틀림없다. 어쩌면 그가 아직 순진하다보니 이렇게 염려하는지도 모른다. 전에도 이렇게 미심쩍다 싶은 일을 맡으면 잡생각이 들고는 했지만, 그때도 이렇게까지 고지식한 생각에 사로잡힌 적은 없었다. 혹시라도 일이 잘못된다면 비난의 화살은 태너나 드레저 사가 아니라 당텍과 자신에게 쏟아질 것이 뻔했다. 드레저 사라면 주저 없이 둘과의 관계를 끊고도 남겠지.

혜네시는 고개를 들어 당텍과 눈을 마주쳤다. 여느 때보다도 냉정하고 무표정한 눈빛은 마치 육식동물의 눈을 보는 듯했다.

'눈곱만큼도 신경 쓰지 않는구나. 시키면 시키는 대로 해치울 낌새야.'

혜네시는 심호흡을 하고서 태너에게 돌아섰다.

"왜 하필 한밤중에 합니까?"

"안 될 이유가 없잖나? F/7형에는 탐조등도 달려 있고 말이야. 어차피 깊이 내려가면 그걸로 시야를 확보해야 할 테고, 굴착을 시작할 때는 두말할 것도 없지."

"그런 대답을 들으려고 물어본 게 아니라는 거 잘 아시잖습니까."

당텍이 느긋한 투로 말했다.

"그래? 그럼 요점이 뭔가?"

"불법 아니냐, 이 소립니다."

"그런가?"

태너가 혜네시에게 돌아서며 말했다.

"그것 때문인가?"

혜네시는 잠시 머뭇거리다 고개를 끄덕였다.

"제가 보기에는 조금 이상해서 말입니다. 분화구 전체가 멕시코 소유 아니던가요? 지방 자원채취 기구에 미리 연락해 임대를 받아야 옳지 않습니까? 게다가 화물선 승무원들은 또 어떻고요? 전부 군인인가요? 그런데 왜 군복차림이 아닌 거죠? 소속은 또 어디고요? 이도 저도 아니면 대체 뭐가 어떻게 돌아가는 겁니까?"

"거기까지는 신경 쓸 것 없잖나. 그런 자세한 사항은 내 소관이니까. 자네가 그런 잔걱정까지 할 필요는 없지."

"하지만 일이 잘못되는 날에는 우리가 덤터기를 쓰잖습니까."

태너는 아무런 대답도 없었다.

"제 말이 틀렸나요?"

헤네시는 애걸조로 당텍에게 말을 돌렸다.

"걱정돼야 당연한 일 아닌가요? 아무런 관심도 없으세요?"

당텍도 아무 말이 없었다.

헤네시는 태너에게 되돌아섰다.

"걱정되는 제가 이상한 건가요?"

"대답을 해줬을 텐데."

태너의 말에 헤네시는 한숨을 쉬었다.

"자네, 이제 와서 탐사에 참가하기 싫다는 말인가 뭔가? 위험이 뒤따르겠지만 엄청나게 중요한 건인 줄 알잖나. 얼른 마음을 정하게. 정 싫으면 빠져도 좋지만, 시간이 없으니 즉석에서 결정하도록."

헤네시는 한참을 갈등했다. 불법이건 합법이건 중대한 일임에는 변함이 없다. 태너의 못미더운 태도가 맘에 걸리기는 하지만, 사실 지금까지 드레저 사에서 일하면서 정말로 믿고 신뢰한 사람은 하나도 없잖은가. 스스로 알고 시작한 일이다. 그래도 지금까지는 아무런 말썽이 없었다. 벌이는 일이 합법이건 불법이건 항상 자신이 맡은 부분만은 합법이라고 되뇌던 그였다. 더군다나 여태껏 수틀리는 일이 생기더라도 끝에는 뒤탈 없이 빠져나갔다. 드레저 사와는 앞으로도 손발을 맞출 생각이지만, 태너가 자신을 언제라도 내팽개칠 수 있는 한 덮어놓고 믿기는 어려웠다.

헤네시는 끝내 고개를 끄덕였다.

"좋다, 그럼 둘 다 가보도록."

태너가 말했다.

14

한밤중에 심해잠수정을 타보기는 헤네시로서도 이번이 처음이었다. 어두컴컴한 주위를 밝힌 형광등 불빛을 보자니 정신 나간 치과의사가 운영하는 지저분하고 어수선한 진료실이 생각났다. 탐사에 착수한 그와 당텍의 얼굴 위로도 불빛이 쏟아졌다.

둘은 좌석에 몸을 싣고 안전벨트를 맸다. 헤네시는 앞부분 조종석에, 당텍은 밸러스트 탱크 옆에 있는 뒷자리에 앉았다. 기중기가 잠수정을 들어 물 위로 옮겼다. 둘은 허공에 매달려 잠시 흔들거리다가 순식간에 아래로 떨어졌다.

잠수정이 물에 잠기면서 주위는 더욱 칠흑 같은 어둠에 휩싸였다. 당텍이 외부 탐사등을 켜자 잠수정 내부 조명이 흐릿해졌다. 헤네시는 계기판을 점검했다. 그는 헤드폰을 끼고 마이크가 뺨에 거치적대지 않게끔 마이크 다리를 조정했다. 그리고는 F/7형을 잠시 앞뒤로 움직여본 뒤 드릴을 가동하고 물살이 소용돌이치는 모습을 살펴보았다. 다음에는 차례로 소나 신호, 음파 측정기를 점검한 다음 당텍에게 관측창의 밀폐 상태를 확인해보라고 일렀다. 아무런 이상도 없어 보였다.

"여기는 플로킨."

헤네시는 마이크로 암호명을 말했다.

"수송선, 들립니까? 신호가 갑니까?"

태너의 목소리가 지직거리며 귓속으로 들어왔다. 소리뿐만 아니라 홀로그램 화면으로도 지직거리는 모습이 나타났다.

"통신상태 양호하다. 그쪽은 아무 이상 없나?"

"이상 없습니다."

헤네시가 말했다. 당텍도 뒤따라 응답했다.

"준비되는 대로 실행하도록, 플로킨."

헤네시는 계기판에 손을 얹고 잠시 그대로 있다가, 화상연결을 끊고 잠수에 들어 갔다.

'이제 시간문제일 뿐이야. 대여섯 시간쯤 걸리겠지.'

헤네시는 뒤로 등을 기대고 기지개를 켰다. 처음에는 천천히 내려가기 시작하다 가 약간 속력을 높이며 조심스럽게 움직였다. F/7형 내부의 공기가 탁해지면서 피 부로 느껴질 만큼 더워졌다. 그는 치명적으로 낮은 외부 수온 때문에 자동으로 온 도 조절장치가 가동되어서 그렇다는 사실을 익히 알면서도, 당텍에게 산소 재순환 장치를 점검해보라고 일렀다.

이따금 항행등 불빛 사이로 물고기들이 눈에 뜨이고는 했지만 아래로 내려가면 내려갈수록 그런 광경도 보기 힘들어졌다. 주위에 있는 것이라고는 밀폐된 잠수정 안에서 서로 내쉬는 공기를 들이마시며 기다리고 또 기다리는 헤네시와 당텍 둘뿐 이었다.

헤네시는 머리가 지끈거렸다. 요즘은 하루같이 두통을 달고 사는 것 같았다. 자 리에서 살짝 몸을 틀어 당텍을 흘끔 돌아보았다. 당텍은 변함없이 냉정한 눈빛으로 자신을 쳐다보고 있었다.

"왜요?"

"왜요는 무슨 놈의 왜요?"

헤네시는 도로 돌아앉았다.

'얼굴만 봐도 깜짝깜짝 놀란다니까.'

잠수정 내부가 점점 후텁지근해졌다. 심해의 높은 압력 때문에 숨을 쉬기도 갈수 록 힘들어졌다.

또다시 아래로 100미터를 내려갔다. 헤네시는 여태까지만 해도 F/7형의 내부가 얼마나 좁은지는 그리 눈여겨보지 않았다. 하지만 지금은 장시간을 잠수하는 중인데다 계기 상태에 별다른 신경을 쏟지 않아도 되다보니 갑갑한 공간 외에는 달리 생각할 거리가 없었다. 땀이 비 오듯이 줄줄 흘렀다. 오죽했으면 이러다 자기가 흘린 땀에 빠져 죽겠다는 생각이 들 정도였다.

헤네시는 대뜸 웃음을 터뜨렸다.

"허파에 바람들어갔나?"

그는 또 웃음을 터뜨렸다. 도저히 멈출 수가 없었다. 자기가 흘린 땀에 빠져 죽는다니 정말 어처구니 짝이 없는 생각이지만, 정말로 그렇게 된다면 어떻게 될까? 어디 생각만 그렇다 뿐인가, 지금 벌이는 일도 어처구니없기는 마찬가지인데.

"심호흡 하고 입 다물어."

당텍이 충고했다.

그의 말이 옳았다. 도움의 손길이 있는 수면에서 한참은 떨어진 갑갑한 잠수정 속에서 정신발작이라도 일으켰다가는 큰일이다. 아무렴, 절대 안 될 일이고말고. 하지만 그런데도 자꾸만 웃음이 새어나왔다.

뒤에서 안전벨트를 푸는 소리가 나더니 느닷없이 당텍이 자리에서 일어나 계기판 위로 고개를 불쑥 내미는 바람에 잠수정이 잠시 갸우뚱거리다 균형을 되찾았다.

헤네시가 계속 웃음을 참지 못하고 킬킬거리자 당텍은 손을 뻗어 목을 콱 졸랐다. 그는 숨이 턱 막혔다.

"잘 들어, 방법은 두 가지다. 네놈 숨통을 붙여두고 진행하던가, 아니면 끊어놓고 진행하던가. 어느 쪽이건 난 상관없지."

그는 몸부림을 쳤지만 당텍의 손아귀 힘이 훨씬 강했다. 살아생전 이토록 숨막히는 공포를 느껴보기는 처음이었다. 눈앞이 컴컴해지더니 빨간 점들이 깜박이기 시작했다. 아무리 껄떡거려도 숨을 쉴 수가 없었다.

당텍은 헤네시가 정신을 잃기 직전까지 가서야 비로소 목을 놓아준 뒤 차가운 눈으로 빤히 쳐다보고는 아무 일도 없었다는 듯이 제자리로 돌아갔다. 헤네시는 숨을 헐떡이며 목을 주물렀다.

"알아들었으면 똑바로 해보실까?"

당텍이 무미건조한 목소리로 말했다. 물음보다는 명령조에 가까웠다.

"알았어요."

헤네시는 목을 졸리고 나니까 기분이 다소 나아지고 자제력이 생겼다는 사실에 깜짝 놀랐다. 머리는 전보다 더 지끈거리게 됐지만.

헤네시는 계기판을 점검했다. 항로를 제대로 따라가고 있었다. 굳이 목을 졸라야 했을까? 그냥 피식거린 것뿐인데 그리 거칠게 나올 필요는 없잖은가. 하지만 당텍은 과민반응을 보이면서까지 분위기를 험악하게 만들었다. 이러다가 둘 중 하나는 피를 볼지도 모른다. 태너는 대체 무슨 생각으로 이 정신병자와 함께 수중 관속에 처넣은 걸까? 힘으로는 당텍을 이길 수가 없으니 어떻게 해볼 도리가 없지만, 물 위로만 올라가면 얘기가 다르다. 정식으로 고소를 먹여버릴 테니까. 일단 태너한테 가서 당텍이 어떤 짓을 저질렀는지 말하고 당장 해고시키라고 따져야지. 혹시 태너가 수수방관으로 나온다면 그를 제쳐놓고 직접 윗선에 보고할 테다. 회사에서 가장 높은 자리에 있는 사람, 레니 스몰 사장의 귀에 들어갈 때까지 끊임없이 고소장을 써야지. 스몰 사장이라면 억울함을 풀어줄 테니까. 하지만 스몰 사장조차도 귀기울여주지 않는다면 그때는 직접 발 벗고 나설 생각이다. 총을 꺼내들고 모조리……

"수심 1천 미터에 도달했다."

당텍이 말했다.

헤네시는 문득 죄책감이 들자 하던 생각들이 금세 달아났다.

"수심 1천 미터 도달."

그는 당텍을 뒤따라 되풀이했다. 자기도 모르게 목소리가 떨렸지만 이만하면 괜찮다. 태너가 듣기에는 말짱할 테니까. 그는 화상연결을 켜고 보고했다.

"모선, 모선은 응답하라."

잡음 섞인 태너의 목소리가 흘러나왔다. 소리가 전보다 작아졌으며 홀로그램 역시 윤곽이 흐릿하게 나타났다.

"들린다, 플로킨. 보고하라."

"현재 수심 1천 미터에 도달했습니다. 밀폐상태 양호, 계기상태 양호, 아무 이상 없습니다."

"좋다, 계속하도록."

태너가 응답했다.

헤네시와 당텍은 계속 아래로 내려갔다. 잠수 속도는 전보다 굼떠진 듯했다.

"거기는 아무 이상 없나요?"

헤네시가 당텍에게 물었다.

"없어. 그러는 거기는?"

헤네시는 고개를 저었다. 고개를 움직이자 마치 뇌가 두개골 속에서 좌우로 부딪히면서 멍이 드는 것만 같았다.

"산소도 문제없나요?"

"아까 계기상태 전반에 문제가 없냐고 물어봤으니 그 대답은 이미 들었을 텐데. 산소도 문제없다."

"아, 그랬죠."

헤네시는 항행등 불빛이 밝히는 바닷물을 바라보며 한동안 말이 없었다. 생명체는 어디에도 없었고, 있다 하더라도 눈에는 보이지 않았다. 사방을 둘러봐도 똑같이 어두컴컴한 세상 속을 표류하고 있었다. 문득 지금 상황이 꿈에서 봤던 광경과 흡사하다는 생각이 들자 불길한 예감이 온몸을 엄습했다.

"두통 때문에 머리가 아파요."

그는 그저 자기 목소리를 듣고 싶어서 입을 열었다.

당텍은 아무런 말도 없었다.

"머리 안 아파요?"

"솔직히 나도 그래."

당텍이 그에게 고개를 돌렸다.

"벌써 며칠째 두통에 시달렸어."

"저도 그래요."

당텍은 고개만 끄덕였다.

"잡담 그만."

헤네시는 되받아 고개를 끄덕였다. 그는 자신과 당텍, 그리고 잠수정을 둘러싼 방대한 공간을 내다보며, 수압이 높아짐에 따라 잠수정 선체 사이로 새어나오는 삐걱거리는 소리에 귀를 기울였다. 헌데 뭔가 다른 소리가 섞여 들려왔다. 무슨 소리지? 들릴락말락한 정도지만 계속 귀에 잡히는 듯한데. 들리기는 들리는데 분간하기에는 너무 작은 소리. 대체 어디서 나는 걸까?

"무슨 소리 안 들려요?"

"잡담은 그만하라고 했을 텐데."

당텍도 그 소리를 들었다는 말일까? 묻는 말에 속 시원하게 대답 좀 해주면 어디 덧나나? 무례하게 질문한 것도 아니잖아?

"제발요. 무슨 소리 못 들었는지 말 좀……."

당텍은 다짜고짜 헤네시의 옆통수를 후려쳤다.

'못 들었나보다. 들었으면 똑같이 이상하다고 생각하겠지. 그렇담 나한테 가까이 있는 계기판 쪽에서 소리가 나는 건가, 아니면 설마……'

하지만 '아니면 설마'하는 가능성은 생각만 해도 소름끼쳤다. 그래서 일단 계기판에 오른쪽 귀를 바짝 갖다대고 소리를 하나하나 들어보았다. 이러면 당텍이 뭐하는 짓이냐고 면박할 줄 알았는데 그는 아무 말도 없었다. 다른 곳을 보고 있거나 아예 신경도 쓰지 않는 모양이지. 여하간 계기판에는 이상이 없었다. 소리는 더 커지지도 작아지지도 않으면서 주위를 맴돌았다.

그때 불현듯 깨달았다. 그 소리는 그의 머릿속에서 나오고 있었다.

거기까지 생각이 닿는 순간, 소리가 하나 둘씩 늘더니 어느새 속삭이는 목소리로 뒤바뀌었다. 뭐라고 말하는 걸까? 알기조차 두려웠다. 차라리 신경 끊고 귀를 닫아버린 다음…….

"수심 2천 미터 도달."

당텍이 말했다.

'아차, 엉뚱한 데 한눈팔 때가 아냐. 머릿속 목소리는 잊어버리고 조종에나 집중하자. 그만 정신 차려야지. 계속 안절부절 못하다가는…….'

"헤네시, 내 말 안 들려?"

"들려요. 수심 2천 미터 도달. 보고할게요."

헤네시는 통신을 연결했다. 태너의 홀로그램은 전보다 더 깨져보였다.

"수심 2천 미터에 들어왔습니다."

태너의 대답이 돌아오기까지는 3초쯤 뜸이 들었다.

"다시 말해주기 바란다."

잡음 섞인 목소리가 들리더니 나중에는 끄트머리만 흘러나왔다.

"……기 바란다."

"수심 2천 미터에 도달했습니다."

헤네시는 천천히 다시 말했다.

"알았다. 계속하도록."

'이제 3천 미터로군.'

헤네시는 속으로 생각했다. 아직은 3천 미터에 조금 미치지 못할지도 모르겠다. 어쨌든 이제 절반은 넘게 내려왔다. 지정된 장소까지 잠수하고 나면 드릴을 조종하느라 여념이 없을 것이다. 뭐라도 좋으니 한 가지 일에 정신을 붙들어야 한다. 설마 뭐가 잘못되기라도 하겠어. 이제 예정된 지점까지만 잠수하면 된다. 도착하는 즉시 목표물을 신속히 굴착한 뒤 태너가 지시한 대로 작은 표본을 채취해 즉시 수면으로 부상할 예정이다. 그 표본이 얼마나 귀중한 물건인지는 모르겠지만, 거기서부터는 그의 소관 밖이다. 그러고 나면 비행기를 타고 북미 지구로 되돌아가서, 이곳에서 보고들은 일들을 머릿속에서 지워버리고 일상으로 돌아가면 끝이다. 다른 조직체들이 낌새를 알아차리고 달려들기 전에 태너와 드레저 사에서 인력을 총동원해 전체 발굴에 나설 즈음이면, 그는 이미 이곳을 떠난 지 오래일 테지. 머릿속으로 이런 생각을 하니 썩 나쁘지만은 않았다.

차라리 호흡기 질환이라도 하나 달고 있었으면 좋았을 텐데. 그러면 적어도 산소를 순식간에 바닥내지는 않을 테니까. 여전히 땀이 비 오듯이 흘렀지만 전처럼 웃음이 새어나오지는 않았다. 두려웠으니까. 당텍은 말할 것도 없고, 무슨 일이 벌어질 지가 두려웠다.

'정신 바짝 차리자, 헤네시.'

그는 스스로 되뇌었다. 어쩌면 머리 한구석에서만 그렇게 다짐했는지도 모른다. 다른 한구석은 머릿속에서 비명을 지르며 악을 써댔다. 또 다른 한구석에서는 만일의 사태에 대비해 악을 써대는 놈을 아래로 처박고 뚜껑을 덮어버리려고 진땀을 흘렸다. 그런데 개중에는 소리 내어 말하는 부분, 아니 그보다는 속삭임에 가까운 나직한 목소리를 내는 부분도 있었는데, 여태까지 머릿속에서 속삭이던 정체모를 소리는 알고 보니 그 자신에게서 나오고 있었다.

헤네시.

목소리들은 계속해서 속삭였다.

헤네시.

마치 그의 주의를 끌어보려는 것처럼. 목소리들은 그의 일부인 동시에 일부가 아니었다.

깨질 듯한 통증이 머릿속으로 밀려들었다. 그는 고통에 신음하며 엄지로 관자놀이를 꾹꾹 주무르다가 혹시 당텍이 눈치를 챘을까 싶어서 뒤를 돌아봤다. 당텍 역시 머리를 감싸쥐고 있었으며 창백하게 질린 얼굴은 땀으로 흥건히 젖어 있었다. 그는 이를 악물었다. 잠시 시간이 지나자 평소처럼 무표정한 얼굴을 되찾고는 어깨를 펴다가 헤네시와 눈이 마주쳤다.

"뭘 쳐다봐?"

당텍이 윽박질렀다.

헤네시는 아무 대꾸 없이 계기판으로 돌아앉으며 두통에 시달리던 사이에 시간이 꽤 흘렀기를 빌었지만, 정확히 얼마나 지났는지는 감이 오지 않았다. 아직 900미터는 더 내려가야 하지 싶은데.

"몇 백 미터나 남았죠?"

헤네시는 꼬투리를 잡히지 않으려고 짐짓 태연한 척하며 물었다.

그는 관측창에 흐릿하게 비친 당텍의 일그러진 얼굴을 살폈다. 상당히 심란해 보였다.

"때 되면 알아서 알려주마."

착각이 아니라면 방금 당텍의 목소리에는 떨리는 기색이 역력했다.

'나만 그러나 했더니 저 인간도 못 배기네.'

처음에는 그런 생각을 하니 안심이 되었다. 하지만 이러다 생각보다 심각한 상황에 빠질지도 모른다는 생각이 곧 뇌리를 스쳤다.

그는 수시로 관측창에 고개를 돌리며 때로는 컴컴한 바닷물을, 때로는 창유리에 비친 당텍의 얼굴을 살펴보았다.

'언제까지 이러고 있어야 돼? 도대체 얼마나 더?'

헤네시는 고개를 설레설레 내저었다.

헤네시.

목소리들이 그를 불렀다.

헤네시.

어디선가 들어본 목소리였지만 어디서였는지는 긴가민가하던 순간, 꿈에서 들었던 목소리임이 불현듯 기억났다. 하지만 그중에서도 한 목소리는 유난히 귀에 익었다. 목소리가 들리고 또 그 목소리가 귀에 익은데도 정작 목소리의 주인은 모르다니?

'내 머릿속으로 파고들었어. 어쩌다 실수로 이것들을 머릿속에 들여 보내준 거야. 내가 정신이 어떻게 됐나봐.'

그는 속으로 곰곰이 생각을 해보았다.

'하느님…… 하느님 제발 저 좀 살려주세요.'

지금 비명을 지르기라도 했다가는 당텍이 당장에 그를 죽여 버릴지도 모를 일이었다. 지금껏 한 말로 봐서는 그러고도 남는다.

잠수정 바깥 아래에서 뭔가가 번쩍였다.

'아니지 잠깐, 그냥 당텍이 창에 비친 거야. 아무것도 아니라고.'

하지만 또다시 잿빛 공간에서 뭔가 색이 밝고 표면이 주름진 지형이 나타났다. 해저에 도달한 것이다.

헤네시는 잠수정의 속도를 거북이 기어가는 수준까지 떨어뜨렸다.

"수심 3천 미터 도달."

당텍이 말했다.

"거의 다 왔네요. 이제 분화구 밑바닥이 코앞이로군요."

그렇게 대답하는 헤네시의 목소리에서 별안간 자신감이 묻어났다.

그는 점점 가까워지는 바닥을 지켜보았다. 마치 월면처럼 황량했으며 사방이 두터운 진흙으로 뒤덮여 있었다. 둘은 먼지 하나 일으키지 않고 잠수정을 진흙 바닥에 사뿐히 내려앉혔다. 진흙 속에 숨어 있던 가자미가 몸을 꿈틀거리더니 탐조등 불빛이 닿지 않는 곳으로 스르륵 달아나서는 다시 느릿느릿 바닥에 몸을 숨겼다. 시운전을 할 적에는 혹시라도 해저에 안착하는 과정에서 잠수정이 전복되어 선체를 원래대로 돌리느라 진땀 빼는 일이 생기면 어떡하나 걱정했는데, 잠수정은 문제없이 매끄럽게 바닥으로 내려왔다.

"드디어 해냈군요. 이제부터는 누워서 떡먹기겠어요."

당텍은 말없이 쳐다보기만 했다.

헤네시는 태너에게 연락을 취했다. 이상하게도 수심 2천 미터에 있을 때보다 지금 여기서 보내는 신호가 훨씬 더 잘 닿았다. 아마도 잠수정의 각도가 바뀐 까닭이겠지만, 방금 일시적으로 계기 전반을 훑고 지나간 에너지 파장은 뭐였을까?

"도착했습니다."

태너와 연결되자 헤네시가 말했다.

"바닥 상태는 어떤가?"

"고르고 평평합니다. 적어도 표층은 수월하게 뚫겠군요."

"꼭 세상의 끝에 온 것 같군."

등 뒤에서 당텍이 한 마디 내뱉었다.

"……고 했나?"

태너가 고개를 끄덕이고는 물었다.

"죄송합니다. 앞부분을 놓쳤습니다."

"상관없다. 준비되는 대로 굴착에 들어가도록. 그리고 행운을 빈다."

헤네시는 지지대를 펼쳐 잠수정을 고정한 다음 선체 뒷부분을 위로 들어올렸다. 드릴이 점점 앞으로 기울다가 심해 밑바닥에 맞닿았다. 그는 계기판에 손을 얹었다.

15

누가 어깨에 손을 얹어서 뒤를 돌아봤더니 당텍이 게슴츠레한 눈으로 비틀거리며 자리에서 일어나 있었다.

"드릴은 내가 맡지."

"하지만 원래는 제가……."

당텍이 손에 힘을 주자 날카로운 통증이 어깨를 타고 목을 파고들었다. 순간 한쪽 팔이 마비되는 듯했다.

"내가 맡는다. 썩 비켜."

당텍이 목에 힘을 주며 말했다.

당텍이 어깨를 꽉 붙잡고 있어서 안전벨트를 푸느라 고역을 치러야 했지만 어렵사리 벨트를 끄르고 자리에서 일어났다. 자리를 옮기는 사이에도 그는 좀처럼 어깨를 놓아주지 않았다. 헤네시가 좌석에 앉아서 벨트를 찬 뒤에야 당텍은 어깨를 풀어주었다.

헤네시는 안도의 한숨을 쉬고는 어깨를 주물렀다. 천천히 팔에 감각이 돌아오기 시작했다. 그는 화가 치밀어 당텍을 노려보았다.

"알고나 하는 짓이길 빕니다. 이러다 둘 다 죽지나 않으면 다행이겠네요."

"아가리 닥쳐."

당텍은 굳이 헤네시를 돌아보지도 않았다. 그는 드릴을 가동해 굴착에 들어갔다. 잠수정 전체가 떨리기 시작했다. 갑작스런 한 차례 충격을 동반하며, 둘은 진흙 속으로 파고들어가기 시작했다.

F/7형은 예상보다 뛰어난 성능을 선보이며 느리지만 순조롭게 길을 뚫어나갔다. 드릴이 앞을 파내면 분자 분쇄기는 파편을 생기는 족족 제거했다. 처음에는 오랜 세월에 걸쳐 침적된 진흙과 유사, 부유성 고형물이 지층의 대부분을 이루었다. 굴착 자체는 어렵지 않았지만 땅이 워낙 부드럽다보니 드릴을 고정하기가 쉽지 않아 속도는 다소 더뎠다.

진짜 걱정거리는, 뒷자리에서 관측창 밖을 바라보던 헤네시가 생각하기에, 벌써부터 도로 진흙에 묻혀가는 터널을 다시 헤치고 올라갈 때도 과연 순조로울까 하는 문제였다. 분자 분쇄기 덕분에 파편이 상당량은 처리됐지만 전부 다는 아니었고, 때문에 왔던 길로 되돌아갈 무렵에는 꼼짝없이 갇힐 판이었다. 그래서 원래 파고들어온 터널로 다시 들어가려면 한 바퀴 빙 에둘러 가야 할 지경이었다. 아니면 출구를 처음부터 다시 뚫던가. 당텍이 조종만 신중하게 한다면 문제될 일은 없었다.

"수송선, 들리는가? 수송선?"

당텍의 목소리가 들렸다.

헤드폰을 통해 헤네시의 귀에 돌아오는 소리라고는 잡음뿐이었다. 당텍의 교신 시도는 거기서 끝났는데, 아마 그의 귀에도 잡음만 들렸기 때문이리라고 넘겨짚었다. 이제는 당텍과 자신 둘뿐인가 했지만, 그런 착각도 오래가지 않았다.

나도 있잖아.

머릿속의 목소리가 말을 던지고는 은근슬쩍 사라졌다.

그는 신음을 내뱉었다.

F/7형이 살짝 덜컹거렸다. 드릴에서 나던 소리가 달라졌다. 진흙보다 단단한 지층을 맞닥뜨렸는데, 헤네시는 지질도를 보고서 이제 이회토 층에 들어섰으리라고 짐작했다. 탄산칼슘과 이암(泥岩)이 주를 이루겠지. 자리를 뺏기지만 않았어도 지금쯤 판독된 수치를 보고서 정확한 성분 구조를 알아냈을 텐데.

그는 당텍의 어깨너머로 판독치를 살펴보았다. 현재 순조롭게 나아가고 있었다. 아직은 크게 염려할 거리가 없었다.

날 계속 무시하진 못할걸. 끝까지 무시하진 못할걸.

머릿속의 목소리가 말을 걸어왔다.

"난 바빠."

그는 입 밖으로 소리 내어 말하고는 고개를 가로저었다. 일부러 피가 나도록 입안을 깨물면서까지 머릿속에서 들리는 목소리를 잊으려고 애를 썼다. 잠깐은 효과가 있었다.

"뭐?"

당텍이 물었다.

"네?"

"방금 뭐랬어?"

"아, 그거요. 죄송해요, 혼잣말이에요."

그는 잠자코 앉아 조금씩 마음을 추스르며, 드릴 회전음에 귀를 기울이는 한편 주위를 둘러싼 잠수정의 진동을 몸으로 느꼈다.

'난 지금 다른 곳에 있는 거야. 이건 다 꿈이야. 한갓 꿈일 뿐이라고.'

그는 어느새 머릿속으로 혼잣말을 중얼거리고 있었다.

별안간 잠수정이 크게 덜컹거리면서 드릴 회전음이 달라지자 정신이 번쩍 들었다. F/7형의 속도가 크게 떨어졌다. 그는 터널 측면을 살펴보려고 뒤로 돌아앉아 후미 관측창에 얼굴을 바짝 갖다 붙였다. 각력암 혼합물과 안산암 유리질로 이루어진, 전보다 시커먼 암층이 나타났다. 충격을 받아 생긴 열변형 석영결정의 흔적이 여기저기서 눈에 뜨였다.

"조금만 더 가면 되겠어요."

그가 당텍에게 말했다.

"목표물까지 50미터쯤 남았어. 한참은 더 걸릴 테니 잠자코 기다려."

당텍이 퉁명스럽게 대꾸했다.

'시키는 대로 기다려보지 뭐.'

헤네시는 속으로 생각했다. 장담은 못해도 일단은 시키는 대로 해야지. 시켜서 하는 일이라면 진즉에 이골이 났으니까.

그때 느닷없이 드릴이 작동을 멈추더니 산소 재순환장치까지 덜컥 멈춰버렸다. 조명이 깜박거리다 나가버렸고 계기판에 올라온 판독치는 일직선을 그었다. 비상등조차 작동되지 않았다. 순간 "……들리는가, 응답……"하는 태너의 짧은 말소리가 귀에 들리더니 곧 통신도 두절되었다.

그는 침묵 속에서 당텍이 어떻게든 해보려고 계기판 버튼을 눌러대는 소리에 귀를 기울였다. 아무런 반응도 없었다. 문득 깨닫고 보니 헤네시 자신도 똑같이 버튼을 눌러대고 있었다.

"어떻게 된 거죠?"

헤네시가 비명에 가까운 목소리로 물었다.

"나도 몰라. 전부 먹통이야!"

헤네시는 관측창을 생각해 내고는 마구 두드리기 시작했다.

"멈춰, 뭐하는 짓인지는 몰라도 당장 멈춰!"

칠흑처럼 짙은 어둠이 주위를 감쌌다. 공기가 벌써 후끈 달아오르기 시작하자 헤네시는 어디선가 손이 튀어나와 목을 덥석 붙잡고 죄어가는 느낌이 들었다. 도저히 견디기 어려웠다.

그때 더욱 난감한 상황이 벌어졌다. 순간 반대편 관측창에서 빛이 번득이더니 얼굴이 비쳤다. 처음에는 자기 얼굴이 비친 줄 알았으나 안색이 밤처럼 어두웠다. 절대 그의 얼굴일 리가 없었다. 혹시 발광성 심해어인가? 하지만 그것은 틀림없는 사람 얼굴이었고, 자신의 얼굴은 결코 아니었다. 그냥 관측창 바깥에서, 잠수정이 파고들면서 생긴 터널 벽과 유리창 사이에 끼인 채로 은은한 빛을 내고 있었다. 게다가 그가 아는 얼굴이었다. 통통하면서 약간 펑퍼짐한 얼굴에 곱슬기 있는 머리칼이 물속에서 찰랑거렸으며, 느슨하게 벌어진 입술 사이로는 들쑥날쑥한 치열이 드러나 보였다. 헤네시와 그 얼굴은 눈동자 색깔이 아버지를 쏙 빼닮았다. 얼굴의 주인은 바로 헤네시의 이복동생인 셰인이었다.

셰인은 몇 해 전, 아직 대학생이던 시절 끔찍한 사고를 만나 세상을 떠났다. 고속도로를 달리던 중 앞서 가던 자동차 수송차량의 고정대가 풀리는 바람에 그만 머리 위로 차가 떨어진 것이다. 헤네시는 그가 틀림없이 죽은 줄로만 알았다. 시신까지 똑똑히 봤으니까. 그냥 보기만 했던 것이 아니라, 장의사가 한눈을 파는 사이 시신의 머리채를 잡고 머리를 슬쩍 기울여 목 언저리에 깊숙이 베인 창백한 상처까지 직접 확인했다. 그런데 설마, 살아 있을 리가 없지.

그런데 그런 셰인이 이곳에 있었다.

오랜만이네, 형.

셰인이 입을 열었다. 헤네시의 머릿속으로 말소리가 들려왔다.

"오랜만이야, 셰인. 여기는 어쩐 일이야?"

"닥쳐! 뭐 잘못 처먹었냐? 아가리 닥치고 있어!"

당텍이 소리쳤다.

정말 반가워.

셰인이 말했다.

헤네시는 유리창에 얼굴을 가까이 붙이고 속삭였다.

"크게 말하면 안 돼. 당텍 성질을 건드렸다가는 폭발할 거야."

셰인은 고개를 끄덕이고는 씩 웃더니 어릴 적에 하던 버릇대로 입에 지퍼를 채우는 손짓을 해보였다.

"그런데 이런 말하기 좀 그렇지만 말이야."

헤네시가 숨죽여 말했다. 어둠 속이라 자기 얼굴이 보이지는 않았지만, 아마도 지금쯤 걱정 때문에 이마에 온통 주름이 잡혔겠지 싶었다. 부디 셰인이 걱정 가득한 표정을 보고서 자신의 물음을 오해 말고 들어주기를 빌었다.

"난 네가 죽은 줄로만 알았는데."

아무렴. 다들 형을 내가 죽은 줄로 착각하게 했거든.

헤네시는 고개를 끄덕이고는 숨죽여 내뱉었다.

"나쁜 놈들 같으니."

셰인도 고개를 끄덕였다.

너무 그러지 마. 뭘 몰라서들 그런 거니까. 하지만 형은 알 만한 사람이잖아?

"이제는 말이지. 이렇게 다시 만나서 눈물 나게 반가워. 근데 하나만 더 물어볼게."

그래, 얼마든지 물어봐.

"여기는 어쩐 일이야?"

실은 말이지, 날 안으로 들여보내줬으면 해서.

셰인은 수줍은 듯이 고개를 떨어뜨렸다.

헤네시는 어두컴컴한 주위를 둘러보며 좁은 오두막집을 머릿속에 떠올렸다.

"하지만 발붙일 데가 없어. 자리가 없는데 어떡해."

걱정 마. 생각보다 훨씬 넓으니까. 날 들여보내주고 나면 알아.

"하지만 당텍이 뭐라고 하면 어떡해?"

"그만 주절대고 당장 아가리 싸물어!"

당텍이 윽박질렀다.

셰인은 게슴츠레한 웃음을 지었다.

저 인간은 자기가 무슨 대장이라도 되는 줄 아나본데 사실은 아냐. 대장은 바로 형이야. 당텍은 덩치만 큰 깡패야. 버릇을 단단히 고쳐 줘야 돼. 쥐도 새도 모르게 들어갈게. 내가 있어도 전혀 눈치채지 못할 거야.

"맞아, 저 자식은 순 깡패지."

헤네시가 속삭였다. 그는 머뭇거리다가 두꺼운 유리에 얼굴을 바짝 붙였다.

"뭘 꾸물거려? 들어오지 않고. 얼른 들어와."

그러자 갑자기 조명이 깜박거리다 도로 나가더니 원래대로 환하게 들어왔다. 계기판에 올라온 판독치도 다시 정상으로 돌아왔다. 지직거리는 잡음이 들리나 싶더니 태너의 흐릿한 모습이 홀로그램 화면 위로 나타났다.

산소 재순환장치가 가동되고 드릴도 다시 돌아가기 시작했다. 당택은 환호성을 질렀다.

"됐다!"

그는 어깨 뒤를 힐끗 돌아보며 말했다. 헤네시의 눈에 비친 그의 얼굴은 땀으로 번들거리고 있었다.

"정상으로 돌아왔으니 안심해."

하지만 헤네시는 진작 맘을 놓고 있었다. 배다른 동생이자 절친한 친구인 셰인이 아까 전만 해도 보이지 않던 옆자리에 앉아 있으니까. 자기가 앉을 자리까지 같이 들고 온 모양이지. 셰인은 말없이 웃으며 헤네시의 손을 맞잡았다. 셰인이 함께 있으니 아무 걱정도 없었다.

16

헤네시는 동생의 손을 다정하게 놓아주고 전자 손목시계를 확인했다. 시계는 06시 38분을 가리켰는데, 숫자가 깜박이다 천천히 사라지는 간격을 보아하니 작동이 한참 전에 멈춘 상태였다. 왜 갑자기 멈췄지? 셰인에게 시계를 보여주자 그는 고개만 끄덕였다.

아무 걱정 마, 형. 신경 끄면 그만이야.

셰인의 말이 옳기는 한데, 아무렴 신경 끄면 그만이기는 해도 지금이 몇 시인지 정도는 알고 싶었다.

"지금 몇 시죠?"

그는 당텍에게 물었다.

"말 걸지 마. 거의 다 왔으니까. 지금은 집중해야 돼."

헤네시는 잠깐 기다리다 다시 물어보았다.

당텍은 건성으로 손목시계를 힐끔 보더니 귀에 바짝 갖다 댔다.

"멈췄군."

"제 것도 그래요."

당텍은 뒤돌아 앉아 헤네시를 쳐다보았다. 셰인이 그의 바로 옆자리에 있는데도 전혀 모르는 눈치였다.

'제발 눈에 뵈는 것만 봐라.'

헤네시는 속으로 빌었다.

"네 눈에는 이게 우연의 일치 같나?"

당텍의 물음에 헤네시는 어깨를 으쓱였다.

"걱정할 것 없어요. 어차피 상관없으니까요."

당텍은 눈을 가늘게 치뜨고 그를 노려보았다.

"수상한데. 아까는 지랄발광을 하더니 왜 갑자기 침착해진 거냐?"

헤네시는 셰인에게 눈치를 주다가 아차 싶어서 얼른 다시 당텍에게 고개를 돌렸다. 당텍은 셰인이 있는 옆자리를 뚫어져라 쳐다보다가 고개를 돌렸다.

"어느새 기분이 나아졌어요. 왠지는 모르겠지만요."

당텍은 의아스러운 듯이 눈알을 굴리다가 다시 돌아앉았다.

우리끼리 하는 얘긴데, 정말 저 사람이 하게 놔둬도 괜찮겠어?

셰인이 물었다.

"글쎄, 그래도 괜찮나?"

긁어 부스럼 만들게 놔둬서 좋을 일은 없지.

헤네시는 고개를 끄덕였다. 셰인의 말에도 일리가 있지만 어차피 조종석을 돌려달라고 해본들 당텍은 그런 말을 들을 위인이 아니었다. 이제 와서 어떻게 해볼 방법도 없잖은가. 협박에 못 이겨 자리를 내준 것이 실수이고, 또 그것이 뒤늦게 밝혀진다 한들 그로서는 당텍을 말릴 재간이 없었다.

몇 분쯤 지나자, 어쩌면 정확히는 몰라도 그보다 시간이 더 흘렀을지도 모르겠는데, 당텍이 드릴의 속도를 줄였다. 드릴을 아주 천천히 가동하며 전진하던 중, 끝부분이 뭔가에 부딪히면서 드릴이 공회전하는 소리가 울렸다. 그는 드릴을 역가동해 살짝 뒤로 후진한 다음, 터널 측면을 깎아내며 약간 다른 각도로 접근하기 시작했다. 헤네시는 옆에 있는 동생을 힐끗힐끗 쳐다보며 웃는 얼굴로 잠자코 앉아 기다렸다.

이대로 손 놓고 있어도 괜찮아?

셰인이 다시 물음을 던졌다. 헤네시는 어깨를 으쓱였다.

당텍은 후진했다가 다시 전진하기를 거듭하며 네 차례나 버벅거렸다.

아무래도 실수하는 것 같은데.

그때 한쪽이 바위에 반쯤 뒤덮인 기묘한 물체가 헤네시의 눈에 들어왔다. 물속에서 소용돌이치는 진흙과 바위 조각 때문에 제대로 보기가 쉽지 않았다. 당텍은 잠수정을 살짝 후진한 뒤 드릴 가동을 멈췄다.

"저게 뭐죠?"

"낸들 알아? 나도 생판 처음 보는데."

저게 바로 블랙 마커야.

셰인이 귀띔했다.

'블랙 마커라.'

헤네시는 속으로 중얼거렸다. 요동치던 물살이 서서히 가라앉자 더욱 자세히 보이기 시작했다. 언뜻 보기에는 흑요석으로 만든 석상 같았다. 물체는 위로 갈수록 가늘어지면서 전체가 함께 꼬여 올라가는 구조였으며, 가로 홈이 줄줄이 새겨진 표면은 난생 처음 보는 기호로 빽빽이 뒤덮여 있었다. 원래 물체 스스로 빛을 내는 걸까, 아니면 탐조등 불빛이 반사되어서 그렇게 보이는 걸까? 어느 쪽인지 확실히 분간하기 어려웠다. 하지만 겉으로 드러난 부분의 높이만 해도 3미터에 달한다는 점은 확실했다.

"이런 세상에."

당텍이 말했다. 평소답잖게 다소 겁먹은 목소리였다.

"대체 누가, 아니 뭐가 이런 물체를 여기다 묻어놓은 거지?"

감히 알고 싶지도 않을걸. 차라리 모르는 게 약이야.

셰인이 헤네시에게 말했다.

헤네시는 태너가 자신과 당텍에게 보여주었던 마커를 나타낸 입체영상이 퍼뜩 생각났다. 그는 자기 자리에 있는 홀로그램 화면에 영상을 띄워 확인해 보았다. 꼭대기에는 두 뿔이 서로 마주보고 솟아나 있었으며, 지금 보이는 부분보다 훨씬 더 깊숙이 아래로 내려갔는데, 그 높이가 족히 20미터는 되었다.

"얼마나 큰 걸까?"

당텍이 얼떨결에 무어라고 대답을 했지만, 헤네시는 혼잣말일 뿐이었다.

엄청 크지.

셰인이 말했다. 그는 헤네시의 손을 잡고 관측창에 꾹 갖다 붙였다. 그리고는 함께 바깥을 내다보았다.

괜히 긁어 부스럼 만들게 놔둬서 좋을 일 없어. 위험할 테니까.

셰인이 말했다.

"가까이 접근해 보겠다."

당텍이 말했다.

"진심이세요? 괜히 긁어 부스럼 만들어서 좋을 것 없잖아요."

헤네시는 계속 밖을 내다보며 말했다.

"태너 이사님한테 연락해봐. 판단은 이사님한테 맡기도록 하지."

헤네시는 교신을 시도했지만 잡음만 되돌아왔다. 미약하게나마 태너의 목소리가 잡혔지만 곧 잡음에 묻혀 갈라졌다.

"잘은 몰라도 뭔가 단단히 잘못됐어요. 그냥 놔두고 떠나요."

"헛걸음이나 하려고 좁아터진 잠수정을 타고 몇 시간이나 걸려서 내려온 줄 알아? 고생고생해서 찾아냈으니 제대로 봐둬야지."

헤네시는 잠시 물체를 잠자코 바라보다가 고개를 끄덕였다.

"조심만 하면 가까이 가도 다칠 일은 없겠네요."

옆으로 고개를 돌리자 세인이 고개를 절레절레 흔들고 있었다.

장담은 못하잖아.

당텍은 조심스럽게 전진하다가 엔진을 끄고 물살에 잠수정을 맡겼다. 이제 서로 정면으로 마주보게 되면서, F/7형의 선체가 마커의 표면에 가볍게 부딪혔다.

"놀랠 노자로군."

당텍이 중얼거렸다.

놀랠 노자 좋아하네.

그렇게 말하는 세인의 입이 이상하게 벌어졌다.

얼마나 끔찍한 줄도 모르면서. 당텍이 놈들처럼 변해가고 있어, 형. 안 됐지만 뒤늦기 전에 우리가 죽여야 돼.

17

'아직까진 양호하군. 여하튼 아직까진 괜찮아.'

당텍은 임무 완료가 눈앞에 있다고 생각했다. 이놈의 빌어먹을 잠수정에 올라탄 뒤로 줄곧 머리가 지끈거렸다. 하지만 솔직히 말하자면 지난 몇 주 내내 그랬다. 두통약을 먹어도 약효가 없었으며, 아무리 떨쳐내려고 발버둥쳐도 헛수고였다. 견디지 못할 만큼 심하지는 않아도 조용히 쿡쿡 쑤시면서 잠을 방해하고 집중력을 흩트렸다. 이토록 신경이 날카로워지기는 월면 전투 이래로 처음이었다. 마찬가지로 이렇게 좁고 밀폐된 공간에 갇혀 보기도 그날 이후로 처음이었다. 잠수정 내부가 우주 사출정과 이토록 흡사하게 느껴질 줄이야. 잠수정에 갇혀 있자니 공식적인 전쟁으로 기록되지도 않았던, 옷에 떨어진 한 방울 눈물조차 앗아갔던, 살고 싶으면 결국에는 전우의 등에 칼을 박고 산소를 훔쳐 마셔야 했던 월면 전투의 기억이 되살아났다. 살아남기 위해 얼마나 많은 사람을 죽여야 했던가? 이날의 전투로 말미암아 당텍은 찔러도 피 한 방울 나오지 않을 사람으로 변했다. 처음에는 공포를 느끼지 않게 되었으므로, 남들에게 있는 감정적인 약점이 사라졌으므로 자신이 한층 강인해졌다고 여겼다. 하지만 그런 생각도 어느새 깨어지기 시작했다. 물론 자신의 감정적인 일면을 오랫동안 피해오기는 했으나, 그렇다고 해서 그런 약점이 깨끗이 사라진 것은 아니었다. 그리고 지금, 그런 감정 섞인 부분이 벗겨지고 피투성이가 되어, 겉으로 드러난 신경보다도 민감해진 상태로 떠오르기 시작했다.

그리고 저놈의 병신 같은 헤네시 자식. 같이 있어 봐야 하나도 도움 되지 않는 인간 같으니. 그는 한마디로 지랄 맞은 머저리 그 이상도 이하도 아니었다. 처음에 F/7형을 보고는 장난감 가게에서 장난감을 새로 산 어린아이처럼 마냥 기뻐 날뛰더니, 잠수정에 올라탄 뒤로는 지킬 박사와 하이드 마냥 오락가락 노심초사하며 조금씩 이성을 잃어갔다. 그는 밀폐된 공간 속에서 피해야 하는 행동만 골라서 했다. 월면 전투 같았으면 벌써 죽이고도 남았을 텐데.

당텍은 정말로 헤네시를 죽여 버릴까 싶은 충동이 들었다. 하지만 태너가 되도록 죽이지 말라고 신신당부했다. 태너는 당텍을 오랫동안 잘 챙겨주었기에 차마 뿌리치기 어려웠다. 그러나 태너가 월면 전투에서 일어난 사건의 진실을 알았더라면 그를 대하는 태도가 지금과는 사뭇 달랐을지 모른다.

전투 당시, 태너는 당텍이 자신을 구하려던 것이 아니라 실은 산소통에 눈독을 들이고 있었다는 사실을 전혀 눈치채지 못했다. 당텍은 태너를 죽이고 산소통을 통째로 훔칠 속셈이었지만, 몰래 죽이기에 적당한 장소를 물색하던 중 얼어붙은 채로 잘려나간 공병의 팔이 박혀 있는, 아직 작동 가능한 통신장치를 찾아낸 고로 계획을 바꿨을 뿐이었다. 그래서 태너를 죽이지 않고 수송선에 후송을 요청했다. 태너는 자신이 후송되기 전에 의식을 잃고 기절한 까닭이 당텍이 산소통의 공기를 잠갔기 때문인 줄은 꿈에도 몰랐다. 이는 수송선이 뒤늦게 도착해 태너의 산소를 다시 필요로 하게 될 때를 대비한 당텍의 계산이었다.

하지만 죄책감에서 비롯된 충성심만이 당텍이 헤네시를 살려둔 유일한 이유는 아니었다. 시체를 처리하기 곤란한 밀폐 공간 내부에서 누군가를 죽이기가 찜찜한 까닭도 있었다. 시체를 등 뒤에 놔둔 채로, 죽은 눈동자가 등을 쳐다보게 뻔히 놔둔 채로 앉아 있을 생각은 추호도 없었다. 더욱이 지난 여섯 시간 동안 헤네시가 조금은 두려워진 탓도 있었다. 처음에는 전전긍긍하더니 어느새 혼잣말을 중얼거리면서 정말로 누가 옆에 있기라도 한 듯이 벽을 보고 주절거리잖은가. 저렇게 정신 나간 인간을 건드리는 일은 가능한 피하고 싶었다. 그간의 경험에 비춰보건대, 제정신이 아닌 인간은 무슨 짓을 벌일지 모른다. 일단 돌아버린 인간들은 믿을 수 없는 괴력을 발휘하여 예상 밖의 행동을 저지르기 일쑤였다.

당텍은 그저 살아서 나가고 싶을 뿐이었다. 그래도 절반까지는 무사히 왔다. 이제 거대한 석상을 눈앞에 두고 있는데, 솔직히 말해서 저 석상 때문에 무서워 죽을 것 같았다. 하지만 한편으로는 경외감이 들기도 했다. 지질 자료가 정확하다면 저 석상은 족히 5천 5백만 년이 넘는 세월 동안 이곳에 있었다. 그런즉 인류가 존재하기 이전부터 있어왔다는 말이 된다. 하지만 이는 분명히 인간이, 혹은 다른 지성체가 만든 것이 분명했다. 그야말로 난해하기 그지없는 물체였다.

헤네시는 머리에 달린 스위치가 나가기라도 했는지 관측창 밖으로 석상을 멍하니 바라보며 말없이 생각에 잠겨 있었다.

당텍은 시료 채취기를 가동했다. 채취기는 반쯤 펼쳐진 상태로 준비 단계에 들어가 있었다. 그는 석상을 잘라낼 분자 절단기를 시험해 보았다. 그리고는 기계 팔을 조심스럽게 뻗어 석상의 표면에 찔러 넣은 다음 절단에 들어갔다.

그 순간 찌르는 듯한 고통이 머리를 파고들었다. 고통이 너무나 격렬한 나머지 정신을 잃을 지경이었다. 갑자기 눈앞이 핏빛으로 뒤덮이더니 순식간에 도로 걷히면서 희고 공허한 광경이 시야에 들어찼다. 그는 계기판을 붙잡고 숨을 쉬려고 몸부림쳤다. 헤네시는 뒤에서 비명을 질러댔다.

아주 천천히 고통이 가라앉기 시작했다. 눈앞도 조금씩 원래대로 돌아왔다. 가까스로 기절을 면한 헤네시는 뒤에서 흐느껴 울기 시작했다. 시료 채취기는 아주 느리기는 하지만 꾸준히 석상을 절단해 들어갔다. 이제 조금 더, 조금만 더 있으면 F/7형을 돌려 여기서 빠져나갈 일만 남는다.

18

느닷없이 귀청을 찢는 소음이 터져나오자 방금까지만 해도 멀쩡하게 앉아서 동생을 바라보던 헤네시는 머리가 터질 것만 같았다. 셰인이 사시나무처럼 몸을 떨기 시작했다. 돌연 머리가 한쪽으로 기울더니 사고로 죽을 당시 생긴 목 언저리 상처가 찢어지며 벌어졌다. 그는 온몸을 전율하다가 갑자기 폭발해 온 사방에 피를 튀겼다. 헤네시는 비명을 질러대다가 숨이 턱 막혔다. 곧 주위를 둘러싼 잠수정이 빙빙 돌기 시작하더니, 눈앞이 깜깜해졌다.

정신을 차려보니 셰인은 핏덩어리로 터져버리기 전으로 돌아와 전처럼 변화 없고 묘한 표정을 짓고 있었다. 하지만 이제는 당텍의 옆으로 자리를 옮기고는 고개를 돌려 헤네시를 물끄러미 바라보고 있었다. 정확하게 말하자면 당텍 옆이 아니라 당텍 '위에' 앉아 있었다. 하지만 헤네시가 눈을 비비고 다시 봤더니 셰인은 당텍 '속에' 있었다. 둘의 엉덩이가 서로 합쳐졌는데, 셰인의 다리는 어째서인지 조종석 뒤로 비죽 튀어나와 있었다.

"괜찮아?"

헤네시가 물었다.

"괜찮다. 머리만 빼고. 너는 멀쩡하냐?"

당텍이 대답했다.

이러면 곤란한데.

셰인이 말했다. 입술이 뭍으로 나온 물고기마냥 허공에서 뻐끔거렸다.

위험하다고 했잖아. 보기만 해도 아찔한데 함부로 손을 대다니. 아무도 건드리면 안 돼. 형처럼 알 만한 사람이 왜 그리 눈치가 없어.

"건드리다니?"

헤네시가 물었다.

"보면 몰라. 표본 채취하는 중이지. 네 눈엔 내가 노는 것처럼 보이냐?"

당텍이 대답했다.

조사하지 말고 내버려둬. 마커에 관심을 품으면 안 돼. 지난 수천만 년 동안 방해 받지 않았던 것처럼 앞으로도 아무도 손대지 말고 가만히 놔둬야 한단 말이야. 애 초에 발견해도 될 것 같았으면 이런 곳에 묻히기나 했겠어?

"뭘 어떡하길래?"

헤네시가 물었다.

당텍은 굳이 뒤를 돌아보지도 않았다.

"뒷부분에 티타늄 실린더가 장착된 분자 절단기로 구멍을 뚫는 중이잖냐. 먼저 원형 절단기로 둥근 구멍을 낸 다음 실린더를 천천히 구멍에 밀어 넣는다. 실린더 가 깊숙이 들어가고 나면 절단기가 돌아가면서 표본 끄트머리를 잘라내는 거지. 이 쯤은 훤히 꿰고 있을 줄 알았는데 말이야. 얼마 안 남았으니 걱정일랑 접어둬. 거의 끝나가."

마커가 뭘 어떡하는지는 차라리 모르는 편이 약이야. 마커를 부숴서도, 마커의 속삭임에 귀를 기울여서도 안 돼. 아무 것도 하지 말고 어서 떠나. 합일에 맞서 싸 워.

"합일?"

"뭐?"

당텍이 뒤돌아보며 말했다.

"아주 틀린 말은 아니군. 어떻게 보자면 분자선이 한 점에 합일되는 셈이니까. 그런데 뭐가 그리도 궁금하나?"

합일까지 갈 것도 없어. 합일이 시작되는 사태만큼은 기필코 막아야 돼.

셰인은 그렇게 말하며 불편한 듯이 의자에서 몸을 들썩였다.

"조심해서 움직여요."

헤네시가 당텍에게 일렀다.

"그러다 셰인을 산산조각내겠어요."

19

'이 새끼가 진짜.'

당텍이 발끈해서 뒤로 크게 몸을 돌리는 순간, 헤네시가 비명을 질러대기 시작했다.

"셰인! 셰인! 피가! 피가! 셰인이 사방에 흩어졌어요! 전부 뒤집어썼다고요!"

헤네시는 숨넘어가는 소리를 내며 소름끼치는 얼굴로 당텍의 가슴팍을 마구 문질러댔다.

"뭐해요, 얼른 닦아내지 않고!"

헤네시는 악을 쓰며 절박한 눈빛을 던졌다.

"안 보여요? 피범벅이 됐는데 안 보여요?"

당텍은 따귀를 후려갈겨 헤네시를 바닥에 드러눕혔다.

"좀 진정해. 호들갑 떨지 말란 말이다."

당텍이 떨리는 목소리로 말했다.

"말이야 쉽죠. 방금 내 동생이 터져 죽었단 말예요."

헤네시가 투덜거렸다.

"갑자기 무슨 동생 타령이야? 여긴 너랑 나밖에 없어."

하지만 헤네시는 고개를 저었다.

"내가 똑똑히 봤어요. 똑똑히 봤다고요."

갈수록 이성을 잃어가는 목소리였다.

"셰인이 있었어요. 여기, 그러니까 저기, 그쪽이 앉았던 자리에 있었다고요, 바로 저기요!"

"하지만 거긴 나밖에 없잖아."

당텍은 겁에 질려가는 눈치였다.

"계속 내 자리였는데 무슨 놈의 동생이 앉아 있었단 말이야?"

"셰인이 몸속에 반쯤 파묻혀 있었단 말예요. 그쪽이 함부로 움직이는 바람에 셰인이 산산조각났잖아고요!"

'이런 씨발.'

당텍은 속으로 뇌까렸다.

"그만 정신 차려. 헛것이라도 봤나 본데."

그는 언성을 높이지 않으려고 애썼다.

"당장 작업을 멈춰요. 셰인이 그랬어요. 가만히 내버려 둬야 한댔어요. 다시 묻어 버리고 여기서 나가요. 채취기 가동을 중단하란 말예요!"

헤네시는 고래고래 악을 써댔다.

"당장 끄라고요!"

"그래, 내가 졌다. 지금 멈출게."

당텍은 계기판에 손을 뻗다가 머뭇거렸다. 절단은 거의 끝났고 이제 표본을 추출하기 직전이었다. 몇 초만 있으면 표본이 손에 들어올 테고, 그러는 즉시 여기서 빠져나가면 된다.

"멈춰요! 당장 멈춰요!"

헤네시가 미친 듯이 고함을 질러댔다.

"하는 중이다. 소리 좀 그만 질러. 정신 사납게스리. 거의 다 끝났어."

잠시 뒤 채취 작업이 완료됐다. 분자 절단이 끝나자 시료 채취기가 추출 실린더에 담긴 표본과 함께 잠수정으로 접혀 들어가기 시작했다.

"봐, 됐지? 이제 안심해."

당텍이 그렇게 말하고는 웃으면서 뒤로 돌아서는 순간, 쇠막대가 날아들어 아래턱을 후려쳤다. 팔을 들어 다음 공격을 막는 순간 똑같은 고통이 팔을 파고들었다. 그는 반은 미끄러지듯이, 나머지 반은 무너지듯이 조종석에서 쓰러졌다. 쇠막대가 팔걸이를 내려쳐 쿠션을 찌그러뜨리면서 머리를 아슬아슬하게 빗나가는 모습이 눈에 잡혔다. 산소 재순환장치에서 떼어낸 쇠막대였다. 도대체 어느 틈에 분리한 거지? 당텍은 헤네시를 발로 걷어차 그가 휘청거리며 벽을 들이받는 꼴을 지켜보았다. 당텍은 바닥에서 일어나려 했지만 팔이 말을 듣지 않았다. 입에서는 피가 철철 흘러나와 가슴팍을 흥건히 적셨다. 간신히 몸을 일으켰지만 헤네시가 먼저 균형을 되찾고 그를 향해 다가와서는 쇠막대를 내리쳤다. 부러진 팔을 들어 막자 헤네시가 휘두른 쇠막대가 또다시 부러진 자리를 강타했다. 너무나도 격렬한 통증에 당텍은 눈앞이 아득해졌다. 그는 자신이 흘린 피에 미끄러져 도로 쓰러졌다. 그러자 헤네시가 이번에는 머리통을 후려갈겼다.

당텍은 바닥에 쓰러져 조금씩 숨이 끊어져가던 중, 자신의 곁으로 다가오는 수많은 사람들의 인기척을 느꼈다. 어떻게 이런 일이. 죽어가는 중이라 정신이 혼미하다지만 아무리 생각해도 불가능한 일이었다. 여기는 그 자신과 헤네시 둘밖에 없을 뿐더러, 정말로 그렇다 하더라도 이렇게 많은 사람이 들어올 공간이 없는데. 도저히 불가능한 일이라고 머릿속으로 철석같이 믿었기에 실제로 가능하다는 사실을 도저히 견딜 수가 없었다. 더욱 믿기지 않는 것은 하나 둘씩 눈에 들어오기 시작한 얼굴들이었다. 그들은 하나같이 월면 전투를 함께 치렀던, 그것도 그냥 전사한 것이 아니라 살아남기 위해 전우의 산소를 빼앗았던, 당텍 자신의 손에 죽음을 맞이한 이들이었다. 헤네시가 쇠막대로 당텍을 패고 또 패는 사이, 그들은 하나둘씩 앞으로 나와 무릎을 굽히고는, 가까이 몸을 숙여 그의 입에서 나오는 숨결을 앗아갔다. 마침내 마지막 남은 이가 곁을 지나가자, 당텍은 숨을 거두었다.

20

헤네시는 숨을 헐떡이며 쇠막대를 떨어뜨리고 자리에 풀썩 주저앉았다. 그리고는 소매로 얼굴에 묻은 피를 닦아내고 지그시 눈을 감았다.

그렇게 자리에 앉아서 천천히 숨을 고르는데, 대체 내가 무슨 짓을 저질렀나 하는 생각이 머리를 스쳤다.

그는 눈을 번쩍 뜨고는 바닥에 남은 참상을 보고 헛구역질을 해댔다. 당텍은 형체를 알아보기 어려울 정도로 곤죽이 되어 있었다. 아까 전에 셰인이 산산조각났을 때보다도 훨씬 끔찍한 몰골이었다. 사지는 관절이 비틀려 이상한 방향으로 꺾였고, 머리는 납작하게 짓눌려 정수리가 아예 쪼개져 있었다. 그는 주위를 둘러보았다. 내가 이랬나? 도대체 어떻게? 당텍은 노련한 군인 출신이라 힘으로 따지면 헤네시쯤은 우스웠다. 아까 어깨를 잡힐 때만 해도 어찌나 아귀힘이 센지 몸이 얼어붙을 지경이었는데. 아냐, 그가 이런 짓을 저질렀을 리는 만무하지만, 그렇다고 발뺌할 수도 없는 처지였다.

헤네시가 아니면 달리 누가 이렇게 했단 말인가?

헌데 셰인은 어디로 사라졌을까? 지금 이 상황이 정말로 현실일까, 아니면 '놈들'의 농간에 현실이라고 착각하는 걸까?

"셰인?"

헤네시는 동생의 이름을 불렀다.

그때 통신 단말기에서 갑작스레 잡음이 터져나왔다. 누가 흉내를 내는 중이 아니라면 태너의 목소리가 분명했다.

"……이 들리나? 응답……란다. 헤네……."

그는 피로 뒤덮인 화면으로 자리를 옮겼다.

"이사님이세요? 셰인이 사라졌어요."

"……아……."

태너의 심각한 얼굴이 화면 위로 스쳐가기도 잠시, 그의 표정은 순식간에 경악한 얼굴로 뒤바뀌었지만, 그마저도 곧 지직거리는 화면에 묻혀 사라졌다.

헤네시는 계기판에서 몸을 돌리다가 바로 뒷자리에 있던 셰인과 얼굴이 마주쳤다.

"셰인, 어떻게 된 줄 알고 걱정했잖아."

당연히 멀쩡하지. 내가 어디 그런 시답잖은 일로 생채기 하나 나겠어?

'눈속임이었나 보네.'

헤네시는 그렇게 속으로 생각했다.

셰인은 계기판에 몸을 기대고서 그를 빤히 내려다보았다.

형, 지금부터 진지한 얘기를 할 테니까 귀담아 들어줘.

'무슨 얘긴데? 속 시원하게 털어놔봐.'

죽은 동생은 헤네시가 어릴 적에 자주 보았던 생각에 잠긴 얼굴을 하고서 그를 똑바로 쳐다보았다.

아까는 정말 잘 했어, 형. 하지만 안심하기에는 일러. 목소리가 똑똑히 들릴 만큼 아슬아슬한 순간까지 갔거든. 놈들이 속삭임으로 형을 데려갈지도 몰라. 절대 속삭임에 귀를 기울이면 안 돼. 멀찍이 거리를 두고 마음을 단단히 먹어. 안 그러면 형도 놈들처럼 된다고. 다른 사람들한테도 똑같이 일러줘.

"하지만…… 무슨 말인지 잘……."

헤네시는 중얼거리며 말을 더듬었다.

"솔직히 말해서 네가 무슨 얘기를 하려는지 모르겠어."

다른 사람들한테도 경고해줘. 마커는 오랜 과거일 뿐이고, 우리가 앞으로도 지금처럼 살아가려면 과거는 건드리지 말고 묻어둬야 돼. 마커는 바로 지금도 형을 소리쳐 부르고 있어. 하지만 절대 굴복하지 마. 절대 귀 기울이지 마. 다른 사람들한테 똑같이 전해줘.

"누구한테 말하면 좋지?"

전부, 한 명도 빠짐없이 전부한테 말해줘.

"그런데 그러는 셰인 너는 왜 가만히 있는데? 나보다 훨씬 더 잘 알면서!"

하지만 셰인은 가만히 고개를 저을 따름이었다.

벌써 시작됐어.

셰인은 손을 뻗어 헤네시의 이마에 엄지를 갖다 댔다. 마치 드라이아이스처럼 차가웠다. 그리고는 헤네시가 지켜보는 앞에서, 점점 희미해지다 홀연히 사라졌다.

21

헤네시는 찰나 동안 참을 수 없는 외로움에 휩싸였다. 그는 셰인을 찾아보려고 전면 관측창으로 자리를 옮기다가 곤죽이 되어 바닥에 널브러진 시체를 밟고 미끄러졌다.

'저걸 좀 치워야 하는데.'

잠수정 내부는 온통 시뻘건 피투성이었다.

'혹시 도로 나갔는지도 몰라.'

하지만 눈에 보이는 것이라고는 탐조등 불빛과 마커의 모서리에 갈린 어두컴컴한 바닷물뿐이었다. 다시 보니 마커는 분명히 스스로 빛을 냈는데, 이제는 빛이 천천히 고동치고 있었다.

그는 마커를 유심히 바라보았다. 마치 무언가를, 몰라도 되는 무언가를 설명해주려는 듯했다. 그런데 왜 군이 들춰낼 것 없는 그 무언가를 알고픈 기분에 사로잡히는 걸까? 왜 갑자기 탐구심이 솟구치는 걸까? 어쩌면 셰인의 충고가 틀렸는지도 모를 일이다.

그는 넋을 잃고 마커를 바라보았다. 순간 목소리가 다시 들리는 기분이 들었는데, 셰인의 목소리 같기도 하지만 조금씩 잦아들다 사라져버렸다. 그러다 마커에서 새어나오는 빛이 갑자기 환해지더니, 머리가 갈라지면서 그 속으로 빛이 가득 들어오는 기분이 들었다. 마커가 말해주는 내용을 전부 기록해야 한다. 타자로 컴퓨터에 입력하면 되겠지만, 자칫 전원이라도 끊겼다가는 기록이 전부 날아갈지도 모르니 컴퓨터는 위험하다. 그렇지, 손으로 받아 적으면 되잖아. 하지만 수중에 볼펜도, 연필도, 종이도 없었다. 게다가 어릴 적 이후로는 진짜 종이를 한 번도 써본 적이 없었다. 그렇다면 컴퓨터를 쓰는 수밖에 없겠군.

헤네시는 자리로 돌아오다 또 미끄러져 넘어지는 바람에 무릎과 손이 피범벅이 되었다. 핏방울이 뚝뚝 떨어지는 손과 피로 물든 허벅지를 보는 순간, 번개처럼 답이 떠올랐다.

그는 흥건히 고인 당텍의 피를 손가락에 찍어 바르고는 벽으로 걸어가 잠시 맘을 가다듬었다. 다시금 머리가 열리고 온갖 기호가 물밀 듯이 쏟아져 나오면서, 머릿속에서 아른거리는 기호들이 똑똑히 보이기 시작했다. 그는 손가락에 피를 묻힐 때만 잠깐 멈춰가며 벽을 따라 미친 듯이 기호를 옮겨 적기 시작했다. 첫 번째 기호는 'N'을 좌우로 뒤집어 오른쪽 세로획 끄트머리에 구슬을 달아놓은 듯한 모양을, 두 번째 기호는 'L'을 거꾸로 뒤집어 가로획을 구부린 글꼴을 띠었다. 다음에는 뱃머리처럼 생긴 기호, 그리고는 오른쪽으로 걸음을 옮겨 관측창 바로 옆에는 동그라미 속에 동그라미가 든 동심원 기호를 그렸다. 그 뒤부터는 머릿속에서 넘쳐흐르는 기호를 따라가기 급급해, 눈으로 기호를 보지도 않고 손 가는 대로 휘갈기고는 옆으로 걸음을 옮겼다.

눈앞에 관측창이 들어왔지만 그는 한 치의 망설임도 없이 그대로 기호를 덮어 그렸다. 여백이란 여백에는 모조리 기호를 그려 넣었다. 잠시 뒤 그릴 여백이 부족해지자, 이제는 기호를 더 작게 써넣기 시작했다. 벽면에는 더는 그릴 공간이 남아나지 않자, 이번에는 계기판 밑에다 쓰기 시작했다. 끝내 피까지 다 떨어지자, 그는 피를 한 방울이라도 더 빼내려고 이미 엉망으로 망가진 당텍의 몸통을 발로 짓뭉갰다. 하지만 그래도 부족하자 팔다리까지 짓밟아 피를 짜냈다. 얼마 가지 않아 당텍의 시체는 전보다 더 형체를 알아보기 어려울 정도로 철저히 조각났다.

통신기에서 지직거리는 소리와 함께 시끄러운 잡음이 새어나왔다.

"……하라, 응답……F/7……아무도…….".

"나중에 연락하세요, 이사님."

헤네시가 되받아 말했다.

"……답 하라, 응답……이 들리나?"

"지금 바빠요!"

천장과 벽면은 벌써 기호로 빽빽이 뒤덮였다. 남은 곳이라고는 바닥뿐이다. 그는 당텍의 시체 조각을 조종석에 차곡차곡 쌓아 안전벨트로 묶어두려 했지만 헛수고였다. 하지만 별로 상관없다. 잠수정이 가만히 정지해 있어서 시체가 바닥을 굴러다니지는 않을 테니까.

피도 거의 다 떨어진 데다 바닥에 남은 피는 말라붙어가고 있었다. 그는 손가락에 핏물을 찍어 바르고 기호를 연하고 가늘게 그리며 피를 악착같이 아껴 썼다. 하지만 바닥의 여백도 금세 바닥났다.

셰인이 계속 곁에 남아서 어떻게 다음에는 어떡해야 할지 일러줬으면 좋을 텐데. 지금 제대로 하고 있는 걸까? 동생을 배신한 것은 아닐까? 그는 무릎을 굽히고 앞을 응시했다.

잠수정 내부가 참기 어려울 정도로 더웠다. 왜 이리 덥지? 그는 일어나서 셔츠를 벗어 다른 의자에 던졌다. 하지만 그래도 좀처럼 더위가 가시지 않았다. 그는 신발을 벗어 셔츠 위에 포개놓고 바지도, 속옷도 다 벗었다. 그는 자신의 알몸을 물끄러미 내려다보았다.

'핏기가 없네. 무슨 수의처럼 허옇군. 잠깐, 가만 보니 종잇장 같잖아.'

이제 어디에 기호를 그려야 할지는 너무나도 뻔했다.

다만 피가 없다는 점이 걸렸다. 당텍의 피는 다 떨어졌다. 잠수정 안에 혈액 주머니가 실려 있지 않던가? 혹시라도 잠수정에서 수혈을 해야 하는 긴급 상황에 터지면 어쩌려고? 어떻게 수혈용 피 한 방울 없이 탐사에 나설 수가 있을까?

그는 잠수정 내부를 이리저리 둘러보며 피를 찾다가 맥박이 뛰는 혈관 위에서 눈길이 멈췄다.

"아……."

그는 씩 웃음을 지었다.

"등잔 밑이 어둡다더니 여기 있었구나."

피를 짜내기란 쉬운 일이 아니었지만, 헤네시는 당텍의 버릇을 고칠 때 썼던 쇠막대의 날카로운 끄트머리를 팔에 대고 상처를 낸 끝에 피를 구했다. 처음에는 피가 그때그때 바로 흘러나와서 손가락으로 슬슬 문질러 묻힌 다음 몸에 기호를 그리기만 하면 됐다. 하지만 금방 딱지가 굳는 바람에 거듭 상처를 내야 했다.

기호를 다 그리고 나니까 마치 자신이 마커의 분신이라도 된 기분이 들었다. 온몸이 수많은 기호로 뒤덮인, 온 우주의 지식을 피부에 옮겨 쓴 자신의 모습이 아름답기 그지없었다. 그는 어깨를 쭉 펴고 양팔을 각각 옆구리에 붙이고는 움직이지 말고 가만히 있었다. 그는 이제 마커로 거듭났다. 몸속을 구석구석 흐르는 힘이 느껴졌다.

얼마나 그렇게 가만히 있었는지는 그로서도 알 길이 없었다. 날카로운 소음과 머릿속을 파고드는 격렬한 통증 때문에 정신이 번쩍 들었다. 그는 휘청거리다가 머리를 쥐어뜯으며 바닥에 쓰러졌다. 마침내 소음이 멎자 그는 비틀거리며 몸을 일으켰다. 아직 할 일이 남았다는 사실이 어렴풋이 기억났다. 말을 해야, 다른 이들에게 경고를 해야 한다.

그는 화면 앞에 서서 전원을 넣고, 촬영과 동시에 모든 주파수로 영상이 방송되도록 설정했다. 한 명도 빠짐없이 전해라. 셰인은 분명 그렇게 일러주었다. 그러니 어떻게든 이 깊은 바위와 진흙을 뚫고 만인에게 전해야 한다.

"안녕하십니까. 저는 마커 잠수정의 부함장 제임스 헤네시입니다. 제 동생 셰인이 여러분 모두 알아야 하는 것이 있다고 해서 이렇게 말씀드립니다."

살을 에는 듯한 고통이 머리를 파고들었다. 누군가가 무딘 칼로 그의 시신경을 찌르기라도 하는 것만 같았다. 그는 머리를 감싸쥐고 화면 앞에 고꾸라졌다. 고통이 지나가자 여기가 어딘가 싶은 생각에 잠시 그대로 있었다. 그는 눈을 뜨고 주위를 두리번거리며 기억을 더듬었다. 그러자 번개처럼 다시 생각이 났다. 내가 텔레비전에 나온다니!

그는 의기양양한 웃음을 지으며 카메라로 고개를 돌렸다. 내가 뭘 하고 있었더라? 아, 그렇지, 인류를 구하고 있었지.

그는 다시 말문을 열었다.

"그동안 우리는 그릇된 속삭임에 귀를 기울여 왔습니다. 그 시간은 그리 길지 않을지 모르나, 셰인은 그 속삭임에 굴복해서는 안 된다고 했습니다. 이는 잘못된 길을 따라가는 격입니다. 합일을 막기 위해서라도, 너무 늦기 전에 과거에 맞서야 합니다."

그는 다시금 만면에 의기양양한 웃음을 띠며 카메라를 뚫어져라 바라보았다. 사람들이 방송을 보게 된다면 그가 시청자 본인들에게 말하고 있음을 한눈에 알아볼 것이다. 지금 하는 이야기가 얼마나 중요한지를 만인에게 각인시켜야 한다.

그는 몸짓을 섞어가며 말을 이었다.

"제가 지도를 그렸습니다. 셰인이 바라던 바인지는 잘 모르겠지만, 마커를 바라보고 또 바라보고 있다 보니 자연스레 그리게 되었습니다. 인류는 인습에서 탈피해 탐구에 힘을 기울임으로써 마커를 이해해야 합니다."

그는 헷갈리는 듯이 고개를 갸웃거렸다.

"아니면 애초부터 이해하지를 말아야 합니다."

마치 몸속에서 서로 다른 두 힘이 자신을 차지하려고 맞붙는 듯했다. 누가 누구인지, 누구의 말에 귀를 기울여야 할지 확신이 서지 않았다.

관측창 밖으로 마커가 내다보였다. 그는 마커가 고동치며 발산하는 빛을 잠시 그대로 바라보았다. 그리고는 차례로 왼손과 오른손을 보고는 천천히 두 손을 앞으로 마주 모았다.

"합일."

그는 관측창 바깥의 마커와 자신의 살갗에 그린 기호를 차례로 가리켰다.

"인류는 마커를 이해해야 합니다."

이렇게 말하는 도중에도 그의 몸속 일부는 그만두라고 비명을 질러댔다.

"마커에서 가르침을 얻는 일이야말로 인류가 당면한 과제입니다. 마커를 파괴할 것이 아니라, 마커를 이해해야 합니다."

그는 뒤로 물러나 화면을 껐다. 너무나도 고단했다. 가슴이 조여들었다. 일단은 쉬자. 잠깐만 쉬고 집으로 돌아가야지.

그는 바닥에 드러누웠다. 바닥은 뜨거운 동시에 차가웠다. 매끄러운 바닥에 맨등을 붙이자니 느낌이 영 어색했다. 그는 천천히 몸을 둥글게 말고는 부들부들 떨기 시작했다.

그는 한참 뒤에야 불현듯이 깨달았다. 산소가 떨어져가기 때문에 고단하다고 느꼈음을, 지금까지 그가 말하고 저지른 모든 일들이 자신이 아닌 다른 누군가의 손에 조종당해 벌어졌음을. 하지만 이제 돌이키기에는 너무나도 늦고 말았다.

'금방 일어나야지. 벌떡 일어나서 드릴로 탈출구를 파고 수면으로 올라가면 돼. 그런 다음에 무슨 일이 있었는지 해명하는 거야.'

그는 곧 의식을 잃었다.

얼마 가지 않아 숨이 끊어졌다.

3부

조여드는 올가미

22

"잠수한 지 얼마나 됐습니까?"

대령이 물었다.

"한참 됐습니다."

태너가 얼굴이 반쪽이 되어 힘없는 목소리로 대답했다.

"현재 48시간 가까이 지났군요."

그는 이틀 하고도 반나절을 꼬박 새웠다. 이틀 하고도 반나절 내내 F/7형과 교신을 하는 데만 매달려 있다시피 했다. 이따금 통신이 불안정하기도 했으나 대체로 신호가 원활히 오갔기에 한동안은 양호한 상태가 계속되리라 생각했다. 그러나 오래가지 않아 통신이 완전히 두절됐다. 그리고 거의 희망을 버린 순간, 느닷없이 신호가 터져나와 전 주파수대로 방송되었다. 그중 일부는 태너 측에서 잡아냈지만, 다른 곳에서도 여타 주파수대를 통해 나머지 일부분을 잡아내고 말았다. 태너 측에서는 흩어진 부분들을 가능한 많이 긁어모은 뒤 원래 순서대로 맞추면서 '뭔가'를 복원하는 중이었다. 태너는 슬슬 기술진이 뭐라도 하나 제대로 내놨겠지 하는 생각에 대령에게 연락했지만, 복원 작업은 지금도 한창이었다.

"아직 살아는 있습니까?"

대령이 물었다.

"벌써 한 명은 사망한 것으로 드러났습니다."

"헤네시 말입니까?"

"아닙니다, 당텍입니다."

태너는 눈을 비볐다. 그는 며칠째 두통에 시달렸다. 어쩌면 벌써 몇 주째인지도 모르겠다. 이제는 두통이 없는 날이 언제였는지 기억조차 나지 않았다.

"예상 밖이로군요."

대령의 말에 태너는 고개를 끄덕였다.

"정확히 무슨 일이 일어났는지는 아직 조사 중에 있지만, 당텍이 죽었다는 사실만큼은 확실합니다."

그는 홀로그램 파일을 돌려 화면에 띄우고 대령이 그쪽에서 직접 확인하는 모습을 지켜보았다. 태너가 보낸 파일은 조종석에 기대어 놓은 몸통 앞으로 뜯겨나간 팔다리가 가지런히 쌓여 있는 소름끼치는 장면을 담고 있었다. 머리는 두개골이 함몰되고 박살나서 사람이 맞는지조차 의심스러울 판이었다.

"송출된 신호에서 잡아낸 장면입니다. 여태껏 확보한 이미지는 달랑 이것뿐입니다."

"장면 속의 인물이 당텍이라는 사실을 어떻게 알아보셨습니까?"

대령이 태연하기 그지없는 목소리로 물음을 던지자 태너는 그가 피도 눈물도 없는 인간이라는 생각이 들었다. 대령은 이런 장면을 눈앞에 놓고도 무슨 결혼사진이라도 보는 양 목소리에는 일말의 흔들림조차 없었다.

태너는 모니터에 올라온 이미지를 살짝 돌렸다.

"여기 보다시피 머리카락이 조금 남아 있습니다. 피가 엉겨 붙어서 알아보기 힘들지만 머리카락이 분명합니다."

"아, 그렇군요. 이제 알겠습니다."

"헤네시는 대머리잖습니까."

태너는 짤막히 대답했다.

대령은 의자에 등을 기대고 생각에 잠겼다.

"무슨 일이 일어난 겁니까?"

"뭔가 잘못돼도 단단히 잘못됐습니다. 짐작하지도 못했던 일이 터졌습니다."

"그래도 짐작해 보신다면 무엇이 원인일 것 같습니까?"

태너는 한숨을 내쉬었다.

"당텍이 모르는 사이에 헤네시가 돌아버려서 일을 저질렀겠지요. 아마 산소 공급장치 문제로 뇌에 이상이 생겼거나, 아니면 좁고 밀폐된 공간에 장시간 머문다는 중압감이 원인으로 작용했으리라 봅니다. 그것도 아니면 처음부터 정신이상자였는데 우리가 미처 간파하지 못했는지도 모를 일입니다."

"이상한 일이라고 보십니까?"

"그럼 달리 뭐라고 보겠습니까? 결코 정상적인 행동은 아니잖습니까."

"아닙니다. 물론 이사님 말씀도 맞습니다. 하지만 하필이면 불가사의한 위치에서 발견된, 존재부터가 불가사의한 물체에 접근을 시도한 바로 그 순간에 일이 터졌다는 점이 더 이상하다고 봅니다."

"방해공작이 있었다는 겁니까?"

"그랬을 여지도 있습니다. 하지만 이사님, 그건 이상한 축에도 못 듭니다. 조금은 상상력을 발휘해 보십시오."

대령은 앞으로 고개를 숙였다.

"제대로 된 영상을 구하면 곧바로 연락주시기 바랍니다."

그는 그렇게 말하고는 손을 뻗어 화상연결을 끊었다.

23

알트만은 간밤에 신호의 세기가 더욱 강해졌음을 파악했다. 측정기를 설치해둔 이후로 이렇게 높은 수치가 기록되기는 처음이었다. 신호가 끊어지면서 다시 약해지기는 했지만, 그럼에도 휴면 상태이던 이전보다 높은 강도를 유지했다.

그는 업무와 관련된 계산을 하느라 여념이 없는 필드를 힐끗 쳐다보았다. 신중을 기해야겠다는 생각에 홀로그램 화면을 필드가 보지 못하게 돌린 뒤 데이터 스크롤을 뒤로 넘겨 변화 지점을 짚어냈다. 발생 시각은 오전 6시에서 7시 사이로 나왔으나 일단 확실히 해두기 위해 상관관계를 낱낱이 따져보았다. 뭔가가 의도적으로 간섭하기라도 했는지, 신호가 서서히 증가한 것이 아니라 갑자기 급증한 것으로 드러났다.

지난번 밤에 선술집에서 만났던 해먼드는 그날 뒤로 감감 무소식이었는데, 알트만은 그가 다소 염려되었다. 보안 기술직에 근무한다고 했으니 지금쯤 숨죽인 채 몸을 사리고 있을지도 모르겠다. 연락을 한다면 그쪽에서 먼저 연락을 주겠지. 그때까지 사태의 진상을 밝혀내는 일은 오로지 알트만의 손에 달렸다.

그는 측정된 수치를 암호화 데이터베이스에 저장한 다음 다른 사람들이 내놓은 결과와 연관되는 부분이 없는지 살펴보았다. 여기서 다른 사람이란 알트만과 마찬가지로 중력 이상과 이상 신호에 흥미를 느끼고 조사에 나선 세 과학자인 쇼월터, 라미레스, 스쿠드였다.

알트만이 가진 단순한 감지기보다 성능이 뛰어난 장비를 갖춘 쇼월터 역시 같은 수치를 얻었다. 오전 6시 38분 경, 신호의 형태에 변화가 생긴 직후 이상하리만치 강력한 전파가 발생했다. 그 뒤부터 신호는 강도가 증폭된 상태가 계속됐다. 오르내리는 높낮이에는 변화가 없지만 신호의 기본 윤곽 자체가 한층 뚜렷해졌으며, 이는 변함없이 유지되었다.

라미레스는 분화구 자체의 상황 변화 여부를 파악하려고 위성사진을 뒤지던 중 새로운 사실을 알아냈다. 분화구 중심부에서 25킬로미터 떨어진 곳에 웬 화물선이 정박해 있다는 것이다.

"처음에는 대수롭잖게 생각했지. 그런데 며칠 전 사진을 봤더니 그때도 있는 거야. 그 전 사진을 봐도 그렇고. 멀쩡한 화물선 같으면 그렇게 한 군데 오래 눌러앉아 있을 리가 없잖아?"

첨부된 영상 파일 속의 라미레스가 말했다.

"그래서 어제 아침에 자칭 '예수 선장님'이라는 동네 뱃사람을 고용해서 낡은 모터보트를 타고 가까이 가봤어. 낚싯대도 챙겨서 말이야. 그리고 화물선에서 200미터쯤 떨어진 곳에서 보트를 멈추고 낚싯대를 드리웠지.

선장이 나더러 대뜸 입질이 없을 거라더군. 왜냐고 물으니까 못마땅한 눈초리로 한참을 쳐다보더니, 낚싯바늘에 미끼도 안 달고서 무슨 물고기를 낚겠냐는 거야. 뭐라고 대꾸할 말이 없어서 입만 다물고 있었지. 예수 선장은 화물선하고 날 번갈아 쳐다보더니, 보통 물고기를 낚을 속셈이 아닌 모양이니 요금을 더 받아야겠다고 하더군.

결국 그 양반한테 요금을 갑절로 주기로 하고서 계속 화물선을 가까이 두고 관찰했지. 선박 이름은 눈을 씻고 찾아봐도 없었어. 그밖에는 지극히 평범한 화물선인데, 특이하게도 신형 같아 보이는 잠수정용 대형 기중기가 설치돼 있었어.

살펴볼 시간은 거기서 끝이 났지. 거기 있던 5분 내내 뱃삯을 흥정하느라 옥신각신하는데, 화물선 반대편에서 보트가 하나 나오더니 옆으로 나란히 멈춰서는 거야. 우락부락한 체격에 머리는 군대식으로 짧게 깎았는데 군복 차림은 아닌 남자 넷이 타고서 말이야.

그쪽에서 한 명이 다짜고짜 나가라길래, 낚시 좀 하러 왔다고 대꾸했더니 딴 데나 알아보라는 거야. 그래서 따지고 들려는데 예수 선장이 보트에 시동을 걸고 잽싸게 달아나더군. 나중에 왜 그랬냐고 물어봤더니 척 봐도 위험한 사람들이라는 거야. 여기서 생기는 의문점은 세 가지지."

라미레스는 그렇게 말하며 영상 기록을 마무리했다.

"첫째, 그 배가 정말로 화물선이 맞다면 왜 잠수함을 싣고 있는가? 둘째, 무슨 이유로 다른 배의 접근을 막았는가? 셋째, 도대체 뭐가 어떻게 돌아가는 건가?"

'대관절 무슨 일이지?'

알트만은 의아스러운 생각이 들었다.

끝으로 한 시간이 지나서 마지막에 도착한 보고서는 스웨덴 출신에 말수가 적은 스쿠드가 보내온 것으로, 영상이 아닌 문서 형식으로 되어 있었다.

미안, 재차 확인해 보느라 늦었어.

그의 보고서의 첫머리는 사과로 시작되었다. 그 아래로는 알트만이 읽지 못하는 스웨덴어 각주가 빼곡하게 들어간 도표가 줄줄이 나열되어 있었다. 마지막 도표 아래에는 이렇게 적혀 있었다.

확증을 내리기에는 자료가 부족.

'뭐에 관한 확증?'

알트만은 아리송한 생각에 스크롤을 내렸지만 보고서는 거기서 끝났다.

네트워크를 확인해보니 스쿠드는 아직 시스템에 접속한 상태였다. 알트만은 자판을 두드렸다.

스쿠드, 네가 보낸 보고서의 결론 부분을 좀 설명해줘.

자료가 부족하다고 썼다시피 결론을 도출하기에는 자료가 불충분해. 자료가 없는 지금으로서는 확증을 내리기 힘들어.

스쿠드가 되받아 입력했다.

알트만은 한숨을 내쉬었다. 스쿠드는 과학자로서는 나무랄 데가 없지만 말주변은 영 아니었다.

무슨 자료가 부족한데?

지진계 자료가 필요해.

그걸로 무슨 확증을 내리려고?

지진 장애가 일어난 원인이 자연적인 지진 활동이 아니라 기계 장치에 있을 가능성이 높거든.

기계 장치라니?

내가 보고서 끝에 덧붙였다시피

스쿠드는 그렇게 입력하고는 한참 뜸을 들였다.

정말 미안. 다시 보니 보고서에는 깜빡하고 빠뜨렸네. 그러니까 드릴 같아. 아직은 확실하게 뒷받침할 자료가 없는 데다, 정말로 자연적인 지진 활동일 여지도 있어. 하지만 내 짐작에는 누군가가 드릴로 굴착을, 그것도 분화구 중심부에서 벌였지 않았을까 싶더라고.

알트만은 곧바로 시스템 접속을 끊고 밖으로 나가 스쿠드에게 전화를 걸었다. 그는 다소 어리둥절한 눈치였지만, 곧 알트만이 알아듣기 쉽도록 자세한 내용을 마저 설명해 주었다. 스쿠드는 일부는 지면에서, 다른 일부는 수중에서, 또 다른 일부는 분화구와 인접한 곳에서 기록된 여러 지진계 자료를 토대로 수치를 도출해 내는 중이었다. 스쿠드의 말로는, 이 정도 수치는 평소 같으면 그냥 무시할 정도로 경미한 지진 활동이라고 한다. 하지만 한편으로는 산업용 중형드릴에서 나온 진동일지도 모른다는 얘기였다. 게다가 자연적인 지진 활동과는 달리 진동이 굉장히 규칙적이었다는 것이다.

"하지만 정말로 분화구 중심부가 근원지라는 확증은 없잖아."

"없어. 바로 그게 문제지."

"중심부가 아니라고 한다면 대체 어디일까?"

"중심부에서 최대 50미터쯤 떨어진 곳일 수도 있어. 계산을 해봤지만 딱 잘라 결론짓기는 어려워."

"그 정도면 중심부나 마찬가지잖아!"

알트만은 답답한 마음에 언성을 높였다.

"아냐, 잘 들어봐. 최대 50미터 떨어진 곳일 수도 있다니까. 그렇게 멀어지면 중심부가 아니지."

스쿠드가 참을성 있게 대답했다.

알트만은 한바탕 따지려다가 고맙다는 말을 하고 전화를 끊었다. 그는 잠시 그대로 서서 드넓은 바다를 바라보다가 창문으로 힐끔 눈을 돌렸다. 필드는 여전히 연구소 한 구석에 앉아서 지금은 전화를 받고 있었는데, 아까 전이나 지금이나 엉덩이가 의자에서 떨어질 줄을 몰랐다. 알트만은 다시 바다로 고개를 돌렸다.

머릿속에서 천천히 그림이 잡히기 시작했다. 해먼드가 다시 연락을 주기를 빌었다. 이러니저러니 해도 그는 누구보다도 사태를 일찍 간파했던 사람이므로 아직 자신이나 동료 과학자들이 모르는 새로운 관점을 제시해줄지도 몰랐다. 그때까지는 어떻게든 알트만과 동료들이 자력으로 알아볼 일이었다.

아직까지 전파, 화물선, 지진 활동 이 세 가지가 서로 직접적 연관이 있다는 결정적 증거는 어디에도 없었다. 하지만 한편으로는 연관이 전혀 없다는 증거 역시 없었다. 더욱이 세 가지 사실 모두 분화구 중심부와 이어진다는 공통점이 있다. 해저에서 뭔가 일이 터졌다. 뭔가가 발견됐거나, 아니면 무슨 군사무기 시험이 있었거나, 그것도 아니면 굉장히 보기 드문 자연 현상이 일어났는지도 모른다. 하지만 그것이 대중에 알리기 껄끄러운 뭔가 심상찮은 사태임은 분명하다.

그는 죽는 한이 있더라도, 반드시 진실을 밝혀내리라 결심했다.

24

"드디어 나왔습니다."

태너가 말했다. 눈은 벌겋게 충혈되고 얼굴은 눈에 뜨이게 수척해졌다. 항수면제 복용도 이제는 거의 한계에 달했다. 앞으로 기껏해야 한 시간이면 쓰러지거나 체내에 심각한 부작용이 오기 시작할 것이다.

"어디 봅시다."

대령이 말했다.

"미리 경고하자면……."

"그러실 필요 없습니다."

대령은 말을 가로막았다.

"어서 재생하십시오."

태너는 화면으로 파일을 전송한 다음 창을 띄웠다. 영상이 돌아가기 시작했다.

태너는 눈을 감았지만 소리가, 불분명한 잡음이 들리기 시작하자 머릿속으로 영상이 고스란히 재생되면서, 수면 부족과 상상력으로 말미암아 원본보다 훨씬 더 끔찍한 장면들이 펼쳐졌다. 그는 차라리 눈을 뜨고 보기로 했다.

영상은 그리 길지 않았다. 그 영상은 여러 층에 달하는 암층을 꿰뚫고 지상까지 전달됐는데, 그렇게 두터운 암층을 통과했다는 사실 자체가 놀라울 따름이었다. 태너는 그대로 묻히는 편이 차라리 나았으리라고 생각했다.

초반에는 허연 화면에 잡음만 흘러나왔다. 그러다 조금씩 윤곽이 두드러지기 시작했다. 눈밭 같은 화면에 굴곡이 일기 시작하면서 사람 얼굴처럼 생긴 흐릿한 형체가 잡히다가 도로 사라지려는 찰나, 쇠막대를 움켜쥔 주먹이 보이다가 또다시 아무것도 보이지 않았다. 처음에는 지직거리는 잡음만 나더니, 점차 입속에 벌이 가득한 남자가 누군가를 향해 속삭이는 듯한 소리로 바뀌어갔다. 흡사 비명에 가까운 소름끼치는 소리였다. 누가 얘기를 하는지 두런거리는 말소리가 들렸다. 누군가가 횡설수설한 목소리로 자장가를 부르고 있었다.

갑자기 잠시나마 화질이 선명해지더니, 괴기스러운 배경조명 속에서 온몸이 뭔가로 뒤덮인 채 겁에 질린 남자의 얼굴이 나왔다가, 금세 도로 흐릿하게 묻혀 사라졌다.

"일시정지 하십시오."

대령의 말에 태너는 영상을 멈추고 뒤로 되감았다. 대령과 태너가 보기에 남자의 눈빛은 공허하기 그지없었다. 비명이라도 지르고 있는지 이상하게 일그러진 표정에 온 얼굴이 기호처럼 보이는 괴상한 자국으로 뒤덮여 있었는데, 그 자국은 목을 따라 가슴과 팔까지 이어져 있었다.

"헤네시? 대체 몸에다 무슨 짓을? 뭘로 저렇게 그린 겁니까?"

"짐작으로는 피 같습니다."

대령의 물음에 태너가 답했다.

"보시면 알겠지만 왼손에서 피가 흐르고 있는데, 왼팔을 자해한 듯합니다. 하지만 자기 피가 아니라 당텍이 흘린 피일지도 모릅니다. 뒤쪽을 보시면 벽면에도 기호가 그려진 흔적이 있는데, 똑같이 피로 남겼다고 추측하는 중입니다."

대령은 미간을 찡그렸다.

"무슨 뜻을 나타내는 기호 같습니까?"

"우리도 모릅니다. 저런 기호는 다들 난생 처음 본다는군요."

대령이 아무 말도 없자, 태너는 다시 입을 열었다.

"그럼 계속 보실까요?"

대령은 손을 저었다.

"예, 마저 틀어 보십시오."

잡음과 잔상이 더욱 심해지면서 영상은 더더욱 알아보기 힘들어졌다. 순간 몸통에서 뜯겨난 팔뚝이 보이면서 생기 없는 손이 죽은 거미처럼 오그라든 모습이 스쳐지나갔다. 조종석 위에 온통 핏자국이 낭자한 가운데, 그 뒤로 온몸이 핏빛 기호로 뒤덮인 헤네시가 비틀거리며 흥얼거리고 있었다.

"안녕하십니까."

그렇게 말문을 연 헤네시는 화면이 어두워지면서 도로 없어졌다. 그는 화면에서 나타났다 사라지기를 반복하며 알아듣기 힘든 몇 마디 말을 던졌는데, '셰임' 혹은 다른 단어의 일부처럼 들렸다. 그리고는 '……알아야 하는……있다고…….'하는 말이 이어졌다. 헤네시가 머리를 감싸쥐는 장면이 나타나더니, 곧 화면이 잡음과 잔상으로 뒤덮였다. 다시 모습을 드러낸 헤네시는 카메라를 향해 무아지경에 빠진 듯한 묘한 웃음을 띠고 있었다.

"……지도를……."

그리고는 긴 침묵이 뒤따랐다.

"……연스레……."

잠시 뒤 다음 말이 이어졌다.

"……탈피해……임으로……합니다."

'도통 알아듣질 못하겠군. 하지만 뭔 소리건 간에 예감이 좋지 않아.'

태너는 속으로 생각했다.

헤네시가 다시 화면에 모습을 드러내고는 아까처럼 환한 웃음을 지어보였다. 그는 얼굴이 화면에 가득 들어찰 정도로 카메라에 바짝 다가섰다.

"……일."

그는 그렇게 말하며 화면 밖으로 손짓했다. 그리고는 그대로 서서 말을 계속했지만, 꼭 지직이는 잔상 속의 유령처럼 보였으며 목소리 역시 잡음에 묻혀 전혀 들리지 않았는데, 끝에 가서야 간신히 분명한 모습이 잡혔다.

"……이해해야……."

그가 그렇게 말하는 순간적인 잡음이 일더니, 곧 마지막 말이 흘러나왔다.

"……파괴할 것……."

헤네시는 카메라의 초점에서 벗어나면서 당텍의 잔해가 쌓여 있는 뒤편 조종석이 화면에 잡혔다. 영상은 거기서 끝이 났다.

"이 영상을 몇 명이나 봤습니까?"

대령이 물었다.

"편집본 말입니까? 우리 기술진 셋뿐입니다. 하지만 전체 주파수대로 방송된 탓에 불특정 다수가 다른 나머지 부분을 봤을 겁니다. 정확히 누가 어느 부분을 봤을지는 확인이 불가합니다."

"그럼 기술진을 죽일 필요는 없겠군요?"

"대체 무슨 말씀을?"

"이번 일은 정말 큰 건입니다. 이사님의 생각 이상으로 말입니다. 우리 둘의 목숨보다도 더 중요한 사안입니다. 전세계의 인구는 수십억에 달합니다. 일회용으로 쓸 인간은 차고 넘치지요. 하지만 이번 건은 정체가 뭐가 됐건 간에 아직까지 목격한 사람은 우리뿐입니다."

"지금 날 일회용으로 써먹겠단 소립니까?"

태너가 또박또박 천천히 말했다.

대령은 음흉한 표정을 지어보였다.

"괜한 걱정 마십시오. 여기까지 발을 들인 이상 이사님은 일회용으로 쓰고 버리기에는 누구보다도 아까운 인물이니 말입니다. 하기야, 상황이 원치 않는 방향으로 틀어질 때에는 얼마든 일회용이 되실 수도 있습니다. 기분 상하셨습니까?"

"예."

"그렇다면 상황이 원치 않는 방향으로 틀어지는 일이 없기를 비십시오."

대령은 그렇게 말하고는 전자 손목시계를 확인했다.

"내일 아침까지 말미를 드리겠습니다. 영상이 얼마나 널리 퍼졌는지, 얼마나 많은 사람이 영상을 봤는지 그때까지 알아내기 바랍니다. 수상쩍은 티를 내지 않고 정보를 모을 만한 사람들을 풀어서 조사하십시오. 앞으로 어떡할지는 상황을 파악한 뒤에 결정하도록 하겠습니다."

25

전화는 새벽 1시 경에 걸려왔다. 알트만은 침대에 가만히 누워서 머리맡에 있는 탁자에 놓인 휴대 전화기가 울리는 모습을 보기만 했다. 전화기는 울리고 울리다가 끝내 멈췄다. 그는 발신자가 누구인지 보려고 했지만 등록된 번호가 아니라서 홀로그램 이미지가 차단되어 있었다. 착신음이 끊어지기 무섭게 전화기가 다시 울리기 시작했다.

'아마 해먼드일 테니 받아봐야겠지. 해먼드가 아니면 쇼월터나 라미레스나 스쿠드일 테고.'

하지만 그는 그런 생각을 하면서도 착신음이 계속 울리다 꺼질 때까지 전화기를 가만히 보고만 있었다.

전화기가 세 번째로 울리자 이번에는 에이다가 잠에서 깼다. 그녀는 하품을 하고서 쭉 기지개를 켰다.

"지금이 몇 시야?"

에이다는 졸린 목소리로 묻고는 침대에서 일어나 앉아 머리를 귀 뒤로 쓸어 넘겼다.

"자기 전화 안 받을 거야?"

알트만은 자기도 모르게 전화기를 집어 열고서는 귀에 갖다 대는 손을 지켜만 보았다.

"여보세요?"

알트만이 말했다. 스스로 듣기에도 마치 몇 년은 말을 하지 않은 것처럼 바짝 마르고 갈라진 목소리가 입에서 새어나왔다.

"혹시……."

수화기 반대편의 목소리는 그렇게 입을 열고는 잠시 말이 없었다.

"마이클 알트만 박사님 맞으십니까?"

"누구신데요?"

수화기 반대편에서 들려온 남자 목소리는 알트만의 물음을 무시하고 말을 이었다.

"잠깐 뭘 여쭈려고 하는데 대답해주시면 감사하겠습니다. 최근에 이상한 것을 포착하신 적 없습니까? 우연히 통신망에 걸려든 것이 없는가 이 말입니다."

"이상한 것이라니요?"

"말씀을 들어보니 그런 적이 없는 모양이시군요."

반대편의 목소리가 재깍 대답했다.

"시간 빼앗아서 죄송합니다."

"무슨 신호 말인가요?"

그는 전파가 문득 생각나 물음을 던졌다.

반대편의 목소리는 한동안 말이 없었다.

"송신 같은 것 말입니까?"

"그럴지도 모르겠군요. 짚이시는 데라도 있습니까?"

반대편의 목소리가 천천히 말했다.

"누구시죠?"

알트만은 다시 물었다.

"거기까지는 아실 필요 없습니다."

"무슨 송신을 말하는 겁니까? 전파 말입니까?"

그러자 반대편의 목소리가 돌연 협박조로 나왔다.

"무슨 말인지 잘 아실 텐데요, 알트만 박사님."

시치미 떼지 말라는 말투였다.

"잠깐만요. 우리 이렇게 합시다. 정확히 뭘 찾는지 귀띔해주면, 나중에라도 혹시 발견했을 때 연락드리죠."

전화는 거기서 끊어졌다.

"한밤중에 도대체 누구래?"

에이다가 물었다.

"나도 몰라. 누군지 알면 좋겠네. 방금 어떤 사람이 나한테서 정보를 캐려고 했어."

"정보라니?"

"난들 알아."

알트만은 침대에서 일어났다. 그는 화장실로 가서 세수를 하고 거울 속에 비친 자기 모습을 빤히 쳐다보았다. 눈두덩이 쑥 들어가고 눈꺼풀은 퉁퉁 부어 있었다. 정말 내 얼굴이 맞나 의심스러울 정도였다. 좀처럼 숙면을 취하지 못한 탓이었다. 악몽은 말할 것도 없거니와, 무엇보다도 분화구에서 무슨 일이 벌어지는가 하는 염려와 공포 탓도 컸다. 거기다 두통까지 끈질기게 따라다녔다.

'벌써 해먼드한테 무슨 일이라도 생겼으면 어떡하지?'

누군가의 손에 죽지는 않았을까? 지금 이 순간에도 쫓기고 있지는 않을까?

설마, 쓸데없는 걱정이겠지. 괜히 마음 졸일 필요는 없다. 그냥 전화 한 통일 뿐이니까.

그는 다른 방으로 들어가 컴퓨터를 켜고 보안 서버에 접속했다. 마지막으로 확인한 뒤로 아직까지 새로 올라온 글은 없었다.

"지금 뭐해?"

에이다가 물었다. 그녀는 얼굴에 머리를 늘어뜨리며 다시 침대에 앉아 있었다.

"좀 확인해볼 게 있어서. 금방 끝나."

"자기야."

에이다가 자못 진지한 목소리로 말했다.

"도대체 무슨 일인지 말해줘. 나한테 뭐 숨기지 않기로 했잖아. 무슨 말썽에 휘말린 건 아니지?"

"그건 아니지 싶어."

"정말 사고에 말려들 성 싶었으면 진작 털어놨을 테니까, 그치?"

"아마 그랬겠지."

"'아마 그랬겠지'라니 무슨 말이 그래?"

"아무렴 당연히 털어놔야지."

"진작 그래야지."

에이다는 손으로 머리를 가다듬어 등 뒤로 가지런히 넘기고는 침대에서 일어나 화장실로 걸어갔다. 알트만은 화면을 돌리고 재빨리 자판을 두드렸다.

오늘 새벽 3시를 조금 넘겨서 웬 전화가 걸려 왔는데, 혹시 이상한 송신을 포착하지 않았느냐고 묻더라. 칙술루브 정중앙에서 나온 신호 얘기 같던데, 그 얘기를 살짝 꺼냈더니 서둘러 전화를 끊어버리더군. 무슨 통신에 관해 정보를 캐나 본데 자세히는 나도 몰라. 혹시 나 말고 또 이런 전화를 받은 사람?

댓글을 기다리며 계속 컴퓨터 화면을 들여다보는 사이, 에이다가 화장실에서 나와 다시 침대에 누웠다. 그는 그제야 로그아웃 한 뒤 전원을 끄고 에이다의 옆에 누웠다.

'별 일 아니겠지.'

"말해주기로 약속했다."

에이다는 다시 졸린 모습으로 되돌아가 있었다.

"알았어."

몇 분 지나지 않아 에이다는 잠이 들었다. 알트만은 뜬눈으로 침대에 누워 어두컴컴한 천장을 올려다보았다. 얼마 지나지 않아 그도 잠에 빠져들었다.

아침에 일어나 로그인을 해보니 나머지 세 명도 그가 글을 올린 뒤로 똑같은 전화를 받았다는 글이 올라와 있었다. 라미레스가 가장 먼저였고, 쇼월터가 그 다음, 마지막이 스쿠드인 점으로 미루어보아 단순히 알파벳 순서대로 이름을 골라 전화를 돌리는 듯했다. 그들 역시 마찬가지로 어리둥절한 눈치였다. 알트만은 이렇게 댓글을 입력했다.

전화를 받은 사람이 주위에 더 있는지 알아보고, 있으면 어떻게들 생각하는지 한 번 물어봐.

정오가 되자 답이 나왔다. 칙술루브 인근의 과학자들은 하나도 빠짐없이 전화를 받았다는 것이다. 다들 정확한 영문을 몰랐으며, 장난 전화나 편집증으로 말미암은 착각쯤으로 여기는 분위기였다. 그런데 라미레스가 끝내 뭔가 짚이는 데가 있는 듯한 사람을 찾아냈다.

"영상 방송에 관해 말하더군요."

지질학자이자 아마추어 무선광인 베넷이란 남자의 말이었다.

"대번에 눈치를 차렸죠. 웬 수수께끼의 남자가 전화를 걸어서는 정체를 철저히 감추고 정보를 캐려는 겁니다. 그래서 '혹시 영상 방송 말이냐'고 물었더니 오리발을 내밀면서 자세한 설명을 듣더니 고맙다고 정중히 말하고는 끊더군요."

베넷은 불과 몇 초 남짓한 영상의 일부분만 가지고 있었다. 단일 주파수대가 아니라 여러 주파수대에 걸쳐 방송된 영상을 우연히 발견하고서 호기심에 녹화해 두었다고 했다. 처음 3초쯤 잡음만 나오다가 누군가가 이야기를 하는 살짝 일그러진 장면이 5초쯤 나오기도 잠시, 다시 8초 길이의 잡음이 나오면서 영상은 끝이 났다. 베넷의 말로는 몇몇 다른 사람들도 일부분을 잡아냈으며, 드레저 사에 있는 누군가가 그 사본을 남김없이 모으는 중인 모양이라고 덧붙였다. 자세한 이유는 그도 모를 일이었다. 베넷은 이번 일이 누군가가 사람들을 골탕 먹이려고 꾸민 조작극이라고 철석같이 믿었다. 하지만 칙술루브 정중앙에서 방송된 영상을 자신이 어떻게 잡아냈는지는 그도 모르고 있었다. 아마도 발신 장치가 보트나 다른 곳에……

"어디서 방송됐는지 아십니까?"

"칙술루브 분화구 근처더군요. 이것도 다 그럴싸해 보이게 만들려는 수작이겠죠."

알트만의 물음에 베넷이 대답했다.

"사본을 좀 받아볼 수 있을까요?"

"아무렴요. 이런 영상은 여럿이서 돌려봐야 제 맛이죠."

그는 괜한 소리를 덧붙이며 흔쾌히 승낙했다.

문제의 영상은 이상한 다큐멘터리였다. 온몸에 피로 짐작되는 물질로 기호를 그린 벌거벗은 남자가 기묘한 웃음을 짓고서 카메라를 들여다보고 있었다.

"……이해해야……"

이렇게 운을 떼더니,

"……파괴할 것……"

하고는 잡음만 나왔다.

알트만은 영상을 다시 돌려보았다. 길이는 고작 몇 초였다. 베넷 말대로 자작극일지도 모르지만 남자의 굉장히 진지한 표정과 공허하기 그지없는 광기에 젖어 퀭한 눈빛을 보자니 단순한 자작극 같지는 않았다. 대체 어디에서 찍었을까? 그는 영상을 다시 돌려보았다. 촬영된 장소는 벽으로 둘러싸인 좁고 밀폐된 공간이었는데, 벽면은 남자의 몸처럼 피로 짐작되는 물질로 그린 기호로 뒤덮여 있었다. 남자가 갑자기 얼굴을 가까이 들이밀자 아래턱 밑에서 불그스름한 광채가 번득였다. 공업용 조명 마냥 눈부실 만큼 강한 불빛이었다. 남자는 "……이해해야……파괴할 것······"하고 되뇌었다.

'제대로 이해하려면 머리깨나 아프겠어. 당최 뭔 소린지 모르겠네.'

그는 의자에 등을 기대고 팔걸이에 팔꿈치를 붙이고서 얼굴 앞으로 양손을 탑처럼 마주 붙였다. 정말 자작극일지도, 혹은 자작극이 아닐지도 모른다.

'좀 더 진지하게 생각해보면 어떨까? 지금까지 일어난 일을 모두 종합해 본다면? 그럼 어떤 결과가 나올까?'

지금까지 아무도 분화구 중심부에서 전파 신호가 나온다는 사실을 알아차리지 못했다.

중력 이상도 지금까지는 없던 일이다.

분화구 중심부는 아니지만 그곳에서 가까운 곳에 정박한 화물선 역시 수상하기는 마찬가지였다.

화물선 갑판에는 신형 잠수정용 대형 기중기가 설치되어 있고, 승무원은 모두 군인 출신이었다.

지진 활동이건 드릴 굴착이건, 결정적으로 진원지는 해저 분화구의 중심부였다.

여러 주파수대로 방송된 영상의 발신지는 분화구 중심부임이 틀림없다. 밀폐 공간에 갇혀 온몸에 기묘한 문자를 그린 남자가 영상에 나와서는 "······이해해야······ 파괴할 것······"하고 영문 모를 소리를 해댔다.

일련의 사태가 하나로 얽히는 듯했으며, 전부 분화구와 관련되어 있었다. 분화구 심장부에서 무슨 일이 벌어졌으며, 누군가가—정보를 캐고 다녔으니 드레저 사일 공산이 크지만 다른 집단일지도 모른다—여기에 지대한 관심을 보이고 있었다. 그 관심이 얼마나 큰지 불법으로 짐작되는 굴착까지 벌여가며 그 정체를 파악하거나 제거하려고 들었다.

그렇다면 이로써 조각난 영상의 발신지도 설명이 되지 않을까 하는 생각이 알트만의 뇌리를 스쳤다. 영상이 방송된 곳이 바로 그 잠수정이었다면? 그는 순간 몸서리쳤다.

여기서 문제는, 지금까지의 예측이 정말로 들어맞는다면 사건이 갈수록 미궁으로 빠진다는 점이다.

그는 한숨을 쉬었다. 차라리 자작극이라 치고 관두면 속편할 텐데. 하지만 단순한 자작극으로 치부할 수는 없었다. 더 깊이 생각하고 골몰할수록 자작극이 아니라 진짜라는 의혹만 깊어갔다.

그는 생각을 곱씹으며 갈등했다. 그리고는 스스로 되뇌었다.

'내가 발 벗고 행동에 나서면 되잖아.'

비밀을 만천하에 드러내는 가장 확실한 방법에 뭐가 있을까?

오후 나절이 되자 기발한 생각이 떠올랐다. 최선의 방법은 아니지만 간단명료하다는 장점이 있고, 그가 생각하기에 즉시 효과를 보는 방법은 그뿐이었다.

그는 영상 사본이 든 휴대용 홀로그램 영사기를 호주머니에 찔러 넣었다.

"오늘은 이만 가보겠습니다."

필드는 썩은 동태눈 같은 눈빛으로 알트만을 훑어보았다.

"아직 2시 반밖에 안 됐는데."

알트만은 어깨를 으쓱였다.

"다른 볼일이 좀 있어서요."

"알아서 하게나."

필드는 그렇게 말하며 홀로그램 화면으로 고개를 돌렸다.

15분 뒤, 알트만은 모자를 푹 눌러쓰고서 마을에 있는 유스호스텔 대기실 구석에 앉아서 홀로그램 화면이 실용화되기 이전에 쓰이던 구식 단일 단말기에 접속했다. 호텔 직원이 축 늘어진 눈빛으로 그를 힐끔 쳐다보고는 본체만체했다. 가뜩이나 월급도 쥐꼬리 같은데 누가 컴퓨터를 쓰는지 신경 써봐야 무슨 득이겠냐는 그런 눈치였다.

그는 홀로그램 영사기에 든 영상을 단말기에 복사한 다음 흔적이 남지 않도록 한동안 손을 썼다. 그리고는 프리스페이스에 들어가 가짜 계정을 만들었다. 사용한

단말기까지 추적당할지 모른다는 사실은 익히 알고 있지만, 그로서도 거기까지는 막을 재간이 없었다. 하지만 아무리 추적한들 영상을 유포한 사람이 그라는 사실은 밝혀내지 못할 테지.

그는 영상 첫머리에 넣을 말을 생각해보았다.

칙술루브에서 불법 활동을 벌이는 드레저 사

이렇게 제목을 입력한 다음 다시 자막을 달았다.

칙술루브 분화구 중심부를 파고 내려간 잠수정에서 보낸 충격 유언.

그는 잠시 머리를 굴리다가 이렇게 덧붙였다.

인양 계획, 실패로 돌아가다.

그리고는 자신을 비롯해 칙술루브 인근에 있는 과학자 중에서 생각나는 사람들에게 영상 사본을 빠짐없이 돌린 뒤 그 외의 몇몇 사람에게도 전송했다.

'됐다. 이제 떠들썩해지겠지.'

그날 저녁 알트만은 에이다에게 자신이 벌인 일을 털어놓으며 드레저 사에서 뭘 발견했는지, 거기에 관해 자신이 어떻게 생각하는지 얘기했다. 그는 에이다가 아무것도 아닌 것 가지고 야단법석이라며 빈정댈 줄 알았다. 하지만 그녀는 못마땅한 듯이 팔짱을 꼈다.

"자기는 꼭 한 번씩 바보 같은 짓을 한다니까. 자칫하면 위험할지도 모르는데 왜 그랬어?"

"위험하다니? 왜, 산업 기밀을 폭로했다고 그놈들이 찾아와서 날 죽이기라도 할까봐? 이건 첩보영화가 아냐."

"첩보영화가 아닌데도 자기는 그런 짓을 벌이고 있잖아. 보안 웹사이트를 만들어, 동료 과학자들이랑 작당해, 비밀 잠수정을 발견해, 또 존재해서는 안 될 신호까지 잡아냈지. 그것도 모자라 동영상까지 유포했잖아."

에이다는 그렇게 말하며 몸서리쳤다.

"피로 온몸에 기호를 그린 미친 남자라니. 그런 영상을 봤는데도 위험하다는 생각이 조금도 안 들어?"

"뭐가 말이야?"

"그걸 내가 어떻게 알아?"

에이다는 알트만에게 손사래를 쳤다.

"분화구 중심부에 있다는 뭔가가 위험한 물체일지도 몰라. 위험하기 때문에 애써 인양하려는지도 모르지. 어쩌면 둘 다일지도 모르고."

"하지만……."

"난 그냥……."

에이다는 알트만의 말을 가로막으려다 멈칫했다.

에이다는 고개를 떨어뜨리고 탁자 위를 빤히 쳐다보았다. 알트만은 한기라도 드는지 몸을 움츠리는 그녀를 조용히 지켜보았다.

"혹시라도 자기가 다치거나 죽는 모습을 보고 싶지 않아서 그래."

에이다가 나지막하게 말했다.

에이다는 알트만이 대화가 끝났다고 착각할 정도로 한참 동안 입을 다물었다. 그가 자리에서 일어나 맥주를 가지러 가려던 참에 그녀가 갑자기 말문을 열었다.

"지금까지의 자료를 종합해보면 뭔가 실마리가 잡힌다고 했지."

에이다가 차분한 목소리로 말했다.

"내가 잘못 짚었을지도 몰라."

"변명 듣자는 게 아냐. 가만히 좀 들어봐. 자기 같은 과학자들은 항상 한 가지 시선으로만 세상을 바라본다니까. 나한테도 자료가 조금 있는데, 마찬가지로 골치만 썩고 있어."

에이다는 그렇게 말을 꺼내며 마치 이야기를 들려주듯 천천히 아귀를 맞춰 나갔다. 어느 순간 갑자기 전파 신호가 나오기 시작하면서부터 만사가 예전 같지 않다는 것이다. 그 점은 알트만도 동감이었다.

"악몽을 꾸기 시작했던 때가 언제인지 기억나?"

"난 밤마다 악몽을 달고 살잖아."

"이번에는 달라. 예전에도 매일 유혈이 낭자하고 묵시록적인 종말에 대한 악몽을 꿨어?"

"아니. 그런 악몽은 최근 일이지."

"다들 그런 악몽을 꾸고 있어. 나도 그래. 난 악몽은 좀처럼 꾸지 않는데 말이야."

에이다는 동네 주민에서 동료들에 이르기까지 요즘 들어 주위 사람들이 얼마나 어수선하고 피로에 젖어 보이는지를 이야기했다. 직업상 그런 데 눈썰미가 있다 보니, 그녀는 주위 사람들에게 물어보기 시작했다고 한다. 간밤에 편히 주무셨나요? 나쁜 꿈을 꾸지는 않으셨나요? 편히 발 뻗고 잔 사람이 하나도 없었다. 악몽을 꾸지 않은 사람은 아무도 없었다. 그래서 언제부터 악몽을 꾸기 시작했냐고 물어보면, 그 시기가 전파 신호가 나오기 시작한 무렵과 맞물린다는 것이다.

"그건 시작에 불과해. 지난주에 자기가 몇 번이나 머리가 아프다고 했는지 기억나? 수십 번은 돼. 머리를 감싸 쥐고 끙끙대면서도 나한테 티내지 않은 적은 몇 번이게? 수십 번은 가볍게 넘어. 게다가 그런 사람이 자기뿐만이 아냐. 다들 악몽에 시달리고 있어. 전파 신호가 나오기 전만 해도 그런 사람은 좀처럼 없었어. 그런데 이제는 단체로 그래. 과연 우연의 일치일까? 하지만 자기가 생각해도 정말 이상하지 않아?"

"거참 요상한 일인걸."

"그렇게 귓등으로 듣지 마. 난 심각하단 말이야. 여태껏 다른 사람들이 쓴 보고서만 읽다가, 이번에는 이곳의 토착 의식이나 전설을 몇 달이나 직접 조사해 봤어. 그랬더니 지난 수백 년간 전설 쪽에는 이렇다 할 변화가 없더라고."

"어련하겠어."

에이다는 알트만의 옆통수를 찰싹 때렸다.

"귓등으로 듣지 말라고 했지."

그녀가 검은 눈동자를 날카롭게 번뜩였다.

"그것도 이제는 옛말이야. 신호가 나오기 시작한 뒤부터 판이하게 달라졌어."

"뭐가 뭔지 원."

"동네 사람들도 악몽에 시달리고 있어. 우리랑 똑같이 말이야. 하지만 우리는 악몽이란 점만 비슷한 정도지만, 그 사람들은 겪는 악몽은 구체적인 내용까지 서로 판박이야. 다들 '악마의 꼬리'에 관한 꿈을 꾸는데, 며칠 전에 말했다시피 그건 '칙술루브'라는 뜻이지. 이것도 과연 우연일까?"

알트만은 고개를 설레설레 내저었다.

"도무지 감을 못 잡겠어."

"요즘 여기저기서 못 보던 그림이 눈에 띄어. 두 뿔이 서로 감겨 올라가는 단순한 모양인데, 먼지 위에 그려져 있거나 나무껍질 위에 새겨져 있더라고. 동네 사람들한테 무슨 뜻이냐고 물어보니 대답조차 꺼리더라. 끈질기게 달라붙으니까 그제야 한 명이 '칙술루브'하고 한 마디 하더라고."

에이다는 자리에서 일어나 냉장고로 걸어가 증류수를 한 잔 따랐다. 그녀는 단숨에 물을 들이키고는 다시 한 잔을 가득 채워서 돌아와 앉았다. 그리고는 손을 뻗어 알트만의 손을 맞잡았다. 그는 그녀의 손을 꼭 쥐었다.

"일련의 사태가 어떻게 하나로 맞물리는지, 또 자기한테 있는 자료하고 무슨 연관이 있는지는 나도 몰라. 어쩌면 전부 기묘한 우연의 일치일지도 모르지. 하지만 하나로 이어서 생각해 보면, 분화구 밑바닥에 있는 물체가 뭔지는 몰라도 우리한테 해를 끼치려는 것 같아."

"꼭 살아있는 생명체처럼 얘기하네."

"비과학적인 소리인 줄은 나도 알아."

에이다는 느닷없이 관자놀이를 주물렀다.

"아야야, 또 머리가 지끈거리네."

그리고는 쓴웃음을 지어보였다.

에이다는 곧 다시 입을 열었다.

"동네 사람들이 벌써 '악마의 꼬리' 전설이라도 만들어낸 모양이야. 옛날부터 있었는지, 아니면 요즘 들어 생겨났는지는 잘 모르겠지만 말이야. 좌우간 이런 사실을 알아채기 시작한 사람은 나뿐일걸.

여기에 관해서 자세히 얘기를 들려줄 만한 사람은 동네 주정뱅이 영감님밖에 없는데, 그마저도 술대접을 해드려야 말문이 트여. 영감님 말로는 깊은 바닷속 배배 꼬인 물체에 얽힌 이야기가 여러 세대를 거쳐 구전되어 왔대. 스페인어랑 유카테크 마야어를 섞어서 나한테 얘기를 들려주었는데, 그건 지상 세계에서 영토를 빼앗기는 바람에 지하로 도망쳐 지옥을 다스리게 된 대악마가 남긴 흔적이래. 악마가 도망치다 꼬리만 바다 밑바닥에 걸렸고. 여전히 살아 움직일지도 모른다지 뭐야. 악마의 몸통까지 그대로 붙어 있다고 믿는 사람도 있다나 뭐래나.

소문으로는 꼬리를 건드리면 악마가 건드린 사람을 알게 된대. 그러면 악마가 잡으러 온다는 거지. 영감님은 한참 술을 들이키다가 '이제 악마가 당신네들을 알고 있소이다'하고 말하더니 저주라도 하듯이 나한테 검지랑 중지를 겹치면서 손짓을 해보이더라."

에이다는 말을 멈추고 남은 물을 마저 들이키고는 빈 잔을 탁자에 내려놓았다.

"거기까지 얘기해 주더니 더는 말하지 않겠대. 술을 더 사드릴 테니 더 말씀해 보시라고 구슬려 봐도 고개만 젓더라. 그러다 나중에 털어놓는 말이, 지금 하는 말을 악마가 들을까 두렵대."

둘은 한동안 말없이 서로 얼굴만 쳐다보았다.

"논리적으로 설명할 길이 있을지도 몰라."

알트만이 말했다.

"전설을 말이야?"

"전부 다 말이야."

"그럴지도. 하지만 난 몰라. 다만 지금까지 얘기한 전설이 마야족 토속 신앙에 기독교 신앙이 뒤섞인 내용이라는 사실은 알아둬. 좀 더 깊이 파고들어서 연구를 해보면 혼합된 신앙이 어떻게 발생했는가 하는 가설 정도는 나오겠지. 하지만 뭔가 우리가 귀를 기울여야 하는 경고와 공포가 어려 있다는 생각은 떨쳐버릴 수가 없어. 자기를 사랑해서 하는 말이야. 제발 흘려듣지 않겠다고 약속해줘."

26

"방송된 영상을 본 것으로 짐작되는 십여 명의 신원을 확보했습니다."

태너가 말했다. 몇 시간이나마 눈을 붙였지만 머리가 여전히 지끈거리고 눈은 사포로 비빈 것처럼 따끔거렸다.

"이중 절반은 잡음밖에 듣지 못했고, 나머지 반은 조금이나마 영상을 목격했습니다. 영상을 목격한 이들 중 절반은 녹화했더군요. 녹화본은 우리 측 영상을 보완하는 데 사용됐습니다."

"제게 보여주신 영상을 본 사람이 이사님하고 드레저 사측 기술진 이외에 얼마나 더 있습니까?"

"장담컨대 단 한 명도 없습니다."

대령은 미간을 찡그렸다.

"이거나 잠깐 보시죠."

그는 홀로그램 파일을 태너에게 보여주었다. 누군가가 '경비견'이라는 익명으로 통신망에 유포한 영상으로, '칙술루브에서 불법 활동을 벌이는 드레저 사'라는 제목이 붙어 있었다. 영상에는 타자로 입력한 짧은 글귀의 자막이 입혀져 있었다. '칙술루브 분화구 중심부를 파고 내려간 잠수정에서 보낸 충격 유언. 인양 계획, 실패로 돌아가다.' 자막이 나간 뒤부터 영상이 재상되었다.

영상을 틀자 온몸이 피로 뒤덮인 헤네시가 기묘한 웃음을 짓고서 연설하는 장면이 짤막히 나왔다.

'염병할, 기어이 최악의 사태가 터지고 말았군.'

태너는 속으로 중얼거리며 대령에게 물었다.

"대체 누가 퍼뜨린 겁니까?"

"레니 스몰 사장님한테도 사본이 하나 갔더군요. 수신자 목록이 족히 몇 쪽은 되는데, 대부분은 칙술루브 인근에 있는 과학자들이지만 그밖에 다른 인물도 섞여 있습니다."

"이 영상의 원본은 지그문트 베넷한테 있던 겁니다. 이건 그자가 녹화한 겁니다."

"영상을 유포할 배짱이 있는 사람이었습니까?"

태너는 고개를 저었다.

"그럴 만한 사람은 못 됩니다. 부하가 얘기를 해봤더니 자작극이라고 철석같이 믿는 모양이라고 하더군요. 아마 별 생각 없이 흥미삼아 남한테도 뿌렸을 겁니다. 사람을 시켜서 그자가 누구한테 영상을 보여줬는지 알아내도록 하겠습니다."

"관두십시오."

대령이 말했다.

"관두라니요? 하지만 아까……."

"이미 영상을 목격한 사람이 한둘이 아닙니다. 이제 와서 입막음으로 한두 명 죽여서 될 일이 아닙니다. 자칫했다가는 상황만 더 악화될 겁니다."

태너는 안도의 한숨을 내쉬었다. 누구를 죽이라는 지시를 듣지 않아도 된다니 천만다행이었다.

"그럼 이제 어떡합니까?"

"공개해야지요."

"공개한다고요?"

태너는 가슴이 덜컥 내려앉는 것만 같았다.

"드레저 본사에서 가만있지 않을 겁니다. 스몰 사장님의 지시에 따라야 하지 않습니까?"

"칼자루를 쥔 사람은 스몰 사장이 아닙니다. 칼자루는 제 손에 있습니다."

"이것 참 어처구니가 없군요."

태너가 얼굴을 붉으락푸르락하며 말했다.

"이왕 이렇게 됐으니 말해두겠는데, 물귀신 작전에 말려들어 같이 죽을 생각일랑 추호도 없습니다. 이번 일로 비난의 표적이 될 맘은 죽어도 없단 말입니다. 전 끝까지 버틸 겁니다."

"진정하시지요. 말 그대로 공개한다는 소리가 아닙니다. 그러는 척만 하자는 겁니다. 일단 언론에 알린 다음에 우리 입맛대로 조작하면 그만입니다. 제대로만 먹혀들면 오히려 전보다 떳떳해질 겁니다."

"뾰족한 수라도 있습니까?"

"간단합니다. 기자회견을 요청하십시오. 인터넷에 떠도는 영상을 직접 확인했으며 뜬소문까지 돌고 있어 이제는 오해를 바로잡을 때라 생각한다고 둘러대면 됩니다. 지금 갖고 있는 영상을 언론에 전부 공개한 뒤 방송에 내보내라고 하십시오. 이미 수많은 사람들이 영상 조각들을 갖고 있는 시점에서 그렇게 나온들 크게 손해 볼 일도 없습니다. 그러면 이사님이 했던 것처럼 흥미를 느낀 사람들이 알아서 영상을 하나로 끼워 맞춰 줄 테니 말입니다."

"그렇게 해서 무슨 득이 된단 말입니까?"

"관건은 이사님이 어떻게 입을 놀리느냐 입니다. 그냥 자작극이라고 잡아뗐다가는 잔뜩 달아오른 음모론자들한테 기름을 붓는 꼴이 됩니다. 그러니 문제를 일으킬 소지가 없는 한도 내에서 사실대로 말하십시오."

"그 한도가 어디까지입니까?"

대령은 이를 악물었다.

"그걸 지금 나한테 묻는 겁니까? 상상력은 어디 갖다 팔아먹었습니까? 우선 헤네시가 미쳐버렸다고 하십시오. 영상을 한 번이라도 본 사람이라면 쉽게 수긍할 겁니다. 그리고 헤네시를 칙술루브 밑바닥까지 내려보낸 까닭은 설계상 수중 굴착이 가능하도록 개발한 신형 심해잠수정을 시험해보기 위함이었다고 설명하면 됩니다. 사소한 문제점만 해결한다면 해저자원 채굴산업의 미래를 바꿔놓을 획기적인 잠수정이라고 말입니다. 무슨 말인지 이제 좀 아시겠습니까?"

"네."

"아무튼, 헤네시를 선발한 까닭은 헤네시가 잠수함 조종 경력이 풍부한 데다 같은 회사 직원이기에, 한마디로 비밀을 지킬 믿음직한 사람이었기 때문이라고 하십시오. 상식적으로도 이런 신기술이라면 정보가 밖으로 새나가지 않도록 만전을 기하는 것이 당연하잖습니까. 그래서 이사님은 칙술루브에서 시험을 감행하기로 했는데…… 이유가 뭐겠습니까?"

태너는 잠시 머리를 굴리다가 말을 지어냈다.

"칙술루브에는 방해거리가 없으니까요. 여기라면 다른 데보다 눈치를 덜 봐도 되고, 덤으로 다양한 암층에서 굴착 시험을 해볼 수 있기 때문입니다."

"지금까지는 그럴 법합니다. 조금만 더 다듬어서 답변으로 쓰기 바랍니다. 저는 그동안 답변할 내용이 효력을 갖도록 시험 허가증을 몇 장 꾸며 두겠습니다. 여하튼, 이사님은 헤네시한테 실력 있는 조종사인 당텍을 붙여서 연안을 따라 얕은 물에서 몇 차례 시운전을 하도록 지시한 겁니다. 이때까지만 해도 아무런 문제없이 일은 순조롭게만 풀렸습니다. 그래서 스몰 사장님과 논의한 뒤, 드디어 잠수정을 심해에서 시험해 보기로 결정한 겁니다.

그 다음부터는 정확히 무슨 일이 벌어졌는지 이사님도 모릅니다. 잠수정을 잠수시킬 준비를 하라고 승무원들한테 지시를 내리는데, 갑자기 잠수정이 사라졌다는 겁니다. 당텍하고 헤네시를 찾아보려고 했지만 둘도 사라지고 없습니다. 이사님은 그 둘이 무단으로 잠수정을 몰고 나갔다는, 아마 훔쳐 달아났으리라는 결론을 내린 겁니다. 잠수정을 찾으려 했지만 헛수고였습니다. 음파 탐지기의 범위를 벗어났거나, 둘이 잠수정 엔진을 꺼버렸던가 둘 중 하나겠지요. 수색을 벌이고 계속해서 교신을 시도했지만 성과는 전혀 없었습니다."

대령은 송곳니를 드러낼 때면 하던 대로 입술을 말아 올렸다.

"그 뒤에 포착한 두 사람의 증거가 바로 문제의 영상이라고 언론에 말하십시오. 무슨 일이 일어났는지는 몰라도, 헤네시가 정신 이상을 일으켰다는 점만은 분명하다면서 말입니다. 잠수정의 위치가 어디인지는 어렵사리 밝혀냈습니다. 분화구 속 암층 깊숙한 곳에 처박혀 있던 겁니다. 그래서 이사님은 이제 잠수정을 인양해 달라고 군사 기관에 손을 벌리기에 이르렀습니다. 정말로 군에서 인양을 해낸다면 잠수정 안에서 무슨 참극이 벌어졌는지도 언론에 알리겠다고 밝혀두십시오."

"군사 기관에 손을 벌리다니 과연 현명한 행동일까요?"

"현명할 뿐만 아니라 기발하기 그지없는 행동입니다. 그렇게 하면 계획의 규모를 확대할 빌미가 생기니 말입니다. 계획을 은밀히 진행하기는 이미 글렀습니다."

"하지만 우리 중에서 누가 나서서 군과 손잡는단 말입니까? 그러다 우리 목표를 군에 뺏기기라도 하면 어떡합니까?"

대령은 또다시 음흉한 웃음을 지었다.

"걱정하실 필요 없습니다."

그는 양손 엄지손가락으로 자신을 가리켰다.

"벌써 손잡고 계시니 말입니다."

27

막 책상에 앉으려는 참에 문을 두드리는 소리가 알트만의 귀에 들렸다.

"오늘 손님이 오기로 했던가요?"

그가 필드에게 물었다.

필드는 고개를 저었다.

"내가 알기로는 없지. 자네가 열 텐가, 아니면 내가 갈까?"

"제가 가죠."

그는 문으로 걸어가다가 얼른 되돌아와 보안 사이트에서 로그아웃부터 했다. 그때 바깥에서 다시 문을 두드렸다.

"잠시만요."

문을 열기 직전, 더욱 세게 문을 두드리는 소리가 났다.

문 앞에는 모르는 사내 둘이 서 있었다. 보아하니 현지인 같았는데, 둘 다 넥타이를 매고 광을 낸 검정 구두를 신고 있었다. 한 사람은 키가 크고 호리호리한 체격에 피부가 검었으며, 검은색 콧수염을 빽빽이 기르고 있었다. 다른 하나는 깨끗이 면도한 얼굴에 피부색이 조금 옅었는데, 엄지와 검지 사이에 연기가 피어오르는 시가를 쥐고 있었다. 알트만이 문을 여는 순간 그는 시가를 깊게 빨아들이고 있었다.

"누구시죠?"

"미구엘 알트만이라는 사람을 찾고 있습니다."

사내가 스페인어로 말했다.

"마이클입니다. 찾으시는 이유를 여쭤도 될까요?"

"바로 당신이로군요?"

키 큰 사내가 말했다.

"그러는 그쪽은요? 뭐하시는 분들입니까?"

다른 사내는 다시 시가를 깊게 빨면서 볼이 홀쭉하게 들어가, 얼굴이 꼭 말라붙은 송장처럼 보였다.

"우리가 누구냐면……."

사내는 그렇게 말하며 주머니에서 배지를 꺼내보였다.

"경찰이오."

"에이다한테 무슨 일이라도 생겼나요?"

알트만이 물었다. 쿵쿵거리는 심장박동이 목구멍까지 차올랐다.

"일단 안으로 들어가실까요?"

키 큰 사내가 말했다.

알트만은 문을 활짝 열어 두 사람을 먼저 들여보낸 뒤 따라 들어갔다. 필드는 연구소로 들어서는 낯선 두 사내를 흥미로운 눈빛으로 쳐다보았다.

"잘 계셨는가, 필드 박사."

시가를 쥔 사내가 말했다.

"오랜만일세, 라모스 경관. 나한테 볼일이라도 있으신가?"

필드가 말했다.

"자네 친구한테 말이지. 잠깐 자리 좀 비워줬으면 좋겠군."

"친구는 무슨, 그냥 한 연구소를 쓰는 사이일 뿐인데."

필드는 자리에서 일어나 뒤뚱거리며 밖으로 나갔다.

키 큰 경찰이 알트만의 의자를 당겨 앉았다. 라모스는 알트만의 책상 옆에 있는 벽에 비스듬히 기대어 섰다.

"무슨 일입니까?"

알트만이 물었다. 혹시라도 에이다에게 무슨 사고가 나지 않았나 하는 불안이 점점 커졌다.

"에이다는 무사한 거죠?"

"애인 분에 관한 일이 아닙니다. 혹시 찰레스 해먼드라고 아십니까?"

키 큰 경찰이 무미건조한 목소리로 물었다. 그는 찰스라는 이름을 스페인식으로 발음했다.

"통신 기술자 말입니까? 만난 적은 있습니다."

"만난 적이 있다는데, 갈로. 그럼 뻔하잖나?"

라모스가 말했다.

갈로라는 키 큰 경찰은 라모스의 말을 못 들은 척했다.

"잘 아는 사이였습니까?"

"그건 아닙니다. 한 번밖에 만나보지 못했습니다."

"이봐 갈로, 한 번밖에 못 만나봤대."

라모스는 그렇게 말하며 다시 시가를 빨아들였다.

"대체 무슨 일입니까?"

"아무렴, 궁금할 거요."

라모스가 이죽거렸다.

"어디서 만났습니까?"

갈로가 물었다.

"선술집에서요."

"무슨 일로요?"

알트만은 잠시 머뭇거렸다.

"저한테 할 말이 있다고 해서 만났습니다."

"점점 수상해지는데, 갈로. 어느 선술집 말이요?"

라모스가 물었다.

"같이 얼마나 오래 있었습니까?"

갈로가 물었다.

"두 분 중 누가 질문하는 겁니까? 슬슬 헷갈리는군요."

"그냥 질문에 답하시면 됩니다."

갈로가 변함없이 무미건조한 목소리로 말했다.

"내 질문에도 말이오."

라모스가 덩달아 말했다.

"잠시만요. 해변에 있고 여기서 그리 멀지 않은 선술집에서 봤습니다. 그리고 제가……."

"깐티나¹⁾ 말이로군. 선술집하고 깐티나는 엄연히 다른 거요."

"그럼 그렇다고 치지요."

"얼마나 오래 있었습니까?"

갈로가 다시 물었다.

"그렇잖아도 말하려던 참입니다."

알트만은 다소 목소리에 힘을 주었다.

"해먼드가 전화해서 만나자기에 거기서 만났습니다. 정확히는 몰라도 몇 시간 정도 같이 있었습니다."

"그 '몇 시간'이 어느 정도요?"

"잘은 모릅니다. 두 시간쯤 됐지 싶군요."

---

1) 미국 남서부, 남미 일부, 스페인에서 술집을 일컫는 말.

"주인장 말로는 세 시간이라더군요."

갈로가 말했다.

"그럼 주인 말이 맞겠지요. 아마 세 시간이었지 싶습니다."

"그런데 댁은 두 시간이라고 하는구만."

라모스가 말했다.

"짐작으로 하는 말이잖습니까. 어떻게 그걸 정확하게 다 기억합니까? 도대체 무슨 일인데 이럽니까? 그것부터 말해주면 안 됩니까?"

"암, 그렇게는 못하지."

"당신이 해먼드가 살아 있을 때 마지막으로 만난 사람이기 때문입니다."

"해먼드가 죽었단 말인가요?"

"예."

갈로가 말했다.

"어쩌다가요?"

"그걸 조사하려고 이렇게 찾아온 겁니다."

"제가 범인이라고 생각하는 건 아니겠지요? 설마 제가 죽이기라도 했다는 겁니까?"

"타살이란 사실을 어떻게 그리도 빨리 알아내셨수?"

"전들 압니까. 다만 그런 의심이 든다는 말입니다."

"사고나 자연재해로 죽었을지도 모르는데, 선생은 바로 살해됐다는 결론으로 비약하니까 하는 소리요."

"선술집을 나선 뒤에 같이 어디로 갔습니까?"

"깐티나래도."

라모스가 끼어들었다.

"깐티나를 나선 뒤에 말입니다."

갈로가 고쳐 말했다.

"아무데도 같이 안 갔습니다. 밖에서 악수를 하고 저는 곧바로 집으로 돌아갔어요. 해먼드가 어디로 갔는지는 모릅니다.”

알트만은 두 경찰이 서로 쳐다보며 의미심장한 눈빛을 주고받는 모습을 지켜보았다.

“무슨 일이 벌어진 겁니까? 어쩌다 죽은 거죠?”

“해먼드와 사귀는 사이였습니까?”

“네? 당연히 아니죠! 제정신으로 하는 말입니까?”

“왜 그렇게 질색을 하는 겁니까?”

갈로가 물었다.

“저는 사귀는 여자가 있습니다.”

알트만이 대답했다.

“따로 사귀는 여자가 있다는 증거라도 있수?”

라모스가 물었다.

“이보세요들, 그냥 무슨 일인지 설명부터 해주시지 그럽니까?”

두 경찰은 다시 눈빛을 주고받았다.

“해먼드의 행동에 어딘가 이상한 점은 없었습니까?”

갈로가 물었다.

“정말로 이상한 점이 있었다 한들 제가 그걸 어떻게 압니까? 해먼드랑 만난 적은 딱 한 번뿐입니다. 평소 행동거지가 어땠는지도 모르는데 무슨 재간으로 비교를 한단 말입니까?”

“그렇게 열 내지 마쇼. 흥분해서 좋을 일 없수.”

“목입니다.”

갈로가 손으로 목을 긋는 시늉을 했다.

“네?”

“사망 원인을 물었잖습니까. 목을 베여 죽었습니다.”

“갖고 있던 주머니칼에 그렇게 된 거요. 거기 누구 지문이 묻어 있었는지 짐작이나 가쇼?”

라모스가 말했다.

"누구 지문이 묻었는데요?"

"지문이 하나도 검출되지 않았습니다. 누가 칼을 닦았단 얘기죠."

갈로가 말했다.

"지금 제가 그랬다는 말입니까? 제가 뭐하러 그러겠습니까?"

"그걸 우리가 어떻게 알겠수? 당장 댁이랑 해먼드가 무슨 말을 주고받았는지도 모르는 판인데."

"무슨 얘기를 나눴습니까?"

"제정신들이 아니군요."

알트만이 참다못해 말했다.

"지금 저하고 한 이야기 때문에 해먼드가 살해됐다는 말입니까?"

"무슨 얘기를 나눴는지 털어놔야 그 여부를 판가름할 것 아뇨?"

라모스가 되물었다.

그래서 알트만은 털어놓기로 마음먹었다. 심호흡을 하고서, 기억을 최대한 더듬으며 해먼드와 나눈 대화를 하나하나 이야기하기 시작했다. 그가 드레저 사를 입에 올리자 두 경찰은 또다시 서로 눈빛을 주고받았다. 계속 이야기를 풀어가는 가운데 처음에는 라모스가, 다음에는 갈로가 차례로 팔짱을 꼈다.

알트만이 말을 끝마치자 갈로가 의자에서 일어났다.

"고맙습니다, 알트만 선생님. 여로 모로 도움이 되었습니다."

라모스는 벌써 문을 향해 걸어가고 있었다.

"잠시만요, 이러고 끝입니까?"

알트만이 말했다.

"그럼 됐지 뭘 더 바라는 거요? 댁을 체포해야 속이 시원하겠수?"

라모스가 되물었다.

"더 질문할 일이 생기면 다시 연락하겠습니다."

갈로가 말을 마치자 두 경찰은 연구소를 떠났다.

알트만은 에이다에게 전화를 걸어 무슨 일이 있었는지 말하려 했지만 전화를 받지 않았다. 아직도 마음이 뒤숭숭했다. 나중에 보니 손까지 떨고 있었다.

한참 뒤에 필드가 어슬렁거리며 연구소로 돌아왔다.

"별일 없던가?"

그가 의아스러운 표정을 지으며 물었다.

"제가 아는 사람이 죽었다는군요."

"아, 그것 참 끔찍한 소식이로군."

'혹시 나까지 위험에 빠지지는 않을까?'

그는 내심 불안한 생각이 들었다.

"자네 그 소식 들었나?"

필드가 대뜸 물었다.

"무슨 소식 말인가요?"

"드레저 사에서 공식성명을 밝혔다던가? 나도 지나가다 들은 참이라. 아까 그 둘이 자네한테 볼일을 끝마칠 때까지 밖에서 시간 죽이면서 잡담하다 들은 얘기일세."

"무슨 내용이던가요?"

"뉴스피드에 있으니 직접 들어가서 보게나."

알트만은 뉴스피드에 로그인했다. 여기 있군. 드레저 사 기자회견 발표. 그는 뉴스 창을 열었다.

기자회견장에 나온 사내의 이름은 윌리엄 태너였다. 아무래도 처음 보는 얼굴이지 싶었다.

"문제의 괴동영상을 놓고 추측만 무성하다는 소식을 접했습니다."

태너는 그렇게 운을 떼고는 베넷이 보여주었던 것보다 긴 영상을 틀었다.

"차라리 한 편의 조작극이라고 전하고 싶은 심정이나, 유감스럽게도 조작극이 아닙니다. 어찌 됐건 여러분, 저는 해명을 하고자 이 자리에 나왔습니다."

그렇게 입을 연 그는 드릴을 탑재한 신형 잠수정을 도난당했으며, 도난당한 잠수정이 현재 칙술루브 분화구 한복판에 가라앉은 상태라고 밝혔다. 현재 사측에서는 잠수정을 인양하기 위해 군사 기관에 도움을 요청했다고 한다. 그의 어조는 자신감과 긴장감 사이를 오갔다.

"드레저 사에서는 잠수정 안에서 무슨 일이 어떠한 경위로 벌어졌는지 파악하고, 또한 앞으로는 결코 이런 사태가 일어나지 않도록 만전을 기할 것입니다."

그는 이렇게 발표를 마무리하고 질문공세를 퍼붓는 기자들을 외면하며 서둘러 단상을 내려갔다.

알트만은 영상을 다시 돌려보았다.

'그건 분명히 피였어.'

그는 문제의 동영상 확장본을 보며 생각했다. 그가 듣기에도 윌리엄 태너의 설명은 나름대로 설득력이 있었다. 태너의 말을 듣자니 지금까지 품었던 대부분의 의문점이 풀렸다. 유일하게 풀리지 않는 의문점은 왜 조종사가 잠수정을 훔쳐서 달아났느냐 하는 부분이었다. 단순히 '미쳐서'라는 이유를 붙이면 어렵잖게 설명될지도 모르겠지만.

어떻게 되었건 신빙성 있는 말처럼 들렸다.

정말로 들어보면 하나하나 아귀가 들어맞는 듯했다.

'별 것도 아닌데 나 혼자서 법석을 떨었던 걸까?'

그냥 다 잊어버리고 앞으로 관여하지 않으면 될지도 모른다. 벌써 사람 하나가 목숨을 잃은 판에, 몸을 사리지 않으면 그 역시 똑같은 꼴을 당할지 누가 알겠는가. 어쩌면 해먼드는 노상강도를 만나서 불행한 죽음을 맞이한 것이고, 칙술루브 분화구와는 하등 상관이 없을지도 모를 일이다.

그는 그런 생각을 곱씹어 보다가 기자회견 영상을 다시 틀었다. 저울의 한편에는 기자회견이, 다른 한편에는 분화구 중심부에서 나온 전파가 달려 있다. 두 가지를 아무리 살펴봐도 전파 자체는 잠수정 사고가 개입되기 전부터 나오던 것이 틀림없으나, 잠수정 안에서 무슨 일이 벌어졌는지는 몰라도 이로 말미암아 신호가 더욱 강해졌다. 전부 우연의 일치이거나 혼자만의 망상일지도 모르지만, 알트만은 아직

쉽사리 물러날 생각은 없었다.

집에 돌아와서 보니 에이다는 여전히 집을 비우고 없었다. 혹시라도 에이다에게 무슨 일이 생기지 않았을까 하는 찰나의 공포가 또다시 그를 엄습했다. 전화를 걸어 보았지만 여전히 받지 않았다.

그는 초조한 마음으로 두어 시간 내내 그녀가 오기만을 기다렸다. 전화를 걸고 또 걸어보았지만 통 받지 않았다.

'정말로 에이다한테 무슨 일이라도 생겼으면 어떡하지?'

에이다야 원래 귀가가 자주 늦는 편이므로, 뭔가 잘못되지는 않았을까 하는 지레짐작이 괜한 걱정인 줄을 알면서도 좀처럼 불길한 생각을 떨칠 수가 없었다.

하지만 마침내 문이 열릴 즈음에는 거의 까무러치기 직전이었다. 뚜벅뚜벅 걸어가 한바탕 뭐라고 하려는데, 다른 사람이 같이 있었다. 뜻밖의 손님이, 어린 사내아이가 옆에 있었다.

사내아이는 가녀린 팔로 에이다의 손을 잡고 있었다. 그는 여태 어디 있었냐고 물음을 던지기 시작했지만 그녀는 눈빛을 던져 입을 다물게 만들었다.

"애는 차바[1]야."

알트만은 사내아이를 내려다보았다. 아직 10대가 되지 않았거나 막 10대에 접어든 듯했다. 아이는 맨발에 낡았지만 말쑥한 티셔츠와 거의 다 해진 반바지를 입고 있었다. 몸이 굉장히 여위었으며 짙은 갈색 눈동자는 총명한 인상을 주었다.

"차바? 무슨 이름이 그러냐."

"본명은 살바도르고 차바는 애칭이야."

에이다가 재깍 대답했다. 알트만이 자신을 빤히 쳐다보자 그녀는 이해한다는 듯이 고개를 끄덕였다.

"희한하게 들리겠지만 정말이야."

---

1) 차바(chava)는 스페인어로 꼬마를 뜻한다.

"진짜?"

그는 그렇게 말하며 사내아이에게 고개를 돌렸다.

아이는 말없이 고개만 끄덕였다.

알트만은 에이다에게 무슨 일인지 실마리를 달라는 눈빛을 던졌다.

"자기가 애랑 얘기를 해보고 싶어 할 듯해서 데려왔어."

"그럼 우리 잠깐 앉을까?"

사내아이는 잠시 망설이다가 고개를 끄덕였다. 알트만이 의자를 내어주자 자리에 올라가 앉았다.

"뭐 좀 먹을래?"

알트만이 물었다.

차바는 다시 고개를 끄덕였다. 알트만은 냉장고를 열고 뒤적거리다가 생각을 바꿨다.

"이리와. 직접 보고 먹고 싶은 게 있으면 아무거나 꺼내가렴."

차바는 냉장고가 무슨 함정이라도 되는 것처럼 살금살금 다가갔다. 그리고는 냉장고 문에 조심스레 고개를 숙이고 안을 들여다보다가 알트만을 올려다보았다.

"아무거나요?"

"아무거나."

잠시 뒤 냉장고 안에 있던 음식이 거의 다 식탁에 수북이 쌓였다. 차바는 이것저것 빠짐없이 맛을 보았다. 이것 한 입 베어 물고는 다른 것도 집어서 한 입 먹어보고, 그렇게 계속 다른 음식으로 옮겨갔다.

"아저씨한테 할 얘기가 있다고?"

드디어 맛보기가 끝나자 알트만이 물었다.

차바는 손가락을 까딱까딱 흔들었다.

"아저씨가 저한테 할 얘기가 있을 거라고 아줌마가 그랬어요."

"아줌마한테 들려준 이야기를 아저씨한테도 들려줄래?"

에이다가 아이에게 부탁했다.

"이야기가 아녜요. 정말로 일어난 일이라고요."

차바가 눈살을 찌푸리며 말했다.

"당연하지, 차바야. 아줌마 말이 그 말이야."

"알았어요, 그럼 얘기할게요."

차바는 이야기를 시작했다.

"이른 아침에 바닷가를 걷고 있었어요. 그날은 머릿속으로 '바닷가에서 바람이나 쐬다가 마을에 가서 심부름꾼이 필요한 사람이 없는지 봐야지'하고 생각하고 있었어요. 가끔 아저씨 같은 과학자들이 편지 심부름을 시키고 용돈을 조금씩 쥐어주거든요. 그렇게 두어 번 심부름을 하고 나면 제과점에서 과자 하나쯤 살 돈이 생겨요.

그런데 그날은 자꾸 다른 데로 가고 싶더라고요. 발길을 멈출 수가 없었죠. 그래서 마을로 가지 않고 발길이 끊어진 바닷가를 따라 멀리 내려갔어요. 거기서 이상한 걸 봤어요."

"뭘 봤는데?"

알트만이 물었다.

"잘 모르겠어요."

차바가 대답했다.

"잘 모르겠다니?"

"이름이 없는 걸 봤거든요. 사람처럼 생겼는데 사람은 아녔어요. 풍선 같기도 하지만 풍선도 아니었고요."

"어떻게 사람 같으면서 또 풍선 같다는 말이니?"

"그죠."

차바가 슬며시 웃음을 지었다.

"저도 똑같이 생각했다니까요. 제가 무슨 이야기를 하는지 감이 잡히시나 보네요. 아저씨한테 얘기해 보라고 아줌마가 저를 여기 데려오시길 잘한 것 같아요. 그게 이상한 소리도 냈어요. 이렇게요."

차바는 식탁에 엎드려 이상하게 씨근덕거리는 숨소리를 냈다.

"브루하 할머니가 저한테 그걸 불태우랬어요. 악마의 꼬리에서 떨어져 나온 거라고 하시면서요. 칙술루브 말예요."

차바는 중지와 검지를 서로 겹쳐 두 사람한테 보이게 손을 들었다.

"그런데 나중에 보니까…… 할머니가 돌아가셨더라고요."

"돌아가셨는데 어떻게 너한테 얘기를 해주셨단 말이니?"

"꼭 아저씨가 제 머릿속에 들어가서 생각을 읽기라도 하는 것 같네요."

차바가 신이 나서 말했다.

알트만은 차바가 계속 말하기를 기다렸지만 아이는 거기서 입을 다물었다.

"그걸 불태웠다고 했니?"

"네, 새까맣게요."

"어떤 부분이 풍선 같았단 말이니?"

"등덜미가요."

차바가 망설이 없이 곧장 대답했다.

"회색 자루가 달려 있었어요."

차바는 한 입 베어 먹고 식탁에 올려둔 오이를 만지작거렸다.

"이거 가져가도 되죠?"

"가져가렴."

오이가 차바의 옷 속으로 사라졌다. 차바는 양파를 입에 대더니 울상을 지었다.

"부탁 하나 들어줄래?"

알트만의 물음에 차바는 고개를 끄덕였다.

"네가 그걸 봤다는 데로 아저씨랑 아줌마를 데려가 줄래?"

차바는 생각에 잠긴 눈빛으로 그를 쳐다보았다.

"앞으로 보낼 편지가 있을 때 저를 보거든 저한테 심부름 시켜주신다고 약속하실 거죠?"

"뭐?"

알트만은 다소 놀란 눈치였다.

"오냐, 그러마."

"그럼 좋아요. 그리고 식탁에 있는 음식 더 가져가도 돼요? 양파는 빼고요."

알트만은 애써 웃음을 참으며 고개를 끄덕였다. 차바는 뭐가 사라졌는지 알트만이 알아차리지 못할 정도로 잽싼 손놀림으로 옷 속에 음식을 챙겨 넣었다.

"이제 거기로 안내해 드릴게요."

차바가 똑 부러지는 목소리로 말했다.

28

태너는 위스키를 한 잔 가득 따르고는 베개에 등을 기댔다. 드디어 포근한 침대에서 편히 눈을 붙일 기회가 생겼다. 칙술루브 지사에 사무실을 차린 일, 심해잠수정을 마련하고 헤네시와 당텍을 멕시코로 불러온 일, 화물선 위에서 지내야 했던 일, 잠수정 안에서 무슨 일이 일어나는지 알아내려고 진땀을 흘렸던 고통스러운 시간과 그 뒤로 일어난 온갖 걱정거리에 시달리다 보니, 이렇게 발 뻗고 자본 지가 몇 달만인 듯했다.

그는 위스키를 홀짝 마셨다. 이제는 애써 궁리하지 않아도 되겠지. 그렇게 속으로 되뇌었다. 휴식을 취하는 일이 중요하다. 이제 다 끝났다. 기자회견도 막을 내렸다. 계획의 다음 무대가 시작되려면 아직 한참은 남았다.

휴대 전화기가 울렸다. 그는 전화기로 고개를 돌렸다. 아내라면 이름이 나올 텐데, 아무 이름도 표시되지 않았다. 그렇다면 스몰 사장이거나 테리, 팀, 톰 삼인조 중 하나였다. 그 넷은 당텍을 제외하고 유일하게 태너의 전화번호를 아는 사람이었다. 하지만 당텍은 죽었지.

"여보세요?"

"윌리엄 태너 이사님이십니까?"

웬 사내가 숨죽인 목소리로 물었다.

"헤네시 박사의 죽음에 관해 몇 가지 질문드릴 것이 있습니다."

"도대체 어떻게 번호를 알아낸 겁니까? 이건 개인 번호란 말입니다."

사내는 물음을 무시하고 말을 이었다.

"잠수에 들어가기 전에 정말로 정신이상 징후를 보지 못했습니까? 이번 사건은 드레저 사내 안전규칙의 허점이 드러난 사례가 아닐까요? 아니면 헤네시하고 당텍을 선발한 것부터가 인원선출 과정상의 허점이었다고 해야 할까요?"

태너는 전화를 끊었다. 몇 초 뒤 전화가 다시 울렸다.

"여보세요!"

태너는 버럭 소리쳤다.

"그렇게 끊지 마세요, 태너 이사님. 아직 중요한 의학적 문제가……."

그는 통화를 끊었다. 그리고는 아예 전화기 전원을 끄고 침대 머리맡에 있는 탁자에 올려두었다. 스몰 사장이나 대령과는 어차피 화상연결로 얘기하면 그만일 테니까.

그는 술잔을 벌컥 들이켜 위스키가 목구멍을 타고 내려가며 속을 불태우는 맛을 음미했다. 휴식을 취하려면 머리를 비우고 잔신경을 그만 써야 한다. 이제야 맘 놓고 쉬어 보겠구나. 전화기는 껐고, 문도 잠갔다. 드디어 쉴 수 있겠어.

하지만 좀처럼 쉬지를 못했다. 뭔가가 그를 좀먹기라도 하는 것처럼 머리가 자꾸 지끈거렸다. 그는 침대에서 일어나 수면제 세 알을 입에 털어 넣고 위스키로 삼켰다. 그리고는 거울에 비친 자기 얼굴을 한참 쳐다보다가 다시 침대로 올라갔다.

이제 남은 문제는 기자들과 동의한 사항이다. 드레저 사에서 오랫동안 일을 해왔음에도 도덕적 문제가 엮인 일은 여전히 처리하기 난감했다.

태너는 이전에도 계획을 진행하면서 참가자 일부가 사망하는 사고를 겪은 적이 있었다. 진행 도중 자신이 내린 지시의 직접적인 결과로 말미암아 사망자가 나오기도 했다. 너나 할 것 없이 끔찍한 짓을 저지르면서 자신을 인간 이하라고 느꼈던 월면 전투의 트라우마는 말할 것도 없고, 그는 사람의 목숨을 가볍게 여긴 적이 한두 번이 아니었다. 하지만 헤네시와 당텍은 사인조차 불분명했다. 눈으로 똑똑히 확인이 되는 시체가 아니라 짧고 잡음 섞인 영상만 돌아왔기 때문일까? 아직도 확증이 더 필요한 걸까?

잠수에 들어가기 전에 헤네시는 아무런 이상 징후도 보이지 않았다. 정신감정도 다시 해보았지만 문제가 없었다. 혹시라도 정신 이상을 일으킬 위험이 있는 인물은 오히려 당텍이라고 생각하던 참이었다. 당텍이 먼저 미치는 바람에 헤네시까지 덩달아 미쳐버린 것은 아닐까?

위스키와 수면제가 드디어 효력을 보이기 시작했다. 눈앞이 조금씩 흐릿해졌다. 잠수정을 인양하고 나면 의문이 풀리겠지. 인양만 하고 나면 전부 다 설명이 될지도 모른다.

태너는 휴대 전화기가 울리는 소리에 소스라치게 놀라 잠에서 깼다. 그는 머리맡에 있는 탁자에서 전화기를 집어들고 화면을 확인했다.

발신자 이름이 당텍으로 표시되었다.

심장박동이 목구멍까지 차오르면서 잠이 싹 달아났다. 당텍은 죽었다. 죽은 사람이 전화할 리가 없는데. 화면을 다시 확인했다. 분명히 당텍이라고 찍혀 있었다.

그는 침대에서 일어나 바닥에 발을 디뎠다.

"여보세요? 누굽니까?"

그는 벽을 마주보고 말했다.

하지만 수화기 반대편에서는 잡음만 새어나왔다.

그는 졸도할 것만 같은 심정으로 잠시 기다렸다.

"당텍…… 자네 살아 있었나?"

그가 머뭇거리는 목소리로 말했다.

수화기를 귀에 바짝 갖다 붙이고 귀를 기울였다. 들어 보니 잡음조차도 들리지 않았다. 전화기 자체가 꺼져 있었다.

전화기를 다시 탁자 위에 내려놓았다. 내려놓기가 무섭게 꺼진 전화기에서 착신음이 울리기 시작했다. 당텍이란 이름이 화면에 표시되었다.

"여보세요?"

아무 소리도 들리지 않았다.

다시 전화기를 내려놓았다. 전화기가 또다시 울리자, 이번에는 가만히 놔두고 울리는 모습을 지켜보았다.

'분명히 꺼뒀어. 울릴 리가 없는데.'

그런데도 염병할 전화기는 계속 울렸다.

안 받으실 겁니까?

익숙한 목소리가 등 뒤에서 말을 걸어왔다.

뒷덜미의 머리카락이 곤두서는 것만 같았다. 그는 아주 천천히 뒤로 고개를 돌렸다. 돌아보는 순간 침대 옆에 있던 흐릿한 형체가 서서히 사람의 모습을 띠기 시작했다. 어렴풋하고 흐리멍덩한 윤곽이 점점 다듬어지면서 당텍으로 변했다. 피부는 핏기가 하나도 없어 보일 정도로 창백했고 입술은 시퍼렇게 변해 있었다.

"너는 가짜야."

그렇습니까? 그런데 어떻게 제가 보이시는 겁니까?

"하지만 자넨 잠수정 안에서 죽었어."

그게 분명히 저였습니까? 제가 잠수정에 있었다고 어떻게 장담하십니까?

태너는 잠시 머뭇거렸다.

"그럼 아직 살아 있단 말인가?"

여기 눈앞에 있잖습니까?

태너는 절레절레 고개를 저었다.

어디 만져보십시오. 제가 가짜라면 만지지도 못하실 테니 말입니다.

태너는 눈을 질끈 감고 손을 뻗었다. 처음에는 베개 이불만 손에 닿았다. 손을 조금 더 뻗자 다른 뭔가가, 살아 움직이는 뭔가가 느껴졌다.

"정말 자네로군."

태너가 웃으며 말했다.

"믿을 수가 없어. 어떻게 살아남은 건가? 여기는 어쩐 일이고?"

인사차 왔습니다. 우리 사이에 얼굴도 못 뵈고 가면 섭섭하잖습니까?

"아무렴."

그리고……

"뭔가? 어디 말해 보도록."

이런 말씀 드리기는 싫지만, 좀 도와주셨으면 합니다. 그쪽에 필요한 것이 있습니다.

"뭐든 말만 해. 내 것이 곧 자네 것이니까."

지금 숨을 쉬기가 힘듭니다. 산소통을 빌려 쓰게 해주십시오.

"어떻게 말인가?"

산소 호흡기를 살짝 갈라주십시오. 그럼 제 것을 몇십 센티미터 길이로 잘라서 하나로 연결하면 됩니다. 그럼 같이 숨 쉴 수 있습니다.

"하지만 나한테는……."

'나한테는 호흡기가 없는데.'

태너는 혼잣말을 하기 시작했다. 그런데 손을 들어 만져보니 느껴졌다. 호흡기를 쓰고 있었다.

더는 버티기 힘듭니다.

당텍이 말했다. 정말로 아까 전에 봤을 때보다도 입술이 훨씬 더 시퍼렇게 변해 있었다.

"뭔가 날카로운 게 필요한데. 어디 날붙이 같은 게 없나?"

침대 옆 탁자 서랍에 주머니칼이 있습니다.

"내 탁자에 뭐가 들었는지 자네가 어떻게 알고 있나?"

제가 원래 예측불허잖습니까.

당텍이 그렇게 말하며 웃음을 짓자 입술이 벌어지면서 허옇게 변했다.

태너는 주머니칼을 꺼내 제일 큰 날을 펼쳤다.

"어디를 자르면 되나?"

어디든 상관없습니다. 길게만 갈라 주시면 됩니다. 명심하십시오, 길게 갈라야
합니다.

태너는 고개를 끄덕였다.

"준비됐나?"

됐습니다.

태너는 가로로 칼질을 해 호흡관을 절반으로 갈랐다.

"됐다. 어서 자네 호흡관을 이리로."

목소리가 갑자기 이상했다. 성대에 뭔가 문제가 생긴 듯했다. 그는 기침을 하다
가 피를 토했다. 눈앞의 이불이 핏빛 안개로 뒤덮인 것처럼 보였다. 고개를 내렸더
니 가슴 위로 피가 줄줄 흘러내리고 있었다.

"어서."

그가 손을 내밀며 말했다.

"당텍? 뭘 꾸물거리나?"

하지만 당텍은 어디에도 보이지 않았다.

호흡관에서 산소가 쉭쉭 새어나와 우주로 빠져나갔다. 그는 손으로 틈을 틀어막
으려 했지만 갈라진 곳이 너무 넓었다. 산소가 자꾸 새어나갔다. 양손과 가슴팍이
끈적거렸고 가슴의 털이 피로 엉겨붙었다.

그는 다시 당텍을 부르려 했지만 목이 어딘가 이상했다. 목구멍에서 가래 끓는
소리밖에 나오지 않았다. 침대에서 몸을 일으키려 했지만 마치 물속에 있는 것처럼
사방이 느릿느릿 움직였다.

그는 아주 천천히 침대 끄트머리로 발을 옮겨 바닥에 발을 디뎠다. 이제 반대쪽
발을 마저 디디면 된다. 그는 침대에서 일어나 거울 앞으로 걸어가서는, 어디가 잘
못됐는지 살펴보려고 거울에 비친 자신의 모습을 뚫어져라 바라보았다.

29

차바는 날이 어두운데도 척척 길을 안내했다. 몇 번은 걸음을 멈추고 알트만과 에이다가 뒤따라올 때까지 안달복달하며 기다리기까지 했다. 목적지에 거의 다다르자 차바는 재잘거리며 알트만에게 영문 모를 말을 쏟아냈다.

"브루하 할머니는 돌아가셔서도 우릴 도와주셨어요. 할머니를 모셔가는 길에 할머니가 저한테 어떡해야 하는지 얘기해 주셨어요. 할머니가 나오지 않으셨으면 어떻게 해야 하는지 무슨 수로 알았겠어요?"

차바는 알트만을 빤히 쳐다보았다. 대답을 기다리는 눈치였다.

"그야 모르지."

알트만이 말했다. 신발이 푹푹 빠지는 모래사장을 터벅거리며 걷는 탓에 다소 숨찬 목소리였다.

그 대답에 차바는 기쁜 모양이었다.

"그런데 할머니는 걸어 나오셨어요. 그리고 우리한테 어떡해야 하는지 알려주셨어요. 동그라미를 그리면서요."

차바는 그렇게 말하며 알트만에게 고개를 끄덕였다.

"'동그라미'라니 무슨 말이니?"

차바는 그를 쳐다보더니 걸음을 멈추고 모래 위에 발자국을 남겼다. 알트만이 손전등을 비추자 원이 드러났다.

"바로 이거 말예요."

차바는 그렇게 말하고는 다시 걸음을 옮겼다.

알트만은 고개를 내저었다. 서로 생각하는 방식이 너무나 달라서 마치 별세상에서 온 사람과 이야기하는 듯했다.

차바가 갑자기 멈춰섰다. 그리고는 손가락을 겹쳐 악마의 꼬리 손짓을 하고는 앞을 가리켰다.

알트만은 손전등을 비췄다. 뭔가를 불태운 흔적이 모래에 반쯤 묻혀 있었다. 그는 차바가 앞으로 가기를 기다렸지만 차바는 자리에 가만히 있었다. 그래서 알트만은 자세히 살펴보려고 차바의 곁으로 다가갔다.

그는 조심스레 발로 모래를 치웠다. 타다 만 나무토막과 숯덩이와 재가 수북했다. 그런데 알고 보니 처음에 불탄 나무토막이라고 생각했던 것이 사실은 뼈였다. 사람 혹은 사람 만한 생명체에서 나온 듯했지만 어딘가 좀 이상했다. 뼈대가 흉하게 뒤틀린 데다 살점이 군데군데 남아 있었다. 얼핏 보기에는 살갗이나 해초 같았지만 가까이서 보니 긴가민가했다. 살결 역시 어딘가 이상했다.

"불에 타서 뼈가 저렇게 된 걸까?"

알트만이 에이다에게 물었다.

"나도 모르겠어."

그녀는 설레설레 고개를 저었다. 뭐하러 이렇게 난해하기 그지없는 문제를 굳이 붙들고 늘어지는 걸까? 이것이 과연 그 혼자만의 문제일까, 아니면 세상 전체의 문제일까?

그는 나무토막과 뼈와 재를 뒤적이다 해골을 파냈다. 속까지 시커멓게 그을렸으며 턱뼈가 온데간데없었다. 위턱에는 이가 하나도 남아있지 않는데, 있던 이들이 몽땅 빠졌다기보다는 아예 원래부터 없었던 것처럼 보였다. 위턱뼈 가장자리는 이틀 하나 없이 매끄러웠다.

"풍선 같으면서도 사람 같았다고 했니?"

에이다가 물었다.

차바는 고개를 끄덕였다.

"그게 어떤 모양으로 앉아 있었니?"

차바는 잠시 생각을 하다가 모래사장에 무릎을 꿇어 바닥에 등을 굽히고는 양손을 옆구리에 바짝 붙였다.

"팔이 다리하고 하나였어요."

"그게 무슨 말이니?"

"살갗이랑 살은 사람이랑 똑같았어요."

'어쩌면 흉측하게 뒤틀린 기형 인간이었을지도 몰라.'

알트만은 혹시나 하는 생각이 들었다. 논리적으로 설명할 방법이 있을지도 모른다. 하지만 정말로 흉측한 기형 인간이었다면 그렇게 오랫동안 살아 있기도 힘들 텐데 어떻게?

문득 어떤 생각이 머리를 스쳤다.

"어디가 풍선 같았다고 했었지?"

차바는 계속 엎드린 채로 목에 손을 붙이고 등덜미를 가리켰다.

"얼마나 컸니?"

에이다가 물었다.

"무지 컸어요."

"아저씨 팔보다?"

알트만의 물음에 차바는 고개를 끄덕였다.

"아저씨 몸보다 더 컸어?"

차바는 또 고개를 끄덕였다.

"집채만큼 컸니?"

이번에는 조금 머뭇거리다가 고개를 끄덕였다.

"어떨 때는 도로 작아졌어요. 근데 통째로 부풀면, 네, 집채만큼 컸던 것 같아요."

"정말로 가당키나 한 일일까?"

차바를 판자촌 변두리에 데려다주고 집으로 걸어가던 중 알트만이 에이다에게 물었다.

"아리송하기는 나도 마찬가지야."

"정말로 일어난 일이 맞을까?"

"무슨 일이 일어난 건 분명해. 정말로 차바가 말한 대로일지는 아무도 모를 일이지만 말이야. 도저히 말도 안 되는 소리지. 하지만 가만히 생각해보면 요즘 들어서 해괴한 일들이 잇따라 일어났잖아. 이제는 나도 뭐가 뭔지 모르겠어."

"그럼 다른 사람들은? 다른 사람들도 당신한테 똑같은 얘기를 들려줬어?"

"다른 사람들은 여전히 나한테 말하기를 꺼려해. 이유는 나도 몰라."

"오늘 당신이 늦어서 엄청 걱정했어."

알트만이 솔직한 심정을 털어놓았다.

"애가 말문을 여는 바람에 계속 들어줄 수밖에 없었어. 섣불리 끼어들면 겁먹을지도 모르니까."

에이다가 사정을 설명했다.

알트만은 고개를 끄덕였다. 둘은 먼지가 깔린 길을 사부작거리며 걸어갔다.

"내가 선술집에서 얘기를 나눴다고 했던 남자 기억나?"

"기억나. 그 사람이 왜?"

"죽었어."

에이다가 우뚝 멈춰 섰다.

"죽다니? 어쩌다가?"

"목을 베여서."

에이다는 알트만의 팔을 꼭 붙잡고서 자기를 보라고 세게 잡아당겼다.

"그것 봐, 내가 위험하댔지! 이젠 죽은 사람까지 나왔잖아."

"상관없는 일일 거야. 아마 강도를 만났겠지."

그렇게 말하자 일말의 희망이 그녀의 귓속으로 들어가는 듯했으나, 얄팍한 희망은 금방 사라졌다.

"하지만 강도가 아니면 어쩔래? 얼른 관둬. 첩보영화 흉내는 관두고 하던 일이나 열심히 하란 말이야."

그는 아무 대꾸도 없이 에이다의 팔을 뿌리치려 했다.

"자기 나랑 약속해. 꼭이다."

"그렇게는 못 해."

"왜?"

"이보세요."

알트만은 양손으로 에이다의 어깨를 붙들었다.

"차바를 나한테 데려온 사람은 당신이잖아. 그렇게 해달라고 부탁하지도 않았는데 말이야. 그런데 새로운 얘기를 들을 때마다 일이 점점 괴상하게 돌아간다고. 대체 무슨 일인지 반드시 알아낼 거야."

그러자 처음에 에이다는 머리끝까지 화를 냈다. 그녀는 빠른 걸음으로 앞질러 걸어가면서 뒤조차 돌아보지 않았다. 그는 그녀의 이름을 부르면서 뒤를 따라갔다. 그녀는 천천히 걸음을 늦추다가 뒤따라온 그가 손을 잡게 놔두었지만, 얼굴은 마주 보지 않았다. 그가 가까이 끌어안자 몸부림을 치다가 끝내 천천히 포기했다.

"날 사랑하지 않으니까 이러는 거지."

에이다는 그를 떠보았다.

"왜 안 사랑해? 이건 사랑 문제가 아냐."

그녀는 입을 비죽 내밀었다. 하지만 결국에는 팔로 그의 목을 감싸 안았다.

"자기를 잃어버리기는 싫어."

"그럴 일은 없을 거야. 약속할게."

둘은 느린 걸음으로 거리를 걸었다. 문이 열린 가게 옆을 지나는데, 임시로 만들어 건 나무 간판에 '바 데 프리메라 까떼고리아¹⁾'라고 적혀 있었고, 마분지로 된 바로 옆 간판에는 '베비다, 무이 바라타스²⁾'라고 적혀 있었다.

가게 앞을 몇 미터쯤 지나쳐가는데, 알트만이 걸음을 멈추고 길을 되돌아갔다.

"어디 가?"

에이다가 물었.

1) 스페인어: 최고급 술집
2) 스페인어: 음료, 주류. 매우 쌉니다.

"한 잔 걸치려고. 해먼드를 기리며 잔을 기울여야지."

알트만은 문을 열고 가게로 들어갔다. 안에는 현지인들밖에 없었는데, 손님들의 시선이 동시에 그에게 쏠리자 가게 안이 찬물을 끼얹은 것처럼 조용해졌다. 그는 낡은 상자를 쌓아 만든 계산대로 가서 자신과 에이다가 마실 맥주 두 병을 시켰다.

맥주가 나오자 그는 앉을 곳을 찾아 주위를 둘러보았다. 앉을 자리가 아무데도 없었다. 탁자는 사람들로 가득했고 나머지 손님들은 벽에 등을 기대고 서 있었다. 그는 주인에게 술값을 치르고 맥주를 챙겨 바깥으로 나갔다.

둘은 가건물에 차린 술집 앞의 먼지 날리는 거리에 앉아, 반쯤 열린 문틈으로 새어나오는 불빛을 받으며 맥주를 마셨다.

"걱정돼."

그가 맥주병을 바닥에 내려놓으며 말했다.

"뭐가?"

"전부 다 말이야. 칙술루브에서 벌어지는 일, 잠수정에 얽힌 사건, 자기가 들었다는 소문, 요즘 들어 다들 꾸는 악몽, 아까 바닷가에서 본 것까지 전부. 우리 모두 곤경에 처한 것 같아."

"자기랑 내가?"

"다들 말이야. 어쩌면 나 혼자만의 망상일지도 모르지만."

"그러게 적당히 하고 관두라니까 자꾸."

에이다가 툴툴거렸다.

알트만은 그녀의 말을 들은 체 만 체하며 맥주병을 집으려고 했지만 손에 아무것도 잡히지 않았다. 고개를 내리고 봤더니 맥주병이 온데간데없었다.

그는 가건물로 된 가게 입구에서 조금 떨어진 구석의 그림자에 손전등을 비췄다. 행색이 남루한 영감이 그곳에 있었다. 한눈에 봐도 곤드레만드레 취한 몰골이었다. 영감은 알트만이 마시던 맥주를 입에 대고는 단숨에 병을 비웠다.

"저 주정뱅이 영감이 내 맥주를 가져갔잖아."

그는 어안이 벙벙해서 에이다에게 말했다.

영감은 소매로 입술을 슥 닦더니 빈 맥주병을 어둠 속으로 휙 던져버렸다. 그리고는 손전등 불빛 사이로 실눈을 뜨고서 알트만과 에이다를 쳐다보았다. 알트만은 손전등을 살짝 내렸다. 영감은 손을 내밀더니 손가락을 딱 튕겼다.

"자기 것까지 달라는 모양인데."

에이다가 스페인어로 다정하게 말을 걸었더니 영감은 고개를 주억거렸다. 그는 그녀가 맥주를 내밀기가 무섭게 술병을 덥석 잡아채어 거꾸로 기울이고는 눈 깜짝할 사이에 비워버렸다. 그리고는 아까처럼 병을 던지고 벽에 등을 기댔다.

"안녕하세요."

알트만이 인사를 건네자 영감은 조심스레 셔츠의 주름을 바로잡았다.

"무초 구스또¹⁾."

영감이 말했다. 술꾼 치고는 꽤나 점잖은 말투였다. 그는 에이다에게 고개를 돌리고 머리를 살짝 숙여 인사했다.

"엔깐따도²⁾."

"전에 뵌 적이 있죠. 저한테 얘기를 들려주셨잖아요. 기억나세요?"

에이다가 말했다.

영감은 진물 어린 눈으로 에이다를 올려다 보면서도 아무런 말도 하지 않았다. 그리고는 벽에 머리를 기대고 눈을 감더니 한참을 가만히 있었다. 얼마나 오랫동안 그렇게 있는지 알트만은 그가 혹시 곯아떨어지지 않았나 하는 생각이 들 정도였다.

그때 영감이 느닷없이 스페인어로 입을 열었다.

"존함이 어떻게 되시오?"

"마이클 알트만입니다. 이쪽은 제 애인 에이다 코르테스고요. 그쪽 성함은?"

영감은 알트만의 물음을 들은 체 만 체하며 말을 이었다.

"맥주는 고맙게 잘 마셨소이다."

영감은 굉장히 정중한 스페인어를 구사했다. 그는 에이다에게 고개를 돌렸다.

"코르테스. 멋지고 늠름한 스페인 성씨지만, 댁들도 뻔히 알다시피 우리네 사람

---

1) 스페인어: 처음 뵙겠습니다.
2) 스페인어: 만나뵙게 되어 반갑습니다.

들한테는 썩 곱게 보이는 이름이 아니라오. 우리는 기억이 참 오래도 간다오. 그렇다고 너무 불만 갖지는 말아 주시오."

에이다는 고개를 끄덕였다.

"에이다. '장신구'라는 뜻을 지닌 히브리 이름이지. 댁처럼 아리따운 여성에게 잘 어울리는 이름이라오. 유래는 몇 세기 전, 준수한 용모로 염문을 뿌리고 다녔던 절름발이 시인의 딸 이름이오. 그리고 그보다 한 세기 뒤에 살았던 유명 작가의 책 제목에서 유래됐기도 하고 말이오."

"그런 내력을 어떻게 아셨어요?"

에이다가 물었다.

"이름 공부가 내 취미였소. 지금은 술이 하나뿐인 취미가 되고 말았소만."

영감은 다시 알트만을 쳐다보았다.

"마이클. 하느님의 오른손을 맡았던 대천사의 이름이지. 혹시 신앙심이 깊은 편이시오, 마이클?"

"아뇨, 아닙니다."

"그렇다면 알트만이라 불러드리는 편이 낫겠군. 알트만은 또 독일 성씨인데, 맞소이까?"

"맞습니다. 하지만 전 북미 지구 출신입니다."

"용모가 독일인 같지도 않구려. 이렇게 말했다고 언짢게 생각지는 말아 주시오. 어느 어느 곳의 피를 물려받으셨소?"

"전 혼혈입니다. 온갖 피가 섞였지요."

알트만은 에둘러 말했다.

"관상을 보아하니 우리 피도 들어갔구려. 악마는 댁을 이미 안다고 생각하는지 모르겠지만, 속속들이 알지는 못하는 모양이오."

"어머니는 아메리카 원주민 혼혈이셨습니다. 무슨 부족인지는 저도 모릅니다."

알트만은 집안 내력을 털어놓았다.

"어쩌면 우리 부족 출신일지도 모르겠구려."

"그야 모르지요."

"뭐?"

에이다가 끼어들었다.

"자기 어머니가 아메리카 원주민 혼혈이셨다고? 나한테는 그런 얘기 한 번도 해준 적 없잖아."

"어머니께서도 말씀하기를 꺼리셨어. 이유는 나도 몰라. 나도 크게 개의치 않았고."

"댁이 이곳까지 온 데는 그만한 까닭이 있소이다."

영감이 말했다.

"저는 에이다를 챙겨주려고 따라온 겁니다."

"그것도 까닭이 될지는 모르겠소만, 진짜는 그런 것이 아니오."

"그럼 진짜 까닭은 뭡니까?"

영감은 웃음을 지었다.

"어디 알트만이란 이름부터 살펴보십시다. 알트(alt)는 '나이든'을 뜻하고, 만 (mann)은 '사람'을 뜻하잖소. 헌데 댁은 늙은이가 아니라 아직은 젊은이구려. 왜인지 설명해 주시겠소?"

"이름이 그럴 뿐이잖습니까."

"이름이 얼마나 귀중한지는 이름을 잃고 나서야 깨닫는다오. 난 이름을 잃고 말았소."

영감은 다시 벽에 머리를 기대고 눈을 감았다.

"혹은 이런 뜻일지도 모르겠구려. 알트는 '오래된'을 뜻하나, 이는 사실 '나이든'과 별반 다를 바가 없소. 알트만은 곧 '늙은이' 또는 '나이든 머슴'이라는 뜻인데, 너무 무리한 뜻풀이가 아니라면 '현자(賢者)'라는 뜻도 되오."

영감은 다시 눈을 뜨고는 손전등 불빛과 서로 맞부딪히는 것처럼 보일 만큼 강렬한 눈빛으로 알트만을 뚫어져라 쳐다보았다.

"과연 어느 풀이가 맞겠소?"

알트만, 에이다, 영감 모두 말이 없었다. 알트만은 주정뱅이 영감이 도로 잠이 든 줄 알았다.

"그만 가볼까?"

그가 에이다에게 물었다.

"한 잔 더 사준다면."

주정뱅이 영감이 느닷없이 말을 꺼냈다.

"아는 대로 알려드리겠소."

"뭘 말인가요?"

"그간 댁이 온 동네에서 수소문하던 것에 관해서 말이오."

영감은 손가락을 겹쳐보였다.

"악마의 꼬리에 관해 말해주겠소."

영감은 술을 홀짝이며 말문을 열었다.

"지금 우리는 악마가 꼬리만 남겨두고 지옥으로 파고 들어간 곳의 변두리에 있소이다. 당신네들은 이런 이야기를 믿지 않을지도 모르겠구려. 특히 알트만, 댁은 말이오. 하지만 우리는, 나랑 당신들과 나머지 유카테크 마야인들은 악마를 감시하고 악마가 나타나면 언제라도 다시 내쫓고자 이곳에 왔소이다.

해변에서 시체를 불태운 적이 비단 이번이 처음은 아니라오. 선친께서 얘기해 주셨소. 선친은 물론 고조부께서도 보지 못하셨지만, 고고조부께서는 직접 보신 적이 있을지도 모를 일이오. 고고조부께서도 보지 못하셨다면 그보다 더 거슬러 올라간 선대 조상님께서 보셨을 거요. 악마의 꼬리는 시계 바늘처럼 움직인다오. 악마가 깨어날 때를 재면서 우리를 재는 시계 바늘 말이오. 때가 되면 악마의 꼬리가 잠에서 깨어나오. 그리고는 저주를 내려 죽은 자들을 해변으로, 우리 머릿속으로 다시 올려 보내오. 우리는 악마의 전령을 해변에서 없애버리고, 머릿속의 죽은 자들에게는 아직은 귀를 기울일 준비가 되지 않았으니 부디 악마의 꼬리를 다시 잠재워 달라고 빈다오.

원래 외지인한테는 이런 얘기를 꺼내지 않소. 하지만 댁은 우리 피가 조금이나마 섞였으니 해줘도 괜찮을 거요. 게다가 나는 이미 이름 없는 늙은이가 되었으니, 누구한테 뭐라고 말하건 상관없는 일이오. 이름조차 없는데 어찌 벌하겠소? 댁의 이름을 듣고 그 뜻이 현자라는 사실을 알고 나니, 말해줘야겠다는 결심이 서는구려.

나는 괴물을 두 눈으로 똑똑히 봤소. 내가 이름이 있고 자식이 있었더라면, 선친께서 그리하셨듯이 그날의 이야기를 자식에게 들려주어 머릿속에 기억하도록 당부했을 것이고, 그렇게 자식에서 손자로, 다시 증손에서 고손을 거쳐 전해 내려가게 했을 것이오. 우리는 그렇게 배우고 이해해 왔소. 우리는 이렇게 역사를 기억해 왔다오.

나는 괴물을 두 눈으로 똑똑히 봤소. 사람처럼 생겼으나 사람이 아니었소. 사람은 팔다리가 따로 떨어져 있지만 놈은 팔다리가 하나로 달라붙어 있었소. 사람은 얼굴이 있지만 놈은 얼굴이 있을 자리에 구멍이 있었소. 사람은 갈빗대가 있어 몸의 틀이 잡혀 있지만 놈은 갈빗대가 등을 뚫고 튀어나와 말려 올라가 있었소. 사람의 허파는 모양과 크기가 일정하나 놈의 허파는 등 뒤로 계속 부풀고 또 부풀어 올라서 바람찬 풍선 같았소.

괴이한 일이지! 놈은 선친께서 말씀해주시고 또 내가 기억하는 괴물하고는 전혀 달랐소. 하지만 겉모양은 아무런 상관이 없더구려. 놈이 숨을 쉬기 시작하는데, 들숨과 날숨이 서로 달랐소. 독기 서린 고약하고 매캐한 냄새가 숨에 배여 나왔소.

악마나 악마의 부하가 나타나면 놈들을 도로 내쫓는 의식을 치르오. 필요한 때에만 기억을 되살려 입에 올리는 말을, 죽은 자들이 우리 귓속에 속삭이는 잊혀진 말로써 말이오. 이번에는 어느 사내아이가 우리를 괴물이 있는 곳으로 이끌었소만, 그 아이는 영문도 모르고 나온 눈치더구려. 우리는 어둠을 가두는 춤사위와 발걸음을 행동으로 옮겼소. 춤사위는 생명이 성장하는 과정을 단계별로 나타내고, 그 과정을 춤으로 나타내는 동안 괴물은 그 속에 갇혀 약점을 드러내게 되오. 그렇게 올가미가 조여들고 나면 괴물을 처치한다오.

하지만 후대에 전하고 싶지 않은 것이, 자식이 있었다면 결코 들려주고 싶지 않은 것을 보았기에 나는 의식에 동참하지 않았소. 내가 전해들은 이야기하고는 도무지 맞아떨어지지 않는 것이라, 댁한테만 말하고 훌훌 털어버리고 싶구려. 놈은 사람이라면 팔에 해당하는 곳에 문신이 새겨져 있었소. 어디선가 본 문신이었는데, 몇 주 전 선술집에서 갔을 적에 옆자리에 앉았던 한 선원이 똑같은 문신을 하고 있었소. 그 선원은 술에 거나하게 취해 태양을 손 위에 올리고 파도를 타는 여인을 새긴 문신을 내게 자랑했는데, 아주 솜씨 좋은 그림이었소. 이튿날 선원은 배를 타고 떠났는데, 그 문신이 해변에서 불사른 괴물의 몸에서 발견된 것이오.

어디 말씀 좀 들어봅시다, 알트만 양반. 댁이 늙은 머슴이 아니라 현자라면 속 시원히 풀이를 해주시구려. 과연 괴물이 남모를 힘으로 문신만 훔쳐낸 것이겠소? 아니면 놈이 처음부터 괴물은 아니었기에 문신이 남은 것이겠소? 그 괴물이 원래는 사람이었기 때문에 문신이 남은 것 아니겠소?"

알트만은 집으로 걸어가는 내내 혹시나 싶은 마음에 에이다의 어깨를 꼭 감싸 안았다. 둘 다 말이 없는 가운데 그의 머릿속에서는 만감이 교차했다. 영감이 한 말을 한낱 옛날이야기라 치고 잊어버리고 싶지만 이미 흔적까지 똑똑히 보았잖은가. 믿을 수가 없지만 믿지 않을 수도 없어서, 마치 불가해한 세상을 머리에 이고 있는 기분이 들었다. 어떻게든 해야 한다. 모조리 잊어버리던가, 아니면 행동에 나서야 한다.

집에 도착해 잠자리에 누울 준비를 먼저 끝마친 그는 에이다가 화장실에서 나오기를 기다리며 뉴스피드를 켜고 조작 방식을 음성 인식으로 맞췄다. 별다른 소식은 없었다. 스칸디나비아 지구와 러시아 지구 간의 무역협상, 신품종 특허 유전자 조작 밀이 이전 품종보다 품질이 뛰어나며 곧 시중에서 구매가 가능할 것이라는 보도. 해안에서 150여 킬로미터 떨어진 곳에서 발생한 마약 밀수업자 문제가 방송을 통해 보도되자 갑판이 피로 뒤덮인 채 바다를 표류하는 보트를 촬영한 영상이 나왔다. 그때 칙술루브 소재 드레저 사로 밝혀진 에코다인의 윌리엄 태너 이사가 사망했다는 보도가 나왔다.

"뒤로 가기."

홀로그램이 뒤로 넘어가면서 마약상 보도가 다시 올라왔다.

"아니, 그 뒤로."

"칙술루브 소재 드레저 사 소속으로 밝혀진 에코다인 사의 윌리엄 태너 이사가 오늘 아침 변사체로 발견되었으며, 사인은 자살로 추정됩니다. 지역 경찰은 오늘 오전 9시 30분 경, 이사가 드레저 사 단지에 출근하지 않은 이후 발견되었다고 밝혔습니다. 또한 발견 당시 목을 베어 숨진 상태였으며, 오른손에는 칼이 들려 있었습니다. 아직 경찰 측에서는 그 칼이 자살에 사용된 도구라는 확증을 내리지 못했으나, 칼로 목을 그어 자살하는 사례는 전례를 찾아보기가 힘듭니다. 다음은 라모스 경관의 말입니다."

"정황상 자살한 것이 분명하지만, 아직 타살일 가능성을 배제하기는 어렵습니다."

"이처럼 지난 몇 주 사이 칙술루브와 인근 지역에서 자살 사건이 잇따랐는데, 여기에는……."

"종료."

뉴스피드가 멈췄다. 그는 무거운 마음으로 침대에 걸터앉았다. 또 다른 의문점이 머릿속을 떠돌았다. 과연 자살일까, 타살일까? 이런 소식을 에이다에게 말할 수는 없었다. 해먼드가 죽었다는 사실을 털어놨다가 다툰 지가 얼마나 됐다고. 보나마나 그를 말리려 들 것이 분명하다.

'에이다를 속이는 게 아냐. 에이다를 지키려고 이러는 거야.'

알트만은 속으로 그렇게 되뇌었다. 그는 침대에 올라온 그녀에게 입을 맞추는 내내 죄책감을 느꼈다. 그리고는 불을 끄고, 곧 펼쳐질 악몽에 대비해 마음을 단단히 먹었다.

30

레니 스몰 드레저 사장은 아직 잠을 자던 중에 화상연결을 받았다. 뜬눈으로 버티다 눈을 붙인 지 얼마 되지도 않은 참이건만. 처음에는 가정부가 전화를 걸어온 줄 알았다.

"시끄러우니 당장 끊어!"

그는 버럭 소리를 지르고 베개에 머리를 파묻었다.

"일어나십시오, 사장님."

굵고 걸걸하면서도 날카로운 기색이 어린 목소리가 들렸다. 가정부의 목소리는 절대 아니었다.

그는 궁금한 생각에 베개 밑으로 슬쩍 내다보았다. 목소리는 홀로그램 화면에서 나오고 있었다.

"아, 마르코프 자네였군."

"그럼 누군 줄 아셨습니까."

화면 속의 남자가 말했다. 크레이그 마르코프는 일반 군인보다 조금 더 길게 기른 흰 머리를 뒤로 정성스레 빗어넘겨 헤어 젤로 고정한 머리를 하고 있었다. 위압감을 풍기는 반듯한 사각턱에, 냉철함이 묻어나는 파란 눈동자가 차갑게 빛났다. 그가 입은 군복에는 정부 정보기관 소속임을 나타내는 기장이 박음질되어 있었다. 다만 정보 요원들이 그렇듯이 계급장은 보이지 않았다.

스몰 사장은 기지개를 켜고 침대 귀퉁이로 몸을 움직여 잠자리에서 일어난 다음, 인조비단이 아니라 진짜 비단으로 지은 잠옷을 알몸에 걸쳤다. 환경 규제에 걸리는 까닭에 북미 지구에서 밀거래로 들여와야 했던 물건이다. 값이 만만찮았지만 그는 조금도 괘념치 않았다.

그는 자신이 서 있는 고급 주택 창문을 내다보며 한숨을 쉬었다.

"커피 한 잔 마실 때까지 기다려 주면 어디 덧나나?"

"문제가 생겼습니다. 태너가 죽었습니다."

스몰 사장은 정신이 퍼뜩 들면서 눈이 번쩍 떠지고 머릿속이 아찔해졌다.

"어쩌다가?"

"자살했습니다."

"대체 왜?"

"저도 모릅니다. 아마 죄책감 때문일 겁니다."

"그럴 리가. 난 그놈이랑 20년지기일세. 이번 칙술루브 건보다 훨씬 더한 일을 눈 하나 깜짝 않고 처리한 적도 있단 말일세. 자살이 확실한가?"

"확실합니다. 태너의 침실에 카메라를 설치해 뒀습니다. 허공에 대고 주절거리다 자기 목을 그었습니다. 원하신다면 동영상을 보여드리겠습니다."

스몰 사장은 몸서리를 쳤다.

"됐네."

마르코프는 어깨를 으쓱였다.

"좋을 대로 하십시오. 여기 대본을 준비해 뒀습니다. 태너의 죽음에 관해 발설금지 및 가능 사항을 간추렸습니다. 외워두시기 바랍니다."

"토씨까지 말인가? 나는 기억력이 꽝이란 말일세. 외운 티가 풀풀 날 걸세."

"요점만 실어서 사장님 편할 대로 말씀하시면 됩니다."

"자네랑 있으면 꼭 악마랑 계약한 듯하군. 위아래가 없으니 말일세."

스몰 사장은 대답을 기다렸지만 마르코프는 아무 말도 없었다.

"됐네, 보내주게."

마르코프는 홀로그램 화면에 대본을 전송했다. 스몰 사장은 파일을 열지 않고 고스란히 놔두었다. 대본이야 커피 한 잔 마신 뒤에 보면 된다.

"다른 할 말은 없나? 이만 커피 좀 마셔도 되겠나?"

"하나 더 있습니다. 전파 신호가 멎었습니다."

"멎다니? 그게 무슨 말인가? 그럼 이제 어떡하나?"

"중력 이상은 변함없습니다. 아직 물체는 제자리에 있고 송신만 멎었습니다."

"혹시 부서진 것 아닌가? 그 두 놈이 잠수해서 망가뜨리지는 않았느냐는 말일세."

"그런 거 같지는 않습니다. 사장님 말씀대로라면 지금이 아니라 며칠 전에 신호가 끊겼을 겁니다. 그냥 신호만 멎은 듯합니다. 다른 요인이 작용한 겁니다. 아니면 물체 스스로 송신을 중단했을지도 모릅니다."

"그게 무슨 지성체라도 되는 것처럼 말하는군."

"정말로 그럴지 모릅니다. 앞으로도 예상 밖의 일이 종종 생길 겁니다."

"정말로 자네가 감당할 수 있겠나?"

"제가 감당하지 못할 것은 없습니다. 현재 인원은 말할 것도 없습니다. 이번 일 역시 예외가 아닙니다."

"그렇다면 신호가 멎었고 자시고 간에, 계획대로 진행할 건가?"

"계획대로 진행합니다. 현재 기지를 위치로 예인하고 있습니다. 속도는 느려도 조만간 완료될 겁니다. 그동안 잠수정 인양 작업과 더불어 물체를 발굴할 준비를 해두면 됩니다."

"이익은 이등분할 건가?"

"물론입니다. 하지만 여기서 이득은 그리 중요치 않습니다. 앞으로 여섯 달만 있으면 우리는 세계 최고의 실력가로 자리매김할 겁니다."

마르코프는 스몰 사장에게 차가운 웃음을 보냈다.

"커피를 드시면서 잠깐 생각해 보시기 바랍니다."

31

쇼월터, 라미레스, 스쿠드, 그리고 알트만 일행은 계산대에서 맥주를 받아들고 구석 자리에 앉았다. 워낙 후미진 곳이라 누군가가 이야기를 엿들을 염려는 없지만, 그런 자리에 앉아서도 쇼월터와 라미레스는 가게 정문을, 스쿠드와 알트만은 뒷문을 예의주시했다.

"결국 사라졌군. 전파 신호가 뚝 멎었어."

알트만이 말했다.

스쿠드가 인상을 썼다.

"완전히 멎었다고 보기는 힘들걸. 멎었을 '수도' 있다고 하면 몰라도. 강도가 약해져서 우리 장비에 잡히지 않는 건지 누가 알아."

"그러면 멎은 거나 마찬가지지. 결과는 똑같잖아."

라미레스가 말했다.

"아주 똑같지는 않지."

스쿠드가 받아쳤다.

"그쯤 해둬, 스쿠드. 알아들었으니까."

보다 못해 알트만이 나섰다.

"여기서 첫 번째 의문. 신호가 더는 포착되지 않는다는 사실이 과연 무엇을 의미하느냐?"

다들 묵묵부답이었다.

"중력 이상은 여전하거든. 마지막으로 확인해본 바에 따르면 말이야."

알트만이 말했다.

"그러게. 여전하더라."

쇼월터가 말했다.

"뭐, 지금은 신호가 사라졌을지 모르지만 이것도 아직 밝혀내지 못한 더 큰 주기의 일부일 수도 있어."

스쿠드가 말했다.

"좋은 지적이야. 여하튼 신호가 멎었는데, 과연 영구적일지 일시적일지는 아무도 몰라. 왜 멎었는지는 말할 것도 없고."

알트만이 말했다.

"어쩌면 영영 의문으로 남을지도 모르지."

라미레스가 말했다.

쇼월터와 스쿠드가 목소리를 낮춰 따지려는데, 알트만이 손을 들어 말렸다.

"그럼 진짜 의문, 신호가 사라진 현 시점에서 계속 앞으로 나아갈 것인가?"

나머지 셋은 그를 빤히 쳐다보았다.

"계속 앞으로 나아갈 것이냐니?"

쇼월터가 물었다.

"지금까지는 흔적을 지워가며 은밀하게 조사를 벌였어. 이제 드레저 사에서 잠수정 인양을 빌미로 분화구 중심부에 들어가겠다고 공식 발표를 했잖아. 인양을 벌이면서 분화구 심장부에 뭐가 있는지 그냥 지나치지는 않을 테고."

스쿠드는 못마땅한 듯이 꿍얼거렸다.

"분명 드레저 사는 그간의 내막을 밝혔지. 엄밀히 말하면 그러는 척만 했다고 보는 편이 맞아. 그런데 우리도 똑같이 생색내자고?"

그러자 라미레스가 말했다.

"뭐? 그럼 어쩌자고? 드레저 사에 직접 찾아가 문 두드리면서 '죄송한데요, 저희가 그쪽 회사를 쭉 지켜보고 있었는데 아직 숨기는 게 있는 듯하네요?'하고 말하자고? 죽으려고 환장한 소리 같은데."

"잘못 짚었어."

알트만이 말했다.

"내 말은 우리도 공개적으로 나가자는 거지. 분화구를 조사하게 해달라고 논리정연한 제안서를 써서 북미 지구 과학재단에 우리 네 명 이름으로 제출하는 거야. 중력 이상과 전파 신호를 언급하고, 여기에 잠수정에서 나온 방송에 관한 사실까지 살짝 덧붙여서. 그럼 공식적으로 정부 지원을 받으면서 칙술루브 분화구 발굴에 동참하게 되는 거지."

일행은 아무 말 없이 앉아 맥주를 홀짝였다. 이미 병을 다 비운 스쿠드만 빼고.

"요청이 기각되면?"

쇼월터가 말했다.

"그럼 요청을 받아줄 다른 단체를 알아봐야지. 제안서를 보내볼 만한 곳이면 빠짐없이 돌려보는 거야. 연구비 지원을 해주는 동시에 전파 신호랑 중력 이상에 관해 아는 바가 있는 사람을 가능한 많이 끌어 모아줄 곳을 찾아서 말이지. 제아무리 드레저 사라도 결국에는 수상쩍은 행동 때문에 의심을 사게 되어 있어. 적어도 갈수록 눈 가리고 아옹 하기는 힘들어질걸."

"벌집을 건드리자는 소리 같은데."

라미레스가 한마디 했다.

"틀린 말은 아니지. 하지만 건드려 보기 전에는 몰라. 아무런 뒤탈이 없을 수도 있잖아. 물론 절대 그럴 일이 없기를 바라지만, 우리 모두 위험에 빠지게 될지도 모르고. 어쩌면 그놈의 분화구 밑바닥에서 뭐가 어떻게 돌아가는지 조사하는 작업에 한 자리씩 맡게 될지 누가 알겠어."

알트만은 맥주를 한 모금 마셨다.

"동의하는 사람?"

나머지 셋은 서로 얼굴을 쳐다보았다. 스쿠드가 가장 먼저 손을 들었다.

"나는 동의."

라미레스가 뒤따라 손을 들었다. 쇼월터는 한참을 갈등하다가 끝내 고개를 끄덕였다.

"좋았어, 제군들. 그럼 시작해 보자."

알트만이 말했다.

4부

잠수

32

알트만은 또다시 악몽에 시달렸다. 꿈속에서 이상한 밀폐복을 입고 좁고 어두컴컴한 통로를 달리고 있었다. 한편으로는 이것이 악몽이라는 사실을 알고 있지만 몸이 전혀 뜻대로 움직여주지 않았고, 단지 꿈일 뿐이라는 사실마저도 조금씩 머릿속에서 잊혀져갔다. 손에 이상한 어금니가 솟아나 있고 팔다리 관절에는 뿔이 돋아난 괴물이 뒤를 쫓아왔다. 몸뚱이는 살가죽이 온통 벗겨져 나간 것처럼 보였다. 아니, 마치 누가 사람의 뼈에 시뻘건 고깃덩이를 발라놓은 듯했다. 면상의 아랫부분 절반은 금방이라도 떨어져 나갈 것처럼 덜렁거렸고, 샛노랗게 번득이는 두 눈은 이글이글 타올랐다.

알고 보니 손에 무슨 무기가 들려 있었다. 소용돌이치는 광선 형태의 칼날을 발사하는 총이었다. 계속 뒤를 돌아보며 총을 쏘자, 발사된 칼날이 거슬리는 소리와 함께 괴물의 양 다리를 절단내면서 피와 살점이 사방에 튀었다. 놈은 다리가 날아갔는데도 끈질기게 쫓아왔다. 놈은 손에서 튀어나온 어금니처럼 생긴 뼈를 바닥에 꽂고 몸뚱이를 앞으로 질질 끌며 신음을 내뱉었다. 양팔과 머리통까지 날려버리고 나서야 놈은 비로소 움직임을 멈추었다.

'살았다.'

그는 안도의 한숨을 쉬며 얼굴에 묻은 피를 닦았다.

그만 돌아서려는데, 등 뒤에서 이상한 소리가 들렸다. 괴물이 아직도 그를 향해 몸부림치면서 변하고 있었다. 별안간 질퍽한 소리와 함께 팔다리가 새로 돋아났다. 놈은 몸을 추스르고 울부짖더니 또다시 뒤를 쫓아오기 시작했다.

그는 비명을 지르며 뒤돌아 도망쳤다.

"악몽이라도 꾸셨는가?"

침대 옆에 있던 사내가 물었다. 묵직한 사각턱에 체격이 좋고 머리는 희었으며 군사 정보기관 소속임을 나타내는 검은 군복을 입고 있었다. 그는 차갑고 흔들림 없는 눈으로 알트만을 응시했다. 사내의 양 옆에는 쌍둥이처럼 보이는 덩치가 산만한 사내 둘이 버티고 있었는데, 그 둘은 일상복 차림이었다. 뒤로는 몸이 왜소하고 안경을 쓴 사내가 약간 거리를 두고 서 있었다. 어딘가 눈에 익었지만 누구인지는 긴가민가했다.

"여기가 어딥니까?"

알트만이 물었다.

"칙술루브에 있는 당신 집이오."

군인이 말했다.

"에이다는 어디 있죠?"

"댁 애인 말인가? 여기는 없지만 다친 데는 없으니 걱정 마시오."

"다친 데가 없다니 그게 무슨 소립니까?"

알트만은 그렇게 말하며 침대에서 벗어나려 했다.

사내가 손가락을 까딱했다. 그러자 양옆에 있던 쌍둥이가 알트만의 팔을 잡고 도로 침대에 앉히고는 그가 몸부림을 그만둘 때까지 말없이, 하지만 단단히 억눌렀다.

알트만은 조심스러운 눈빛으로 그들을 살펴보았다.

"여기서 지금 뭐하는 짓들입니까?"

그가 군인 사내에게 물었다.

사내는 쌍둥이에게 그를 풀어주라고 손짓하고서 뒤로 물러섰다.

"당신을 만나러 왔소."

"그러는 그쪽은 뭐하시는 분이죠?"

"크레이그 마르코프요."

"이름만 들어서는 모르겠군요."

"당연히 모를 거요."

"저 사람들은 누굽니까?"

그가 삼인조를 가리키며 물었다.

마르코프는 오른쪽과 왼쪽을 번갈아 쳐다보았다.

"이 친구들 말인가? 새로 생긴 동업자요. 팀, 톰, 테리."

안경잡이 사내가 억지웃음을 지어보였다.

"누가 팀이고 누가 톰이란 말입니까?"

"누가 됐건 상관없잖소?"

"잠깐만요, 이렇게 주거침입을 하시면 곤란합니다. 무슨 권한으로 이러는 겁니까? 경찰을 부를 겁니다."

마르코프는 웃고만 있다가, 알트만이 전화기에 손을 뻗자 입을 열었다.

"톰? 팀?"

쌍둥이가 천천히 앞으로 다가섰다. 한 명이 손목을 붙들고 꽉 쥐자 알트만은 아귀힘을 이기지 못하고 전화기를 떨어뜨렸다. 다른 한 명은 애교라도 하듯 옆구리에 가볍게 주먹을 날렸다.

그는 숨을 헐떡이며 침대에 도로 드러누웠다. 팀과 톰은 알트만이 숨을 고르려고 헉헉거리는 모습을 지켜보면서 마르코프의 뒤로 어슬렁거리며 돌아갔다.

그가 다시 정신을 차리자, 마르코프가 말했다.

"좀 나아지셨나? 냉수 한 잔 갖다 드릴까?"

알트만은 고개를 저었다. 마르코프가 손가락을 튕기자 안경잡이 사내가 알트만에게 셔츠와 바지 한 벌을 던졌다.

"이제야 말할 기분이 드시나 보군. 옷부터 걸치시오. 잠깐 얘기 좀 합시다."

잠시 뒤 그는 마르코프와 식탁에 마주보고 앉았고, 삼인조는 부엌문을 지키고 섰다.

마르코프가 먼저 입을 열었다.

"여기까지 찾아온 이유는 간단하오. 당신이 칙술루브 분화구를 조사하게 해달라고 작성한 제안서 때문이지."

"아무런 하자가 없을 텐데요. 그게 바로 과학자가 하는 일이잖습니까."

"친구 분들하고도 얘기를 해봤소. 정확히는 동업자들이 대신 말이오. 알아보니 제안서를 내자고 부추긴 주동자가 당신이더군."

"그래서요?"

마르코프는 눈을 차갑게 빛냈다.

"그렇게 시건방 떨지 마시오. 계속 그렇게 나오겠다면 팀한테 시켜서 팔을 부러뜨려 놓겠소."

"아니면 톰한테 말입죠."

문간에 서 있던 쌍둥이 중 하나가 말했다.

"아니면 톰한테 말이오."

마르코프는 그렇게 말하며 쌍둥이에게 고개를 돌렸다.

"걱정 마라, 톰. 사람 팔은 두 개니까. 자네 몫도 돌아가잖나."

그는 다시 알트만에게 고개를 돌리고는 눈썹을 치뜨며 어떻게 할 테냐는 표정을 지었다.

"죄송합니다."

"한결 낫군. 분화구를 조사하게 해달라고 당신이 제출한 제안서는 허가 고려대상에서 제외됐소. 이제는 기밀 딱지가 붙었지. 칙술루브 분화구 조사는 군사적인 문제로 불거졌소."

"그럼 제가 제대로 짚었군요."

"뭘 말이오?"

"단순히 잠수정만 인양하고 끝나지 않을 줄 알았습니다. 분화구에서 뭔가를 꺼낼 작정이로군요."

"눈치가 빠르시군. 너무 빨라서 탈일 정도요. 내가 이곳에 찾아온 이유는 당신이 어디까지 정보를 알고 있는지 알아보고, 우리 조사단에 합류시킬 자격이 있는지 가늠하기 위함이오. 자격이 된다면 조사에 동참하도록 해주겠소. 물론 권한은 다소 제한될 거요. 자격이 되지 않는다면 다른 조치를 취해야겠지만 말이오."

"다른 조치라니 무슨 말입니까?"

마르코프는 어깨를 으쓱였다.

"북미 지구로 송환될지도 모른다는 얘기요. 아마 조사계획이 끝날 때까지 구금되겠지만 말이오. 아니면 그보다 험악한 조치를 내릴 수도 있소."

쌍둥이가 그의 등 뒤에서 눈빛을 주고받으며 씩 웃었다.

"내 소견으로는 알트만 박사, 그건 당신 하기에 달린 일이오."

마르코프는 등을 꼿꼿이 펴고 양손을 식탁에 붙였다.

"그럼 박사, 이제 시작해도 되겠소?"

마르코프는 사건을 천천히 되짚어 나갔다.

"분화구에서 심상찮은 일이 벌어진다는 사실을 알아차린 것이 언제였소?"

"중력 이상을 감지한 뒤부터입니다."

"전파 신호가 아니라 말이오?"

알트만은 고개를 저었다.

"신호는 나중에 나왔습니다."

"그건 누가 말해줬소?"

알트만은 머뭇거리면서 거짓말로 둘러댈까 하다가, 그냥 말해도 상관없겠다는 생각이 들었다. 해먼드는 죽은 사람이니까.

거기까지 생각이 미치자 저 안경잡이 사내를 어디서 봤는지 문득 떠올랐다.

"찰스 해먼드가 말해줬습니다. 그쪽 동업자 분이라면 안면이 있겠군요."

마르코프는 뒤로 고개를 돌려 테리를 쳐다보았다. 안경잡이 사내는 잠시 머뭇거리다가 고개를 끄덕였다.

"하지만 죽이지는 않았수다."

팀이 말했다.

"암, 안 죽였고말고."

톰이 맞장구쳤다.

"업무 이야기는 다른 데서들 하도록."

마르코프가 일렀다.

"테리, 팀하고 톰을 데리고 잠시 바깥에서 기다려 주겠나?"

삼인조는 군소리 없이 부엌에서 나갔다.

"무슨 근거로 당신을 믿으란 말입니까?"

마르코프는 고개를 돌리고 그를 빤히 쳐다보았다.

"언제쯤 그 질문을 할지 궁금하던 참이었소. 믿건 말건 자유요. 믿겠다면 조사에 동참하기 위해서라도 협력하는 편이 좋을 거요. 믿기 싫다 한들 어떡해볼 도리는 없겠지만 말이오. 사실대로 말하건, 거짓말을 하건 당신이 곤경에 처하게 되는 점은 변함없소. 자…… 어떡하시겠소?"

'승산이 있는 도박이야. 드레저 사에서 군대를 끌어들여 잠수정 인양에 나섰다고 했으니 지금 하는 이야기가 거짓말일 리는 없어. 어떻게 하면 정보를 귀띔해서 날 계획에 넣어주도록 설득하느냐가 관건인데, 전부 털어놓으면 볼 장 다 봤으니 날 더는 쓸모없다고 여길 거야.'

그는 심호흡을 했다.

"분화구 중심부에 뭔가가 있는 듯합니다. 자연현상이 아닌 다른 뭔가가 말입니다."

"계속하시오."

"위치를 고려하면 굉장히 오래된 것은 분명합니다."

"얼마나 오래됐겠소?"

"적어도 3천 년 혹은 그 이상일 겁니다."

"왜 그렇게 생각하시오?"

"유카테크 마야인들 사이에 이를 둘러싼 전설이 있습니다. 악마의 꼬리라고 하더 군요."

마르코프의 눈이 예리하게 번득였다.

"내가 모르던 사실을 말하시는군. 그건 어떻게 알아냈소?"

"자세한 내용은 저를 조사계획에 넣어준다면 그 뒤에 말씀드리겠습니다."

마르코프는 턱을 악물고 고개를 끄덕였다.

"방금 한 건방진 소리는 일단 봐주겠소. 그보다 서로 무슨 상관이 있을 것 같소?"

"제가 그걸 어떻게 압니까?"

"우리 조사단에 상상력이 없는 인간을 받아줄 자리는 없소. 그것이 과연 무엇이 라 생각하시오?"

알트만은 고개를 떨어뜨리고는 서로 맞잡고 식탁에 올려둔 손을 내려다보았다. 마르코프는 여전히 손바닥으로 식탁을 짚고 있었다.

"처음에는 고대 문명의 유물일지도 모른다고 여겼지만…… 다각도로 생각을 해 봤습니다. 하지만 다른 가능성을 점칠수록 두려움만 커지더군요."

그는 고개를 들어 마르코프와 눈빛을 마주쳤다.

"그 물체는 거대한 분화구 속에서 전파 신호를 송출했는데, 분화구가 생겨난 이 후 수백, 어쩌면 수천 만 년 동안 줄곧 그랬을 겁니다. 만일 분화구가 생겨난 원인이 지구에 충돌한 운석이 아니라, 바로 그 물체에 있다면?"

마르코프는 고개를 끄덕였다.

"그것이 우주에서 왔다는 결론이 나옵니다. 다시 말해 우리 은하계에 있는 다른 지성체가 지구로 보냈다는 말이지요."

"왜 신호를 송출하는가 하는 의문도 덤으로 말이오."

"그리고 누가, 어째서 그러는지도 말입니다."

둘은 잠시 말이 없었다.

"지금까지 내린 가정이 모두 사실이라면, 문제의 '물체'로 말미암아 지금까지 인 류가 견지해온 생명에 대한 이해가 뿌리째 뒤바뀔 겁니다."

마르코프는 고개를 끄덕이더니 마침내 식탁에 올려둔 손을 허리춤으로 가져갔다. 그리고는 한 손에 권총을 쥐고 다시 위로 올렸다.

"아, 알트만 박사, 알트만 박사. 당신을 어떡하면 좋겠소?"

"지금 협박하시는 겁니까?"

알트만이 언성을 높였다. 그는 방금 한 말이 위협적으로 들리기를 빌었으나, 마르코프는 조금도 움츠러드는 기색이 없었다.

"당신은 그냥 놔두기에는 너무 많은 것을 알고 있소. 추측한 사실만 하더라도 단순히 구금하는 수준으로는 모자랄 정도요. 죽여버릴지, 아니면 데리고 갈지 여기서 결정해야겠소."

알트만은 천천히 손을 들었다.

"데리고 가주셨으면 합니다."

그가 떨리는 목소리로 말했다.

"분위기상 그렇게 나올 줄 알았소. 데려갈까, 쏴버릴까?"

마르코프는 그를 놓고 고민했다.

"어떻게 하건 나름의 이점이 있소. 혹시 내가 당신을 어떡할지 결정하는 데 도움될 만한 정보는 더 없소? 깜박하고 빠뜨린 부분은 없는가 이 말이오."

알트만은 손을 떠는 모습이 보일까 싶어 양손을 꼭 맞잡고 있었다. 입술이 바짝바짝 타들어갔으며 목소리는 스스로 듣기에도 심하게 떨렸다.

"하나 더 있습니다."

"그렇소?"

마르코프는 태연하게 권총을 장전했다.

"현지인들이 뭔가를 찾아냈습니다. 사람의 모습을 한 이상한 괴물인데, 분화구에서 벌어지는 일과 연관이 있다고 합니다. 현지인들이 이미 불태웠지만 잔해가 남아 있습니다. 잔해가 있는 곳으로 안내해 드리죠."

"그게 다요?"

알트만은 마른침을 삼켰다.

"그게 답니다."

"잘 가시오, 알트만 박사."

마르코프는 권총을 들어 알트만의 머리를 겨누고 방아쇠에 건 손가락에 힘을 주었다. 알트만은 두 눈을 질끈 감고 이를 갈았다. 공이치기가 움직이면서 찰칵 소리가 났지만 총알은 날아들지 않았다.

그는 살며시 눈을 떴다. 마르코프가 꿰뚫어 보는 듯한 눈빛으로 그를 쳐다보고 있었다.

"장난이었소. 이건 빈총이오. 처음부터 쏠 생각도 없었소. 조사단에 들어온 것을 환영하오."

마르코프는 의자에서 일어나 손을 내밀었다. 알트만은 충격 때문에 꼼짝하지도 못했다. 마르코프는 그의 맞잡은 손을 떼어 놓고 한손에 악수를 했다.

"이제부터 항상 감시가 붙을 거요. 연구단지 안에서는 맘대로 돌아다녀도 되지만, 내가 부르면 언제든 즉각 달려와야 하오."

그는 가까이 몸을 숙이고 낮은 목소리로 덧붙였다.

"그리고 혹시라도 날 배신하려 든다면 그 자리에서 죽일 거요. 알아듣겠소? 알았으면 고개를 끄덕이시오."

알트만은 고개를 끄덕였다.

"좋소."

마르코프는 문을 향해 걸어갔다.

"테리한테 당신을 준비시키라고 하겠소."

"알겠습니다."

알트만이 나직한 목소리로 대답했다.

마르코프는 문손잡이를 잡으려다 멈칫했다. 그는 잠시 가만히 있다가 알트만에게 돌아섰다.

"아까 애인이 어디 있냐고 물어봤던가?"

'아뿔싸.'

마르코프는 날카로운 눈빛으로 그를 쳐다보았다.

"애인 분은 어떡하면 좋겠소?"

"걱정하지 않으셔도 됩니다."

알트만은 애써 속마음을 감추며 무표정한 얼굴을 했지만, 목소리는 이미 주체할 수 없을 정도로 떨리고 있었다.

"걱정이 되는데 어쩌겠소. 내 친히 함께 모셔드리겠소."

"부탁입니다."

알트만은 필사적으로 매달렸다.

"저를 데려가야겠다는 심정은 이해하지만 생사람 잡지는 말아주세요. 에이다는 아무런 상관도 없단 말입니다. 애초에 저더러 이번 일에 관여하지 말라고 사정했던 사람입니다. 제발 에이다는 건드리지 마세요."

마르코프는 씩 웃었다.

"이렇게 애지중지하는 모습을 보아하니 도저히 가만히 못 내버려 두겠소. 또 나중에 요긴할 테고 말이오."

"에이다를 어쩌려고 그러는 겁니까?"

"아, 알트만 박사, 무슨 질문이 그리도 많으실까."

마르코프는 그렇게 말하고는 문을 열고 나갔다.

33

테리와 쌍둥이는 그가 짐을 싸는 모습을 감시했다. 삼인조는 서두르라고 닦달을 해댔다. 쌍둥이가 휴대 전화기, 개인용 단말기를 압수하더니 상자에 넣고 밀봉해서 가져갔다.

"마르코프 씨께서 검사한 뒤에 돌려드릴 겁니다. 단, 전화기는 압수입니다."

테리가 말했다.

"필드 선배한테 연구소에 출근하지 못한다고 전화 한 통만 하면 안 됩니까?"

"안 됩니다."

"주변 일을 정리하게 시간을……."

"안 됩니다."

"가족은 어떡하고요. 분명 걱정……."

"시간 끌지 마시죠. 시시콜콜한 개인사는 알 바 아닙니다. 앞으로 하게 될 일이나 생각하세요. 계속 핑계대면 마르코프 씨한테 전화해서 댁한테 어느 선까지 험한 꼴을 보여줘도 되는지 여쭤볼 겁니다."

"날 죽이기라도 하려고요? 해먼드한테 그랬던 것처럼 말입니까?"

테리는 순간 움찔했다.

"그런 소리를 들으니 화나는군요. 분명히 그 사람이 죽는 광경을 봤지만, 나는 거기에 아무것도 보태지 않았단 말입니다."

"팀하고 톰이 저질렀다는 말이겠지요."

"그런 말이 아닙니다."

테리는 정말로 당황스럽고 억울하다는 인상을 주는 표정을 짓고서 알트만을 쳐다보았다.

"뭐가 어떻게 된 겁니까?"

"우린 질문만 좀 하려고 했는데 갑자기 발광하지 뭡니까. 살다 살다 그런 경우는 처음 봤습니다. 처음에는 죽어라 도망가더니 나중에는 우릴 죽이려 들더군요."

테리는 알트만에게 손목에 남은 흉터를 보여주었다.

"우리는 무기도 하나 없었단 말입니다. 태너 이사님도 가서 말을 붙여보라고만 지시하셨고요."

그는 손으로 얼굴을 감싸쥐었다.

"그리고는 느닷없이 칼로 자기 목을 그어버렸습니다. 그것도 아주 순식간에 푹 찔러버리더군요. 그날부터 줄곧 그 꿈에 시달릴 정돕니다.”

그는 갑자기 허리를 꼿꼿이 펴고는 다시 얼굴을 감쌌다.

“내가 한 일로 욕먹는 건 괜찮아도, 하지도 않은 일로 욕먹는 건 못 참습니다. 그럼 어서 가시죠.”

넷은 서둘러 드레저 사 건물로 향했다. 테리는 알트만의 팔을 붙들고 발걸음을 재촉했다. 거리에 있는 사람들이 의아한 눈빛으로 일행을 쳐다보았지만, 대부분은 관심을 보이지 않거나 힐끔거리며 시선을 돌렸다. 건물에는 어느새 보안 철조망이 둘러져 있었다. 건물 자체도 통째로 철거되고 그 자리에는 겹겹이 세워놓은 콘크리트와 강철제 벽이 버티고 있어서, 회사라기보다는 요새화된 기지 같았다.

“분위기가 사뭇 달라졌군요.”

알트만이 말했다.

테리가 고개를 끄덕였다.

“말도 마세요.”

그는 알트만을 건물 뒤편에 있는 헬리콥터 착륙장으로 데려갔다. 헬리콥터는 이미 회전익을 돌리며 이륙 준비에 들어가 있었다. 알트만은 삼인조의 재촉에 떠밀려 헬리콥터에 올랐다.

에이다가 긴장한 얼굴로 노심초사 기다리고 있었다. 알트만이 옆자리에 앉자 에이다는 그를 덥석 붙들었다.

‘좀처럼 연약한 모습을 보이지 않는데. 얼마나 겁에 질렸으면 이럴까.’

알트만이 자리를 잡기가 무섭게 헬리콥터는 하늘로 떠올랐다.

“무슨 일이라도 당했을까 싶어서 얼마나 걱정했다고.”

그가 회전익 소음 사이로 소리쳐 말했다.

“나도 걱정하고 있었어. 다친 데는 없어?”

에이다가 물었다.

그는 피식 웃어보였다.

"생명에는 지장 없어."

"지금 어디로 가는지 알아?"

"아니, 나도 몰라."

"내가 못살아 정말. 결국에는 이런 꼴 난댔지. 진작 손을 떼라고 내가 그렇게나 말렸는데."

"아직 끝난 게 아냐."

알트만은 창밖을 내다보았다. 헬리콥터는 벌써 방향을 돌려 망망대해 위를 날고 있었다. 그는 헬리콥터 안을 둘러보며 다른 승객들을 살폈다. 테리는 뒷자리에 있는지, 아니면 조종사 옆에 있는지 이곳에는 보이지 않았다. 수송칸에는 과학자 여덟 명이 타고 있었는데, 친한 사이까지는 아니라도 다들 안면이 있었다. 그중에는 속이 영 좋지 않아 보이는 필드도 끼어 있었다.

스쿠드와 쇼월터도 있었다. 그는 천장의 줄손잡이를 잡고 가까이 다가갔다.

"라미레스는 어디 있어?"

그가 소리쳤다.

"불참시킨대."

쇼월터가 말했다.

"라미레스한테 무슨 짓이라도 했대?"

쇼월터는 난들 알겠냐는 듯이 어깨를 으쓱였다.

"혹시 갈지 말지 선택하게 해줬어?"

알트만이 물었다.

"뭘 해줬냐고? 대체 우릴 어디로 데려가는 거야?"

스쿠드가 소리쳤다.

"갈지 말지 선택하게 해줬냐니까?"

"아니, 강제로 끌고 가던데!"

쇼월터가 소리쳐 대답했다.

"지금 어디로 가는지 알아?"

스쿠드가 소리쳤다.

알트만은 고개를 저었다.

"나도 그걸 물으려던 참이었는데."

그는 다시 자리로 돌아갔다.

"동료들도 몰라. 우리가 어디로 가는지 아무도 모르나봐."

헬리콥터는 대략 3시간 동안 계속해서 날아갔다. 알트만은 방향을 가늠하려 했지만 해가 서북쪽에 있는지, 서북서에 있는지 좀처럼 분간이 되지 않았다. 나중에는 남쪽으로 향하는 느낌이 들었다. 도대체 얼마나 빨리 날아가는 걸까? 시속 100킬로미터? 아니면 시속 150쯤? 벌써 상당히 먼 거리를 날아온 듯했다.

'어쩌면 우릴 전부 죽이려고 이러는지도 몰라. 죄다 헬리콥터에 몰아넣고 바다에 떨어뜨려 버리려는 거야.'

그렇다면 어떻게 해볼 도리가 없었다. 이미 죽은 목숨이나 마찬가지니까.

그는 좌석에 앉아 헬리콥터 회전익 소음에 반쯤 귀가 먹은 채로 에이다를 감싸 안았다. 그는 에이다가 여기에 말려든 것이 자신의 잘못임을 알고 있었다. 전부 자기 탓이었다. 건너편에 앉은 스쿠드는 벌써 초췌한 얼굴이었다. 점점 시간이 느리게 흘러갔다.

회전익 소음이 한층 잦아들면서 헬리콥터의 속도가 확 떨어졌다. 수송칸에 있던 사람 모두 창밖을 내다보았다. 거의 완벽하게 좌우대칭을 이룬 안개가 바다 위로 자욱하게 깔려 있었다. 헬리콥터가 안개를 향해 내려가기 시작했다.

안개 속으로 뭔가가 어렴풋이 보였다. 여기저기서 빛이 깜박거렸다. 햇빛을 받아 깜박이는 쇠기둥이었다. 헬리콥터가 천천히 내려가면서 안개가 소용돌이치기 시작했다. 갑작스레 햇빛이 비치면서 푸르스름한 무지개 색으로 빛나는 거대한 유리돔 꼭대기가 드러났다. 헬리콥터가 더욱 가까이 내려가면서 돔과 불과 10미터 거리를 두게 되자, 알트만은 유리에 비친 자신의 얼굴까지 보였다. 쇠기둥, 격자로 나뉜 유리창, 가느다란 수증기를 내뿜는 수많은 분사관이 눈에 들어왔다.

수증기 분사가 뚝 멎었다. 자욱한 안개가 잠시 구조물 주위에 머물다 천천히 흩어지면서 돔을 비롯한 구조물 전체가 드러났다.

그곳은 지름 수백 미터에 달하는 거대한 해상 연구단지였다. 유리와 플라스틱 재질의 돔이 개구리 알처럼 다닥다닥 맞붙어 있었으며, 시설의 대부분은 바닷물 아래에 잠겨 있었다. 바다 위로 드러난 단지의 규모가 상당한 만큼 수면 아랫부분은 눈에 보이는 것 이상으로 어마어마할 듯했다.

쇠기둥이 맞물리는 중앙 돔 꼭대기에 평평한 지점이 있었다. 조종사는 조심스레 하강에 들어갔다. 헬리콥터가 착륙장에 살짝 닿았지만, 한 쪽 다리가 착륙장을 벗어나면서 동체가 기울기 시작했다. 조종사는 다시 상승한 다음 아까보다 훨씬 더 천천히 하강해 착륙에 성공했다.

수송칸 문이 바깥에서 열렸다. 검은 군복을 입은 보안요원 두 명이 밖으로 나오라고 손짓했다.

돔 구조이므로 통로가 아래위로 굴곡이 심할 줄로만 알았는데, 규모가 워낙 커서 아무런 기복을 느끼지 못할 정도로 평탄했다. 알트만은 먼저 착륙장으로 내려와 에이다가 안전하게 내리도록 거들었다. 나머지 사람들도 뒤따라 내려왔다. 일행 모두 해치를 통해 아래로 들어갔다. 짧은 사다리를 타고 내려가자 돔 꼭대기 바로 밑에 있는 플랫폼이 나왔다. 가운데로는 한 면이 열린 투명한 수직통로가 있었다. 그가 통로를 바라보는 순간 승강기가 위로 올라왔다.

두 보안요원은 타라고 손짓하며 일행을 안으로 밀어 넣었다. 승강기가 아래로 내려가기 시작했다.

플랫폼을 벗어나 천천히 내려가기 시작하자 알트만은 돔이 얼마나 거대한지 감이 잡혔다. 대략 10에서 15미터쯤 되는 높이에, 유리벽을 따라 희미하게 밝혀진 조명이 널찍한 돔 내부에 묘한 그림자를 만들어냈다. 돔이 아니라 단단한 바닥을 갖춘 반구에 가까웠는데, 아래에도 거꾸로 뒤집힌 반구가 있을지는 여기서 판단하기 어려웠다.

반쯤 조립한 상태인지, 아니면 반쯤 분해한 상태인지 모를 기계 주위를 따라 크고 작은 상자가 쌓여 있었다. 거기다 곳곳에 보안요원이 있었는데, 부동자세를 유지하고 있거나 각자 업무를 수행하는 이들도 있지만, 비번인지 어디론가 걸어가거나 한가롭게 잡담을 하는 이들이 대다수였다. 흰 연구복을 차려입은 남자가 여기저기를 오가며 요원들에게 장비 운반을 지시하고 있었다.

승강기가 바닥에 닿자 보안요원 두 명이 더 걸어와 일행을 마중했다. 스쿠드가 뭘 물어보려고 입을 열었지만 보안요원 하나가 말을 가로막았다.

"잡담 금지."

보안요원 넷은 대형을 이루고 대기하다가, 헬리콥터를 타고 온 일행이 모두 내려오자 그들을 돔 건너편으로 인솔했다. 일행이 옆을 지나가자 보안요원들은 잡담을 멈추고 눈으로 일행의 움직임을 쫓았다. 천장에서 헬리콥터가 다시 이륙하는 소리가 울렸다. 그와 동시에 다시 분사관에서 수증기가 뿜어져 나오면서 바깥세상이 자욱한 안개에 뒤덮였다.

돔 위로 비치던 햇빛이 가려 음산한 분위기가 감돌았다. 누군가가 큰 소리로 명령을 내리자 쇠기둥을 따라 일렬로 설치된 형광등에서 눈이 시릴 정도로 강렬한 불빛이 쏟아져 나왔다. 소독광이 돔을 밝히면서 사람들의 안색이 하나같이 칙칙하게 변했다.

일행은 거대한 돔의 가장자리에 도착해 미닫이문을 지나 훨씬 작은 돔으로 들어섰다. 압력 해치를 지나자 완만한 내리막 통로가 세 번째 돔의 가장자리로 이어졌다.

알트만은 내리막길을 반쯤 지났을 즈음, 아래로 내려갈수록 통로 측면 바깥에서 물이 차오른다는 사실을 알아차렸다. 마치 주위가 솜에 뒤덮인 것처럼 소리가 들리는 느낌이 미묘하게 변해갔다. 손끝으로 통로 측면을 만지자 불분명하고 울림 없는 소리가 들렸다. 깊은 물속에서 창백하고 찢어진 눈을 지닌 뭔가가 손가락 쪽으로 방향을 틀더니 잽싸게 도로 가버렸다. 조금 더 내려가자 머리 높이까지 물이 차오르면서 통로 천장을 뒤덮었다. 이제 일행 모두 수면 아래에 통째로 잠겼다.

일행은 통로를 벗어나 초록빛 바닷물이 비치는 돔에 들어섰다. 물고기를 비롯한 수생동물들이 해상 연구단지 주위에 떼를 지어 몰려다녔으며 유리 표면에는 벌써 따개비가 붙기 시작했다. 먼발치로는 밧줄로 여러 대의 잠수정을 천천히 끌어들이는 모습이 보였다.

"아름다워."

에이다가 말했다.

"오싹하군."

알트만이 말했다.

보안요원이 총부리로 알트만의 가슴을 아플 정도로 쿡 찔렀다.

"잡담 금지."

일행은 돔 바닥으로 굽이굽이 돌아서 다시 승강기를 타고 아래로 내려가 서로 맞붙은 사각형 밀실을 지나갔다. 이곳저곳을 지나치는 사이, 보안요원들은 일행의 줄을 맞추며 빨리 걸으라고 재촉했다. 알트만은 마치 사형장으로 끌려가는 기분이 들었다. 갈수록 물이 깊고 어두워졌다. 밀실을 이루는 건축자재도 유리보다 금속의 비율이 높아졌고, 일행을 밝히는 빛이라고는 스산한 형광등 조명뿐이었다.

보안요원들이 일행을 또다시 압력문과 이어진 내리막길로 몰아넣었다. 알트만은 이곳이 앞서 지나온 연구실의 중심부와 가깝지만 수심은 훨씬 깊은 곳이라고 짐작했다. 보안요원 하나가 압력문을 열고 일행을 안으로 들여보냈다.

실내는 달 여객선의 선교와 비슷한 인상을 주었다. 구체형 구조에 지휘석은 바다에서 약간 솟아 있었다. 어느 방향으로나 몇 발자국만 내딛으면 한 줄로 늘어선 제어반과 판독치와 홀로그램 화면이 한눈에 들어오는 위치였다. 벽면 윗부분을 따라서는 탁 트인 창문이 길게 늘어서 있었다. 지휘석은 사방을 둘러싼 바닷물이 훤히 내다보이도록 연구실 내부의 나머지 설비보다 조금 높은 자리에 있었다.

지휘석이 빙글 돌아가면서 마르코프가 모습을 드러냈다. 그는 일행을 내려다보면서 씩 웃었다. 밀폐된 공간 속에서 사각턱과 번득이는 눈동자가 차가운 형광등 불빛을 받아 더욱 두드러져 보였다. 사방이 바닷물로 가득한 이곳에서 그는 마치 인두겁을 뒤집어쓴 괴물처럼 느껴졌다.

"아, 도착들 하셨군."

그가 온정이라고는 눈곱만큼도 없는 목소리로 말했다.

"새로운 보금자리에 오신 것을 환영하오."

한동안 시간이 걸렸지만 끝내 새로운 주거공간에 적응하게 되었다. 연구실은 지금까지 알트만이 근무해온 어느 연구소보다도 훌륭했지만, 칙술루브에서와 마찬가지로 필드와 같은 공간을 써야 한다는 사실 때문에 기분을 잡쳤다. 인원 배치에도 마르코프의 가학적인 성격이 들어갔으리란 의심이 들었는데, 필드를 여기까지 불러들였다는 사실부터가 그를 약올리기 위함이 아닐까 하는 생각마저 들었다.

칙술루브 분화구의 중심부에 도달하기까지는 아직 3주나 남았다. 해상 연구단지는 달팽이 기어가듯 느릿느릿 예인되는 중이었고, 이따금 기상 조건에 따라 꼼짝없이 발이 묶이기도 했다. 처음에는 통제실이 연구단지의 최하층에 있는 줄로만 알았지만, 알고 봤더니 측면으로 난 여러 통로는 바로 아래편에 나란히 늘어선 밀실로 이어졌다. 그보다 아래로 내려가면 해상 연구단지에서 가장 넓은 장소가 아닐까 싶을 정도로 훨씬 더 큰 밀실이 자리 잡고 있었다. 그 밀실은 항상 기압이 일정하게 유지되었고 기중기와 수중 통로를 갖추었으며 유달리 천장이 높았다. 이는 뒤늦게 연구단지에 추가된 시설로, 알트만은 그곳이 분화구의 심장부에 있는 물체를 싣기 위해 특별히 건설되었다는 사실을 다른 과학자에게서 전해 들었다.

알트만은 해상 연구단지 내부의 어디를 가나 놀라움을 금치 못했다. 연구단지 전체가 모종의 특수한 목적을 염두에 두고 건설된 것이 분명했으며, 시설 전반에 최신 장비가 속속 설치되었다. 거의 매 시간마다 보트와 헬리콥터가 도착해 신형 장비는 물론 아직 시험 단계에 있는 시제 장비까지 부려놓았다. 비용은 아무런 걸림돌이 되지 않았다. 분화구 속에 뭐가 있는지는 모르겠지만, 아무리 큰돈을 들여서라도 목표물을 반드시 손에 넣을 작정임이 틀림없었다.

그들은 시설 구내식당에서 식사를 했다. 연구원들은 대체로 공동 선실에서 6시간씩 수면을 취했지만 언제나 예외는 있기 마련이었다. 시설 인원 중에서 유일하게 애인 사이인 알트만과 에이다는 유감스럽게도 침실로 개조한 창고를 배정받았다. 침대와 옷장으로 쓸 좁다란 수납장을 들이고 나면 발 디딜 틈이 없었지만, 그나마 사생활이 보장되어서 다행스러울 따름이었다.

인원 구성을 하나둘 알아가다 보니 마르코프가 일류 연구진을 편성했다는 점은 인정할 수밖에 없었다. 분화구에 무엇이 있을지 모르는 고로, 그는 기지의 위치를 철저히 비밀에 부쳤다. 인원 중에는 자신들이 연구하는 분야에 아직 정확한 명칭조차 없을 정도로 첨단을 달리는 과학자도 있었다. 지구물리학자, 천체물리학자, 로봇공학자, 지질학자, 해양생물학자, 유전공학자, 해양학자, 분야별 공학자, 채굴 감독, 지진학자, 화산학자, 양자역학자, 철학자, 인지과학자, 분야별 박사학위 취득자, 기압장애 및 감압증 전문의, 수많은 정비공과 기술자, 주거관리사 및 주방 직원에 이르기까지. 거기다 언어학자는 물론, 인류학자인 에이다도 끼어 있었다.

연구진 중에는 과거 유명 인사였으나 수 년 전부터 세인의 이목에서 사라진 이들도 섞여 있었다. 이들은 자취를 감춘 세월 동안 무엇을 했는지 털어놓지 않았으며, 끈질기게 물어보면 한다는 대답이 고작 "은퇴 생활을 접고 나왔습니다." 정도였다. 그러자 쇼월터가 "은퇴 같은 소리하네."하고 귓속말로 속삭였다. 알트만도 동감이었다. 그들이 이곳에 있다는 말인즉 지금까지 군사 정보기관 밑에서 은밀히 연구를 해왔다는 소리였다. 현행 탐사에 쏟아지는 막대한 자금과 수고에도 눈 하나 깜짝 않는 사람은 그들뿐이었다. 오히려 이런 지원을 당연하게 여겼다.

하지만 수많은 보안요원들의 존재와 더불어 그들이 항상 훈련을 게을리 하지 않는다는 사실이 무엇보다도 마음에 걸렸다. 알트만의 눈에만 그렇게 비치는지 모르겠지만, 마르코프는 아주 작정하고 다가올 전투에 대비하는 듯했다.

여기서 떠오르는 가능성은 세 가지였다. 첫째, 가장 속 편한 가능성은 마르코프가 자신 스스로 일개 군인임을 자각하고 시설에 주둔하는 내내 실제로 나서지는 않아도 평소처럼 업무를 수행한다는 사실이다. 둘째, 그보다 맘에 걸리는 가능성은 이번 일에 눈독을 들이는 곳이 많다는 점을 고려해 누군가가 물체를 훔쳐갈 때를 대비한다는 사실이다. 셋째, 최악의 가능성은 바로 물체가 반격해올 때를 대비한다는 사실이다.

여기까지 가능성을 점쳐보고 나자 왜 진작 알아차리지 못했을까 하는 생각이 들었다. 정확한 정체를 모르는 한, 마르코프는 분화구 중심부에 있는 물체가 일종의 무기라고 생각할 것이 분명했다. 어쩌면 처음부터 그는 인류의 도약이나 과학 발전 따위는 안중에도 없었을지 모른다.

알트만은 에이다와 이야기를 하면서 이러한 의심을 털어놓았다.

"그걸 이제 알았어? 마르코프는 피도 눈물도 없는 냉혈한이야. 세상만물은 물론 사람까지도 얼마든지 무기로 써먹을 작자란 말이야. 위험천만한 인간이라고."

오래지 않아 알트만은 자신이 들어가지 못하는 공간이 한두 군데가 아니라는 사실을 알게 되었다. 특정 구역, 다시 말해 각각 수면 아래위로 있는 연구실은 그가 받은 통행증으로는 출입이 불가능했다. 이따금 부주의한 과학자나 보안요원을 뒤따라 들어갈 기회가 있었지만, 안을 구경하면서 어떤 곳인지 알아볼 시간이 났던 적은 한 번도 없었다. 더욱 엄격히 출입이 제한되는 구역은 아예 보안요원이 교대근무를 서고 있었다. 필드는 그런 구역 중 한 곳을 드나들었지만 알트만이 물어보려고만 하면 자리를 피했는데, 의심 때문에 꺼린다기보다는 그도 뭐가 어떻게 돌아가는지 제대로 가늠하지 못해서 그러는 듯했다.

며칠 뒤에는 자신이 감시받고 있다는 사실을 눈치챘다. 처음에는 어렴풋했지만 갈수록 눈초리가 피부에 와 닿았다. 또 편집증이 도지는 줄로만 알았는데, 알고 보니 쇼월터도 똑같은 기분을 느끼고 있었다. 보안요원들은 그에게 다른 연구원들을 대할 때와는 다른 태도를 보였으며, 생각을 정리하느라 통로 안에서 홀로 조금이라도 오래 있으면 불쑥 나타났다. 유난히 그에게 주의를 기울이는 몇몇 기술자마저 있었다. 특히 늘 주름진 내리닫이 작업복을 입는 기술자 하나는 알트만 뒤에서만 서성거렸다.

"어떡하면 좋지?"

그가 에이다에게 물었다.

"어떡하기는? 그치들은 한 번 감시하려고 맘먹었으면 끝까지 물고 늘어질 거야. 어떡하긴 뭘 어떡해? 이미 그놈들 손아귀에 잡혔는데."

에이다의 말이 옳다는 사실을 그도 알고 있었다. 이런 처우를 누구한테 가서 하소연하겠는가? 마르코프한테? 마르코프는 그에게 세 가지 선택권을 주었다. 조사단의 일원이 되던가, 꼼짝없이 감금되던가, 아니면 그 자리에서 죽던가. 어쩌면 마르코프는 두 마리 토끼를 동시에 잡았는지도 모를 일이다. 알트만은 조사단에 소속된 동시에 시설에 갇힌 셈이나 마찬가지니까. 해상 연구단지는 감옥으로 쓰기에도 제격이었다. 그래도 죽는 것보다는 차라리 갇혀 있는 지금이 나았다.

"뭐가 어떻게 돌아가는 걸까?"

에이다는 눈을 굴렸다.

"했던 얘기 재방송하게 만들지 마. 그런 질문을 꺼내는 것부터가 위험한 줄 알잖아. 시설에서 우리가 돌아다니지 못하는 데가 있는 게 뭐 어때서? 우리만 그런 것도 아니잖아. 칙술루브에서 온 연구원은 다들 똑같은 취급을 받는데."

"필드 선배는 예외야. 출입 권한이 있더라고."

"제한이 크지. 달랑 한 군데뿐이잖아. 나도 눈여겨 봐뒀어. 쇼월터랑 스쿠드는 그마저도 없어."

에이다는 손가락을 꼽아가며 말했다.

"나머지 대다수는 말할 것도 없고."

그는 말없이 고개를 돌리고 생각을 해보았다. 분명히 들어갈 방법이 어딘가에 있다. 통행증을 복사하기만 하면……

한창 머리를 굴리는데 에이다가 뺨을 찰싹 때렸다.

"꿈도 꾸지 마."

에이다가 삿대질을 했다.

"뭘?"

"무슨 생각 하는지 뻔히 보여. 지금 하는 업무가 꼭 구석구석 돌아다녀야 해결되는 일도 아니잖아. 정말로 그랬다가는 말썽에만 휘말릴 거야. 손 떼겠다고 나랑 약속해."

알트만은 그녀를 한참 쳐다보다가 끝내 고개를 저었다.

"못 해."

에이다는 정신 좀 차리라고 또 따귀를 때리고는 홱 돌아섰다. 알트만은 어쩔 줄을 모르고 에이다가 가지 못하게 팔로 감싸 안았다. 에이다는 몸부림을 치면서 눈빛을 피했지만, 그는 화가 누그러질 때까지 그녀를 계속 붙들고 있었다.

"내 말은 듣지도 않고. 결국에는 내가 옳은데도, 만날 자기는 내 말을 귓등으로만 들어."

"내가 왜 당신 말을 안 들어? 어쩌다 당신 말대로 안 한다 뿐이지."

에이다는 마침내 그와 눈을 마주쳤다.

"입만 살았어 진짜. 이번에는 정말로 몸 사리겠다고 약속해."

"알았어."

그는 그녀를 풀어주었다.

"그건 약속할게."

알트만은 약속대로 몸을 사리고 다녔다. 정비공이나 기술자들과 이야기를 나누면서 해상 연구단지에 대해 많은 사실을 알게 되었다. 이곳은 반은 물에 뜨고 나머지 반은 물에 잠기도록 바꾸고 이동식으로 개조한 반잠수형 해양굴착장치였다. 기술진이 '흐림 효과'라 부르는 짙은 안개의 정체는 지름이 100미크론[1]이 채 되지 않는 정밀 분사관에서 나오는 물이었다. 수분이 분사관의 극세 침선을 지나는 과정에서 원자 크기의 작은 방울로 변함으로써 공기 중에 남는 원리였다. 고급 관측장비만 있으면 안개 속에 무엇이 있는지 어렵잖게 알아낼 수 있지만, 호기심을 품고 다

---

1) micron. 100만분의 1미터.

가오는 배나 보트쯤은 얼씬하지 못하게 막고도 남았다.

이틀인가 사흘째 되던 날, 구내식당에서 식사를 하는데 건장한 체격에 유난히 붉고 곱슬곱슬한 수염을 기른 사내가 같은 자리에 앉았다. 그는 식탁 위로 솥뚜껑만 한 손을 내밀며 알트만과 악수를 나눴다.

"제이슨 헨드릭스라고 합니다. 여기는 처음이신가 보군요?"

알트만은 고개를 끄덕였다.

"마이클 알트만입니다. 며칠 전에 도착한 참이죠."

헨드릭스가 털털한 웃음을 지어보이자 알트만은 벌써부터 그가 맘에 들기 시작했다.

"여기 있는 사람 치고 안 그런 사람이 있겠습니까. 저도 지난주에 왔습니다."

그가 식사를 시작하자 수염이 금세 음식 부스러기로 범벅이 되었다.

"어쩌다 여기까지 오게 됐습니까?"

알트만은 뭐라고 할지 잠시 생각해 보다가 말을 꺼냈다.

"사실 위에서도 저를 어디다 써먹을지 아직 고민하는 중이라 전전긍긍하고 있습니다."

"저는 조종사로 왔지요."

헨드릭스는 손으로 수염에 붙은 음식 부스러기를 훔치고는 셔츠에 슥슥 문질렀다.

"주로 잠수함을 탑니다. 해군에 복무하면서 중형급 잠수함 조종훈련을 받았거든요. 건설회사에서 일하면서 이런 반잠수형 해양굴착장치도 만져봤고 말입니다."

"일을 무척 즐기시나 봅니다."

"그렇고 말고요. 회사 일을 접고 카리브해에서 보물 사냥꾼들하고 일해본 적도 있습니다. 알고 봤더니 보물이란 게 헤로인을 잔뜩 싣고 침몰한 보트라 생각을 고쳐먹게 됐지만 말입니다."

"잘 생각하셨네요."

"그런 셈이지요."

헨드릭스는 눈가에 주름을 잡으며 따스한 웃음을 지었다.

"그래도 보물 사냥에 재미를 붙였으면 지금쯤 떼부자가 됐을 겁니다. 아니면 아주 약에 쩔었겠지요. 이번 일을 하면서도 똑같은 고민을 하게 될지 모르겠습니다."

다음 날도 같은 식탁에서 만났고, 그 다음날도 얼굴을 마주치게 되자 알트만은 어느새 헨드릭스를 믿음직한 친구처럼 대하게 되었다. 그렇게 며칠이 지나자 헨드릭스는 자기가 무슨 일을 하는지 들려주면서, 자신이 심해잠수정 조종을 맡을 이인조에 들어갈 예정이라는 사실을 알려주었다. 심해잠수정을 몰아본 적은 별로 없다고 하면서도 자신감에 넘쳤다. 잠수정을 실제로 투입하기까지 조종법을 연습할 시간은 많았으니까.

"에드거 모즈비라는 무슨 심해 탐험가 옆에서 부조종사를 맡게 됐어. 60대 후반에 피부가 쪼글쪼글한 영감님인데, 술도 한 주량 하더군. 정작 조종 실력은 어떤는지 모르겠지만 말이야. 자기가 로버트 모즈비의 후손이라나 뭐래나."

"누구 후손이라고?"

알트만이 물었다.

헨드릭스는 어깨를 으쓱였다.

"낸들 알아. 무슨 영국 해군장교이자 수로학자라고 하던데. 틈만 나면 조상님 자랑하는 영감님이라."

모즈비는 잠수정 조종이라면 술 마시고 곯아떨어진 상태로도 한다면서 헨드릭스가 연습을 하건 말건 손 하나 까딱하지 않았다. 그는 헨드릭스에게 "내 곧잘 그래봐서 아는데, 오히려 취기가 돌아야 조종이 수월하다네."하고 호언장담했지만, 그런 그도 기회가 된다면야 잠수정이 아니라 방에서 홀로 독작하기를 즐겼다.

"이것 참 난처하게 됐네. 연습 삼아 잠수정을 혼자 몰고 나갈 수는 없으니 말이야. 혹시라도 뭐가 잘못될지 누가 알아?"

알트만은 이때를 기다렸다는 티를 내지 않으려고 잠시 머뭇거렸다.

"그럼 내가 같이 가줄게."

그는 일부러 태연한 척 말했다.

"정말? 덕분에 한시름 덜었어."

헨드릭스는 알트만에게 따뜻한 웃음을 지었다.

알트만은 마르코프가 이 사실을 귀신같이 알아차리고 막아설 줄로만 알았지만, 소식이 그의 귀에까지 들어가지 않았는지, 아니면 알트만이 잠수정을 타고 나가도 개의치 않는지 아무런 말이 없었다. 워낙 바빠서 심해잠수정이나 헨드릭스에 관해서는 별다른 소식을 듣지 못하는 듯했다.

게다가 알트만은 자신이 잠수정 조종에 소질이 있다는 사실을 알게 되었다. 그는 계기판을 어떻게 건드려야 잠수정을 원하는 대로 움직일 수 있는지를 거의 직감으로 깨달았다. 일정한 깊이까지 잠수하거나 어느 높이까지 부상하라는 지시를 들으면, 물을 얼마나 들이고 내보내야 하는지를 감으로 알아내 무게추 사용을 최소한으로 줄이며 정확하고 매끄럽게 해냈다. 그는 지금까지 지구물리학자로서는 느껴보지 못했던 색다른 즐거움과 만족감을 만끽했다.

"나 대신 조종해도 되겠네."

어느 날 헨드릭스가 말했다.

"그러게. 과연 마르코프가 흔쾌히 허락할지는 모르겠지만."

그런데 헨드릭스가 정말로 그래도 되냐고 물어보자, 놀랍게도 마르코프는 흔쾌히 허락했다. 그는 오히려 만일의 사태를 대비해 예비 조종사를 두는 편이 낫다고까지 말했다. 하지만 그렇다고 해서 알트만이 기존 업무에서 해방된 것은 아니어서, 지도 연구원이 시키는 대로 지구물리학적 판독치를 해석하는 일에는 변함이 없었다. 다만 이제부터는 가끔씩 잠수한 상태로 판독치를 해석하는 작업을 떠맡게 되었을 뿐이었다.

34

마르코프가 예고도 없이 심해잠수정을 심해에서 시운전하기로 결정한 때는 칙술루브 분화구에 도착하기까지 일주일 남짓을 남겨둔 시점이었다. 연구단지에서 50킬로미터쯤 떨어진 바다로 화물선을 타고 나가 잠수정에 탑승할 조종사로는 헨드릭스와 모즈비가 뽑혔다. 둘은 그곳에서 바다 밑바닥까지 잠수해 산소 재순환장치, 통신장치, 음파 탐지기, 탐조등, 기타 등등의 장비를 점검하고, 계기판에 올라오는 수치를 확인한 다음 그대로 한 시간을 버티다가 부상할 예정이었다. 도움이 필요할 때를 대비해 다른 잠수정 두 대도 덧붙였다.

헨드릭스는 일정대로 떠나기 직전, 난감한 얼굴로 알트만의 방문 앞에 나타났다.

"큰일 났어. 모즈비 영감님이 말썽이야. 시운전을 맡긴다는 말을 듣자마자 지난밤부터 죽어라 퍼마시더니만 결국."

"잠수해도 괜찮을까?"

"지금 일어나지도 못해. 깨우려고 별의별 방법을 다 써봤지만 난 당장 잠수정 운반을 감독하러 가봐야 해서. 혹시라도 대신 좀……."

그는 말꼬리를 흐리며 대답을 기다렸다.

"마르코프한테 얘기부터 해둬야지."

알트만이 말했다.

"그건 안 돼. 영감님은 전에도 마르코프한테 주의를 받는데 또 그렇다고 말했다가는 당장에 잘릴걸. 무리한 부탁인줄 알지만 대신 가서 챙겨드리면 안 될까?"

알트만은 고개를 끄덕였다.

"영감님이 아니라 너 생각해서 하는 거야."

헨드릭스가 씩 웃었다.

"고마워. 그럼 신세 좀 질게."

알트만은 터널을 지나 모즈비와 헨드릭스가 쓰는 선실이 있는 갑판으로 올라갔다. 문을 두드렸지만 대답이 없었다. 그는 망설이다가 다시 문을 두드렸다. 그래도 대답이 없자 문손잡이를 돌렸더니, 열려 있어서 그냥 안으로 들어갔다.

좁다란 선실에는 이층침대가 구비되어 있었는데, 위쪽은 헨드릭스의 자리였고 아래쪽은 모즈비의 차지였다. 방에서 토 냄새가 진동을 했다. 모즈비는 아래쪽 침대에서 반쯤 떨어진 채로 죽은 듯이 가만히 있었다. 알트만은 그를 잡고 흔들었다.

처음에는 아무런 반응도 없었다. 그렇게 몇 분을 더 흔들었더니 그제야 신음을 흘리며 간신히 실눈을 뜨다 도로 감았다.

알트만은 그를 더욱 세게 흔들며 뺨을 두드렸다.

모즈비는 눈을 껌벅거리다 기침을 했다.

"몸 좀 추스리게 기다려주게."

그는 그렇게 말하며 침대 밑에서 술병을 끄집어냈다.

"적당히 드세요. 자, 일어나셔야죠."

"자네가 뭔데 나한테 이래라 저래라야?"

모즈비는 주정을 부리며 몸을 일으키려다 거의 쓰러질 뻔했다.

"이 몸이 바로 로버트 모즈비의 후손 되시는……."

알트만은 횡설수설하며 족보를 떠들어대는 모즈비를 복도로 끌어내 옷도 벗기지 않은 채로 샤워실에 밀어 넣고 수도꼭지를 확 틀었다. 물벼락이 쏟아지자 모즈비는 소리를 질러댔다. 10분 뒤, 술기운이 가라앉자 그는 말쑥하게 옷을 차려입었다. 얼굴이 핼쑥하고 몸에서 땀 쉰내가 났으며 손이 아직도 떨렸지만 그런대로 외출 채비는 마무리되었다.

"몸은 괜찮으세요?"

"조금 떨리는구먼. 잠수하고 나면 말짱해질 걸세."

알트만은 고개를 끄덕였다.

"내가 주정부렸다고 아무한테도 말하지 말아주게, 응?"

모즈비가 눈길을 피하며 말했다.

"헨드릭스 부탁이라 눈감아 드리는 겁니다. 저 같으면 그냥 안 넘어갑니다."

알트만은 일정대로 떠나기에 앞서 조종사들을 살펴보기 위해 마르코프가 기다리고 있는 잠수정 격납고로 모즈비를 데려갔다. 조종사들은 진작 도착해 있었고 잠수정 역시 운반이 끝난 상태였다.

"잠시 기다리세요."

알트만이 말했다.

"어디 가나?"

"헨드릭스 찾으러 가요."

그가 헨드릭스를 조금만 더 일찍 찾았거나, 아니면 나머지 조종사들이 모즈비를 조금만 눈여겨보고 있었더라면 이런 불상사가 일어나지는 않았을 것이다. 하다못해 마르코프가 예정대로만 도착했어도 모즈비가 사고 칠 틈이 없었겠지만, 그는 30분이 지나서야 모습을 드러냈다. 알트만과 헨드릭스는 마르코프가 오기 직전에 아슬아슬하게 되돌아왔는데, 알트만은 마르코프가 입을 열고 나서야 모즈비가 보이지 않는다는 사실을 알아차렸다.

마르코프는 굉장히 꼼꼼하게 상태를 살폈다. 그는 새로 다린 군복을 차려입고 양쪽에 보안요원을 하나씩 대동하고 나타났다. 그는 조종사와 승무원과 기술진의 노고에 감사를 표하며, 나머지 두 잠수정을 맡을 조종사들에게 화물선에서 대기하면서 심해잠수정이 부상에 실패할 경우에 대비하라고 거듭 당부했다. 심해잠수정을 맡은 헨드릭스와 모즈비에게 만일의 사태가……

마르코프는 말을 멈췄다.

"모즈비는 어디 갔소?"

헨드릭스는 주위를 둘러보았다.

"방금 전까지만 해도 여기 있었는데 말입니다."

결국 보안요원 두 명이 모즈비를 찾아냈다. 그는 어디서 찾았는지 술병을 하나 통째로 비운 뒤였는데, 술에 취한 나머지 승강기에서 실족해 목이 부러지고 말았다.

'다 내 탓이야. 눈을 떼지 말았어야 하는 건데.'

알트만은 헨드릭스의 눈치를 살피다가 그 역시 자책하고 있음을 눈치챘다.

하지만 마르코프는 아무렇지도 않은 것처럼 행동하면서 고인을 생각해서라도 잠수를 하루만 늦춰달라는 헨드릭스의 부탁을 거절했다. 그는 시신이 눈앞에 도착하자 이렇게 말했다.

"차라리 다행이로군. 이왕 이렇게 됐으니 지구물리학적 판독치라도 제대로 건져야겠는데. 알트만 박사, 괜찮겠소?"

알트만은 이름이 두 번이나 불리고 나서야 마르코프가 자신을 호명한다는 사실을 알아차렸다.

"괜찮습니다."

알트만은 이상한 각도로 목이 꺾인 시체에서 애써 눈을 떼며 대답했다.

일행은 심해잠수정을 뒤에 매단 보트를 타고 수송선까지 이동했다. 도착한 뒤에는 보안요원들이 잠수정을 위치로 옮겼다.

"기분이 싱숭생숭해. 그래도 영감님은 같은 방에서 지내던 사이였는데. 혹시 말짱하면 나 대신 조종을 맡아줘."

헨드릭스가 말했다.

다소 불안하기는 알트만도 마찬가지였지만 이렇게 잠시나마 잠수정을 타볼 기회가 생겨서 내심 기뻤다. 그는 천천히 잠수에 들어갔다. 오래가지 않아 둘은 해저에 무사히 내려앉았다.

"얼마나 깊이 내려왔지?"

알트만이 물었다.

"분화구 중심부에 비하면 깊은 것도 아냐. 한 수심 2천 미터쯤 되지 싶은데."

"이렇게 깊이 잠수해본 적이 있어?"

헨드릭스는 고개를 저었다.

"근접한 적은 있어도 이 정도까지는 못 내려와봤어."

바다 밑바닥은 고요하기 그지없어서 알트만은 마치 세상의 끝에 다다른 느낌이 들었다. 산소 재순환장치에서 흘러나오는 조용한 바람 소리를 들으며 어둡고 공허한 바깥 세계를 찬찬히 살펴보는 일도 그리 나쁘지는 않았다.

35

일주일이 흘러 드디어 해상 연구단지가 위치에 도착하자 다들 빨리 작업에 착수하고 싶어 몸이 근질거렸다. 먼저 파도가 출렁거리는 모터보트 위에서 측량 작업부터 시작했다. 필드는 알트만과 함께 작업하며 자기 몫을 끝내고 그가 얻은 수치까지 재점검하는 열의를 보였지만, 배멀미 때문에 오후가 될수록 얼굴이 새파랗게 변해갔다. 결국 그는 그날 업무의 마지막 시간을 보트 한쪽에 고개를 내밀고 구역질하며 마무리했다.

이튿날 아침, 필드는 토를 뒤집어쓰고 끙끙거리다 끝내 해상 연구단지로 실려가고, 헨드릭스와 알트만 둘만 남았다. 둘은 심해잠수정을 타고 수심 1천 미터 깊이까지 내려가 판독치를 측정한 다음 마르코프의 진행 지시가 떨어지기를 기다렸다. 지시가 내려오자 둘은 수심 2천 미터까지 내려간 뒤 앞서 했던 과정을 되풀이했다.

"수월하게 풀리네."

알트만이 말했다.

헨드릭스는 어깨를 으쓱였다.

"그러게. 하지만 이렇게 깊이 내려오면 통신 상태가 불안정해진다는 점이 문제야. 여기서 전송하는 자료를 과연 위에서 다 받아볼지 장담 못 해."

"아예 끊어질 수도 있고?"

"오락가락하지. 그래도 진짜로 잘못되지만 않는다면 걱정할 필요는 없어."

알트만은 로봇 준설기가 굴착을 하면서 일으키는 미세한 빛이 전면 관측창 밖으로 보이는 듯했다. 하지만 눈으로 직접 확인하기에는 거리가 너무 멀었다.

"수심 3천 미터까지 잠수해서 수치를 얻은 다음에 올라가도 되겠는데. 아직 산소도 충분하고. 네가 조종사니까 알아서 결정해."

알트만이 말했다.

"맨 처음 내려갔던 심해잠수정에 관한 소문 들었어?"

헨드릭스가 말했다.

"영상으로 봤어."

알트만이 말했다.

"대체 어떻게 된 걸까?"

"낸들 알아."

"보고 걱정도 안 되냐?"

"나도 몰라, 무슨 일인지 알고 싶은 마음은 굴뚝같지만 크게 걱정은 안 해. 그게 걱정이야?"

헨드릭스는 고개를 끄덕였다.

"천릿길도 한 걸음부터지. 괜히 서두를 것 없어. 그런데 내가 지금 판독치를 제대로 읽고 있는지 모르겠지만 전파가 다시 잡히기 시작하는데."

"진짜?"

알트만은 애써 흥분을 감추었다.

"확실해?"

헨드릭스는 머뭇거리다 천천히 고개를 끄덕였다.

"아주 미약하지만 있긴 있어. 수심 1천 미터에서는 잠잠하다가 2천 미터에서부터 잡히는데."

"왜 다시 나오기 시작한 걸까? 이대로 계속 잠수해보자. 전파가 언제 또 끊어질지 누가 알아? 기회가 있을 때 기록해 둬야지."

하지만 헨드릭스는 한쪽 손으로 이어폰을 감싸고 귀를 기울였다.

"한 발 늦었어. 그만 올라오라는데."

둘은 서로 한참을 쳐다보았다.

"아까 심해에서는 통신이 불안정하다고 했지. 지시를 듣지 못했다고 잡아떼면 되잖아?"

헨드릭스는 고개를 가로저었다.

"수심 3천 미터까지 잠수해도 좋다는 지시가 떨어지지 않으면 어쨌거나 수면으로 올라가야 돼. 그게 안전수칙이야. 어겼다가는 잠수정 근처에 얼씬도 하지 못하게 될걸? 그러면 곤란하잖아."

맞받아칠 대사 대여섯 마디가 알트만의 머릿속을 쏜살같이 오가다 순식간에 사라졌다. 헨드릭스의 말이 옳았다. 어떡해볼 도리가 없었다. 신호 조사는 다음 기회로 미루는 수밖에.

해치를 열고 잠수정에서 나올 무렵에는 보안요원 부대가 잠수정 격납고에서 둘을 기다리고 있었다. 서둘러 통제실로 가보니, 마르코프뿐만 아니라 그의 측근에 속하는 연구원 대여섯 명도 함께 있었다. 측근 중에 칙술루브 출신은 한 명도 없었으며 하나같이 엄격하고 진지한 인상을 풍겼다.

"전파 신호가 다시 나오기 시작했다고 했소? 확실한 거요?"

마르코프가 말했다.

"저희가 뭐하러 거짓말을 하겠습니까? 기계는 거짓말을 하지 않습니다."

알트만이 말했다. 그는 다른 연구원들을 가리켰다.

"그런데 이미 다른 정보원들이 있는 모양이로군요. 바로 저쪽에 물어보지 그러십니까?"

"강도가 전보다 훨씬 약합니다."

측근 연구원 중 하나가 말했다.

"우리도 확인했습니다."

알트만이 말했다.

"어쩌면 다른 신호일지도 모릅니다. 발굴을 하던 해중 작업장치나 로봇 준설기에서 나온 피드백 신호일 수도 있습니다."

다른 연구원이 말했다.

"그야 모르지요. 하지만 그럴 가능성은 희박합니다. 전하고 똑같은 신호였으니 말입니다."

알트만이 받아쳤다.

"이상한 점은 느끼지 못했소? 괴상한 기운이라던가?"

마르코프가 물었다.

알트만은 고개를 저었다.

"그럼 헨드릭스 자네는?"

"잘 모르겠습니다."

"모르겠다?"

"수심 2천 미터에 도달한 순간부터 이상한 낌새를 느꼈습니다. 뭔가 불길함 예감이 들더군요."

"스티븐스."

마르코프가 이름을 부르자 한 연구원이 앞으로 나왔다. 위엄이 있으면서도 차분하고 다정해 보이는 얼굴이었다.

"당장 헨드릭스를 데리고 가서 정밀 심리검사를 해보도록. 문제될 징후가 보이거든 쉽게 해주고. 자네가 보기에 괜찮다면 내일 당장 잠수정에 넣어 보내야겠군."

알트만은 그날 밤 또다시 악몽을 꾸었다. 한밤중에 땀에 흠뻑 젖어 잠에서 깼으나 몸을 옴짝달싹할 수가 없었다. 가슴이 조마조마하고 눈꺼풀 속에서 빛이 번쩍거렸으며 좀처럼 자신을 떠나지 않는 공포가 느껴졌다. 이곳이 칙술루브에 있는 집이 아니라는 사실을 알아차리기까지 한참이 걸렸지만, 아니라는 사실을 알아차린 순간 주위를 둘러싼 방이 희미하고 어렴풋하게 변했다.

심장이 두방망이질치며 피가 솟구치는 소리가 귓속으로 들려왔다. 주위는 온통 암흑에 휩싸여 보이지 않았다. 일정한 공간에 있는 것이 아니라 공허 속에 사로잡힌 것만 같았다. 다시 몸을 움직여보려 했지만 뜻대로 되지가 않았다.

'아직도 꿈속인가?'

그러자 그는 여기가 어디인지, 이곳이 해상 연구단지임을, 옆에서 나오는 소리는 에이다가 자면서 내는 숨소리임을 아주 천천히 알아차리기 시작했다.

그때 갑자기 몸이 다시 움직여졌다. 그는 벌떡 일어나 물을 한 잔 들이키고 침대에 돌아와 누웠다. 에이다가 잠결에 신음을 흘렸다. 도로 잠을 청하려고 몸을 뒤척이던 순간 누군가가 문을 두드리는 소리가 들렸다.

스티븐스였다.

"알트만 박사님 선실 맞습니까?"

그가 숨죽여 말했다.

"예."

"잠깐 얘기 좀 하실까요?"

알트만은 바지와 셔츠를 걸치고 까치발로 조용히 방에서 나와 스티븐스를 따라 복도를 걸어갔다. 스티븐스는 통행중으로 빈 연구실 문을 열고 알트만을 안으로 들여보냈다.

"무슨 일입니까?"

알트만이 물었다.

"헨드릭스한테서 이상한 낌새를 눈치채지 못하셨습니까?"

"혹시 뭐라도 잘못됐나요?"

"정밀검사 결과는 이상 없습니다. 일반검사를 해봐도 마찬가지고요. 그런데 아직도 맘에 걸리는 데가 있어요. 그게 정확히 뭔지는 긴가민가하지만 말입니다. 분명 정상이고 안정된 상태지만, 뭔가 좀 달라졌습니다."

"제가 보기에는 변함없던걸요."

"수압 때문일지도 모르고, 아니면 긴장감 탓일지도 모릅니다. 하지만 뭔가를 숨기고 있는 듯해요."

알트만은 고개를 끄덕였다.

"일단 잠수정에 오르면 헨드릭스하고 단둘이 있게 되는 데다 혹시라도 잘못되면 박사님이 큰일이니 미리 얘기하는 겁니다."

"뭐라고 해야 할지 모르겠군요. 제가 보기에는 멀쩡했거든요. 잠수하면서 헨드릭스랑 마찰 빚었던 적은 한 번도 없고 아무런 긴장감도 느끼지 못했습니다. 저는 그 친구를 믿습니다. 아니, 사실 그 친구가 아니라 연구단지에 있는 이름도 모르는 다른 사람하고 잠수정처럼 밀폐된 공간 안에 갇히게 될까봐 더 걱정입니다."

스티븐스는 고개를 끄덕였다.

"부디 조심하기 바랍니다. 지난번에 투입된 잠수정에서 무슨 일이 벌어졌는지 아시니 이해하리라 믿습니다. 결코 그런 일이 되풀이되는 사태는 바라지 않습니다. 그럼 좋습니다, 진행해도 좋다고 전하겠습니다."

36

"긴장할 것 없어. 평소처럼만 하자."

헨드릭스가 말했다. 알트만은 그가 스스로 마음을 다잡으려고 그렇게 말하는 듯한 기분이 들었다.

"걱정 마. 식은 죽 먹기일 테니."

수심 1천 미터. 창백한 심해 생물들이 서서히 보기 힘들어졌다. 수심 2천 미터. 바다 속은 점차 황량해져 갔지만 아직까지는 생명의 흔적이 남아 있었다. 빛을 내는 독사고기가 곁을 지나가다가 몸을 돌려 어둠 속으로 사라졌다. 탐조등 불빛 사이로 스쳐가는 뼈투성이 귀신고기는 마치 자라다 만 것처럼 보였다. 머리가 유리처럼 투명한 심해 오징어도 보였다.

수심 2천 7백 미터. 탐조등 불빛이 곧바로 비치는 바로 아래에서도 어둠밖에 보이지 않았다. 주위의 어둠은 갈수록 커져만 갔다. 알트만은 계속 바깥만 쳐다보던 중, 뒤에서 훌쩍이는 소리를 들었다.

그는 고개를 돌렸다. 헨드릭스가 창백하고 딱딱하게 굳은 얼굴을 하고 있었다. 눈에서는 눈물이 천천히 흘러내렸다. 자신이 눈물을 흘리는지도 모르는 듯했다.

'맙소사, 뭔가 잘못됐어. 괜히 잠수시켜도 괜찮다고 했나봐.'

하지만 그런 모습을 보고도 겁이 난다기 보다는 그가 염려되었다. 헨드릭스는 결코 그를 해칠 사람이 아니니까.

"왜 그래?"

"나 죽기 싫어."

"죽긴 왜 죽어. 걱정 마."

"헤네시하고 당텍. 그 둘한테 무슨 일이 있었던 거지? 우리 여기 있으면 안 돼,

알트만. 그게 느껴진다고."

알트만은 잠수 속도를 늦춰 잠수정을 거의 멈춰 세웠다.

"정 돌아가고 싶으면 그만 올라가자."

알트만은 헨드릭스의 눈을 마주보려 하면서 차분한 목소리로 말했다.

"하기 싫다는데 억지로 할 수는 없지. 그래도 여기까지 왔으니까 수치는 재고 가야 돼. 그 정도는 해도 괜찮지?"

헨드릭스는 심호흡을 하고 눈을 깜박이며 마음을 추슬렀다.

"괜찮아. 그 정도는 문제없어. 없고말고. 뭐라도 하나에 정신을 붙들어야지."

알트만은 헨드릭스가 계기를 점검하느라 바쁜 사이 계속해서 잠수정을 아래로 내려보냈다. 헨드릭스가 계기를 훑어본 뒤 알트만은 그가 점검한 내용을 다시 살펴보았다. 전파 신호가 여전히 잡혔고, 현재 수심에서는 강도가 더욱 높았다. 알트만은 이따 올라가는 길에 수심 2천 미터에서 측정을 다시 해야겠다는 생각이 들었다. 어쩌면 강도가 전보다 높아졌을지도 모르니까.

헨드릭스는 신호를 다시 측정하기 시작했다. 이번에는 아무것도 잡히지 않았다. 전파 신호가 홀연히 사라졌다. 알트만은 확실히 해두려고 직접 수치를 확인했다. 결과는 같았다. 다시 살펴봐도 똑같았다.

알트만은 신호가 나왔다 사라지기를 되풀이하면서 어떤 때는 잡히다가 어떤 때는 잡히지 않는다는 결론을 내렸다. 아니면 수신기의 작동이 불규칙하거나 회로가 손상되어 그런지도 모른다. 그것도 아니면 물체가 의도적으로 신호를 그렇게 보내는 것이거나. 어쩌면 메시지를 보내는 중일 수도 있다.

그는 헨드릭스를 흘끗 쳐다보았다. 지금처럼 계속 버텨낼까? 얼른 수면으로 부상해서 밖으로 보내야 하나?

"잘 했어, 헨드릭스. 꼼꼼하게 잘 측정했어. 잠깐만 방식을 바꿔보자. 이렇게 동시에가 아니라 시간차를 두고 측정해서 그 사이에 신호가 어떻게 변하는지 알아보는 거지."

"마르코프한테 한 소리 듣지 않을까?"

"오히려 좋아할걸. 솔선수범했다면서 칭찬해줄 거야."

"얼마나 오래 걸릴까?"

알트만은 태연하기 그지없는 표정을 유지하며 어깨를 으쓱였다.

"금방 끝나."

헨드릭스는 고개를 끄덕이고 측정장비를 어떻게 재조정하는지 시범을 보인 다음 기록에 들어갔다. 알트만은 계속해서 잠수정을 아주 천천히 내려보냈다. 아래로 50미터쯤 떨어진 곳에서 로봇 준설기와 해중작업장치가 보였다. 대부분의 장치는 작동을 멈추고 대기 상태로 수면 위에서 지시가 내려오기를 기다리는 중이었다. 보아하니 여기까지는 신호가 닿지 않는 모양이었다. 그는 이를 기억해 뒀다가 해중작업장치 조종은 해상 연구단지가 아니라 잠수정 내부에서 하자고 건의하기로 마음먹었다.

아직 작동하는 장치는 진흙과 점토가 쌓인 해저에 커다랗게 원을 그려놓고 단단한 바위를 파고들 준비에 들어갔다. 장치들은 깨부순 바위를 위로 실어 나르고 다시 아래로 내려가며 깔때기 모양으로 땅을 팠다. 바위를 치우면서 나오는 진흙 먼지와 그밖에 다른 물질로 물이 탁했기 때문에 정확한 상황을 분간하기 어려웠다. 게다가 생각보다 꽤 깊이도 팠는데, 해상 연구단지가 제 위치에 도착하기 한참 전에 마르코프가 작동을 지시했던 것이 분명했다.

알트만은 해중작업장치가 깔때기 모양으로 파놓은 바닥으로 몇 미터 더 내려간 다음 멈췄다. 더 내려갔다가는 구멍을 들락날락하는 로봇 준설기에 부딪힐 위험이 있었다. 우선 잠수정 내부에서 로봇 준설기와 해중작업장치를 조종해 밖으로 치우고 나서 잠항을 계속하기로 했다. 거기다 헨드릭스도 염두에 두어야 하고.

그는 헨드릭스에게 고개를 돌렸다.

"기분은 좀 나아졌어?"

"머리가 아파."

"그럼 정상이네."

알트만은 스스로 그렇게 말하면서도 정말로 괜찮은지 확신이 서지 않았다. 그는 머리가 아프지 않았는데, 적어도 평소보다는 두통이 훨씬 덜했다. 게다가 잠수정 내부가 밀폐되어 있으므로 깊이 잠수한다고 해서 영향을 받을 리도 없었다.

"수압 때문에 그래. 금방 괜찮아질 거야."

그는 선의의 거짓말을 했다.

헨드릭스는 고개를 끄덕였다.

"아무렴, 괜찮아지겠지."

그는 희미한 웃음을 지어보이고는 관측창 밖을 내다보았다.

"우리 아버지가 저기 계시네."

그가 신기하다는 듯이 말했다.

알트만은 소스라치게 놀랐다.

"방금 뭐라고?"

"우리 아버지 말이야."

헨드릭스는 다시 말하며 손을 흔들었다.

"여기에요, 아버지!"

알트만은 헨드릭스에게서 눈을 떼지 않으며 잠수정을 천천히 상승시키기 시작했다.

"잠깐만, 미안하지만 절대 그럴 리가 없어."

"아냐, 괜찮아. 아버지께서 설명해 주셨어. 이미 돌아가셔서 수압은 하나도 상관없으시대."

"돌아가신 분이 여기 계실 리가 없어. 돌아가셨으면 이 세상에는 안 계신 거야."

"하지만 내가 봤어! 두 눈으로 똑똑히 봤다고!"

헨드릭스가 발끈했다.

"알았어, 헨드릭스. 미안해."

알트만은 웃음을 지으며 언성을 낮추었다.

헨드릭스는 다시 관측창으로 고개를 돌리고 혼자 중얼거렸다. 알트만은 잠시 그에게서 눈을 떼고 계기판을 흘끗 내려다보았다. 헨드릭스가 자기 아버지를 보기 시작한 이후로 전파 신호의 강도가 급증했다. 말도 안 되는 일이라고, 우연일 뿐이라고 스스로 되뇌면서도 도저히 믿기지가 않았다. 신호가 도로 약해지자 다시 헨드릭스에게 고개를 돌렸다. 관측창 밖을 뚫어져라 쳐다보던 헨드릭스의 눈에서 별안간 초점이 사라졌다. 그는 헨드릭스의 눈앞에 손가락을 딱 튕겼다.

"헨드릭스, 날 봐, 여기를 보라고."

헨드릭스는 알트만에게 고개를 틀다 말고 관측창으로 도로 눈길을 돌렸다. 다시 계기판을 흘끗 확인해보니 신호가 도로 급증한 상태였는데, 강도가 아까 전보다 훨씬 높았다.

"안으로 들어오고 싶으시대. 바깥은 추우시다면서. 걱정 마세요, 아버지. 금방 도와드릴게요."

헨드릭스가 말했다.

"별로 좋은 생각이 아닌 듯한데."

헨드릭스는 좌석에서 일어나 관측창으로 휘청거리며 걸어가 유리창에 머리를 박았다. 그는 다시 유리에 머리를 박더니 또다시 머리를 들이박았다.

"헨드릭스, 그러지 마!"

알트만은 그의 팔을 붙잡았지만, 헨드릭스가 손을 뿌리치고 팔꿈치로 얼굴을 후려치는 바람에 자리에서 나가떨어지고 말았다.

"들어오세요, 아버지! 어서요!"

그는 이제 소리까지 질렀다.

알트만은 몸을 일으켜 그에게서 멀찍이 떨어졌다. 살펴보니 몸싸움 때문에 계기판이 멋대로 돌아가 잠수정이 천천히 내려가고 있었다. 그는 로봇 준설기에 선체가 들이받히기 전에 잠수정이 멈추기를 빌었다. 헨드릭스는 아예 주먹으로 관측창을 쿵쿵 두드리면서 손톱으로 가장자리를 벅벅 긁어댔다.

알트만은 다급한 마음에 무기를 찾아 주위를 두리번거렸다. 당장 주워 쓸 만한 것은 아무리 찾아봐도 없었다. 주머니는 물론 몸 구석구석까지 뒤져봤지만 아무것도 없었다.

그는 몸을 숙이고 살금살금 앞으로 움직였다. 헨드릭스의 허리춤 옆을 지나 레버를 앞으로 살짝 밀어 잠수정을 상승시키려는 순간, 헨드릭스가 울부짖으며 그를 바닥에 쓰러뜨렸다.

"우리 아버지 건들지 마!"

그가 고래고래 소리를 질렀다.

알트만은 머리가 얼떨떨한 가운데 계기판 아랫부분을 쳐다보았다.

'날 죽일 기세야.'

문득 그런 생각이 들었다.

'내가 잘못 짚었어. 잠수시켜도 괜찮다고 말한다는 것이 스스로 사형선고를 내린 꼴이 되고 말다니.'

이대로 죽기는 싫었다. 어딘가 무기로 쓸 만한 것이 분명 있을 텐데.

알트만은 헨드릭스를 자극하지 않으려고 뒤로 천천히 기어서 물러났다. 헨드릭스에게서 멀찍이 떨어지자 그는 벽에 등을 기대고 신발을 벗었다. 등산화용 밑창을 달아 개조한 가죽 구두였는데, 뒷굽이 단단하기는 하지만 창이 워낙 유연해서 잘 구부러졌다. 그는 일어나서 구두코를 양손에 하나씩 잡고서 허공을 내리쳐 보았다. 그래, 이만하면 되겠군.

"그쪽으로는 못 들어오시잖아. 해치로 들어오시라고 해야지."

알트만이 말했다.

헨드릭스는 동작을 멈추고 그를 돌아보았다.

"난 네가 아버지가 들어오시지 못하게 막으려는 줄 알았는데."

그가 의심스러운 목소리로 물었다.

"내가 왜? 네 아버지께서는 정말 훌륭한 분이시라고 들었는데."

"훌륭하신 분이고말고."

헨드릭스가 씩 웃었다.

"맞아, 그런데 뭘 꾸물거려? 얼른 안으로 모셔야지."

헨드릭스는 해치를 향해 비척거리며 걸어가다가 우뚝 멈췄다.

"그런데 잠깐만."

그가 천천히 입을 뗐다.

"신발은 왜 벗어들고 있어?"

'이런 제기랄.'

알트만은 아차 싶었지만 티를 내지 않으려고 애썼다.

"내가 제일 아끼는 구두거든. 선물로 드리면 좋겠다 싶어서."

헨드릭스는 그의 대답이 맘에 드는 듯했다. 그는 고개를 끄덕이고 해치로 통하는 사다리로 몸을 돌렸다.

헨드릭스가 사다리에 손을 대는 순간, 알트만이 뒤에서 달려들었다. 그는 양손에 든 구두를 곤봉처럼 번갈아 휘두르며 온 힘을 다해 헨드릭스의 머리를 후려갈겼다. 헨드릭스는 휘청거리다 뒤를 돌아보기 시작했다. 알트만은 그를 후려치고 또 후려쳤다. 그는 푹 고꾸라져 맥없이 쓰러졌다.

"미안하지만 어쩔 수가 없어."

알트만이 기절한 헨드릭스에게 말했다.

그는 재빨리 헨드릭스가 입은 셔츠와 런닝을 벗겨낸 다음 천을 길게 찢어 밧줄처럼 동여맸다. 그리고는 헨드릭스의 양팔과 양다리를 등 뒤로 돌린 다음 동여맨 옷가지로 손과 발을 꽁꽁 묶었다.

그는 바닥에 앉아 다시 구두를 신고 계기판을 살펴보았다. 망가진 곳은 없었다. 잠수정은 로봇 준설기가 파놓은 구멍 한쪽에 아슬아슬하게 떠 있는 상태였는데, 심해류에 떠밀려 이곳까지 내려온 듯했다.

다시 몸을 일으키려는데 뭔가가 눈에 잡혔다. 괴상하게 생긴 물고기가 탐조등 불빛 사이를 꼴사납게 어슬렁거리고 있었다. 살점이 너덜너덜하게 벗겨져서 생기다 만 것처럼 보였다. 지금까지 잠수를 하면서 봤던 원시 심해어와는 달리 생김새가 꼭 죽어서 물속을 며칠 동안 떠돈 물고기 같았다. 하지만 분명히 자기 힘으로 살아 움직이고 있었다.

아리송한 점은 그뿐만이 아니었다. 몸통이 길고 날렵한 독사고기나 두툼하고 불록한 초롱아귀와는 달리, 놈은 기다란 몸통을 반으로 접어 풀로 붙여놓은 듯한 모습을 하고 있었다. 머리는 꼬리지느러미처럼 보이는 흐늘거리고 반투명한 피부에 덮여 있었고, 지느러미 자리 옆으로는 뼈가 우둘투둘 튀어나와 있었다. 가만히 관찰을 하는데, 다른 심해어가 불빛에 들어오자 괴상한 물고기는 그쪽을 향해 곧바로 달려들었다. 놈은 몸에서 튀어나온 뼈로 심해어를 붙잡고 몸을 말더니 붙잡힌 놈을 산산이 찢어발겨놓았다. 알트만은 흥미가 생겨 몸싸움의 끝부분과 괴상한 물고기가 잠수정 앞을 지나 어둠 속으로 사라지는 광경을 촬영해 두었다.

그때 그보다 훨씬 더 해괴한 것이 눈에 들어왔다. 물속 여기저기에 납작한 연분홍빛 구름 같은 것이 떠다녔다. 처음에는 가오리인 줄 알았는데, 움직이는 방식이 가오리와는 판이했다. 그냥 물결을 따라 둥둥 떠다니는 천 쪼가리처럼 보였다. 별나게 생긴 해파리인가? 아니면 곰팡이의 일종인가? 그는 자세히 살펴보려고 잠수정을 살짝 앞으로 움직였다. 잠수정과 부딪히자 그것은 선체에 떡 들러붙더니 차츰 원래대로 합쳐지며 떨어져 나갔다. 하지만 그중 일부는 선체 외부의 리벳에 걸려 관측창에 그대로 달라붙었다.

"뭐 이런 게 다 있어."

알트만의 뒤에서 헨드릭스가 신음을 내뱉었다. 손발이 꽁꽁 묶여 있었지만 천이 앞으로 얼마나 버틸지 누가 장담하겠는가? 가능한 서둘러 수면으로 부상해야 한다.

알트만은 버튼을 눌러 무게추를 배출했다. 잠수정이 위로 올라가기 시작했다.

37

알트만은 수심 2천 5백 미터 지점에서부터 SOS 신호를 반복 송신하기 시작했지만 돌아오는 응답은 잡음뿐이었다. 헨드릭스가 서서히 의식을 되찾기 시작했다. 수심 2천 미터에 다다라서는 신경질을 부리며 횡설수설하기 시작했다. 알트만은 애써 그를 외면했다. 알트만의 헤드폰을 통해 사람 목소리 같은 것이 잡음을 뚫고 들려왔다. 수심 1천 7백 미터에 도달하자 잡음이 약간이나마 줄었지만 헨드릭스가 고함을 질러대며 묶인 손발을 풀려고 몸부림을 쳤다.

"마이클 알트만, 응답하라."

마침내 목소리가 또렷이 들렸다.

"마이클 알트만, 들리나?"

그는 반복 송신을 차단하고 직접 말했다.

"여기는 알트만."

반대편의 목소리가 대답하다 말고 갑자기 끊어졌다. 마르코프의 목소리가 들려왔다.

"알트만 박사? 대체 뭐가 어떻게 돌아가는 거요?"

"헨드릭스가 발작을 일으켰습니다. 급한 대로 손발을 묶어놨습니다. 지금 뒤에서 들리는 고함이 헨드릭스가 내는 소리입니다."

"무슨 일이오?"

"잠시만요."

헨드릭스가 손발에 묶인 천을 느슨히 풀기 시작했다. 알트만은 도로 신발을 벗어 들고 조심스레 옆으로 다가갔다.

"알트만 박사, 괜찮소?"

마르코프의 목소리가 계속 귀에 들려왔다.

뒤통수를 두 차례 후려패자 헨드릭스는 몸부림을 멈췄다.

"방금 무슨 소리였소?"

"목숨을 부지하려고 제가 낸 소리였습니다."

알트만은 밧줄을 느슨히 풀었다가 다시 꽁꽁 묶었다.

"자세한 얘기는 수면 위로 부상한 뒤에 하겠습니다. 아, 그리고 잠수정 격납고에 보안요원을 좀 대기시켜 주시면 감사하겠습니다."

마르코프가 뭐라고 다시 말했지만 알트만은 통신을 꺼버렸다. 가만히 생각을 해보았다. 헨드릭스가 포박을 풀어낼 가능성은 낮다. 계속 눈을 떼지 않는 한 괜찮을 듯했다. 그는 관측창 바깥을 내다보았다. 연분홍색 거적처럼 생긴 물질이 여전히 리벳에 끼인 채로 나풀거리며 잠수정과 함께 위로 올라가고 있었다. 마르코프가 저것을 본다면 곧바로 가져가 측근 연구진만 실험하도록 제한할 테고, 자신은 손도 대지 못하게 할 것이 뻔했다. 괴상한 심해어를 촬영한 영상도 마찬가지일 테고.

그는 휴대용 홀로그램 영사기를 주머니에서 꺼내 계기판에 연결한 다음 심해어를 촬영한 영상을 복사했다. 물론 원본은 그대로 남겨두었다. 마르코프 일당은 자료가 삭제된 사실은 귀신같이 알아차리겠지만 복사된 것까지는 알아차리지 못할 테니까. 일단 뭐라도 해명할 말을 미리 생각해둬야 한다.

분홍색 물질은 더 신경을 써야했다. 하지만 머릿속에서 나름대로 계획이 차츰 떠올랐다.

그는 전파 신호 측정기를 확인했다. 강도가 다시 떨어진 상태였다. 이전 기록을 확인해보았다. 일련의 주기가 반복된다면 나중에 또 신호가 잡힐 것이 분명했다.

그는 머릿속으로 위험한 계획을 그렸다. 그러다 죽기 십상이니 제발 관두라고 에이다가 뜯어말릴 것이 뻔했다. 그러니 이 사실만큼은 결코 에이다에게 털어놓지 않을 생각이었다. 에이다의 말이 옳을지도 모르지만, 진실을 알아야겠다는 욕구가 훨씬 더 컸다.

그는 신호의 강도가 최고치를 기록하는 순간 잠수정이 부상하게끔, 그래서 격납고에 도착하는 순간 헨드릭스가 의식을 되찾게 하려고 수면이 가까워질수록 잠수정의 속도를 늦추었다.

무사히 격납고에 들어올 무렵 헨드릭스는 눈을 희번덕거리며 신음하고 있었다. 알트만은 무릎을 굽히고 앉아 다리를 묶은 밧줄을 끌르고 양손만 묶인 채로 놔두었다. 그는 동여매어 밧줄로 만든 옷감을 도로 풀어 천을 네모반듯하게 찢어낸 다음 주머니에 넣었다. 그리고는 헨드릭스가 무릎을 굽히고 앉도록 몸을 일으켜주었다.

너무하기는 하지만 별다른 방법이 없었다.

"헨드릭스, 아버지는 어디 가셨어?"

헨드릭스의 눈에 잠시나마 초점이 돌아오더니 또다시 따로 놀며 멋대로 돌아가기 시작했다.

"헨드릭스."

다시 말을 걸었다. 서둘러야 한다. 격납고는 이미 바닷물이 빠져나가 잠수정 통로가 거의 드러난 상태였다. 곧 바닷물을 전부 빼내면 보안요원들이 들이닥칠 것이 뻔했다.

"아버지는 어디 가셨냐니까?"

헨드릭스의 눈에 다시 초점이 돌아오더니 이번에는 초점을 유지했다.

"우리 아버지…… 방금 전까지 여기 계셨어."

"아버지는 바닷속에 놔두고 왔어. 버려놓고 왔다고. 바로 네가 말이야."

헨드릭스는 잠시 아무런 대꾸도 없다가, 갑자기 고통으로 가득 찬 끔찍한 괴성을 울부짖으며 알트만의 몸통을 머리로 들이받았다. 죽을 만큼 아팠다. 그리고는 알트만을 깔아뭉개고 그의 얼굴을 물어뜯으려 들었다.

알트만은 헨드릭스의 어깨를 붙들고 그를 밀어내려고 필사적으로 몸부림치며, 이를 드러내고 성난 야생동물처럼 머리를 흔들어대는 그의 얼굴을 살폈다. 하지만 헨드릭스가 너무나도 무겁게 몸을 짓누르는 사이 이가 점점 얼굴에 가까워졌다. 알트만은 공포에 사로잡혀 되받아 소리치며 헨드릭스를 떨쳐내려고 온힘을 다해 밀어냈지만 그는 꿈쩍도 하지 않았다.

이렇게는 더 버티지 못하겠다는 생각이 드는 순간, 잠수정의 해치가 열리면서 보안요원이 안으로 들어와 헨드릭스의 목을 붙들었다. 알트만은 해치에서 뛰어드는 두 번째 보안요원을 피해 황급히 뒤로 물러나 해치로 이어진 사다리를 허겁지겁 올라갔다. 보안요원들이 주위를 지키며 해치를 향해 총을 겨누고 있었다. 그는 비틀거리면서 보안요원들 사이를 헤치고 지나가다가 잠수정의 곡선형 선체에 발을 헛디뎌 통로가 아닌 물 위로 첨벙 떨어졌다.

기회는 단 몇 초뿐이다. 그는 숨을 참으며 관측창 쪽으로 허우적거리며 헤엄쳐간 뒤 주머니에 넣어둔 네모난 천 조각을 꺼내 분홍색 물질을 닦았다. 관측창 사이로 헨드릭스가 자신을 바닥에 억누르는 두 보안요원과 씨름하는 모습이 눈에 스쳐갔다. 그는 젖은 천을 둥글게 말아 주머니에 깊숙이 찔러넣은 다음 물 위로 올라왔다.

그는 마구 소리를 질러댔다. 금세 위에서 손이 내려와 그를 물에서 통로 위로 끌어올렸다. 누군가가 그에게 담요를 덮어주었다.

"헨드릭스를 죽이지 마세요!"

자신이 그렇게 소리치는 소리가 귀에 들렸다.

"지금 제 정신이 아니라 그래요!"

그리고는 서둘러 격납고를 빠져나갔다.

38

보안요원들은 알트만에게 선실에 들러 옷을 갈아입도록 허락해주었다. 그는 주머니에서 천 뭉치를 꺼내 분홍색 물질을 빈 병에 탈탈 털어 넣었다. 그리고는 병을 서랍에 고이 넣어놓은 뒤 보안요원을 따라나섰다.

그는 옷을 벗어던지고 샤워를 했다. 샤워를 끝마치고 나왔더니 벗어둔 젖은 옷이 온데간데 없었다. 보안요원들에게 옷이 어디 갔냐고 물어봐도 묵묵부답이었다.

그는 보안요원들이 무표정한 얼굴로 자신을 지켜보는 가운데 새 옷을 챙겨 입었다. 채비를 끝마치자 요원들은 문을 열어젖히고 밖으로 나오라고 손짓했다.

"어디 데려가는 겁니까?"

"보고하러 가는 겁니다."

보안요원이 말했다.

잠시 뒤 그는 통제실에 도착했다. 그가 발을 들이기가 무섭게 안에 있던 사람들이 밖으로 나갔다. 나중에는 그와 마르코프만이 남았다.

"자, 어디 들어 봅시다. 하나도 빠짐없이 얘기하시오."

그는 잠수해서 있었던 일을 거의 하나도 빠짐없이 얘기했다. 마르코프가 영상 기록을 살펴보리란 사실을 익히 알면서도 괴상한 물고기를 본 일까지 털어놓았다. 연분홍색 물질에 관해 말할 때는 채집해둔 표본 얘기를 일부러 숨겼다. 해중작업장치에 관한 문제를 얘기하면서는 신호가 그곳까지 닿지 않거나 다른 이유로 인해 장치의 작동이 중단되었다고 말했다. 작업 진척 역시 상세히 설명했다. 마르코프는 고개만 끄덕였다.

"헨드릭스한테 무슨 일이 벌어진 거죠? 상태는 어떻습니까?"

마르코프는 어깨를 으쓱였다.

"정신착란 증세를 보이고 있소. 마취총을 맞고야 간신히 제압됐소. 계속 자기 아버지 얘기만 한다더군."

"잠수해서도 계속 그랬습니다. 자기 아버지가 잠수정 바깥에 계신 모습을 봤다지 뭡니까. 그러면서 아버지를 안으로 들여보내려고 했습니다."

알트만은 피곤해 보이는 웃음을 지었다.

"저야 당연히 기를 쓰고 말렸습니다."

"스티븐스 말로는 건강상 아무런 이상이 없다고 들었소."

"맞습니다. 달리 생각할 이유도 없었고요. 잠수하는 동안에도 별다른 이상을 보이지 않았습니다. 친한 사이였는데 그런 일이 벌어지다니 기분이 착잡합니다."

"정서불안일 뿐이오."

"아뇨, 그리 단순한 문제가 아닙니다."

그는 헨드릭스가 나중에 가서는 포박을 끊으려고 몸부림쳤다는 사실만 얼버무리고 마르코프에게 사건의 전말을 들려주었다.

"시간차를 두고 전파 신호를 측정하려고 했습니다. 이상한 점은 신호가 변할 때마다 헨드릭스가 정신 이상을 보였다는 겁니다. 신호가 강해지면 헛것을 보고 신경질을 부리면서 폭력적으로 변했습니다. 신호가 약해지면 평소대로 돌아왔고요. 제 생각에는 신호 때문에 인격이 변한 듯합니다."

마르코프는 그를 한참동안 쳐다보았다.

"얼토당토않은 소리처럼 들리는군."

"하지만 아닙니다. 서로 완벽하게 맞아떨어졌어요. 아무래도 신호가 인간의 두뇌에 어떤 영향을 미치는 것 같습니다."

"그럼 왜 당신만 멀쩡했던 거요?"

"저도 모르죠. 제가 신호에 저항했는지도 모릅니다. 아니면 영향을 줬는데 제가 미처 알아차리지 못했는지도 모르고요."

"그보다 서로 무슨 상관이 있을 것 같소?"

마르코프는 일주일 전 알트만의 집 부엌에서 했던 질문을 다시 던졌다.

"저도 모릅니다. 아직 제대로 살펴보지도 못했으니 말입니다. 하지만 살아 있는 생명체를 미치게 한다는 사실만큼은 분명합니다."

둘은 각자 생각에 잠겨 한동안 말이 없었다. 마침내 마르코프가 고개를 들었다.

"다시 잠수해 보시오."

"지금요?"

"조만간 말이오. 해중작업장치를 직접 조종할 수 있도록 계기판에 장비를 따로 탑재해두겠소."

"웃기네요."

"뭐가 말이오?"

"그렇게 하자고 건의하려던 참이었거든요. 조종장비를 잠수정에 추가하자고 말입니다."

마르코프는 우습다는 눈빛으로 그를 쳐다보았다.

"방금 건의했잖소. 들어오자마자 그 말부터 했는데, 기억 안 나시오? 어디 아프시오?"

'나도 모르는 사이에 머리가 뒤숭숭해졌나봐.'

알트만은 마르코프에게 뭐라고 대답할까 생각해보다, 최상의 선택은 그냥 얼버무리는 것이라 결론지었다.

"헨드릭스를 같이 보내지 않으신다면 다시 잠수해 보겠습니다. 혼자도 상관없습니다."

"혼자는 안 되오. 잠수할 때마다 다른 사람을 태우고 몇 차례 시험해 보시오."

"다른 사람들이 헨드릭스처럼 변하지 않으리란 보장도 없잖습니까? 이번에는 운이 좋았다 뿐입니다. 다음번에는 그마저도 어찌될지 모르고요."

"당신은 예상보다 훨씬 중요한 인물이 되었소. 심해잠수정 조종법은 물론 올바른 측량법도 알잖소. 말인즉 당신을 믿는다 이 말이오."

"저한테 돌아오는 보상은 있나요?"

"보상 따위는 없소. 시키는 대로 하시오."

"협박하시는 겁니까?"

"협박인지 아닌지는 들어보면 알잖소."

알트만은 눈을 감았다. 말은 아니라지만 사실은 협박이나 다름없다. 하지만 그로서는 어쩔 도리가 없었다.

"알겠습니다. 하지만 만일을 대비해 마취총을 가져가고 싶습니다. 그리고 누구를 데려가건 그 사람은 자리에 묶어놓은 채로 데려갈 거고요."

"좋소."

마르코프는 체면치례라도 하듯 자리에서 일어나 알트만과 악수했다.

"협조해줘서 고맙소. 곧 연락하리다."

39

헨드릭스는 병실처럼 보이는 낯선 곳에서 정신을 차렸다. 기억나는 것이라고는 심해잠수정에 올랐던 순간뿐이었다. 알트만과 함께 잠수하던 중 갑자기 머리가 아파오기 시작하더니 도저히 견디기 어려울 지경이 되었다. 다음부터 벌어진 일은 하나같이 꿈결처럼 느껴졌다. 무슨 사고가 있었다. 알트만이 그에게 무어라 차분히 얘기했던 일, 수치를 측정했던 일, 그리고 몸이 바닥에 닿았던 느낌도 기억났다. 어쩌다 쓰러졌거나, 잠수정이 뭔가를 들이받았던 모양이지.

온몸에 기운이 없었다. 어떤 곳에 감각이 느껴지지 않는가 하면 뇌의 일부가 뜯겨나간 기분마저 들었다. 손목에 가느다란 튜브가 꽂혀 있었다. 내 몸에 무슨 실험을 벌이는 중인가?

헨드릭스는 주위를 두리번거렸다. 그 말고는 아무도 없었다.

그는 몰래 침대에서 일어나 팔에 감긴 테이프를 뜯어내고 튜브를 뽑았다. 튜브를 뽑자 피부가 화끈거렸다. 튜브를 던져 침대 위에 약물이 뚝뚝 흘러내리도록 내버려두고는 휘청거리며 문으로 걸어갔다.

문은 잠겨 있었다.

그는 손잡이를 쳐다보며 문 앞에 가만히 있었다.

잠시 뒤 바깥 복도에서 발자국 소리가 들렸다. 그는 서둘러 침대로 돌아가 눈을 반쯤 감았다.

속눈썹 사이로 문이 열리는 모습이 보였다. 흰 옷을 입은 여자 간호사가 홀로그램 필기판을 들고 들어왔다. 간호사는 곧장 침대로 걸어왔다. 그는 침대를 박차고 일어나 방 반대편에 있는 문으로 뛰쳐나가는 모습을 머릿속으로 상상했지만, 몸이 꼼짝도 하지 않았다.

"안녕하세요, 오늘은 기분이 좀 어떠세요?"

간호사가 말했다.

그는 말없이 잠든 척했다.

"어머, 또 정맥주사기를 뽑아놓으셨네. 그러지 좀 말아주실래요?"

간호사는 무릎을 굽히고 튜브를 집었다. 그 순간 그의 몸이 마음대로 벌떡 일어나 간호사의 손목을 붙잡았다. 분명 그의 정신은 몸속에 들어 있고 두 눈으로 앞을 똑똑히 보고 있었지만, 몸은 시키지도 않은 짓을 벌이고 있었다. 마치 몸속에 다른 누군가가 들어온 것처럼 몸이 자기 마음대로 움직였다.

그런 생각이 머리를 스치자 그때부터 눈앞의 일들이 모두 먼발치에서 벌어지는 것처럼 느껴졌다. 정신이 몸속 깊숙이 가라앉은 것처럼, 다시는 몸을 뜻대로 움직이지 못하게 될 것처럼 느껴졌다. 하지만 감각은 있었다. 헨드릭스는 자신의 손이 간호사의 팔을 붙들고 마치 인형을 다루듯 몸 위로 끌어당기는 광경을 지켜보았다. 턱이 벌어지는 것이 느껴지더니 간호사의 목 언저리에서 이가 맞물렸고, 연이어 들리는 질퍽한 소리와 함께 살갗이 찢어지면서 뜨뜻한 피가 그의 턱과 목을 흠뻑 적셨다. 처음에 붙잡았던 간호사의 손목은 부러지고 뒤틀려 탈골되어 있었다. 간호사는 숨을 쉬려고 헐떡였지만, 구멍 뚫린 기관지에서는 바람 새는 소리에 섞여 핏방울만 안개처럼 흩어질 뿐이었다. 간호사의 얼굴은 그의 코앞에 있었고, 공포에 사로잡힌 눈은 의식을 잃자마자 초점이 사라졌다.

잠시 뒤 그의 몸뚱이가 간호사를 몇 차례 더 물어뜯고 나자, 그는 간호사가 틀림없이 죽었다고 생각했다. 이제 누가 무슨 일인지 해명하라고 하면 발뺌할 수밖에 없겠지만, 이는 분명히 그가 저지른 짓이었다. 정확히는 그가 아니라 그의 몸이. 간호사는 방금 전까지만 해도 가까스로 살아 있었지만 끔찍한 광경이 느닷없이 눈앞을 스친 후, 죽어 있었다.

그는 살금살금 문으로 걸어가 문고리를 돌렸다. 여전히 잠긴 상태였다. 어떻게 이런 일이? 아까 간호사가 문을 열고 들어오지 않았던가?

분명 간호사가 열쇠를 갖고 있겠지. 그는 간호사의 호주머니를 뒤져보려고 비척거리며 시체로 되돌아갔다. 하지만 아무리 살펴봐도 호주머니가 보이지 않았다. 시체는 엉망으로 변해 있었다. 그는 옷가지와 살점이 뒤섞여 축축한 덩어리에 피범벅이 된 손을 쑤셔넣고 뒤진 끝에 뼈가 아닌 딱딱한 물체를 집어냈다.

피 묻은 열쇠를 손에 쥐고 일어나보니 방 안에 다른 사람이 있었다. 맨 끝 침대 곁에 흐릿한 형상이 있었다.

"누구세요?"

애비 얼굴도 잊었느냐?

목소리가 들렸다.

그는 조금 가까이 다가가 멈췄다. 마치 사람이 이곳에 있으면서도 없는 듯했다. 그때 갑자기 살을 에는 듯한 고통이 머리를 파고들자 그는 뒤로 주춤거렸다. 다시 고개를 들어 앞을 보고서야 한눈에 알아보았다.

"아버지."

오랜만이구나, 아들아. 이리 앉거라. 애비가 진지한 얘기를 해야겠구나.

"무슨 얘기를요?"

하지만 아버지는 그가 생각한 자리에 없었다. 고개를 돌렸더니 아버지는 다른 침대에 있었다.

우리가 실패했구나, 아들아. 해저에서 찾은 것을 여기까지 가져오면 어떡하느냐. 합일을 막는다고 해서 만사가 해결되는 것이 아니란다.

"합일이오?"

헨드릭스는 그렇게 물으며 또다시 어디론가 자리를 옮긴 아버지를 미친 듯이 찾아 헤맸다.

놈들은 우리 모두 하나가 되기를 원한단다, 아들아.

헨드릭스의 아버지는 슬픔에 잠긴 웃음을 지으며 고개를 가로저었다.

감히 상상이 가느냐?

"놈들이 누군데요?"

조심하지 않으면 놈들이 전부 앗아갈 게야.

아버지는 다시 웃음을 지었다. 헨드릭스가 아직 몇 살밖에 되지 않던 어릴 적에 지어주시던 참으로 훈훈한 웃음이었다. 헨드릭스는 그 웃음을 잊고 살았지만 다시금 기억이 물밀 듯이 되살아났다.

다른 사람들한테 말하거라, 아들아. 한 명도 빠짐없이 전해야 한다.

"그럴게요, 아버지."

그가 속삭였다.

"반드시 그럴게요."

등 뒤에서 시끄러운 소리가 들렸지만 아버지의 얼굴에서 눈을 떼기 싫었다. 눈을 뗐다가 아버지를 영영 잃게 될까 두려웠다. 그때 누군가가 소리쳤다. 다른 소리를 가능한 오랫동안 무시하려 했지만 너무나도 시끄러웠다. 그는 돌아서서 소리가 나는 곳으로 걸어갔다.

고함 소리와 함께 섬광이 번득이더니, 갑자기 몸이 바닥에 쓰러지면서 천장만 보였다.

'얼른 일어나서 전해야 돼.'

그는 그렇게 생각하며 일어나려 했지만 몸이 움직여지지 않았다.

'그냥 누워 있어야겠다.'

"아버지?"

나직이 아버지를 불렀지만 아무런 대답도 없었다.

40

"복사해가도 될까요?"

영상을 보던 어류학자가 물었다.

알트만은 어깨를 으쓱였다.

"얼마든지요. 어떻습니까?"

"이런 경우는 저도 처음 봅니다. 저 뿔처럼 생긴 이상한 돌기는 들어본 적도 없습니다. 새로운 종을 발견하셨나 봅니다. 돌아다니면서 이런 종을 목격한 사람이 있는지부터 알아봐야겠지만, 저는 처음 봅니다."

"그럼 특이한 경우로군요."

"굉장히 특이하죠."

"어때?"

알트만이 물었다. 그는 물병을 들고 스쿠드의 연구실을 찾아갔다. 분홍색 물질은 물병에서 꺼내 시험관에 옮긴 상태였다. 스쿠드는 여기서 다시 작은 표본을 채취해 유전자 검사를 해보는 중이었다.

"이상하네. 이건 조직이야."

스쿠드가 말했다.

"무슨 조직?"

"생체 조직. 피부처럼. 원래는 살아 있던 물질이야. 그런데 유전 형질이 굉장히 특이해."

"그럼 어디선가 떨어져 나온 피부란 말이야?"

"그건 아니지 싶어. 얼마 전까지만 해도 살아 있었던 모양이야. 발견했을 당시에만 해도 말이지. 병에 담는 순간까지는 살아 있었을지 몰라."

"그럴 리가. 처음 발견했을 때는 그냥 커다란 거적이었어. 살아 있을 리가 없지."

"아냐, 이건 아주 단순한 유기체야. 정체는 나도 모르겠어. 뇌도 없고 팔다리도 없고 제대로 된 기관이 하나도 없어. 하지만 엄밀하게 말하자면 살아 있어."

알트만은 설레설레 고개를 저었다.

"못 믿는 눈치인가 본데. 그럼 간단한 실험으로 증명해볼게."

스쿠드는 그렇게 말하고는 시험관을 거꾸로 돌려 탁자 위에 분홍색 물질을 털어놓았다. 그는 전선이 연결된 전극을 가져와 전선 끝을 서로 맞붙여 불꽃을 튀겨보고는, 물질 양쪽에 전극을 각각 갖다 대었다. 물질은 그 즉시 움찔거리며 움직였다.

"봤지? 살아 있다니까."

"그만해. 소름 돋아."

에이다가 말했다.

"꾸며낸 얘기가 아냐. 모두 사실이야. 아직 과학적으로 증명된 내용은 아니지만 분명 뭔가 있을 거라고."

에이다는 비꼬듯이 눈을 굴렸다.

"일단 들어봐. 들어보고 나서 도와주든 말든 해."

알트만은 손가락 하나를 펼쳤다.

"칙술루브에서 일을 벌인 사람은 내가 아니라 당신이야. 당신이 해줬던 대로 나도 얘기를 해주려는 거지, 다른 뜻은 없어. 내가 단지에서 말을 해본 사람들은 거의 하나같이 두통을 겪고 있어. 대놓고 드러내지는 않아도 머리를 붙잡는 모습들이 보인다고. 이건 정상이 아냐."

"과학적으로 증명된 얘기가 아니라 그냥 그렇다는 거잖아."

"내가 아까 그렇다고 말했잖아."

"가스가 새서 그럴지도 몰라. 아니면 환기장치 문제거나."

"그럴 수도 있지. 하지만 대부분은 연구단지에 오기 이전부터 두통에 시달렸어. 신호가 최초로 나온 뒤부터 말이야."

그는 두 손가락을 펼쳤다.

"불면증. 돌아다니면서 물어봤지. 쇼월터가 이 증세를 보여. 나도 가끔씩 그렇고. 그 독일 출신 과학자도 마찬가지야. 통제실 밖에 있던 보안요원 둘이 그걸로 투덜대는 소리를 들었는데, 나중에는 주 돔에 있는 보안요원 셋이 똑같은 소리를 하더라. 혹시 당신도 그래?"

"아니, 이상한 꿈을 꾼 적은 있어도."

"그것도 사람들 입에 오르내리는 얘기야."

알트만은 그렇게 말하며 세 손가락을 펼쳤다.

"생경하고도 생생한 꿈. 나도 그런 꿈을 꿨는데, 그런 사람이 한둘이 아냐. 그보다 훨씬 더한 경우도 있지."

그는 손가락 두 개를 더 펼쳤다.

"공격성."

그는 한 손가락을 까닥였다.

"그리고 자살."

그는 다른 손가락을 까닥였다.

"솔직히 지금까지 한 말이 과학적인 근거가 있는 소리는 아냐. 하지만 시작한 지 얼마 됐다고 벌써 꼽을 손가락이 없잖아. 내가 구석구석 돌아다니면서 사람들을 만나본 것도 아닌데 말이야."

"웬보가 미쳤다는 이야기를 들었어. 마르코프 측근의 목을 조르려 했대."

에이다가 말했다.

"나도 똑같은 얘기를 들었어. 클레어보트랑 도슨한테 비슷한 일이 있었대. 그리고 럼리가 유잉을 칼로 찌르고는 선실 벽하고 자기 몸에 이상한 기호를 그렸다는 거야. 이것 말고도 은폐되고 우리 귀에 들어오지도 않는 사건은 얼마나 많겠어."

"그리고 가엾은 트로스틀도. 늘 얌전하던 사람인데."

에이다는 몸서리를 쳤다.

"자살 기도에 이어 결국 자살하고 말았지. 프레스가 그랬잖아."

"프랭크 프레스 말이야? 그 사람이 자살하려고 그랬어?"

"자살 기도만 하고 말았으면 다행인데 정말로 자살했어. 그런 사람이 서너 명은 더 있을걸. 이래도 뭔가 이상하지 않아? 단지에 있는 인원이 끽해야 이삼백 명 정도 인데. 이 정도면 자살률이 2퍼센트가 넘어. 아무리 봐도 정상은 아니잖아?"

에이다는 설레설레 고개를 저었다.

"과학적으로 증명된 것도 아니잖아."

알트만이 손가락을 돌리며 말했다.

"하지만 여전히 예감이 좋지 않아. 주위에 물어봐. 어디 내가 틀렸는가. 솔직히 내가 틀렸으면 좋겠어."

몇 시간 뒤, 마르코프가 알트만의 방문 앞에 나타났다. 그는 손에 마취총을 들고 있었다. 총열이 굵고, 길고 네모난 탄창이 총열 끄트머리에 달렸다는 점만 빼면 보통 권총하고 다를 바가 없었다.

"총 다뤄본 적 있소?"

마르코프가 물었다.

알트만은 고개를 저었다.

마르코프는 탄창을 꺼내보였다.

"다트는 여기 들어가오. 탄창은 착탈식이오. 이산화탄소 탄창은 손잡이에 들어가 지만 탄창 바꿀 걱정은 하지 않아도 되오. 우리가 알아서 할 테니. 여기 있는 노리쇠 를 뒤로 잡아당기시오."

그는 총의 옆면에 있는 레버를 뒤로 돌렸다.

"이러면 안전장치가 걸린 상태요. 엄지로 조작하면 간편하지. 노리쇠를 뒤로 잡아당긴 상태면 언제든 발사가 될 거요. 맨살을 노려서 쏘시오."

"옷은 못 뚫습니까?"

"그건 아니오. 옷도 충분히 뚫지만 옷이 걸리면 그만큼 엇나갈 확률이 올라가니 하는 말이오. 드러난 피부를 노리시오. 사격에 자신이 없다면 가슴만 노리고 쏘시오."

마르코프가 마취총을 건네자 알트만은 어색하게 받아들었다.

"다트에는 강력한 진정제가 들어 있소. 맞고 몇 초만 지나면 효과가 나타날 거요. 고통을 주기는 하지만 정신 나간 사람을 쓰러뜨리기에는 역부족이오. 정말 실총은 필요 없겠소?"

알트만은 고개를 저었다.

"15분 안에 정리하시오."

그는 서둘러 에이다를 찾아가 무슨 일인지를 설명했다.

"이제 잠수는 관뒀으면 좋겠어."

에이다가 말했다.

"남들은 몰라도 나는 말짱해."

알트만은 그녀에게 입을 맞추었다.

"게다가 가기 싫다고 안 갈 수 있는 것도 아니고."

"하지만 헨드릭스한테 그런 일까지 벌어졌는데……."

"내가 잘 대처했잖아? 둘 다 아직 무사한데 뭘 그래?"

에이다는 한손으로 입을 가렸다.

"얘기 못 들었어?"

"무슨 얘기?"

"헨드릭스가 죽었어. 간호사를 갈기갈기 찢어 죽였대. 보안요원들도 사살할 수밖에 없었다지 뭐야."

충격에 알트만은 침대에 털썩 주저앉았다. 이제는 자신조차 믿을 수가 없었다. 헨드릭스의 죽음은 모즈비에게 일어난 사고 이상으로 그의 잘못이 컸다. 애초에 헨드릭스가 돌아가자고 했을 때 바로 말을 들었다면 이런 일은 생기지 않았을 텐데. 전부 끝나기까지 앞으로 얼마나 많은 사람들이 죽어 그에게 마음의 가책으로 남게 될까?

에이다가 옆에 누워서 그의 이마를 쓰다듬었다.

"미안해, 정말 미안해."

그리고는 이렇게 덧붙였다.

"자기야, 제발 가지 마."

그는 고개를 저었다.

"가야 해. 어쩔 도리가 없어."

그는 에이다에게서 돌아서며 침대에서 나와 잠수정 격납고로 무거운 발걸음을 옮겼다.

5부

붕괴

41

이후로 두 차례 더 잠수를 하면서 마취총을 사용할 기회가 한 번 있었다. 첫 잠수 때는 해중작업장치를 스스로 작동하도록 재설정해 발굴 작업이 크게 진전되었지만, 수면으로 부상하기 전에 동행한 기술자를 마취시켜야 했다.

기술자는 안달복달하면서 한참 동안 사전 징후를 보이더니 결국 달려들었다. 마취총을 쓰기에 앞서 일행이 정말로 공격적으로 변하는지 확인한다는 것이 너무 오래 시간을 끌고 말았다. 기술자는 목을 조르며 알트만을 죽기 직전까지 몰고 갔다가, 뒤늦게 마취제의 효과가 나타나자 손에 힘을 풀고 바닥에 쓰러졌다.

다음 잠수에는 웬일로 심리학자인 스티븐스가 동행했는데, 그는 자신과 알트만과 머리에 전극을 붙이고 수심에 따른 뇌파 변동을 기록했다.

"헨드릭스가 정신 발작을 일으킨 원인이 신호라는 사실을 마르코프도 인정했나 보군요."

스티븐스는 웃음을 지었다.

"마르코프 씨의 속내를 제가 어떻게 알겠습니까, 알트만 박사님?"

알트만은 한 손을 마취총 위에 얹어 두고 한시도 긴장을 풀지 않았지만, 스티븐스는 아무런 이상 증세를 보이지 않았다. 그는 자기가 가져온 장비를 가만히 들여다보다가 이따금 고개를 들어 알트만을 쳐다보고 웃음을 지었다.

"뭐 알아내신 거라도?"

알트만이 물었다.

"조금 있죠. 우리 둘 중 하나가 공격적으로 돌변한다면 알아낼 거리가 더 늘겠지만요. 설마 거기까지 도와줄 생각은 없으시죠?"

알트만은 고개를 끄덕였다.

"그럴 줄 알았습니다. 그럼 다음 기회에 하지요."

다음 잠수에는 채굴용 심해잠수정을 인양하고자 데이비드 킴벌이라는 명랑한 공학자가 동행했는데, 알트만은 이번 잠수의 목적이 인양이라는 이야기를 잠수정에 오르고 나서야 들었다.

"간단합니다."

킴벌이 이번 잠수를 위해 계기판에 장착한 크롬 도금된 기계를 두드리며 말했다.

"몇 분이면 끝날 테니까요. 전자기 신호를 잠수정에 겨냥하기만 하면 됩니다."

"그러면 어떻게 되죠?"

알트만이 물었다.

"밸러스트 탱크에 걸린 잠금이 풀리죠. 그럼 물이 쏟아져 나와요. 다음부터는 잠수정이 알아서 부상하는 거죠."

"로봇 장치를 써도 될 만큼 간단한 작업 같은데요."

"로봇을 써도 되죠. 그런데 마르코프가 우리한테 시키는 편이 낫겠다고 하니 말입니다."

"왜죠?"

"저도 모릅니다. 이유는 못 들었거든요."

'일이 틀어질 때를 대비해서군.'

알트만은 속으로 그렇게 생각했다.

잠수정이 해저에 도달하자, 둘은 로봇 준설기가 파 놓은 거꾸로 뒤집힌 깔때기꼴 구멍으로 계속해서 내려갔다. 작업을 완료한 로봇 준설기들은 작동을 멈추고 어둠 속에서 기묘한 동상처럼 가만히 있었다. 잠수정이 아래로 내려가자 깔때기꼴 구멍이 서서히 좁아졌다.

킴벌은 탐조등의 밝기를 높이고 영상 카메라를 켰다. 알트만은 킴벌을 흘끗 쳐다보았다. 문제없이 작업을 수행하는 듯했지만 다소 심란하고 조마조마해 보였다.

'아직은 괜찮아.'

알트만은 그렇게 생각하면서도 만일에 사태에 대비해 마취총의 장전 상태를 확인했다.

"전에도 여기까지 잠수한 적 있으신가요?"

킴벌이 물었다.

알트만은 고개를 끄덕였다.

"걱정하실 것 없습니다."

"영상을 보여주더군요. 혹시 보셨나요?"

"봤습니다."

"그럴 줄은 상상도 못했습니다. 그게 진짜 일어난 일이라고 믿으시나요?"

"네."

둘은 아무 말도 없었다. 저 아래로 뭔가가 보였는데, 흐릿한 형체가 점차 뚜렷해졌다.

그것은 두 기둥이 서로 구불구불하게 감겨 올라가며 꼭짓점을 이루는 거대한 구조물이었다. 겉보기에는 재질이 돌인 듯했지만, 알트만은 저 물체가 자연적으로 형성된 것이 아니라 인공적으로 축조되었으리라는 의심을 떨칠 수가 없었다. 가까이서 보니 의심은 사실로 드러났다. 구조물의 표면이 처음 보는 상형 문자로 뒤덮여 있었다. 그 문자는 아래쪽의 본체에서부터 쌍둥이 뿔까지 물체의 겉면을 빼곡히 덮고 있었다. 실로 거대하고 굉장히 오래된 분위기를 풍기는 물체였다. 아름다우면서도 무시무시한 동시에 굉장히 생경하게 느껴졌다. 알트만은 물체를 보자마자 이것이 결코 인간의 작품일 리가 없다고 생각했다. 대체 무슨 이유로 어떻게 축조한 것일까? 원래부터 하나의 거대한 조각인 것처럼 흠집이나 금간 자리 또는 이어붙인 흔적이 한 군데도 없었다. 게다가 기묘한 모양새 역시 무언가를 연상케 했다. 저런 모양을 어디서 봤더라?

그때 불현듯 기억이 났다.

"악마의 꼬리."

알트만이 나직이 속삭였다.

"세상에 이럴 수가."

킴벌이 경외감이 서린 목소리로 말했다.

표면에 새겨진 기호는 스스로 빛을 내거나 잠수정의 탐조등 불빛을 아주 특이한 방식으로 흡수하는 듯했다. 그는 화면을 확인했다. 현재 전파 신호는 거의 나오지 않는 상태였다.

'좋은 징조겠지.'

알트만은 그렇게 생각했다.

"가까이 다가가면 위험하지 않을까요?"

킴벌이 물었다.

"정체가 뭘까? 누가 저걸 만들었지?"

알트만은 자기도 모르게 중얼거렸다.

그는 잠수정을 천천히 하강시켜 꼭대기를 맴돌며 물체를 전 각도에서 촬영했다. 이토록 장엄한 광경을 보기는 난생 처음이었다. 그는 카메라를 확대해서 기호를 화면에 담았다. 그렇게 계속 촬영을 하려는데, 킴벌이 점점 안절부절 못하고 조바심을 냈다.

"저것 때문에 무서워 죽겠어요. 촬영은 다른 잠수정에 맡기고 우린 후딱 나가죠."

그때 물체의 아래쪽에 잠긴 잠수정이 보였다. 알트만은 더 깊이 내려가 최대한 가까이 접근한 다음 관측창 쪽으로 불을 비췄다.

먼발치였지만 잠수정 내부는 한눈에 봐도 아수라장이었다. 유리창과 벽면은 기괴한 무늬를 이루며 스며든 피로 칠갑이 되어 있었다. 그는 킴벌이 제대로 보기 전에 서둘러 조명을 돌렸다.

그는 선체 측면을 따라 불을 비추며 손상된 흔적을 살펴보았지만 밀폐 상태에는 이상이 없었다. 그렇다면 설계상 느리기는 해도 알아서 부상하게 되어 있는데.

"준비됐나요?"

알트만이 킴벌에게 물었다.

"준비됐습니다."

알트만은 물체에 부딪힐 위험이 없는 곳으로 물러난 다음 신호를 보냈다. 굴착용 잠수정에 전력이 원래대로 돌아오면서 선체를 따라 전류가 파지직거렸다. 잠수정의 밸러스트 탱크에서 물과 함께 납 무게추가 쏟아져 나오자 진흙 바닥에 먼지가 일었다. 잠수정이 천천히 부상하기 시작했다. 그는 잠수정이 위로 올라오면서 이쪽과 불과 6미터 정도 거리를 두고 스쳐가는 모습을 지켜보았다. 선체가 기울면서 잘린 팔뚝이 관측창 위로 툭 떨어졌다.

'준비가 됐건 말건.'

알트만은 잠수정을 부상시키며 뒤를 쫓기 시작했다.

42

'이러다 손버릇 나빠지겠네.'

알트만은 그렇게 생각하며 조심스레 시료 채취기에서 돌조각을 꺼냈다. 다들 잠수정 내부에 남은 참상에만 정신이 팔린 탓에 그가 뭘 하는지는 아무도 알아차리지 못했다. 잠수정 내부는 온통 피로 가득한 가운데 썩어 문드러진 시체가 굴러다니고 있었다. 마르코프는 즉각 잠수정을 격리했지만 알트만은 그러는 틈에 슬쩍 표본을 빼돌렸다.

그는 표본을 선실로 가져가 살펴보았다. 유물에서 떨어져 나온 조각이 분명했다. 겉보기에는 보통 돌하고 다를 바가 없었지만 무슨 종류의 암석인지 도통 알 수가 없었다. 바위에 뭔가를 새기거나 흠집이 난 것처럼 깎인 흔적이 있었지만, 표본이 워낙 작아 정확히 무엇을 새긴 자국인지는 알아보기 힘들었다.

그는 그날 밤 문이 열린 연구실에 몰래 숨어들어가 표본을 검사해보았다. 물질의 경도가 화강암을 넘어 거의 강옥 수준이었다. 매끄러운 한쪽 면과 함께 나머지 절단면도 드러났다. 이렇게 경도가 높은 광석을 용케도 잘라냈군. 자세히 살펴보니 자연 상태에서 형성되었다고 보기에는 너무나 일정한 형태의 광맥이 보였다. 자연적으로 형성된 광석이 아니라면 대체 정체가 뭘까? 결국에는 그도 헷갈려서 일단은 자연 형성된 광물이라 치기로 했다. 그가 알기로 이렇게 경도가 높은 광물을 이런 식으로 가공하는 기술은 어디에도 없었다.

알트만은 잠수정에 있던 조종사들에게 무슨 일이 벌어졌는지, 거기에 관해 마르코프가 어떤 조치를 내렸는지는 한 마디도 듣지 못했다. 일단 격리된 이후 사고 잠수정은 시야에서 사라져 영영 되돌아오지 않았다. 보나마나 마르코프와 그 측근들만 모여서 분석해볼 테지. 알트만은 헤네시가 촬영한 나머지 영상을 보려고 마르코프에게 요청을 보냈으나, 이는 바로 묵살되었다.

이제 잠수정을 물위로 끌어올렸으니 해상 연구단지 내부는 유물 자체를 인양하기 위한 준비 작업으로 정신이 없었다. 사람들의 입에는 분화구 바닥에 있는 석상에 관한 얘기만 오갔고, 들뜬 한편 굉장히 불안한 눈치들이었다. 분화구 밑바닥에 뭐가 있건 그 물체가 세상만사를 뒤바꾸리란 사실은 자명하며, 이곳에 있는 사람들이 물체와 최초로 접촉하는 이들이 될 것이 분명했다. 신호도 다시 나오기 시작했지만 이제는 이따금 나오다 끊어지기를 상당히 일정한 주기로 반복했다. 일종의 조난 신호로 보는 연구원들도 있었으나 도대체 누가 구조를 요청하는지는 다들 추측할 엄두도 내지 못했다. 어쩌면 기자재의 일부가 오작동을 일으켰거나, 유물 자체의 결함 또는 고장이 원인인지도 모른다. 그래봤자 결국에는 굉장히 오래된 물체이니까. 게다가 그 물체의 제작 연대가 인류를 거슬러 올라가는 고로, 알트만을 비롯해 많은 사람들은 이를 외계 지성체가 존재한다는 명백한 증거라 믿었다.

"직접 보신다면 제 말에 동의하실 겁니다. 그건 결코 인간이 만들어낼 만한 물건이 아닙니다."

알트만은 마르코프에게 보고하면서 그렇게 말했다.

이제 전파 신호가 무전기기와 영상장치까지 방해하는 탓에 교신 과정에서 잡음과 지직거리는 화상이 끊이지 않았다. 알트만이 잠수정을 타고 내려갈 때면 전파 방해 때문에 수시로 통신이 두절되었고, 그렇게 두절된 상태는 잠수하는 동안 한참이나 지속되었다. 요즘은 거의 매일같이 잠수정을 몰게 되었는데, 그때마다 함께 탑승하는 마르코프의 몇몇 측근은 정신불안 징후를 나타내지 않았다. 그는 정보를 하나라도 캐내려고 동승하는 사람마다 질문을 던졌다. 대부분은 입을 굳게 다물었지만 가끔은 몇 마디를 하기도 했다.

하루는 연구실을 지나가는데 어느 과학자가 사람을 잘못 봤는지 그를 복도에 불러 세우고는 윈치 작동구조에 대해 질문을 하기 시작했다. 그 정도로 충분할까요? 과연 인양이 가능할까요? 밧줄은 또 어떻게 해둘까요? 그런 물체를 옮기려면 어떤 밧줄을 써야 하죠?

알트만은 되는 데까지 말을 맞춰주다가, 결국에는 자신이 그쪽이 찾는 사람이 아니라고 털어놓았다.

"퍼킨스 씨 아니세요?"

알트만은 고개를 저었다.

"실례했습니다. 방금 했던 말은 잊어주세요."

과학자는 서둘러 연구실로 되돌아갔다.

알트만과 마찬가지로 자세한 일에는 관여할 기회가 없던 쇼월터 역시 지구물리학에 정통하다는 이유로 상의를 받았다고 한다.

"항상 뒤치다꺼리만 시킨다니까."

쇼월터는 커피를 마시면서 알트만에게 그 일을 털어놓았다.

"시답잖은 일감만 주면 상황이 어떻게 돌아가는지 내가 꿈에도 모를 줄 아나봐. 처음부터 자기들끼리 쑥덕거렸으면 전혀 몰랐겠지만, 나한테 가끔 상담까지 받으러 들락거리는데 어떻게 눈치를 못 채겠어. 자기들보다 내가 훨씬 빠삭한데."

"뭐라도 알아냈어?"

알트만이 말했다.

"발굴 직전까지 왔나봐. 이론적인 문제는 거의 다 해결했더라. 앞으로 몇 차례 검사가 끝나면 허가가 떨어지기만 기다리겠지."

에이다는 의료진 사람들과 친해져서 그쪽에서 도움이 필요할 때는 알음알음으로 찾아가 일을 돕기도 했는데, 에이다의 말로는 요즘 들어 일손이 부족하다고 한다. 해상 연구단지에서 지내면서 불면증과 환각 증세에 시달리는 과학자와 군인들이 갈수록 늘어난다는 것이다.

"머크 선생님이 이런 현상은 처음이래. 각종 폭력 사건이 몇 달 사이에 거의 두 배 가까이 늘었어. 자살 건수도 급증했고 폭행 사건 비중도 크게 올랐대."

"다들 신경이 날카로울 때라 그래. 그래서 그렇겠지."

알트만은 평소에 에이다가 하던 대로 어깃장을 놓아보았다.

"아냐, 자기 말이 옳았어. 그렇게 단순한 문제가 아냐. 머크 선생님도 그런 말씀을 하시던걸. 편집증이 만연하고, 죽은 친척을 보거나, 최면에 걸린 것처럼 '합일'에 대해서 말하다가 나중에 정신을 차려서는 그게 정확히 무슨 의미인지 설명조차 못한대. 다들 편집증에 공황 상태가 극에 달해 있어. 나 참, 내가 자기랑 똑같은 소리를 하잖아."

알트만은 고개를 끄덕였다.

"그럼 내가 품었던 비과학적 의심이 맞았나 보네. 다들 하나같이 신경이 잔뜩 곤두섰어. 심상찮은 일이 벌어지고 있는 거야."

"대체 이게 무슨 뜻일까?"

"무슨 뜻이냐고? 내가 보기에는 이제 우린 다 끝장났다는 뜻 같은데."

43

알트만은 또다시 잠수에 들어갔는데 이번에는 마르코프의 측근 연구원 토르쿠아토가 동행했다. 그는 직접 제작한 블랙박스를 챙겨왔는데, 상자에는 손잡이와 바늘 눈금 표시기만 단출하게 달려 있었다. 워낙 구식 기술이라 20세기에도 충분히 만들었을 법한 물건 같았다. 잠수하는 동안 알트만은 시간이나 죽일 겸 이런저런 잡담을 나누었다.

"그러면 뭐, 과학자쯤 되는 분이세요?"

토르쿠아토는 어깨를 으쓱였다.

"그렇게 부르고 싶으시다면야."

"어느 분야를 연구하세요? 지구물리학? 지질학? 화산학? 아니면 그보다 이론적인 최신 학문?"

"말로 설명하기 힘듭니다. 그리 흥미로운 분야도 아니고요."

하지만 알트만은 솔깃했다. 정체를 숨기는 사내와 분화구 심장부로 잠수하는 중 아닌가. 틀림없이 꿍꿍이가 있을 테지.

"그럼 오늘은 어쩐 일로 오게 되셨나요?"

알트만은 태연한 척하며 그를 떠보았다.

"몇 가지 측정할 것이 있어서요."

"그 상자는 뭐죠?"

"이거요?"

토르쿠아토가 엄지로 상자를 누르며 말했다.

"아, 아무것도 아닙니다."

알트만은 몇 번 더 질문을 던져보고는 단념하기로 했다. 잠수정은 조용히 유물

위로 내려가 그 위에 자리를 잡았다. 로봇 준설기들이 벌써 물체의 아랫부분까지 땅을 파내고 그물을 치고 있었는데, 그물은 다시 얼기설기 얽힌 밧줄로 이어져, 마지막으로 화물선에 있는 더 크고 굵은 밧줄에 걸려 있었다. 그런 다음에는 최신 분야인 염동력 기술의 도움을 받아 유물을 위로 끌어올릴 예정이었다. 올린 뒤에는 수문을 통해 해상 연구단지 내부로 옮겨 보관할 계획이었다.

알트만의 뒷자리에 있던 토르쿠아토가 상자에 달린 손잡이를 시계 반대 방향으로 감았다. 바늘이 움직이기 시작하더니 눈금을 따라 규칙적으로 움직이기 시작했다. 토르쿠아토는 무어라 중얼거리고는 홀로그램 패드에 뭔가를 휘갈겨 썼다.

"뭐라고 쓰셨나요?"

"네? 뭐라고요?"

알트만이 되물으려 하는데 토르쿠아토가 말을 잘랐다.

"잠수정을 더 하강시키세요."

"얼마나 더요?"

"유물의 중간 부분까지요."

알트만은 조심스레 잠수정을 아래로 내렸다. 블랙박스에 달린 바늘이 계속 튀었지만 동작 주기와 범위가 변해 있었다.

"됐습니다. 높이를 그대로 유지하면서 물체 주위를 천천히 돌아볼래요?"

"한번 해보지요."

알트만은 석상 주위를 따라 잠수정을 천천히 움직이면서 블랙박스를 힐끗힐끗 쳐다보았다.

토르쿠아토는 알트만이 자꾸 쳐다본다는 사실을 알아차리고는 눈을 부릅뜨더니 눈금을 손으로 가렸다.

"그쪽은 조종만 하면 됩니다. 한눈팔지 마세요."

"이봐요. 제가 여기서 무슨 기밀이라도 훔쳐가겠습니까? 당장 그게 무슨 물건인지도 모르는데요. 그냥 심심해서 그러는 겁니다."

하지만 토르쿠아토는 대답조차 하지 않았다. 알트만은 짜증스레 고개를 돌리고는 석상과 몇 미터 거리를 유지하는 데만 집중했다. 뒤를 돌아봤더니 토르쿠아토는 여전히 손으로 눈금을 가리고 있었다.

'치사한 놈.'

토르쿠아토의 경우는 다른 사람들과는 다소 달랐는데, 훨씬 갑작스럽고 사전 징후도 없었다. 방금까지만 해도 블랙박스에 달린 눈금을 손으로 가리고 멀쩡하게 앉아 있던 사람이 난데없이 그를 덮쳤다.

그가 다리에 묶어놓은 고정대를 어떻게 풀었는지 당시로는 생각할 겨를이 없었지만 나중에 살펴봤더니 줄이 잘려 있었는데, 그가 그랬는지 아니면 다른 뭔가가 있었는지는 확인할 길이 없었다. 중요한 점은 토르쿠아토가 순식간에 구속을 풀었다는 사실이다. 알트만은 마취총을 꺼내 다트를 쏘려고 했지만 토르쿠아토가 선수를 쳤기 때문에 손을 뻗었을 때는 권총집이 비어 있었고, 총부리는 이미 자신을 향해 돌아갔다. 옆으로 몸을 날렸지만 방아쇠는 당겨진 뒤였고, 결국 팔에 다트가 꽂히고 말았다.

알트만은 몸을 숙이고 힘을 주어 다트를 뽑아냈다. 이미 혀에 감각이 없었다. 토르쿠아토가 뭐라고 말을 한다는 사실을 문득 알아차렸지만 정확히 뭐라고 하는지 제대로 들리지 않았다. 눈을 깜박이자 토르쿠아토의 모습이 흐릿하게 초점에서 사라졌다가 다시 천천히 되돌아왔다. 그는 알아듣지도 못할 소리를 계속 지껄여대며 합일의 필요성에 대해 목청을 높였다.

알트만은 피가 나도록 입속을 깨물어가며 혼신을 다해 의식을 유지했다.

"당신은 이곳을 그토록 자주 들락거렸는데 아무것도 못 느꼈나 보군요."

토르쿠아토가 그의 뺨을 어루만지며 말했다.

"마커가 부르는 소리가 안 들립니까? 부름에 대답하지 않을 건가요?"

의식을 되찾고 보니 알트만은 관측창에 바짝 짓눌린 상태로 쓰러져 있었고, 잠수정은 스크루가 줄곧 돌아가는 채로 유물에 거꾸로 치받혀 있었다. 어디선가 뭔가를 쾅쾅 두드리는 소리가 긴 간격을 두고 계속 들려왔다.

"꼼짝도 안 해."

토르쿠아토가 중얼거리는 소리가 들렸다.

"지금 하고 있잖아, 나도 노력하는 중이라고."

'뭘 하려는 거지?'

두드리는 소리가 다시 들리기 시작했다. 알트만은 천천히 몸을 추스르며 관측창에 발을 딛고 일어섰다. 잠수정 내부가 덥고 갑갑했다. 그는 계기판 측면을 밟고 올라섰다. 산소 재순환장치가 가동이 중단된 채 불꽃이 바지직거리는 고철덩어리로 변해 있었다. 왜 공기가 갑갑한가 했더니만. 산소 공급이 끊어진 지 시간이 얼마나 지났을까? 그는 계기판을 들여다보며 시계를 찾았다. 시계마저 멈춰 있었다.

그는 위로 고개를 들었다. 해치 사다리가 머리 바로 위에 있고 그 위로는 천장이 나란히 보이는 가운데, 해치 통로 사이로 토르쿠아토의 발이 튀어나온 것이 눈에 뜨였다.

두드리는 소리가 계속되었다.

'저 인간이 돌았나.'

상황을 깨닫는 순간 팔다리가 갑자기 무거워졌다.

'해치를 열려고 하잖아. 잠수정 안으로 물을 들일 작정이야.'

그는 수직으로 기울어진 의자에 올라가다가 의자가 빙글 돌아가는 바람에 하마터면 떨어질 뻔했다. 삐걱대는 소리가 짧게 새어나오자 그는 순간 바닥에 고정된 나사가 빠지는 줄 알았지만, 아직은 그런대로 무게를 버텨주었다. 그는 조심스레 등받이에 양발을 딛고 올라섰다.

의자에 올라서자 사다리에 거의 손이 닿았다. 몸을 가누고 팔을 최대한 길게 뻗었지만 간발의 차로 손가락이 사다리를 스쳤다. 행여나 바닥에 떨어져 요란한 소리라도 냈다가는 토르쿠아토가 금방 이쪽을 눈치챌 테니 사다리가 단번에 손에 걸리기를 빌며 발돋움할 준비를 했다.

두드리는 소리가 다시 계속되더니 이제는 손톱으로 쇠를 긁어대는 소리까지 났다. 알트만은 위로 뛰어올라 사다리를 붙들었다. 그는 다리를 대롱거리다가 사다리 측면에 어렵사리 무릎을 고정했다.

그는 사다리에 가만히 매달린 상태로 버티며 토루쿠아토가 고개를 돌리지 않기만을 빌었다.

"꼼짝도 안 하잖아! 나도 노력하고 있다니까!"

토르쿠아토가 허공에 소리를 질러댔다.

사다리를 꽉 붙잡은 채로 고개를 뒤로 젖히자 토르쿠아토가 거꾸로 뒤집혀 보였다. 그는 망가진 산소 재순환장치에서 뽑아낸 것처럼 보이는 쇠막대를 손에 쥐고 해치 통로에 바짝 엎드려 있었다. 손가락이 피범벅이 되어 있었고, 주위로는 유물의 표면에서 보았던 것과 비슷한 기호가 피로 그려져 있었다.

토르쿠아토는 해치 개폐장치를 꽉 끌어당기고는 갑갑한 심정에 짧게 울부짖었다. 그는 막대를 치켜들고 다시 해치 경첩을 두들기기 시작했다. 알트만은 심해에 엄청난 수압이 가해진다는 사실이 이토록 고마울 수가 없었다. 경첩을 망가뜨리거나 계기판으로 해치를 열지 않는 이상 밀폐가 뚫릴 일은 없었다. 가장 걱정되는 것은 점점 줄어드는 산소였다.

토르쿠아토는 해치를 두들기다 말고 한숨을 내쉬며 중얼거렸다.

"정화, 그래, 정화를 시작하자. 처음부터 깨끗이 새로 시작하는 거야."

그리고는 다시 해치를 두들기기 시작했다. 알트만은 조심스레 사다리를 붙잡고 해치 통로로 들어갔다. 서로 몸이 가까워지자 등이 부딪히지 않도록 사다리에 몸을 바짝 붙여야 했다. 토르쿠아토가 두드리기를 다시 멈출 무렵, 알트만은 그의 머리 바로 위까지 올라와 이제 서로 30센티미터도 채 떨어지지 않게 되었다. 토르쿠아토의 몸에서 나는 땀내가 코를 찔렀다.

숨을 죽이며 얼굴에서 불과 몇 센티미터 떨어진 사다리를 쳐다보고 있자니 팔에 쥐가 내리는 것만 같았다. 토르쿠아토는 계속 혼자 주절거리다 실실 웃었다. 그리고는 해치를 벅벅 긁다가 답답한 심정에 울부짖고는 다시 막대를 두들겼다.

알트만은 사다리를 놓음과 동시에 세게 밀어내며 등으로 토르쿠아토를 깔아뭉갰다. 끔찍하게 아팠다. 좁은 공간으로 밀어붙여 제압하려고 엎치락뒤치락 몸을 돌렸지만, 토르쿠아토는 얼굴과 가슴이 사다리에 짓눌린 채로도 몸을 일으키려고 버둥거렸다. 알트만은 소리를 지르며 있는 힘껏 토르쿠아토를 밀어붙였다. 토르쿠아토는 사다리에 어깨를 부딪으며 몸부림치다, 끝내 몸을 반쯤 돌리고는 아래에 떨어진 쇠막대를 집으려고 손을 더듬거렸다.

알트만은 그의 머리를 붙들고 세게 내리찍었다. 토르쿠아토는 짐승처럼 고함을 쳐대며 통로에서 빠져나가려고 발버둥쳤다. 알트만은 다리로 그를 꽉 옥죄어 꼼짝 못하게 붙들어 놓은 다음 또다시 머리를 바닥에 내리찍었다. 토르쿠아토는 간신히 쇠막대를 찾아 들고 몸을 일으키려 했지만 여전히 팔은 몸에 깔려 있었다. 그가 끙끙거리며 고개를 돌려 이쪽을 쳐다보자 함몰된 광대뼈와 눈구멍, 눈으로 흘러내리는 핏줄기가 눈에 들어왔다. 알트만은 토르쿠아토의 손에서 쇠막대가 풀리고 그의 몸뚱이가 축 늘어질 때까지 그의 머리를 내리찍고 또 내리찍었다.

알트만은 그의 머리채를 붙잡은 채로 한동안 깔고 앉아서 숨을 골랐다. 그는 토르쿠아토를 벽에 들이밀며 얼굴이 드러나도록 몸을 뒤집었다. 코가 부러지고 광대뼈가 꺼지고 피부가 짓눌려 얼굴이 떡이 되어 있었다. 그의 입에 귀를 바짝 대어 보았다. 약하지만 숨은 붙어 있었다.

'이제 어쩐다? 이 인간을 어떡하지?'

헨드릭스 때처럼 묶어놔도 되겠지만, 저번처럼 손발이 풀려날 여지가 남아 있었다. 그리고 가장 큰 문제는 산소 부족이었다. 산소 재순환장치가 박살난 탓에 수면으로 올라갈 때까지 두 사람은 고사하고 한 명이 버틸 산소도 부족했다.

'그럼 살인을 하는 건가? 나 살자고 남을 죽여?'

머리를 굴리며 다른 해결책을 궁리해 보았지만, 뾰족한 수가 떠오르지 않았다. 토르쿠아토와 자신의 목숨 중에서 하나를 택해야 했다. 하지만 토르쿠아토를 가만히 놔뒀더라면 끝내 해치를 열고 수장됐을 테니, 어차피 선택은 같이 죽거나 하나라도 살거나 둘 중 하나라고 스스로 되뇌었다.

　피범벅이 된 토르쿠아토의 얼굴을 내려다보았다. 그를 이 꼴로 만든 사람은 알트만이었다. 어쩔 도리가 없었다지만 어쨌든 그렇게 만든 장본인은 자신이니 책임을 떠넘길 수도 없었다. 가만히 생각해보니 곧 그의 죽음 역시 자신의 책임이 되리란 생각이 들었다.

　그는 손을 뻗어 토르쿠아토의 목을 눌렀다. 목덜미가 피로 끈적거렸다. 손을 대고, 아주 천천히 짓누르기 시작했다.

　처음에는 토르쿠아토가 의식을 잃은 상태이니 죽이기 그리 어렵지 않을 것이라고 생각했다. 하지만 잠시 뒤 토르쿠아토가 번쩍 눈을 떴다. 알트만은 목을 더욱 세게 짓눌렀다. 토르쿠아토는 팔을 버둥거리며 알트만의 팔과 어깨를 쳤다. 그는 팔을 굽히며 알트만을 통로 벽으로 밀쳤지만, 그는 계속 버티며 손에 힘을 주었다.

　죽음을 맞이하기 직전, 알트만은 제정신으로 돌아온 그의 눈빛을 그저 바라볼 수밖에 없었다. 살려달라고 애걸하는 간절한 눈빛에, 그는 눈을 질끈 감고 고개를 돌렸다. 토르쿠아토는 점차 느려지다 끝내 몸부림을 멈추었다. 마침내 다시 눈을 떴을 무렵, 토르쿠아토의 눈은 뒤로 넘어가 있었다. 숨이 끊어진 것이다.

　알트만은 엉거주춤 통로를 벗어나 벽을 타고 계기판으로 내려갔다. 거기서 스크류의 방향을 틀어 잠수정을 원래대로 돌리고 유물과 거리를 벌렸다. 선체가 천천히 제자리를 잡으면서 토르쿠아토의 시체가 해치 통로에서 바닥으로 떨어졌다.

　그는 계기판에서 내려가 의자에 앉은 다음 잠수정을 부상시키기 시작했다. 납 무게추 배출구가 막힌 상태였고, 토르쿠아토가 장치를 모조리 두들겨 놓은 탓에 성한 계기판이 없었다. 무게추가 찔끔찔끔 빠져나가면서 잠수정이 위로 떠오르기 시작했지만 기대만큼 속도가 나오지 않았다. 일정한 수심에 도달하면 바닷물의 밀도 때문에 잠수정이 꼼짝없이 멈출 테고, 그렇게 되면 서서히 죽음을 맞이할 판이었다.

　가능한 빨리 수면으로 부상하고자 SOS 메시지를 녹음한 다음 반복 송신하며 위에서 먼저 도움의 손길을 뻗어주기를 빌었다. 과연 메시지가 제때 전달될지는 그로서도 알 길이 없었다. 그는 만일을 대비해 에이다에게 보낼 메시지를 따로 녹음해 사랑한다고, 또 정말 미안하다는 말을 남겼다.

잠수정 내부가 점점 더워졌다. 숨 쉴 공기가 갈수록 부족해졌다. 차라리 잠드는 편이 낫지 않을까 하는 생각이 들었다. 어쩌면 공기가 조금이라도 더 남아 있을지 모르니 잠수정의 바닥에는 누울까 하는 생각도 해보았다.

하지만 의자에 축 늘어져 토르쿠아토의 시신을 멍하니 바라보기만 했다.

그때 느닷없이 토르쿠아토의 손이 움직였다.

'말도 안 돼. 분명 죽었다고.'

그는 의자를 돌리고 자세히 살펴보았다. 아냐, 틀림없이 죽었어, 움직일 리가 없어. 어떻게 된 일이지?

그때 손이 다시 꿈틀거렸다.

안녕하세요, 알트만 박사님.

토르쿠아토가 말했다.

"가만히 죽어 있어."

말처럼 쉽지가 않아요. 먼저 알아주셔야 할 것이 있어요.

"알긴 뭘 알아?"

이거요.

토르쿠아토는 그렇게 말하며 앞으로 달려들었다.

토르쿠아토가 위로 뛰어들어 목을 조르기 시작했다. 알트만은 그의 손을 떨쳐내려 했지만 이미 손가락이 목을 깊숙이 짓누른 뒤였다. 그는 팔을 뻗어 남은 힘을 모조리 짜내어 토르쿠아토의 목을 조르다가, 의식을 잃고 말았다.

정신을 되찾고 보니 시체의 목을 붙들고 있었다. 죽은 지 상당한 시간이 지났는지 차갑게 굳어 있었다.

'어떻게 된 거지?'

그는 몸을 일으켜 시체에서 떨어지려 했지만 그럴 수가 없었다. 목에서 손을 치우다가 옆으로 몸이 쓰러져 시체와 나란히 누웠다. 지금쯤 수면에 가까워졌기를 빌었지만 여기서는 그 여부를 확인할 방법이 없었다.

갑자기 기묘한 형체가 눈에 잡혔다. 여자였다. 에이다 같았지만 에이다는 아니었다. 자세히 보니 에이다는 결코 아니었다. 그런데 암에 걸려 돌아가시기 전에 뵜었던 에이다 어머니 같기도 했다.

'이건 불가능한 일이야. 에이다 어머니는 돌아가셨잖아. 처음에는 토르쿠아토가 그러더니 이제는 나까지 환영을 보는구나.'

오랜만이구나.

에이다의 어머니가 말했다.

"옛날에 돌아가시지 않으셨어요?"

정말로 죽었다면 내 목소리는 어떻게 듣는 거니?

그는 잠시나마 에이다의 어머니가 하는 말을 곧이곧대로 믿고픈 생각이 들었지만, 머릿속에서 거부감이 솟아나기 시작했다.

"대체 누구시죠? 왜 제 눈에 환영이 보이는 거죠?"

에이다의 어머니는 아무런 대답조차 없었다.

네게 마커의 의지를 전해주려고 왔단다.

"마커가 뭐죠?"

잘 알잖니. 마커 근처를 그렇게 자주 오갔으면서도 너는 어째서인지 굴하지 않는구나.

에이다의 어머니는 검지와 중지를 겹쳐 그에게 내밀어 보였다.

"악마의 꼬리. 유물 말이로군요."

어머니는 고개를 끄덕였다.

마커에 관해 깨끗이 잊거라. 마커는 몹시 위험해. 명심하거라, 절대 꺼낼 생각 말고 가만히 내버려 둬야 한단다.

"당최 무슨 말씀이신지 모르겠어요. 저더러 마커를 가지고 뭘 어쩌라고요?"

너한테만 하는 얘기가 아니란다.

어머니는 그렇게 말하며 팔을 넓게 벌렸다.

어떤 결정을 내리건 모든 이들에게 영향이 미칠 거란다.

에이다의 어머니는 머리를 한쪽으로 기울였다. 평소에 에이다가 자주 하던 몸짓과 판박이였다. 순간 그의 머리에 엄청난 압박이 가해지나 싶더니 별안간 다시 괜찮아졌다.

"마커의 의지가 뭐죠?"

합일은 곧 죽음이란다. 결코 마커에 굴해서는 안 된다. 마커가 합일을 시작하지 못하게 막거라.

"대체 합일이 뭔가요?"

네가 마침내 새로운 시작에 접어들게 되리란 뜻이지.

"시작이라니 무슨 시작이요? 저만 말인가요?"

어머니는 다시 팔을 넓게 벌렸다.

너희 모두 말이다.

그렇게 말하는 어머니의 모습이 흡사 에이다와 똑같아 보여서 알트만은 마음이 불편했다.

사랑한단다. 너만 믿는다. 마커를 멈추게 제발 날 도와주렴. 부디 실패하지 말거라.

에이다의 어머니는 그렇게 말을 마치고는 순식간에 나타났던 것처럼 순간 눈앞에서 사라졌다. 그는 몸을 일으키려다 도로 쓰러지고 말았다. 그를 둘러싼 세상이 마치 검은 천을 드리운 것처럼 조금씩 어두워졌다. 주위가 점점 더 어두워지더니 불현듯 사라져 버렸다.

44

알트만은 얼굴에 산소 마스크를 쓴 상태로 정신을 되찾았다. 주위에는 하나같이 흰 옷을 입고 수술용 마스크를 쓴 사내들이 둘러서 있었다.

"용케도 살았군요."

한 사람이 말했다.

"뇌손상 징후는 없나?"

다른 사람이 물었다.

알트만은 말을 하려 했지만 혀가 뜻대로 움직이지 않았다. 의사가 어깨에 손을 얹었다.

"진정하세요. 살아나신 것만도 기적입니다."

그는 눈을 감고 침을 삼켰다. 그러자 불안한 생각이 머릿속을 스쳤다. 혹시 방금 본 사람들 역시 환영인가?

그는 팔을 움직이려 했지만 움직일 수가 없었다. 눈을 뜨고 필사적으로 주위를 두리번거렸다.

"환자가 정신착란을 일으킵니다."

한 의사가 말하는 소리가 들렸다.

"방향감각을 잃었어요. 자기가 지금 어디에 있는지도 몰라요."

에이다 어머니께서 뭐라고 하셨더라?

결코 마커에 굴해서는 안 된다. 마커가 합일을 시작하지 못하게 막거라.

이 사실을 다른 사람들에게도 전해야 한다.

"마커……"

그가 나직이 속삭였다. 마르코프가 몸을 가까이 숙였다.

"마커……."

"마커?"

마르코프가 말했다.

"무슨 놈의 마커? 헛소리를 하는군. 진정제를 한 대 더 놓도록."

알트만은 고개를 흔들었다. 흔들었다기보다는 흔들려고 끙끙거렸다. 머리가 움직였는지 가만히 있었는지 그로서도 분간이 되지 않았다. 머리가 움직이지 않았거나, 아니면 의사들이 그냥 못 본 척했는지도 모른다. 어느 의사가 주사기에 약물을 채우고 바늘을 검사하는 모습을 누워서 지켜볼 수밖에 없었다.

말을 하려 했지만 입에서 가래 끓는 소리와 웅얼거리는 소리밖에 나오지 않았다.

"괜찮을 겁니다."

스티븐스가 팔을 토닥이며 말했다.

"안심하세요, 알트만 박사님. 도와드리려는 겁니다."

그때 주사 바늘이 피부를 뚫는 따끔한 느낌이 전해졌다. 팔이 화끈거리더니 금세 감각이 무뎌졌다. 흰 옷을 입은 의사들이 눈앞에서 잠시 아른거리다가, 마침내 한꺼번에 사라졌다.

의식을 되찾고 보니 스티븐스, 마르코프 그리고 마르코프의 측근인 이름 모를 사내 이렇게 세 명만 방에 남아 있었다. 이름 모를 사내는 덩치가 마르코프와 맞먹었지만 그보다 더 우람했으며, 넓적한 얼굴은 거친 인상을 주었다. 셋은 침대 한 쪽에 서서 알트만에게 들리지 않는 작은 목소리로 수군거리고 있었다.

그가 깨어난 사실을 가장 먼저 알아차린 사람은 스티븐스였다. 그는 알트만을 가리키며 무어라 속삭였다. 나머지 둘이 하던 이야기를 멈추었다. 셋은 동시에 가까이 다가서서 알트만을 내려다보았다.

"알트만 박사, 살아났군. 운 하나는 기막힌 모양이오."

알트만은 대답하려고 했지만 마르코프가 손가락을 들며 막아섰다. 그는 몸을 숙여 산소 마스크를 벗겨주었다.

"말을 해도 괜찮겠소?"

"그런 것 같습니다."

알트만이 말했다. 그는 목소리가 자신이 아니라 훨씬 나이든 노인한테서 나오는 것처럼 어색하게 느껴졌다.

"스티븐스와는 안면이 있을 테고, 이쪽은 크랙스 사관이오."

알트만은 고개를 끄덕였다.

"내가 원하는 바는 간단하오. 무슨 일이 일어났는지 전부 털어놓으시오."

알트만은 그의 말대로 토르쿠아토가 갑자기 자신을 공격한 일부터 환영을 보았던 일까지 찬찬히 설명했다.

"환영에 대해 더 자세히 얘기해 보시지."

크랙스가 말했다.

"그게 무슨 상관이라고요? 헛것을 봤을 뿐인데."

알트만이 말했다.

"상관있습니다. 사실 거기에 아주 큰 의미가 있어요."

스티븐스가 말했다.

알트만은 따지고 들거나 거짓말을 지어낼 힘도 없어서 사실대로 말했다. 그가 말을 끝마치자, 세 사내는 방구석으로 걸어가 또다시 수군거리기 시작했다. 알트만은 눈을 감았다.

그렇게 다시 잠이 들려는 순간 세 사내가 되돌아왔다.

셋은 잠시 그를 쳐다보기만 했다. 스티븐스가 입을 열려고 하자 마르코프가 팔을 잡으며 막았다.

"앞으로는 스티븐스한테 보고하도록 하시오. 악몽이건, 환영이건 조금이라도 이상하다 싶은 일이 생기면 곧장 스티븐스를 찾아가시오."

마르코프가 말했다.

"괜한 호들갑 마시죠."

알트만이 말했다.

"아니, 호들갑이 아니오."

마르코프가 말을 끝맺자 세 명 모두 방을 나섰고, 알트만은 혼자서 일련의 사건을 곱씹어 보았다. 여느 때보다도 지금 이 순간이 가장 혼란스럽고 걱정스러웠다.

하지만 몇 분 뒤 다시 문이 열리고 걱정으로 제정신이 아닌 에이다가 달려오자, 그런 염려는 눈 녹듯 사라졌다.

45

알트만은 잠수정에서 죽을 고비를 넘긴 이후로 새로운 삶을 살게 된 것만 같았는데, 마치 지금까지 알고 지내던 세상에 귀신이 씌기라도 한 듯했다. 죽은 줄로만 알았던 사람들이 하나 둘씩 눈에 보이기 시작했다. 아버지, 여동생, 자살한 은사, 교통사고로 죽은 고등학교 동창까지. 그들은 산 사람과 똑같은 모습으로 눈앞에 나타나 수수께끼 같은 말을 던지고 사라졌다. '합일'에 반대하면서 너무 늦기 전에 서둘러 '마음을 다잡으라'고 하는 사람도 있었다. 통합에 대해 말하면서 알트만이 자신의 재능을 허투루 쓰고 있으며, 실수를 겪고도 배우는 바가 없기에 이미 너무 늦었다고 하는 이들도 있었다. 하지만 다들 하나같이 마커를 건드리지 말라고 입을 모았다. 그는 에이다에게 그녀의 어머니를 본 사실을 털어놓았다. 에이다는 처음에는 화를 내더니 나중에는 울음을 터뜨렸다. 그리고 몇 시간이 지나자 무슨 일인지 자세히 말해 달라고 했다.

"그런데 왜 내가 아니라 자기한테 나타났을까?"

어느 날은 한밤중에 잠이 깨서 주위를 살펴봤더니 에이다가 자신을 물끄러미 바라보고 있었다.

"어머니를 봤어."

그렇게 말하는 에이다의 얼굴이 붉게 달아올라 있었다.

"꼭 환상을 보는 듯하더라. 자기나 나처럼 진짜 살아계신 것처럼 보였어. 바로 저기, 문 옆에 서 계시더라니까."

"뭐라고 하셨어?"

"날 사랑한다고 하셨어. 그리고 우리한테 마커를 건드리지도 말고, 마커를 발견했다는 사실도 깨끗이 잊어버리래. 마커가 몹시 위험한 건가봐. 아니면 엄청난 힘을 지녔거나. 자기는 마커가 도대체 뭐라고 생각해?"

그는 물속에서 봤던 기억을 토대로 아는 선에서 설명을 해주었다.

"전부 하나로 연결되네. 마을에서 들었던 전설, 우리가 봤던 환영, 분화구 중심부에 있는 유물까지. 틀림없어."

처음에만 해도 에이다는 어머니를 뵈어서 뛸 듯이 기뻐했다. 알트만은 몰라도 에이다에게는 흡사 종교적 체험과도 같았을 테니까. 이후로 그녀는 밤마다 신나하는 눈치였다. 하지만 다음날 아침부터 점점 풀이 죽기 시작했다. 갑자기 우울하고 침울해진 분위기였다.

"왜 밤에만 나타나시는 걸까? 늘 나랑 함께 계시면 좋을 텐데."

에이다가 문득 물음을 던졌다.

"그건 진짜 어머니가 아냐. 어머니랑 똑같아 보일 뿐이지 환영일 뿐이라고."

"분명 우리 어머니셨어."

에이다가 근거 없는 확신에 빠지자 알트만은 덜컥 걱정이 되었다.

"어머니를 더 보고 싶어. 다시 모셔오고 싶단 말이야."

그렇게 에이다의 우울함과 무력감이 최고조에 달했을 무렵, 어머니가 다시 찾아왔다. 이번에는 알트만도 곁에서 가만히 지켜보았다. 하지만 그의 눈에 비친 것은 에이다의 돌아가신 어머니가 아니라 자신의 죽은 여동생이었다. 환영은 똑같이 눈에 보였지만, 보이는 사람은 서로 달랐다. 환영으로 나타나는 이들은 각자가 보고 싶어 하는 사람이었다. 하는 말도 제각각 달라서, 살아생전 하던 말버릇이 고스란히 묻어나왔다. 하지만 조금만 귀를 기울이면 모두 당면 문제인 합일에 관해 얘기했는데, 합일이 정확히 무엇인지, 또 합일을 멈추려면 어떡해야 하는지는 얼버무리기만 했다.

알트만은 의혹만 깊어갔다.

"그건 환영이지 진짜가 아냐. 우리만 이용당하는 꼴이라고."

그는 그렇게 말하며 에이다의 맘을 돌려보려 했다.

"뭘 봤는지는 내가 잘 알아. 살아 계셨을 때랑 똑같았어."

에이다는 돌아가신 어머니를 되찾고픈 생각에 사로잡힌 나머지 아무리 설득해도 귀담아 듣지를 않았다. 에이다가 '예지'라 부르는 환영은 과거 아끼고 사랑했던 이들의 모습으로 나타났으며, 그에게는 이 사람에서 저 사람으로 계속 바뀌어가며 나타나는 반면 그녀에게는 줄곧 어머니의 모습으로만 나타났는데, 이는 아무리 생각해도 이상한 일이었다. 하지만 어쩌면 단순히 그가 환영을 의심스럽게 여기며 한낱 허깨비로 치부하기 때문에 환영 스스로 그에 대한 전략을 계속 수정해서 그럴지도 몰랐다.

알트만은 마르코프의 지시대로 스티븐스에게 환영을 봤다고 밝히고 에이다의 경우도 언급했다. 스티븐스는 그가 하는 이야기를 가만히 기록하며 고개를 끄덕였다. 과로에 지쳤는지 얼굴이 초췌했다.

"이게 다 무슨 의미일까요?"

알트만이 물었다.

스티븐스는 어깨를 으쓱였다.

"박사님하고 애인 분만 이런 일을 겪는 게 아닙니다. 다들 똑같은 현상을 겪고 있는데 빈도가 갈수록 늘고 있어요. 하나같이 아끼고 사랑하던 고인을 보다 보니 진짜라고 착각하기 쉽습니다. 박사님처럼 환영으로 치부하는 분들도 있습니다. 반면애인 분처럼 단순한 환영 이상으로 받아들이는 분도 있고요."

"어떻게 됐건 뭔가 조치를 내려야 합니다. 하지만 현재로서는 적당한 대처법이 없군요."

"그뿐만이 아닙니다."

스티븐스는 그렇게 말하며 웬일로 솔직하게 털어놓았다.

"지금 병동은 정신 착란을 겪는 사람들로 발 디딜 틈이 없는 데다 자살률까지 급증하고 있습니다. 환영이 수많은 사람들을 미치거나 죽게 만들거나, 아니면 말로써 우리를 철저히 파멸로 몰아넣을 겁니다."

알트만은 해상 연구단지에 있는 사람들이 서로 대하는 태도가 달라졌음을 알아차렸다. 이해할 수 없는, 뭔가 심상찮은 일이 벌어지고 있다는 분위기가 널리 퍼져갔다. 사람들은 삼삼오오 무리를 지어 죽은 자들과 교감한 바에 대해 생각을 주고받으며, 저승과 이승의 경계가 무너지지 않았는가 하는 추측을 하기 시작했다. 반면 이는 마커가 송출하는 신호가 일으키는 현상으로, 일종의 환각 효과나 마찬가지라고 못 박는 이들도 있었다. 그보다 부정적인 영향을 받은 이들은 위축 또는 착란 증세를 보였으며, 심한 경우에는 폭력성을 띠었다.

하루는 알트만이 연구실에서 신호의 강도가 언제 최고조를 보였는지 기록하며 과연 신호가 높아지는 순간에 환영이 나타나는가를 알아보고 있는데, 연구실 문 밖 복도로 사람들이 우르르 달려가는 모습이 보였다.

무슨 일인지 살피려고 연구실 밖으로 나갔더니 먼발치에 있는 출입구 주위로 한 사람이 에워싸인 광경이 눈에 들어왔다. 군중에 둘러싸인 사람은 마이어라는 과학자로, 서로 그리 잘 아는 사이는 아니었다. 마이어는 한손에 메스를 쥐고 목에 가까이 대고 있었다.

"자, 마이어, 어서 메스 내려놔."

다른 과학자가 구슬렸다.

"다들 물러서!"

마이어가 소리쳤다. 몹시 흥분한 눈동자가 좌우를 홱홱 오갔다.

"가까이 오지 마! 전부 놈들하고 한패인 줄 내가 모를 것 같아!"

"놈들이라니 무슨 소리야? 어서 메스 내려놓고 말로 하자."

한 사내가 물었다.

"누가 가서 보안요원한테 알려요."

다른 누군가가 말했다.

하지만 마이어는 그 말을 귀신같이 들었다.

"어딜 보안요원을 부르려고!"

그는 그렇게 소리치며 앞으로 뛰쳐나가 레이저 메스를 휘둘러 동료의 손가락을 잘랐다.

손가락이 잘린 사내는 비명을 지르며 뒤로 나동그라졌고, 마이어는 빙글 돌아서서 허공에 칼질을 해대며 사람들을 뒤로 쫓아냈다. 그는 메스를 다시 목에 갖다 대었다.

"너무 늦었어. 우린 다 죽은 목숨이나 마찬가지라고. 아무도 도망칠 수 없어. 놈들처럼 되기 전에 얼른 여기서 탈출해."

그리고는 악에 받친 몸짓으로, 단숨에 메스를 자기 목에 꽂았다.

레이저 칼날이 환부를 지지는 탓에 처음에는 피가 나오지 않다가, 경동맥이 갈라짐과 동시에 피가 한꺼번에 솟구쳤다. 그가 목을 컥컥거리며 섬뜩한 비명을 흘리자 입과 갈라진 기관지에서 기괴한 바람 소리가 새어나왔다. 그는 앞으로 한 발짝 내딛고는 힘없이 바닥에 쓰러졌다.

잠시 뒤 보안요원들이 도착해 시체를 둘러싸고 구경꾼을 전부 쫓아냈다.

"무슨 일이죠?"

알트만은 연구실 문 옆을 지나가던 과학자에게 물었다.

"마이어가 돌아버렸어요. 연구실에서 세상의 종말이 왔다고 소리를 질러대더니 깨진 피펫으로 웨스터맨의 팔을 찌르지 뭡니까. 그리고는 레이저 메스를 들고 뛰쳐나가 여기까지 왔어요."

"도대체 왜 그랬답니까?"

과학자는 어깨를 으쓱였다.

"낸들 압니까. 지난주에 한 보안요원이 아무런 이유도 없이 기술자를 쏴 죽이고 자살했을 때랑 똑같아요. 요즘 이런 일이 심심찮게 일어난다니까요."

그는 옹기종기 모인 사람들 주위에 서서 열띤 토론에 귀를 기울였다. 토론의 초점은 주로 마커에 맞춰졌는데, 마커가 바로 알트만을 비롯한 다른 사람들이 환영을 겪으면서 알게 된 유물의 진짜 이름이었다. 마커가 외계인의 작품이라는 주장을 처음으로 펼쳤던 이가 누구인지는 몰라도, 이는 삽시간에 사람들 사이에 퍼져나가 이제 단지에 있는 대부분의 연구원들이 신봉하고 있었다. 마커의 기원은 물론 그것이 왜 이곳에 있으며 무슨 의미를 지니는지, 또 그것을 건드려야 하는지, 아니면 가만히 내버려 두어야 하는지에 관해 추측만 무성했다.

다른 날은 선실에서 잠수정 격납고로 가던 길이었는데, 복도가 가로막혀 있었다. 과학자와 보안요원 대여섯 명이 복도에 모여 있었다. 그중 나이든 과학자 한 명이 다른 사람들에게 연설을 하고 있었다. 그는 알트만이 가까이 다가가자 입을 꾹 다물었다.

"실례합니다."

알트만이 그렇게 말하며 사이를 천천히 비집고 들어가자 사람들은 옆으로 물러서며 길을 터주었다. 기분이 묘했다. 분명 그가 무언가를 방해했는데, 정확히 무엇을 방해했는지는 알 수 없었다. 선상 반란이라도 꾸미는 중이었나?

막 사람들 사이를 벗어나자 나이든 과학자가 다시 말문을 열어 의문이 풀렸다.

"모두 자신의 육신을 해방시켜 그것의 신성한 구조와 하나 되어야 할지니……."

무슨 종교 집회 같았다. 한눈에 봐도 정상적인 종파는 아니고, 서로 다른 신앙을 지닌 구성원들이 모인 집단처럼 보였다. 저렇게 해상 연구단지 내에서 예배를 올리는 모습을 보기는 이번이 처음이었는데, 알트만 자신이 종교를 믿지 않는 사람이다보니 이러한 모임이 있다는 사실을 여태 몰랐는지도 모를 일이었다. 그는 저들의 정체를 알아보려고 발걸음을 늦추며 연설에 귀를 기울였다.

"자기 자신을 알려면 우리 모두 자신을 스스로 버려야 하리니. 합일만이 구원으로 가는 유일한 길이니라. 그것의 속삭임 속에서 이를 몸소 들었으니, 마커와 하나 되는 의미를 깨치지 않고서는 영생을 얻지 못하니라."

당연히 신이 나오겠지 싶은 구절에서 느닷없이 '마커'가 튀어나오자 공포가 온몸을 엄습했다. 그는 발걸음을 재촉했다. 복도를 벗어난 뒤에야 방금 자신이 마커를 둘러싼 신흥 종교의 탄생을 목격했음을 뒤늦게 깨달았다. 온몸에 소름이 돋았다.

그날 이후로 알트만은 그런 대화를 점점 자주 엿듣게 되었고, 급기야는 에이다에게서까지 그런 이야기를 들었다. 보다 못해 마커를 둘러싼 종교 논쟁은 위험할지도 모르니 그만하라고 막아서기에는 이미 규모가 너무 커진 상태였다. 그들이 세상을 바라보는 관점은 단 며칠 사이에 판이하게 달라졌다. 나중에 알고 보니 사람들은 가능한 서로 마주치지 않으려는 낌새마저 보였다. 에이다를 사랑하는 마음은 변함이 없었지만 그녀를 잃어가는 기분이 들어 어떡해야 그녀의 마음을 되찾을 수 있을지 막막하기만 했다. 어느 날 알트만은 에이다가 어느 종교 집단에 끼어 있는 모습을 보고 경악을 금치 못했다.

"잠깐 얘기 좀 할까?"

알트만은 에이다를 군중 속에서 끌어내며 물었다.

"그렇잖아도 말하려고 했어. 하지만 자기는 좀처럼 깨달음을 얻지 못할 사람 같거든."

"저건 사이비 전도지, 토론회가 아냐."

다투고 또 다툰 끝에 에이다는 자꾸 이러면 그를 떠나겠다고 으름장을 놓았다. 알트만은 다 부질없는 짓임을, 둘의 사이가 시들어가고 있음을 알면서도 일단 그녀의 말을 끝까지 들어주기로 했다.

에이다의 말을 가만히 들어보니 신자들의 종교관이 어떤 것인지 감이 잡히기 시작했다. 그들은 마커가 신이 인류를 위해 하사한 신성한 존재라 믿었다. 마커를 믿고 그 뜻에 따르면 마커가 우리를 보듬으리라. 마커가 우리를 하나 되게 하여 자유롭고 완벽하게 하리라. 이는 기독교와 그밖의 종교를 잡탕한 이상한 신앙으로, 마커와 직면하면서 불안과 염려에 시달린 사람들에게 마음 둘 자리를 제공하고 있었다. 알트만은 머잖아 자신과 에이다 사이의 다툼과 비슷한 문제가 해상 연구단지 전체로 번져 사람들이 신자와 불신자로 양분되리란 예감이 들었다.

처음에 마르코프 휘하의 보안요원들은 이 같은 문제를 등한시했지만, 집단들이 점점 커져 움직임이 활발해지자 직접 개입해 와해시키기 시작했는데, 짐작컨대 마르코프의 지시가 있었던 듯했다. 하지만 이런 조치로 사람들은 전보다 더욱 뭉치게 되었다. 군인들이 뭔가를 숨긴다고 여기는 사람의 수는 이미 한둘이 아니었다.

한편 마커 인양 계획은 계속 진행되었다. 인양 작업을 둘러싼 기대와 흥분은 여전했지만, 한쪽에서는 환호하고 다른 한쪽에서는 우려를 표했다. 알트만은 두 차례 더 잠수했는데, 이번에는 두 차례 모두 혼자 내려가 마커를 감싼 그물에 밧줄을 연결하는 로봇들을 감독했다. 그리고 또다시 두 차례 더 잠수했다가 심해 바닥 근처에서 에이다 어머니의 환영을 보았다. 어머니는 전에도 했던 말을 되풀이했지만 그렇다고 의미가 전보다 또렷이 느껴지는 것도 아니었다.

"마커를 어디에 내버려두란 말씀이세요?"

이곳의 인력권에 있는 한, 마커는 응당 있을 자리에 머물러야 한단다.

'무슨 귀신 씨나락 까먹는 소리야?'

도통 이해가 되지 않았다.

"우리한테는 무슨 일이 벌어지는 거죠?"

결코 마커를 연구해서는 안 된다. 마커를 연구하는 날에는 모두 합일될 게야.

에이다의 어머니는 그렇게 단언했다.

이미 너무 늦었는지도 모르겠구나.

"합일이 일어나면 무슨 일이 생기나요?"

모두 마침내 새로운 시작에 접어들게 된단다.

"그게 무슨 뜻이죠?"

모두 하나가 되어 자기 자신을 잃게 되지.

그는 전보다 훨씬 복잡한 기분으로 부상했다. 어쩌면 신자들이 옳을지도 모른다는 생각마저 들었다. 정말로 마커가 신성한 존재일지 누가 알겠는가.

'혹시 마커가 외계인을 우리한테 유도하는 송신기가 아닐까? 그렇다면 마커가 인류의 파멸을 불러오지는 않을까?'

하지만 알트만은 쉽사리 신앙 따위에 휘둘릴 사람이 아니었다. 신의 존재는 인정할지 몰라도, 조직화된 종교만큼은 결코 믿지 않았다.

어떤 날은 잠자리에 들려고 준비를 하는데, 에이다가 보이지 않아 혹시 자신을 피해 숨었나 하고 생각하던 참에 누군가 문을 두드렸다.

그는 문으로 걸어갔다.

"누구세요?"

"필드일세. 문 좀 열어보게."

문밖에서 목소리가 들렸다.

필드? 그가 뭐하러 알트만을 찾아왔을까? 해상 연구단지로 이송된 이후 줄곧 데면데면한 사이였는데.

문을 열자 필드가 문 앞에 열 명 남짓한 사람을 대동하고 있었다.

"무슨 일이죠?"

알트만이 다른 사람들을 보고는 물었다.

"우리 얘기 좀 하세. 안으로 들여보내주게."

알트만은 하는 수 없이 사람들을 방으로 들였다. 사람들은 엄숙하게 줄을 지어 한 명씩 안으로 들어와 가만히 서거나 침대에 앉아 방을 꽉 메웠다.

"자네가 우리를 이끌어줬으면 하네."

필드가 입을 열었다.

"이끌어 달라니요? 뜬금없이 왜요?"

"직접 보셨으니까요."

무리에 속한 어느 사람이 말했다. 누구인지는 보이지 않았다.

"마커 말일세."

필드가 말했다.

"마커 근처에서 그렇게 오랫동안 시간을 보낸 사람은 자네뿐이잖나. 심해잠수정 내부에서 무슨 일들이 벌어졌는지 우리도 들었어. 마커는 다른 사람들은 전부 죽였으면서 자네는 살려두었단 말일세. 마커가 자네하고 교감한다는 증거 아니겠는가. 자네가 바로 선택받은 자란 말일세."

"잠수정에서 무슨 일이 있었는지 어떻게 아는 거죠?"

"우리 말고도 닿는 줄이 있다네. 마르코프하고 가까운 사람들이 많아. 자네는 누구보다도 많은 것을 알고 있네. 꼭 좀 우리를 이끌어주게. 자네야말로 우리 예언자일세. 그것이 바로 마커의 뜻이란 말일세."

"그러니까, 저더러 종교 예언자가 되어서 여러분을 이끌어 달라고요?"

기쁨에 겨워 웅성거리는 소리가 사람들 사이에서 흘러나왔다. 알트만은 시간이 고통스러우리만치 느리게 지나가는 것만 같았다. 그는 뒷걸음질을 치다가 벽에 등을 부딪혔다.

"에이다가 이러라고 시키던가요?"

"부탁함세. 우리가 어떡하면 좋을지 말해주게."

"죽어도 못 합니다."

사람들 사이에서 한꺼번에 탄식이 터져나왔다.

"혹시 우리가 이끌음을 받을 자격이 없어서 이러는가? 그럼 어떡했으면 좋겠나?"

"하루에 8시간씩 책상에 앉아서 각자 일들이나 했으면 좋겠군요. 그런다고 부탁을 들어줄 맘이 나지도 않겠지만요."

"야박하게 이러지 말고 부디 우리를 이끌어주게."

"당신네들 개소리는 죽어도 못 믿습니다."

그들은 경악한 얼굴로 알트만을 쳐다보았다. 필드를 쳐다봤더니 능글맞은 표정이 어느새 얼굴에서 싹 사라져 있었다.

"이건 시험이야. 지금 우릴 시험해 보는 중이시란 말일세."

"시험 같은 소리 하십니다."

알트만이 무덤덤한 목소리로 말했다.

필드는 웃음을 지었다.

"잘 알겠네. 아직은 때가 아닌 게로군. 가만히 지켜보면서 기다리겠네. 때가 오면 자네 곁에서 준비함세."

"다시 말하지만 저는 신자가 아닙니다."

"곧 신자가 될 걸세. 다 이해하네. 예언자 소리를 듣기가 꺼려지는 모양이네만, 예언자는 예언자지. 예지를 통해서 전부 봤다네."

"아직 때가 아니면 어서들 나가주시죠."

끝내 그들은 천천히 방에서 나가면서 하나같이 알트만의 팔에 손을 얹거나 악수를 하고 지나갔는데, 마치 그의 몸을 만지면 행운이 온다고 여기는 듯했다. 알트만은 소름이 다 돋았다.

46

알트만은 잠수정 안에서 로봇들이 마커에 연결된 밧줄을 매듭짓는 모습을 지켜보았다. 밧줄에 꽁꽁 묶여 철망 속에 갇혔음에도 마커가 주는 위압감은 여전했다.

'마커 때문에 내가 이 고생이라니. 앞으로 더하면 더했지 나아지진 않겠지.'

그는 마커 위 5미터 떨어진 곳에서, 어둠 속으로 곡선을 그리며 올라가 수면 위의 화물선으로 연결된 굵은 밧줄을 살펴보았다. 해중작업장치가 마커의 밑둥까지 땅을 파놓았지만, 위에서 끌어당긴다고 정말로 뽑힐지는 의문이었다. 한편으로 차라리 뽑히지 않았으면 하는 생각도 들었다. 그는 숨을 죽였다. 마커를 감싼 그물이 팽팽히 당겨지자, 저러다 무게를 견디지 못하고 찢어지지 않을까 하는 생각이 머리를 스쳤다. 마커는 어둠 속에서 끼긱거리는 소리를 내며 휘청거리다가, 요란한 마찰음을 내며 위로 솟아오르기 시작했다.

알트만은 마커를 따라 올라가면서, 대기하던 다른 잠수정들에 수정 사항을 전달했고, 그쪽에서는 이를 중계해 수면 위로 전송했다. 인양 과정에서 두 나선형 뿔기둥을 따라 물살이 갈라지며 눈에 보이지 않는 소용돌이를 만들어냈기 때문에 처음에는 마커가 빙글빙글 회전했다. 알트만은 이러다 밧줄이 꼬이면 문제가 커지리란 생각에 인양 속도를 거북이 기어가는 수준으로 떨어뜨리다 아예 멈췄다. 잠시 뒤 마커는 균형을 되찾아 느리지만 똑바로 올라가기 시작했다.

'드디어 시작이군.'

마커는 서서히 어둠 속으로 올라갔다. 그는 수면까지 절반을 오고 나서야 여태 환영을 하나도 보지 못했다는 사실을 알아차렸다. 몇 달 만에 처음으로 머리가 아프지 않았다. 계기판을 확인해보니 인양을 시작한 뒤로 신호가 멎은 상태였다.

'어쩌면 연결이 끊어졌는지도 몰라. 어차피 결국에는 이렇게 됐을 테니 오히려 잘됐는지도 모르지. 누구든 자신을 찾아서 물 밖으로 꺼내 달라고 신호를 보낸 건지도 모르겠네. 마커가 바라는 바가 그거였나봐.'

하지만 안심이 되기도 잠시, 얼마 가지 않아 풀리지 않은 의문이 그를 괴롭혔다. 그의 짐작이 맞다면 어째서 그동안 환영이 전혀 나타나지 않았을까? 게다가 왜 마커에 가까이 다가간 순간에 환영이 사람들의 뇌리에 그토록 강력하게 작용했을까? 마커는 일부러 거리를 두고 싶어하는 듯했다. 그럼 죽은 사람들이 경고하던 합일은 도대체 무슨 의미인 것일까?

'옳은 일을 하는지도 몰라. 아니면 제대로 잘못 건드렸거나.'

곧 수면이 가까워지면 마커는 화물선 내부로 운송될 예정이었다. 물살은 이미 바뀌어갔고, 어둠이 조금씩 가시면서 마커가 이전보다 더 또렷하게 보였다. 빛을 받아 표면을 뒤덮은 기호와 가로로 줄줄이 파인 홈이 하나하나 드러나자 훨씬 더 장엄해 보였다. 전보다 훨씬 자세히 보이는 지금도 금간 자리나 이어붙인 흔적은 전혀 보이지 않았다. 마치 하나의 거대한 바위 속에서 고스란히 뽑아낸 듯했다.

해상 연구단지까지 500미터를 남겨둔 순간, 인양을 멈추라는 마르코프의 지시가 내려왔다.

"뭐가 잘못됐나요? 계획하고 다르잖습니까."

알트만이 무전을 통해 물었다.

"지금껏 도와줘서 고맙소, 알트만 박사. 이제 잠수정은 용도를 다했소. 격납고로 귀환하시오."

마르코프가 말했다.

"네? 상관없다면 전 계속 여기 있고 싶습니다."

한참 동안 침묵이 흐르다 화상연결이 켜지면서 마르코프의 얼굴이 나타났다.

"지금까지 훌륭히 일을 도맡아 주었소. 내 눈에 일회용으로 찍히고 싶지 않거든 순순히 돌아오시오."

"대체 무슨 말입니까?"

"당신이 알 바 아니오."

알트만은 뭐라고 하려다 다시 입을 닫았다. 마르코프는 잠수정에 어뢰를 쏘고도 남을 인간이다. 어쩌면 지금이 이대로 깊이 잠수해 어딘가 안전한 곳으로 달아날 절호의 순간일지도 모른다.

마르코프는 그런 알트만의 마음을 읽기라도 한 듯 이렇게 덧붙였다.

"굳이 볼모를 들먹여야 고분고분 말을 들으시겠소? 애인 분 말이오."

그는 잠시 속으로 갈등했다. 에이다는 마커와 하나가 되려는 욕망에 사로잡혔으니 어떻게 보면 이미 그녀를 마커에 잃은 셈이나 마찬가지였다. 에이다의 마음을 완전히 잃는 것은 시간 문제였다.

하지만 알트만은 여전히 에이다를 사랑했고, 결코 자기 잘못으로 인해 그녀를 죽게 내버려둘 수 없었다. 그는 땅이 꺼져라 한숨을 쉬며 연결을 끊고, 거대한 그물에 걸린 마커를 뒤로 한 채 수면으로 향하기 시작했다. 위로 올라가던 중 새 밧줄을 뒤에 매단 잠수정 세 대를 지나쳤다. 밧줄은 해상 연구단지의 해저에 있는 거대한 밀실로 이어졌으며, 그곳은 마르코프의 최측근들을 제외하고는 엄격히 출입이 금지되는 장소였다. 마르코프가 대체 무슨 일을 꾸미는지, 알트만은 알 길이 없었다.

47

그는 잠수정에서 내리기가 무섭게 마커를 싣고자 마련된 밀실로 발걸음을 옮겼다. 해저 시설 중앙부에서 가장 넓은 장소인 그곳의 출입구는 모두 네 군데였다. 하지만 세 곳은 용접되어 영구 봉쇄된 상태였다. 네 번째 출입구인 정문은 이미 보안요원 두 명이 지키고 서 있었다. 그는 안으로 들어가려고 배짱을 부렸다.

"마커 인양 작업 때문에 들어가봐야 합니다."

"통행증 있습니까?"

보안요원이 물었다.

"통행증 없이는 아무도 못 들어갑니다."

다른 요원이 말했다.

"통행증을 방에 놔두고 왔어요. 이러다 늦겠군요. 나중에 가져와서 보여주면 안 됩니까?"

"통행증 없으면 출입 금지입니다."

어느 과학자가 통행증을 꺼내 보이며 옆걸음질로 지나가자 보안요원은 고개를 끄덕이며 들여보내주었다. 알트만은 출입구가 열리는 모습을 지켜봤지만 눈에 들어오는 것이라고는 반대편의 기밀 출입구뿐이었다. 과학자가 가만히 서서 기다리는 사이 출입구가 다시 닫혔다.

"부탁입니다. 가서 작업을……."

"아까 말했잖습니까."

첫 번째 보안요원이 말했다.

"통행증 없으면 출입 금지라고 말입니다. 계속 여기서 얼쩡대면 영창에 던져버릴 겁니다."

알트만은 복도를 되돌아갔다. 안에 들어가지는 못해도 상황이 어떻게 돌아가는지 파악할 방법은 있을지 모른다. 그는 연구실마다 찾아다니며 안으로 들어가려고 애를 쓴 끝에 아까의 밀실과 마주보는 창문을 찾았다.

창문으로 내다보니 마커가 밀실 바로 아래에 둥둥 떠서 천천히 위로 올라오는 광경이 눈에 들어왔다. 하지만 밀실 안까지는 들여다보이지 않았다. 뭔가가 유리를 반투명하게 만들었다. 밧줄을 감아올리기 시작하자 눈에 잡히는 것이라고는 흐릿한 형체와 어렴풋한 움직임, 그림자를 드리우며 솟아오르는 마커가 전부였다.

"그것 보게, 우리는 자네가 진리를 찾아 되돌아올 줄 알고 있었네."

필드가 말했다.

알트만은 그럴 생각이 추호도 없었다. 필드를 비롯한 신자들이 제정신이 아니라고 생각하는 데에는 변함이 없지만, 그렇다고 필드에게 솔직히 말해봐야 득될 일도 없었다. 현재 마커가 연구단지로 운반된 지는 24시간도 되지 않았으나, 마커를 보관하기 시작한 이후로 연구단지 전체의 분위기가 달라졌다. 그가 잠수정 격납고에 미처 도착하기도 전에 보조 연구원들이 육지에 있는 드레저 사 연구단지로 줄줄이 실려 갔는데, 그곳은 이제 연구 시설이라기보다는 마르코프가 더는 이용가치가 없지만 그냥 풀어주기는 곤란한 연구원들을 가둬놓는 감옥에 가깝다는 소문이 돌았다. 에이다도 그곳으로 이송됐지만, 과연 무사한지는 확인할 길이 없었다. 잠수정 격납고에 조금만 더 일찍 도착했더라면 지금쯤 알트만 자신도 그곳에 갇혔으리란 생각이 들었다. 아니나 다를까, 그 역시 내일 아침 수송되는 인원 명단에 들어갔으니 짐을 싸라는 지시가 떨어졌다.

"좀 도와주세요."

알트만은 주머니에 넣어온 마커 조각을 만지작거리며 말했다.

"마커가 제게 바라는 바가 있습니다. 마커를 보러 가야 해요."

필드가 고개를 떨어뜨렸다.

"보안요원들이 지키고 있어서 좀처럼 구경하기도 어렵네."

"지난번 밤에 마르코프의 측근 중에도 신자가 있다고 하셨잖습니까."

"그랬지, 그건 사실이네. 하지만……."

"중요한 일입니다. 사소한 일이면 이렇게 부탁하지도 않았을 겁니다."

그는 주머니에 든 마커 조각을 필드에게 꺼내보였다.

"마커에서 떨어져 나온 조각입니다. 다시 되돌려놔야 돼요."

필드는 손을 뻗어 아주 조심스레 조각을 만졌다.

"좀 만져 봐도 되겠나?"

필드가 경외심으로 가득한 목소리로 말했다. 알트만은 조각을 건네주었다. 필드는 갓난아기를 안기라도 하듯 조각을 두 손으로 정성스레 받아들고, 환희와 두려움이 뒤섞인 표정을 지었다. 그는 알트만이 알아듣지 못할 정도로 조곤조곤한 목소리로 기도를 읊조리고는 못내 아쉬운 눈치로 돌려주었다. 그는 알트만 앞에 무릎을 꿇었다.

"일어나세요. 그리고 이 얘기는 아무한테도 하면 안 됩니다."

하지만 필드는 계속 무릎을 꿇었다.

"날 선택해줘서 고맙네."

그는 머리를 꾸벅 숙였다.

"마커와 하나 되기 위해서라면 뭐든 하겠네."

새벽 3시 경, 문을 두드리는 소리가 들렸다. 필드와 검은 군복을 입은 마르코프의 측근이 문 밖에 서 있었다. 측근은 옆구리에 짐가방을 끼고 있었는데, 알트만은 그가 누구인지 긴가민가했다.

"이쪽은 헨리 하몬이네. 하몬, 이쪽이 바로 마이클 알트만일세."

필드가 말했다.

"저도 압니다. 꼭 이렇게 해야 됩니까?"

하몬이 무뚝뚝하게 말했다.

알트만은 고개를 끄덕였다. 하몬은 그에게 가방을 던졌다. 열어보니 하몬이 입은 옷과 똑같은 군복이 들어 있었다.

"입으십쇼."

알트만은 가방을 빤히 들여다보았다.

"옷만 갈아입는다고 먹힐까요? 혹시 절 알아보면 어떡하려고요?"

"들킬 수도 있습니다. 하지만 막지는 못할 겁니다. 군복 차림인 한 통행을 문제 삼지는 않습니다. 문제가 생겨도 나중에 가서야 알아차릴 테니, 거기서부터는 제가 수습하면 그만입니다."

알트만은 군복으로 갈아입고 함께 방을 나섰다.

필드도 뒤를 따라갔지만, 하몬이 뒤로 돌아서서 고개를 젓자 실망한 얼굴을 하고는 사라졌다.

하몬은 전자 손목시계를 확인했다.

"보안요원은 총 네 명입니다. 둘은 밀실 밖에, 나머지 둘은 내부에 있고 전원 무장하고 있습니다. 운 좋게도 밀실 안에 있는 둘은 우리 편인데 남들은 거의 모릅니다. 하지만 바깥에 있는 둘은 아닙니다. 15분마다 교대하니 시간을 끌면 끝입니다. 안에서 10분을 넘기면 요원들이 수상쩍게 여기고 출입 허가를 확인할 공산이 큽니다. 알겠습니까?"

"예."

"여기 통행증입니다. 최선책은 아니지만 바깥에 있는 보안요원들은 눈으로만 확인하고 들여보내줄 겁니다. 안에 있는 요원들은 제가 시키는 대로 움직일 겁니다."

하몬의 말대로였다. 밀실 바깥을 지키던 두 보안요원은 한밤중에 마커를 보러 왔는데도 전혀 이상하게 여기지 않았다. 둘은 하몬을 보더니 그와 알트만의 통행증을 확인하고는 안으로 들어가라고 손짓했다. 밀실 안에 있는 둘은 하몬과 알트만이 들어서자 아예 보지도 않고 출입구 양옆으로 슬쩍 물러섰다.

밀실 내부에 마커가 있었다. 마커의 각 부분을 자세히 관찰하도록 벽면을 따라 좁은 관측 통로가 얼기설기 설치되어 있었다. 마커는 밀실을 가득 메우며 거대하게 우뚝 솟아 있었다. 물 밖으로 나온 마커를 바라보자니 엄청난 규모와 기괴한 분위기가 더욱 피부에 와 닿았다. 일찍이 본 적도 없을 정도로 판이한, 존재 자체가 불가능한 물체가 눈앞에 있다. 위험한 기운이 사방으로 뿜어져 나오는 듯했다.

한편으로는 과학자로서의 호기심이 되살아났다. 이 놀라운 물체를 자세히 연구해보고 싶었다. 마커야말로 인류의 기원을 뛰어넘은, 고도로 발달한 기술의 산물이 잖은가.

그는 휴대용 홀로그램 영사기를 꺼내 마커를 촬영했다.

"지금 뭐하는 겁니까? 촬영은 절대 금지입니다."

하몬이 낮은 목소리로 귀띔했다.

"이러려고 왔잖습니까."

"안 되는 건 안 됩니다."

알트만은 어깨를 으쓱이고는 촬영을 계속했다. 막을 테면 막으라지. 우선 마커 전체를 촬영한 다음 가장 가까운 곳에 있는 면으로 렌즈를 가져갔다. 그렇게 촬영을 하면서 주머니에 넣어둔 조각이 떨어져 나온 곳을 찾아 두리번거렸지만 좀처럼 보이지가 않았다.

이제 겨우 시작하려던 참인데 하몬이 팔을 붙들었다.

"이제 나가야 합니다."

알트만은 고개를 끄덕였다. 그는 홀로그램 영사기를 다시 주머니에 넣고 하몬의 손에 이끌려 출입구로 돌아갔다. 하몬이 밀실 안에 있던 두 보안요원에게 고개를 끄덕이자 둘은 원래 자리로 돌아갔다. 바깥에 있는 요원들에게는 경례를 붙였다.

"동영상은 왜 찍은 겁니까? 보고해야겠다는 생각이 들려고 하는군요."

밀실을 빠져나오던 길에 하몬이 물었다.

"중요한 일입니다. 믿어 주세요. 두고 보면 압니다."

5분 뒤, 알트만은 선실로 돌아와 급히 짐을 챙겼다. 마커 조각은 따로 몸속에 지녔다. 만일을 대비해 휴대용 홀로그램 영사기에 든 자료를 메모리 스틱에 따로 백업해 재킷 안감에 숨겼다. 그리고는 침대에 가만히 누워서 기다렸다.

하지만 좀처럼 잠이 오지 않았다. 눈을 감을 때마다 우뚝 솟아오른 마커가 눈앞에 보였다. 강력하고, 위험하며, 그에게 뭔가를 원하고 있었다. 대체 에이다는 어쩌다 이런 물체를 숭배할 마음이 들었을까? 마커 숭배는 곧 마커의 술수에 놀아나는 꼴이나 다름없잖은가. 알트만은 그것이 아니라면 이는 마커에 자신을 내맡기는 꼴이라고 보았다.

한두 시간쯤 지났을까, 방문을 두드리는 소리가 나고 그는 헬리콥터로 육지에 있는 연구단지에 이송되었다. 그는 고개를 들어 어둠 속을 바라보며 골똘히 생각했다. 일단 육지로 되돌아가면 이곳에서 있었던 일은 모두 잊고 마커에 관해 하나도 모르는 척하면서, 마커에 얽힌 문제는 마르코프가 알아서 처리하도록 내버려두고 평소처럼 살면 된다. 아니면 마커를 찍은 동영상을 빼돌릴 방법을 찾아 대중에 폭로함으로써, 군에서 마커를 가지고 놀게 내버려둘 것이 아니라 세계적인 연구 과제로 확대시킬 여지도 남아 있다.

가장 먼저 생각난 가능성은 평범한 삶이라는 안전을 보장했다. 에이다와 자신 사이의 틀어진 관계를 되돌릴 기회가 있을지도 모른다. 마커에서 멀리 떨어진 곳에서 어머니의 환영을 보지 않고 한동안 지내다 보면 그녀도 스스로 깨닫는 바가 있을 테니까. 환영에 관해서 잊어버리고 온전한 상태를 되찾겠지. 만사가 원래대로 돌아올 것이다. 이는 물론 마커와 관련해 별다른 문제가 터지지 않는다는 전제 하에 가능한 일이다.

다음 가능성은 자칫하면 죽음을 맞이할 정도로 위험하다. 마르코프 일당은 마르코프의 입버릇대로 알트만과 에이다가 일회용으로 찍히면 조금도 망설이지 않고 죽일 테니까.

그는 자신이 어느 쪽을 택할지 이미 알고 있었다. 이때까지 단 한 번도 안전한 길을 택한 적이 없잖은가. 이제는 뉴스를 탈 방법만 알아내면 된다.

48

마르코프는 홀로그램 파일을 뒤적이며 좋은 소식이 없는지 찾아보았다. 지금까지 마커는 무반응으로 일관했다.

생각나는 온갖 방법을 동원하며 실험에 착수했다. 암호학자 연구조는 마커에 새겨진 기호를 해석하려 했지만 기호가 무엇을 의미하는지 도무지 알아낼 수가 없어서 별다른 진전을 거두지 못했다. 전류를 흘려보았으나 반응조차 없었다. 방사능, 전파, 극초단파, 전자기파를 쏘아도 결과는 마찬가지였다.

반응이 전혀 없지는 않았다. 마르코프는 마커가 다시 신호를 송출하기 시작했다는 연구원들의 보고를 받았다. 아주 미약하지만 분명 신호가 잡힌다는 것이다. 마커를 연구하는 과학자들 중 일부만이 감지한 듯했다. 스티븐스의 말로는 이를 알아차린 연구원은 알트만이 잠수정 속에서 겪었던 것처럼 죽은 친지들의 환영이 보이기 시작한 사람들로, 개인차는 있어도 결국에는 '마커를 이용할 생각 말고 가만히 내버려두라'는 똑같은 말을 전해 들었다고 한다. 환영을 만난 과학자들도 영문을 모르기는 마찬가지였고, 스티븐스에게 그 말을 전해주고서 자신들끼리 나름대로 추측을 해보기 시작했다. 경고를 사실로 받아들여야 한다고 보는 이들도 나왔다. 아무도 마커를 건드리지 말고 잠재된 기술을 이용할 생각도 하지 말아야 하며, 이를 어기면 마커가 그들로서는 상상조차 못할 재난을 일으킨다는 것이다. 하지만 이를 자신들이 아직 준비가 덜 되었음을 나타내는 징후로 보고, 스스로 자격을 갖추었음을 증명하면 마커의 비밀이 자연히 풀릴 것이라고 보는 이들도 있었다.

여기서는 후자라고 생각하는 연구원이 훨씬 많았다. 마커를 둘러싼 미신이 연구단지에 만연했다. 신자들은 기회만 되면 한데 모여 기쁨에 겨워 떠들며, 마커가 영생으로 가는 길이자 신과 하나인 존재라는 믿음을 다졌다. 이것이야말로 '합일'이 뜻하는 바라고 주장하는 이들도 있었다. 지금까지는 보안요원들이 이러한 움직임을 가로막았으나, 마르코프는 요원들 중에도 신자가 하나둘씩 늘어간다는 사실을 알아차렸다. 이러다 자칫하면 계획의 주도권을 잃게 될지도 모를 일이었다.

한시 빨리 마커가 지닌 힘을 이용할 간단한 방법을 알아내야 한다. 일단 기술을 이용할 방법만 알아낸다면, 이는 세계를 지배할 막강한 힘으로 이어지리라 믿어 의심치 않았다. 달은 말할 것도 없고, 어쩌면 태양계 전체가 될지도 모른다.

하지만 신도에 속하는 과학자들이 어떻게 마커를 살펴야 하는가를 놓고 뜬금없이 엄격한 규칙을 걸기 시작했다. 마커와 교감하고자 할 때는 반드시 존경심을 드러내야 하며, 마커에 위협 또는 손상을 가하거나, 마커로 하여금 인간을 하찮다고 여기게 만들 행동은 하지 말아야 한다는 것이다. 그들은 자격을 갖추었음을 드러내 보인 다음에야 비로소 마커가 우리에게 가르침을 열어줄 것이라고 말했다. 그야말로 어처구니없는 요구이기에 마르코프는 이 같은 주장을 단칼에 묵살했지만, 그들의 입에 오르내리는 말까지 막기란 불가능했다. 마르코프가 신자들의 요구를 거절했음에도 마커에 대한 접근법을 놓고 연구원들 사이에 뚜렷한 변화가 일었다. 마르코프는 연구단지에 있는 사람들 중 마커를 보고서 종교적 경외감을 느끼는 이들이 이토록 많다는 사실에 경악했다. 지금까지의 방식으로는 대처가 불가능한 방향으로 상황이 기울고 있었다. 문제를 해결할 새로운 접근 방식을 찾아야 한다.

그는 화상연결로 크랙스를 불렀다. 곧바로 응답하는 모습을 보아하니 모니터 옆에서 연락이 오기만 기다리고 있었던 것이 분명했다.

"자료는 훑어보셨습니까?"

크랙스가 물었다.

"봤네. 자네 생각에는 어떻했으면 좋겠나?"

"신자들의 요구를 하나라도 들어줘서는 안 됩니다. 일단 결정하면 계속 밀고 나가야 합니다. 다들 제정신이 아니라 결코 가만있지 않을 겁니다."

"고분고분 물러서지 않을 텐데."

"그럴 겁니다. 하지만 우리한테는 화력이 있잖습니까."

"좋다, 확실히 처리하도록."

이틀 뒤, 크랙스는 보안요원에게 마커 보관실로 와달라는 무전을 받았다.

"과학자들이 문제를 일으켰습니다."

뒤에서 나는 웅성거리는 소리가 크랙스의 귀에도 들렸다.

"지금 마커 보관실에서 물러나지 않겠다며 항의하고 있습니다."

"강제로 끌어내."

"말처럼 쉽지가 않습니다. 수가 너무 많습니다. 지원이 필요합니다. 어떻해야 합니까?"

"곧 갈 테니 대기하도록."

크랙스는 무전을 끊었다.

그가 부하들을 이끌고 보관실에 도착했을 때는 상황이 더욱 심각해진 상태였다. 필드라는 땅딸막한 사내가 이끄는 일단의 과학자들이 마커를 에워싸고 있었다. 그들은 서로 손을 맞잡고 보안요원들의 접근을 막으려 들었다. 보안요원들은 총을 겨누고 대치하는 중이었는데, 대부분 당황한 눈치였다.

"뭔가? 대체 무슨 일이지?"

크랙스가 한 보안요원에게 물었다.

"직접 물어보시는 편이 빠를 겁니다."

보안요원은 필드를 가리켰다.

"그러지."

그는 권총집에서 플라즈마 권총을 뽑아들고 필드가 있는 대열로 걸어갔다.

"지금 뭣들 하는 짓이지?"

"우리 요구사항을 들어주시오."

필드가 말했다.

"벌써 읽어보고 거절했을 텐데."

"요구사항을 들어줄 때까지 마커를 지킬 거요."

"폭동이라도 일으킬 셈인가? 뒷감당을 어떻게 하려고 이러는지 모르겠군."

사내 몇몇이 대열에서 주춤거리며 얼굴을 서로 쳐다보았지만, 크랙스가 기대하던 것만큼 많은 수는 아니었다. 필드는 다소 긴장된 눈치였지만 목소리에는 흔들림이 없었다.

"이것이 옳은 일이오."

"정말로 옳은 일을 하고 싶다면 동료들을 데리고 각자 선실로 돌아가시지."

"그럼 우리 요구를 들어줄 거요?"

크랙스는 필드를 차분히 바라보았다.

"제대로 알지도 못하면서 끼어들지 말라는 소리다. 당장 해산해라."

필드는 침을 꿀꺽 삼키고는 고개를 절레절레 저었다.

'보아하니 버틸 배짱도 없군. 하지만 맹신에 빠진 인간들은 예측불허인 법이지.'

크랙스는 속으로 생각했다.

"다시 한 번 말한다. 이번이 마지막 경고다."

필드는 진땀을 흘리기 시작했다. 눈을 게슴츠레하게 치뜨기는 했어도 눈빛은 여전히 완고했다. 그는 입술이 하얘지도록 입을 굳게 다물고 고개를 저었다.

크랙스는 씩 웃고는 권총을 슬쩍 들어 필드의 발을 쐈다.

필드가 힘없이 쓰러져 비명을 지르자 보관실 내부는 아수라장이 되었다. 어느 신자가 발사한 플라즈마 광선이 크랙스의 뺨을 스치고 머리카락을 자르며 뒤에 있던 보안요원의 얼굴에 명중했다. 그 요원은 순식간에 눈이 멀어 바닥에 쓰러진 채 피를 흘렸다. 크랙스는 자세를 낮추고 다른 과학자의 다리를 쐈다. 양측은 서로 공격을 주고받았다.

하지만 크랙스는 생각해둔 방법이 있었다. 그는 시험 삼아 마커를 향해 총을 쏘고는 마커의 표면에서 파란 불꽃이 깜박이는 광경을 지켜보았다.

그는 고통에 일그러진 얼굴을 하고 있는 필드를 향해 뛰어가 곁에 무릎을 굽히고 앉았다. 그리고는 필드의 머리를 억지로 돌리고 다시 총으로 마커를 겨누고 발사했다.

"안 돼! 그러다 마커가 부서지면 어떡하려고 그러시오! 하지 마시오!"

필드가 겁에 질린 목소리로 절규했다.

"당장 멈추라고 말해!"

크랙스가 윽박질렀다.

"무기를 버리고 투항하지 않으면 보안요원 전원한테 마커를 공격하라고 지시할 줄 알아."

그리고는 지금 하는 말이 진심임을 드러내고자 또 마커를 쐈다.

갑자기 고통이 엄습하면서 머리가 금방이라도 터질 것만 같았다. 크랙스는 숨을 헐떡였다. 주위에 있는 사람들도 하나같이 가쁜 숨을 몰아쉬었다. 필드는 비명을 지르다가 신자들에게 크랙스의 말대로 소동을 멈추고 무기를 버리라고 소리치기 시작했다. 처음에는 고통 때문에 제정신들이 아니었지만 천천히 정신을 되찾고는 어리둥절한 자세로 일어섰다. 크랙스는 손바닥을 펴고 보안요원들에게 사격을 중지하라고 고함쳤다. 머리가 지독하게 아팠다.

"마커의 안전을 위해 우리 모두 싸움은 그만합시다."

필드가 다리의 고통 때문에 움찔거리며 말했다.

"형제들이여, 무기를 내려놓읍시다. 저항하지 맙시다."

크랙스는 사람들이 정말로 필드의 말을 따르는 모습에 깜짝 놀랐다.

'이래서 종교쟁이들은 안 된다는 증거만 하나 늘었군.'

그는 이후 20분 동안 신자들을 가두고 부상자를 챙겼다. 사망자는 보안요원 둘, 과학자 둘로, 총 네 명이었다. 그는 주검을 시체 안치소로 끌고 가라고 지시했다.

크랙스는 웃음을 지었다. 월면 전투 이후로 이렇게 신나는 일은 처음이었다. 오늘은 아주 만족스러운 날이로군. 머리만 깨질 듯이 아프지 않았더라면 더할 나위 없었을 텐데.

49

"신호가 또 나오고 있어. 틀림없어."

알트만은 고통에 머리를 쥐어뜯으며 말했다. 에이다 역시 무심결에 이마를 문질렀지만 그가 느끼는 만큼 아프지는 않았다.

"확실해?"

"확실해."

"그럼 어머니를 또 만날 수 있을까? 다시 나타나시려나?"

알트만은 답답한 마음에 고개를 돌렸다. 현재 알트만과 에이다는 육상 연구단지에 있었는데, 둘은 이송되자마자 이곳이 연구 시설이라기보다는 수용소에 가깝다는 사실을 알게 되었다. 연구실은 텅텅 비었고 기초 기자재만 간신히 갖춘 상태였다. 하나밖에 없는 출구에는 사내 셋이 밤낮으로 교대근무를 서고 있었는데, 해상 연구단지로 가기 전에 마르코프 밑에서 알트만을 구속했던 바로 그 삼인조였다. 셋다 이름 첫 글자가 T였다. 테리라는 안경잡이 사내는 체격이 왜소하지만 대구경 총을 갖고 있었다. 나머지 덩치 좋은 둘은 팀과 톰으로, 쌍둥이로 보일 만큼 서로 닮은 형제였다.

이송된 첫째 날, 알트만은 단지 밖으로 나가려다 제지를 받았다.

"저는 그냥······."

"아무도 출입 못 합니다. 위에서 별다른 지시가 떨어질 때까지는 규칙이 그렇습니다."

안경잡이 테리가 말했다.

팀이나 톰이 근무할 때를 기다려 다시 가보았지만, 그 둘은 말보다 주먹이 앞섰다. 처음에는 툭 밀쳐내더니, 머뭇거리자 배에 주먹을 날렸다.

"꺼지쇼."

연구단지에 수용된 인원은 짐작컨대 20명 남짓으로, 칙술루브에서 근무하던 과학자 대부분이 이곳으로 이송되었다. 필드와 쇼월터는 예외였는데, 특히 쇼월터는 무슨 이유로 빠졌는지는 알 길이 없었다. 다들 해상 연구단지에서 맡았던 연구를 계속하고자 했으나 변변한 기자재 없이는 사실상 불가능한 일이었다. 그래서 대신 서로 기록을 비교하고 정보를 공유하면서 연구를 이어나갔다.

에이다를 비롯해 많은 수가 신자가 되었다. 대부분이 필드가 이끄는 신도에 속해 있었던 까닭에 다들 알트만을 떠받들면서, 정작 본인이 싫어하는데도 예언자로 추앙했다.

"마커는 절 선택했어요. 이유는 몰라도 선택받았다는 사실은 알아요."

아가시즈라는 어류학자가 그에게 털어놓았다.

"그걸 왜 저한테 말해주는 겁니까?"

"당신이 바로 마커하고 대화했던 사람이니까요. 부디 저에 관해 여쭤봐 주세요."

마찬가지로 다른 사람들도 축복을 받아볼 요량으로 그에게 다가왔다. 처음에는 자신이 예언자가 아니므로 부질없는 짓이라고 타이르며 말렸지만 좀처럼 포기할 생각들이 없었기 때문에, 혼자 있고 싶으면 차라리 방언하듯이 기도나 중얼중얼 해주고 돌려보내는 편이 빨랐다.

아가시즈와 이야기를 나눠보니 신자들을 조종하기는 간단할 듯했다. 마커가 규율을 하사했으며, 그 내용이 바로 알트만에게 복종하는 것이라고 지어내면 그만이었다. 믿음을 빌미로 탈출하는 데 도움을 빌릴 신자들의 수는 충분했다. 하지만 갈등이 되었다. 지금 당장 탈출을 감행한다면 삼인조가 보초를 서건 말건 머릿수로 밀어붙여도 되겠지만, 결국에는 사상자가 나올 가능성이 컸다. 다른 사람의 죽음이 마음의 가책으로 남는 일만은 결단코 피하고 싶었다.

스쿠드가 기자재가 허술한 악조건 속에서도 조잡한 전파 측정 부품을 비롯해 보안 설비에서 뜯어낸 전선을 일부 활용함으로써 부족하게나마 연구 장비를 만드는 데 성공했다. 이로써 신호가 다시 나오기 시작했으며 매우 강력하게 작용하는 중임이 확인됐다.

"장비 성능이 모자라서 얼마나 강한지는 정확히 모르겠어."

스쿠드가 말했다.

"그래도 신호가 강력하다는 점은 확실하잖아."

알트만이 말했다.

"성능이 모자라다니까."

그는 재차 강조했다.

하지만 나중에 알고 보니 굳이 스쿠드를 통해 확인할 필요도 없었다. 주변 사람들의 행동거지가 위축되거나 폭력적으로 변한 점만 봐도 뻔했다. 게다가 모퉁이를 돌아서다 귀신들과 맞닥뜨려 그들이 하는 애원을 듣기까지 했다.

도와주세요. 우리가 하나 되게 해주세요.

알트만은 과연 어떡하면 좋을지 곰곰이 생각해 보았다. 공식석상에서 진실을 폭로하면 되겠지만 무슨 수로? 도망 자체가 불가능한데.

그러던 어느 날 늦저녁, 복도를 걸어가다 출구에서 보초를 서던 팀인지 톰인지가 혼잣말을 중얼거리는 모습을 보게 되었다. 그는 허공에 손짓을 하더니 소총을 꺼내 들고는 손에서 떨어뜨렸다. 그리고는 바닥에 떨어진 소총은 내버려두고 헐레벌떡 통로로 달려오더니 알트만을 본체만체 지나갔다. 이제 출구는 무방비였다.

그는 행동에 들어갔다. 곧바로 지갑과 홀로그램 영사기를 챙겨 에이다의 손을 잡고는 서둘러 탈출에 나섰다. 출구에는 아무도 없었고 자물쇠에는 열쇠가 꽂혀 있었다. 그는 떨리는 손으로 열쇠를 돌려 문을 열었다.

'함정이면 어쩌지?'

혹시나 싶은 생각이 머릿속을 맴돌았다.

'함정일지도 모르지만 기회는 지금뿐이야.'

그는 문턱을 넘으며 마지못해 뒤따라온 에이다와 함께 뛰었다. 벌써부터 다음 단계가 머릿속에 그려졌다. 승용차나 버스를 타고 마을을 벗어나서, 비행기를 타고 북미 지구로 가야지. 한시라도 서둘러야겠지만, 이제는 행여 죽는다 해도 사망 소식이 나갈 테지. 드디어 진실을 폭로할 때가 왔다.

50

출구에서 보초를 서던 팀의 눈앞에 느닷없이 아버지가 나타났다. 살아 있을 적에도 서로 멀리 떨어져 지냈던 탓에 20년 전에 죽은 사람이 나타났는데도 팀은 눈 하나 깜짝하지 않았다.

오랜만이구나, 팀.

아버지는 언제나 입던 스웨터 차림에 파이프 담뱃대를 피우고 있었다. 항상은 아니라도 늘상 그 차림이었다.

"아버지, 여기서 지금 뭐하세요?"

네 얼굴 보러 왔다.

"뭐하려요. 괜히 사서 고생하시네."

걱정돼서 왔다, 이놈아. 너랑 네 형 말이다.

"왜요? 톰은 멀쩡하게 있는데. 저도 멀쩡하고요. 우리 둘 다 직장 구했잖아요. 수

입도 짭짤해요."

그 얘기가 아니다.

아버지는 파이프 담뱃대를 깊이 빨아들이며 말했다.

그게 말이다. 어떻게 설명해야 될지 난감하다만, 아들아, 준비는 확실히 한 게냐?

"무슨 준비요?"

그 말이 나오는 꼴을 보니 준비가 덜 됐구나. 네 형은 어떻더냐?

"얘기 안 해봤는데요. 무슨 말씀이신지 모르겠네요?"

전세가 언제 역전될지 모른다. 아들아. 이기는 편에 있을 거냐? 아니면 뾰족한 승부수라도 있는 게냐?

"당연히 이기는 편에 있고 싶죠. 승부수도 있으면 좋고요."

팀이 자신 있게 대답했다.

애비가 보니 네 형은 벌써 기권한 모양이더구나. 형 대신 뛰어줄 자신이 있느냐?

"톰이오?"

그가 언성을 높였다.

"톰한테 무슨 일이라도 있어요?"

나도 잘 모르겠구나. 멀쩡하게 같이 얘기하고 있었는데 갑자기 말이 없지 뭐냐. 내 말을 들으면서 상대편 코치 말도 같이 듣더구나. 애비 생각에는 그녀석이 헷갈렸던 것 같다. 너희가 어릴 적부터 그렇더니 커서도 그 모양이더구나. 무슨 얘기를 해도 늘 청개구리 같았지. 너도 애비한테 그럴 테냐?

"지금 톰 어디 있어요? 톰한테 무슨 일이 생겼는지 말씀해주세요."

하지만 아버지는 홀연히 사라진 뒤였다. 어쩌면 늘 그랬듯 등 뒤처럼 보이지 않는 곳에 숨어 계실지도 모른다.

"아버지? 아버지?"

그는 안절부절 못하며 잠시 앞뒤를 서성거렸지만 톰에 대한 생각이 좀처럼 머릿속을 떠나지 않았다. 팀은 9분 먼저 태어나 형이 된 톰을 언제나 존경하고 따랐다. 그리고 둘은 항상 서로 챙겨주며 지냈다. 함께하지 않으면 반쪽이 되는 것만 같아서, 같이 있으면 두 사람이지만 따로 떨어져 있으면 한 사람 구실도 못 했다. 그래서 연구단지 출구에서 홀로 보초 서는 일이 때로는 견디기 힘들었다.

대체 아버지가 하신 말씀은 무슨 뜻일까? 톰이 말을 하다 멈췄다니? 그냥 아버지한테 화가 나서 그랬을지도 모른다. 팀은 어쩌다 형이 아버지처럼 훌륭한 분한테 화를 냈는지 도통 이해가 되지 않았지만, 생각해보면 그와 말하다가도 곧잘 입을 다물던 형이 아닌가. 어쩌면 형은 원래 그런지도 모른다.

혹시 다른 이유가 있을지도 모른다. 뭔가 잘못돼서 그랬을 수도 있다. 아버지는 팀더러 톰을 챙겨주라고 일렀다. 처지가 바뀌었다면 톰도 똑같이 그를 챙겨주러 오지 않을까? 이렇게 손 놓고 있다가 정말로 톰한테 무슨 일이 생기기라도 한다면 그때 가서 어떻게 사과한단 말인가?

하지만 출구가 문제였다. 지금은 출구에서 보초를 서는 중이다. 잠깐 자리를 비우는 사이에 대신 맡아줄 사람이 필요한데.

"아버지. 부탁 좀 들어주실래요?"

당연히 들어줘야지. 무슨 부탁이냐?

아버지가 천연덕스럽게 파이프 담뱃대에 불을 붙이며 말했다.

"이것 좀 들고 계세요."

팀은 아버지에게 총을 건넸다. 아버지는 총을 받아들지 못하고 바닥에 떨어뜨렸다. 하지만 상관없다. 담배부터 느긋하게 피우고 나중에 집어들으시겠지.

"혹시 누가 오면 총알 세례를 해주시고요."

아버지는 씩 웃기만 했다.

그러마, 아들아.

그리고는 팀에게 까닥까닥 손을 흔들었다.

'다녀오겠습니다!'

팀은 속으로 그렇게 대답하고는 톰을 찾으러 복도를 뛰어갔다. 무슨 말인지 다 알아들으셨을 거야. 저렇게 훌륭한 아버지를 두다니, 난 복도 많지.

형의 모습이 보이기 전에 냄새부터 느껴졌지만, 처음에는 이 냄새가 형한테서 나는 것인지도 긴가민가했다. 콧속으로 들어오는 냄새는 피비린내뿐이었다. 그리고 그 피비린내는 둘이 함께 쓰는 방에서 나오고 있었다.

팀은 자세를 낮추고 까치발로 조심조심 걸으면서 누군가가 덮쳐올 때를 대비했다. 하지만 아무런 일도 일어나지 않았다.

형은 침대에 몸을 돌리고 누워 있었다.

"톰, 아버지랑 얘기하다 갑자기 입을 닫았다면서. 혹시 삐졌어?"

톰은 아무런 대답이 없었다.

"톰?"

대답이 없을 뿐만 아니라 몸도 꼼짝하지 않았다. 팀은 앞으로 다가가 어깨에 손을 얹었다.

얼음장처럼 차가웠다. 팀은 가슴이 철렁 내려앉는 듯했다. 톰을 이쪽으로 살짝 잡아당기자 몸이 홱 돌아가더니, 갈라진 목과 손에 들린 칼이 드러났다.

51

"혹시 이거 보셨습니까?"

스티븐스가 물었다. 뒤에는 크랙스가 같이 서 있었다.

"뭐 말인가?"

마르코프가 물었다.

스티븐스는 손을 뻗어 영상을 틀었다.

"막 방송됐습니다. 방금 말입니다."

셋은 일어서서 영상을 지켜보았다.

기자회견 단상에 올라온 알트만의 모습이 보였다. 화면 아래로는 '군의 은폐공작을 고발한 과학자 그리고 외계 생명체의 존재가 사실로 확인되다' 이렇게 자막이 흘러갔다. 알트만은 마커 조사에 관해 설명하고 있었다.

"이게 어딘가?"

"워싱턴 D.C.입니다."

"대체 어떻게 워싱턴으로 달아난 건가?"

스티븐스를 쳐다보자 그는 크랙스에게 고개를 돌렸다.

크랙스는 어깨를 으쓱였다.

"보안이 뚫린 겁니다. 제 부하들이 아니라 태너네 떨거지들 잘못입니다."

……지금까지의 내용은 모두 외계 생명체가 존재한다는 사실을 뒷받침하는 최초의 증거입니다. 하지만 이는 군에서 단독으로 조사할 문제가 아닙니다. 모든 지구에 있는 과학자들이 함께 조사해야 하는 문제이며, 전세계에서 전문가를 뽑아 합동 조사단을 편성해야 합니다…….

알트만의 모습이 사라지면서 수중 보관실에서 촬영한 마커가 나왔다.

"대체 저건 또 언제 찍어간 건가?"

"저도 모릅니다."

크랙스가 말했다.

"누구 짓인지 당장 알아내도록!"

……군에서는 사실을 은폐하려 하고 있습니다. 조사를 장악함으로써 외계 기술로 신무기를 만들려 하고 있습니다. 그런 일이 일어나서는 안 됩니다. 마커의 용도와 기능을 놓고 공개조사를 벌여야 합니다.

아래로는 이렇게 자막이 흘러갔다. '마이클 알트만, 내부고발자인가, 과대망상증 환자인가?'

마르코프는 벌써 출입구를 향해 걸어가고 있던 크랙스를 불러세웠다. 스티븐스가 목소리를 낮춰 마르코프에게 무어라고 속삭였는데, 크랙스는 둘이 무슨 이야기를 주고받는지 들리지 않을 만큼 먼 거리에 있었다. 크랙스는 마르코프가 고개를 한 번 끄덕이고는 다시 끄덕이는 모습을 지켜보았다.

"방금 명령은 취소한다."

마르코프가 크랙스에게 말했다.

"내부자 색출은 나중에 돌아와서 한다. 알트만이 어느 호텔에 묵고 있는지 알아낸 다음 무슨 수를 써서든 가까운 방을 예약해라. 추가 요원도 따로 세 명을 선발하도록. 그리고 당장 항공편을 준비해라. 일단은 이 문제부터 끝장을 봐야겠군."

6부

아비규환

52

기나긴 하루였다. 기자회견에 이은 질문 공세, 뒤이은 개인 인터뷰까지. 처음에는 에이다를 옆에 데려갔으나, 그녀는 어머니의 환영에 대한 집착 때문에 도무지 제정신이 아니었다. 질문에 대해서는 철저히 사실대로 대답했다. 그렇다, '마커'라 부르는 외계 유물이 존재하며, 칙술루브 분화구의 중심부 아래 깊숙한 곳에서 발견되었는데, 그렇다는 사실인즉 인류의 기원을 뛰어넘을 가능성이 크다. 아니다, 절대 조작극이 아니다. 그렇다, 분명 군에서 마커의 존재를 은폐한다고 생각한다. 나머지 정부 기관에서도 이러한 사실을 아는지에 관한 여부는 나도 모른다.

환영에 관한 사실은 꺼내지 않았다. 정말로 마커가 환영을 일으키는지는 확실하지 않고, 또 인양 과정에서 작동되었을 여지도 있으므로, 마커가 지성을 갖추었다는 암시를 주는 발언은 가능한 삼갔다. 해변에서 보았던 괴상한 생명체에 관해서도 말하지 않았고, 악마의 꼬리를 나타내는 손짓도 해보이지 않았으며, 유카테크 마야인들이 마커가 발견된 바다 깊숙한 곳에 악마의 꼬리가 있다고 믿는다는 사실도 굳이 들춰내지 않았다. 대부분의 언론 매체에서 여기에 크나큰 관심을 보이는 이유가 자신을 단순히 특종감으로 보기 때문이라는 사실을 알트만이 알아차리는 데는 오랜 시간이 걸리지 않았다. 언론에서는 그의 진술에서 허점을 찾는 데만 혈안이 되었다. 조작된 동영상은 아닌가? 정말 그자의 말처럼 거대하다는 증거가 어디 있는가? 크기야 동영상 속에서 얼마든지 키우고 줄이는 것이 가능한 데다, 동영상에 사람이 찍히지 않았기 때문에 크기 비교도 불가능하다. 대학 연구 후원금을 타려고 칙술루브로 전근한 사람 아니던가? 그런데 어떻게 인공섬으로 가서 군사 기관 밑에서 일하게 되었다고 억지주장을 펼치느냐? 공상과학 소설을 너무 많이 읽은 것 아니냐? 하는 식이었다.

하지만 다소 진지한 자세로 질문을 던지는 이들도 적게나마 있었다. 그들은 답변을 듣고 나자 생각에 잠긴 태도로 그를 바라보았다.

알트만과 에이다는 유서 깊은 워터게이트 호텔에 밤늦게 도착했다. 내일도 인터뷰 일정이 잡혀 있었고, 지금도 요청 전화가 빗발쳤다. 정부를 상대로 가처분 신청을 내고자 변호사와 만나기로 한 약속도 있었다. 이를 둘러싸고 여론도 서서히 형성되어서, 적시적소에 압력을 넣기에도 충분했다.

"정말 크게 터뜨렸어."

문을 여는데 에이다가 말했다.

"제아무리 마르코프라도 마커를 숨기고 돌지는 못할 거야. 이제 다들 마커의 존재를 알게 됐으니 만인에게 마커의 의지를 알릴 기회가 열린 셈이야."

알트만은 뭐라고 대답할지 난감해서 입을 다물었다. 둘은 문을 열고 객실로 들어갔다. 그는 전등을 켜는 순간, 그대로 얼어붙고 말았다.

한쪽 벽에 커다랗게 구멍이 뚫려 있었고, 바닥에는 온통 회반죽 석고 가루가 흩어져 있었다. 뚫린 벽 뒤로는 침대 옆 의자에 마르코프가 앉아있었다.

"안녕하신가, 알트만 박사."

알트만은 문으로 돌아서려 했지만 총구에 소음기를 장착한 총이 눈에 겨눠져 있었고, 다른 한 자루는 에이다의 가슴을 향해 겨눠져 있었다. 한 자루는 크랙스가, 다른 한 자루는 처음 보는 보안요원이 쥐고 있었다.

"허튼짓하면 애인부터 쏴죽이겠다. 입도 뻥긋하지 마라."

크랙스가 말했다.

"말을 시키지 않는 한 조용히 입 다물고 있도록. 알았나?"

알트만은 고개를 끄덕였다.

"방에 들어가서 침대에 앉아."

둘은 방으로 떠밀려 강제로 침대에 앉았다. 크랙스는 뒤로 물러나 욕실 문간에 의자를 놓고 걸터앉아 계속 알트만을 겨누었다.

"기자회견을 봤나 보군요."

알트만이 마르코프에게 말했다.

"닥치시오. 항상 댁처럼 나대는 인간들이 문제요."

"한발 늦었어요. 벌써 진실이 퍼졌거든요."

에이다가 앙칼지게 쏘아붙였다.

마르코프는 에이다의 말을 무시했다.

"잠깐 얘기나 합시다. 말 좀 한다고 다칠 일은 없잖소?"

알트만은 아무런 대답도 하지 않았다.

"이제 와서 깨끗이 포기하라고 종용할 생각은 없소. 기자회견을 다시 열어서 전부 꾸며낸 이야기라고, 마커 따위는 존재하지 않고 이를 둘러싼 음모 또한 허구이며, 나 자신도 거대한 조작극의 희생자였다고 번복하시오."

"안 됩니다."

"그렇게 해준다면 서로 합의한 셈 치겠소. 다시 마커를 연구할 기회를 주겠다는 말이오."

그래도 알트만이 대꾸가 없자 마르코프는 이렇게 덧붙였다.

"전 시설 출입 권한도 함께 말이오."

전 시설 출입 권한이라? 구미가 당겼다. 하지만 마르코프가 거짓말을 하고 있음이 분명했다. 게다가 어떻게 됐건 두 번 다시 그곳으로 돌아가고 싶지 않았다. 마커 조사는 공개적으로 진행되어야 한다.

"그이가 당신 말을 들을 거라고 생각하면 오산이에요. 이이는 오직 마커의 말에만 귀를 기울일 거예요."

마르코프는 팔을 뻗어 손등으로 에이다를 후려갈겼다.

"닥치시오."

"에이다는 건드리지 말아요."

"어쩔 텐가, 알트만 박사?"

"죄송하지만 안 되겠습니다."

"나도 미안하게 됐소. 그럼 결정한 거요. 같이 돌아갑시다."

"그러자고 한 적 없는데요."

"지금 따라올지 말지를 묻는 것이 아니오. 따라올지, 아니면 죽을지 선택하게 해주는 거요."

"그럼 죽이시죠."

알트만은 한 치의 망설임도 없이 대답했다.

마르코프는 냉철한 눈빛으로 그를 쳐다보았다.

"미신처럼 들릴지 모르겠소만, 마커가 당신을 위해 준비한 것이 있을 듯해서 말이오. 아직은 죽일 생각이 없소."

마르코프가 에이다를 향해 고갯짓하자 크랙스가 천천히 에이다의 머리에 총구를 돌렸다.

"하지만 애인 분까지 똑같이 대접하기는 어렵소."

알트만은 에이다를 바라보았다. 하나도 무섭지 않다는 얼굴이었으나, 그런 태도 때문에 도리어 겁이 났다. 순교자로서 죽고 싶어 하는 눈치였다.

"우리 둘 다 돌아가느냐, 아니면 저만 돌아가느냐 둘 중 하나로군요."

마르코프는 씩 웃었다.

"눈치가 빠르시군. 크랙스가 진정제를 두 사람 몫만큼 챙겨왔소."

그는 다른 요원들을 향해 손짓했다.

"여기 있는 솜씨 좋은 친구들이 뚫린 벽을 감쪽같이 고쳐놓을 거요. 사람들 눈에는 당신이 후환이 두려워 달아난 것처럼 보일 거요."

"천하에 둘도 없는 악당 같으니라고."

"사람이란 겪어봐야 아는 법이오. 그럼 좋게 말할 때 약이나 드시오."

53

결국 알트만은 원점으로 돌아가고 말았으나, 마르코프가 자신을 죽이지 않고 살려뒀다는 점은 의외였다. 어쩌면 이것도 마르코프 일당이 파놓은 함정이 아닐까 하는 의심이 들었지만 무슨 속셈인지 알 길이 없었다. 최근에 열렸던 기자회견이나 그 직후 자신이 갑작스레 사라진 일로 말미암아 세간이 발칵 뒤집히지 않았을까 싶었지만, 해상 연구단지에서 그러한 여부를 파악할 기회가 있을지는 의문이었다.

진정제가 깨고 나서 보니 에이다는 사라지고 없었다. 당장 에이다를 보여 달라고 하자 마르코프 일당은 웃기만 했다.

"순순히 협력하기만 하면 애인은 무사할 거다."

크랙스의 말이었다.

정신을 되찾은 지 몇 시간이 지났는데도 여전히 온몸이 나른했고, 주위를 둘러보니 지금 있는 곳은 스티븐스의 사무실이었다. 스티븐스는 의자에 앉아 팔꿈치를 팔걸이에 받치고 얼굴 앞으로 양손을 탑처럼 맞대고 있었다.

"왜 날 여기로 데려온 겁니까? 뭐하러 계속 살려두는 거죠?"

"마르코프 씨가 박사님한테 호기심을 느끼셔서 말입니다."

"호기심이라니요?"

"당신은 대부분의 동료들과 달리 마커가 주는 영향에 얼마간 면역을 갖추고 있어요. 그래서 계획 진행에 쓸모가 있겠다고 판단하신 겁니다."

"무슨 놈의 계획에 말입니까?"

스티븐스는 웃음을 지었다.

"그분이 왜 박사님을 신기하게 여기는지는 스스로 잘 아시잖습니까. 심해잠수정을 타고 잠수했다 하면 다른 사람들은 미쳐버리기 일쑤인데 당신은 멀쩡하게 돌아왔어요. 두통에 환영까지 시달렸는데 폭력성이나 정신발작 같은, 환각으로 인한 증상을 보이지도 않았고요. 지금 연구단지에 있는 신자들은 당신을 거의 종교 수준으로 떠받들고 있습니다. 솔직히 저도 반신반의하고 있을 정도죠. 아마 제 몇몇 동료들도 비슷하게 생각할 겁니다."

"제정신들이 아니로군요."

"신자들은 박사님을 예언자로 추앙하고 있습니다."

알트만은 고개를 저었다.

"마커는 위험합니다. 그건 분명합니다."

"그런데 마커에 현혹되셨죠."

스티븐스는 앞으로 몸을 숙였다.

"아직 뭔가 숨기는 사실이 있으리란 의심이 드는군요."

그는 책상 서랍을 열고 마커에서 떨어져 나온 돌덩이를 꺼냈다.

"의식을 잃었을 때 재킷 호주머니를 뒤졌더니 이게 나오더군요. 설명해 주실까요?"

"싫습니다."

스티븐스는 고개를 끄덕였다.

"좋으실 대로. 저한테 설명하기 싫으시다면 대신 크랙스한테 하시죠."

하지만 크랙스는 대화로 해결할 맘이 없어 보였다.

"네놈이 왜 끌려왔는지 알고는 있나?"

알트만은 고개를 끄덕였다.

"돌덩이에 관해 해명하라고 데려왔잖습니까."

"그런 이유도 있지."

크랙스는 알트만을 팔걸이와 다리에 가죽 끈이 묶인 의자로 데려갔다.

"앉아."

"뭐하려고요? 에이다는 어디 있는 거죠?"

"애인 걱정은 그만하시지. 썩 앉아."

크랙스는 가슴을 툭 떠밀어 그를 의자에 앉혔다.

"이제 팔다리를 묶어야겠군."

"그럴 필요 없습니다. 도망 안 가니까요."

알트만은 덜컥 겁이 나기 시작했다.

크랙스는 고개를 젓고는 끈을 묶기 시작했다.

"안 가는 게 아니라 못 가지. 이렇게 말하려니 마음이 아프지만 지금부터는 조금 따끔할 거다."

"따끔하다니요?"

"기분이 어때?"

크랙스는 가죽 끈이 얼마나 조였는지 확인하며 물었다.

"불편하진 않나? 갑갑하진 않고?"

"괜찮습니다. 그런데 뭘……."

크랙스는 왼쪽 손목을 감싼 끈을 꽉 조이고는 오른쪽도 똑같이 조였다. 끈이 피부를 깊숙이 파고드는 고통이 느껴졌다.

"지금은 어때?"

그는 그렇게 묻고는 방을 나갔다. 잠시나마 알트만은 그곳에 홀로 남아 끈을 풀려고 몸을 버둥거렸다. 어쩌면 의자를 기울여 넘어뜨리면 부술 수 있을지도 모른다. 하지만 의자를 아무리 앞뒤로 흔들어 봐도 의자 다리는 바닥에 나사로 단단히 고정되어 있었다.

곧 크랙스가 손수레를 끌고 돌아왔다. 수레는 흰 천으로 덮여 있었다. 그는 수레를 가까이 대고는 기대하라는 듯이 천을 걷었다. 수레 위에 각종 메스와 칼날, 펜치 두 개가 가지런히 놓여 있었다. 그는 연장 위로 손을 천천히 쓸어보았다.

"제멋대로 기어나갔다가 나중에 보고만 하면 뒤탈 없이 넘어갈 줄 알았나 보더군, 알트만 박사. 그래, 안 그래?"

알트만은 변명을 하려고 했지만 입안이 바싹 말라 말이 나오지 않았다.

크랙스는 제일 작은 칼을 골라들었다.

"작은 것부터 차근차근 시작해 볼까?"

"부디 참아주셨으면 합니다."

"일단 생채기부터 내보도록 하지. 분위기를 띄워야 내 미적 감각이 얼마나 탁월한지 감이 올 테니까."

크랙스는 알트만의 검지를 단단히 붙잡고 칼로 손가락 끝에 십자를 그었다. 처음에는 하나도 아프지 않고 따뜻한 느낌만 들었다. 그때 갑자기 손가락이 욱신거리기 시작하면서 손가락 끝에 핏방울이 맺혔다. 크랙스는 이 손가락에서 저 손가락으로 옮겨가며 종이에 베인 상처를 내듯이 서너 번씩 칼집을 냈다. 알트만은 손에 불이 붙은 것만 같은 통증을 느끼며 핏방울이 손가락 끄트머리마다 맺히는 모습을 지켜보았다.

"앞으로 며칠은 이렇게 계속할 텐데. 이거 나중에 가면 아주 둘도 없는 사이가 되겠어."

크랙스는 다시 방을 나갔다. 알트만은 손에서 고개를 돌리며 욱신거리는 고통을 잊으려고 애썼지만 도무지 떨칠 수가 없었다. 겨우 시작한 지금이 이런데 앞으로는 얼마나 더 끔찍한 고통이 기다리고 있을까? 차라리 콱 죽고 싶었다.

크랙스는 한손에 소금을 한 그릇 가득 들고 되돌아왔다.

"혹시 '상처에 소금 뿌린다'는 말 들어 봤나?"

눈을 감으려 하자 크랙스가 뺨을 때렸다.

"흥미진진할 테니 똑똑히 봐둬."

하지만 알트만은 눈을 꼭 감았다.

손가락이 소금에 푹 담기자 손이 갑자기 타들어가기 시작했다. 숨이 턱 막혔다. 눈을 더욱 질끈 감았다.

"상처 염장에는 가는 소금이 최고지."

크랙스가 차분한 목소리로 설명했다.

"요오드 처리된 천일염이라면 더할 나위 없고."

그는 붙잡고 있던 손을 놓아주었다.

"됐다. 그만 눈 떠봐."

알트만은 눈을 떴다. 고통에 겨워서인지 조명이 유난히 눈부시게 느껴졌다.

"대체 뭐 때문에 이러는 겁니까?"

알트만이 이를 악물고 물었다.

"때가 되면 다 말해줄 거다. 너무 조급하게 굴지 마라."

크랙스는 손수레로 걸어가 소금 그릇을 위에 내려놓았다. 그리고는 작은 칼로 바꿔들고 나머지 연장 위로 손을 쓸어보았다.

"고문은 정말 재미있다니까."

크랙스는 씩 웃으며 쟁반에서 조금 더 큰 칼을 집어 그에게 다가왔다.

"입을 크게 벌려보실까."

마르코프는 홀로 통제실에 남아 평소와 변함없는 위치에 서 있었다. 다른 사람 눈에는 그가 관측창 너머로 어두컴컴한 바닷물을 지켜보는 것처럼 보였을 것이다. 하지만 사실은 자신이 있는 자리에서만 보이도록 설계된 일련의 홀로그램 영상을 살펴보는 중이었다. 영상이 재빨리 번갈아 돌아가며 연구단지 내부의 곳곳을 잡아냈다.

보아하니 문제가 생긴 듯했다. 마커 보관실에서 소동이 벌어졌다.

"잠시 그대로."

그렇게 말하자 전체 홀로그램 영상이 마커 보관실로 집중되었다. 수많은 보안요원과 과학자들이 주먹을 치켜들고 있었다. 크랙스는 뭐하고 있는 거지? 이런 사태를 미연에 방지하라고 일러뒀을 텐데. 그때 크랙스가 알트만과 같이 있다는 사실이 생각나자 입가에 웃음이 떠올랐다.

문이 열리면서 스티븐스가 안으로 들어왔다. 그는 몇 계단 아래에서 기다리다가 마르코프가 손짓을 하고 나서야 가까이 다가섰다.

"문제가 생겼습니다."

"빨리도 말해 주는군."

"신자들이 들썩이고 있습니다. 알트만이 되돌아 왔다는 소식을 어떻게 알아낸 모양입니다. 당장 알트만을 풀어 달라고 요구하고 있습니다."

"절대 안 된다. 크랙스한테 손봐 두라고 해둔 참이란 말이다."

"요구를 들어주지 않으면 또 폭동이 일어날 겁니다. 게다가 크랙스도 알아낼 만큼 알아냈고요. 마커에서 어떻게 파편을 가져왔는지도 얼마 가지 않아서 전부 실토했답니다. 영상을 보면서 표정을 토대로 알트만의 심리를 분석해 봤습니다. 크랙스가 계속 고문한들 더 알아낼 것도 없겠더군요."

스티븐스는 더 가까이 다가가 마르코프의 어깨에 손을 얹었다.

"서로 감정 있는 거 압니다. 저희라고 다르겠습니까. 하지만 아직 이용가치가 있습니다."

마르코프는 어깨를 으쓱여 손을 떨쳐냈다.

"놈을 신도들한테 미끼로 써먹자는 겁니다. 그냥 죽이느니 그러는 편이 이득입니다."

마르코프는 냉랭한 눈빛으로 스티븐스를 빤히 쳐다보았다. 스티븐스는 차분한 눈빛으로 대답했다.

"그러는 자네도 한패일지 누가 알겠나?"

"한패요? 신도들 말씀이십니까? 제가 신자처럼 보이시나요?"

"알았다. 아직은 써먹을 구석이 있지. 크랙스한테 그만 풀어주라고 해라. 하지만 혹시라도 나중에 일이 틀어진다면 각오하도록."

이제 여섯 번째 칼로 한창 당하던 도중, 보안요원 둘이 불쑥 나타났다. 알트만은 아무런 설명도 듣지 못하고 갑자기 다시 풀려났는데, 손끝과 발끝이 시큰거리고 등과 정강이는 상처 투성이었지만 겉으로는 말짱해 보였다.

"다음 기회에 마저 하도록 하지."

두 보안요원은 그에게 붕대를 감아주고 서둘러 스티븐스에게 데려간 다음 물러났다.

"그러게 저한테 말씀하셨으면 험한 꼴을 보지 않으셨을 텐데. 다음에도 선택할 기회가 생기면 꼭 명심하세요."

"웃기지 마시죠."

스티븐스는 웃음을 지었다.

"크랙스한테는 언제든 되돌려보낼 수 있습니다. 이 점도 유념하시고요."

알트만은 아무런 대꾸도 하지 않았다.

"박사님이 이곳에 되돌아온 이유는 하나입니다. 아직 쓸모가 있기 때문이죠. 지난번에 신자와 불신자 간에 충돌이 생겨서 몇 명이 죽었습니다. 다들 편 가르기에 혈안이 되어 있어요. 이대로 가면 죽는 사람만 속출할 겁니다. 그런 사태를 막고 싶은데, 박사님이 도움이 되지 않을까 싶군요."

"어떻게 말입니까?"

"신자들은 박사님을 믿고 따릅니다. 박사님 말이라면 복종할지도 몰라요."

"전파 신호가 다시 나오기 시작했습니다. 지금 신자와 불신자 간의 갈등 따위에 신경 쓸 때가 아닐 텐데요."

"물론 아니죠. 하지만 서로 잡아먹지 못해 안달이라 문제입니다. 지금 박사님이 크랙스한테서 풀려난 것도 다 마르코프 씨가 박사님이라면 상황을 안정시킬지 모른다고 생각하시기 때문입니다."

"싫다면요?"

스티븐스는 어깨를 으쓱였다.

"그럼 크랙스한테 돌려보내야죠. 혹시라도 신자들을 부추기려는 낌새를 보인다면 제가 직접 쏴죽일 겁니다. 하지만 상황을 가라앉힌다면 많은 사람의 목숨을 구하는 일이 될 겁니다. 그리고 우리가 항상 감시한다는 점도 명심하시고요."

"먼저 에이다를 만나고 싶군요."

스티븐스는 잠시 머뭇거렸다.

"안 됩니다."

"왜죠?"

"애인 분은 무사하니 일단 믿어주셨으면 좋겠군요. 상황만 잘 수습한다면 만나게 해드리겠습니다."

신도 무리에는 필드를 비롯해 안면 있는 과학자들이 여럿 끼어 있었으며, 그가 모습을 드러내자 다들 안색이 환해졌다. 그는 군인과 신자 사이에 총격전이 벌어진 끝에 사망자가 나왔다는 소식을 필드를 통해 들었다. 필드는 총에 맞은 발까지 보여주었지만 굳이 붕대를 들춰내지는 않았다.

"아프셨겠습니다."

필드는 만면에 웃음을 머금었다.

"모르핀 주사를 맞지 않았으면 이렇게 걷지도 못했을 걸세. 그야 별로 중요한 얘기가 아니지. 나야 별로 중요하지 않으니까."

"괜한 소리 마세요."

알트만은 뜬금없이 무슨 말이냐는 듯이 그의 어깨를 두드렸다.

필드는 절레절레 고개를 흔들었다.

"지금 중요한 점은 상황이 변하기 시작했다는 사실일세. 우리 중에서 수많은 사람들이 죽거나 미쳐버렸네. 우리 곁을 떠난 이들은 죽기 직전에 세상을 보는 눈이 달라졌다네."

필드는 알트만의 셔츠를 붙잡고 가까이 끌어당겼다. 모르핀 약효 때문에 웃음 지은 얼굴이 광대마냥 그대로 굳어 있었다.

"곁을 떠나간 이들은…… 믿었다네."

그는 일부러 남들 귀에 들리도록 속삭였다.

"그랬군요."

알트만은 필드의 팔을 놓으려 하며 건성으로 답했다.

"마커께서 우리한테 말씀하셨네."

그는 답을 구하는 얼굴로 알트만을 바라보았다.

"자네한테도 말씀하셨단 말일세. 그렇다면 자네도 신자일세. 지금 우리는 목자 없는 양들이란 말일세. 신자가 되든가 죽음을 맞이하든가 중에서 선택하게."

"제정신이 아니군요."

"그런가? 지금까지 얼마나 많은 사람이 죽었는지 좀 헤아려 보게. 또 얼마나 많은 사람이 미쳤는지도 말일세. 이게 정상이라고 보나? 달리 설명할 길이 있나?"

"달리 설명할 방법이 있습니다. 분명히 있습니다."

"어떻게 설명한단 말인가?"

알트만이 아무런 대답도 없자 필드는 다시 입을 열었다.

"알트만, 마커와 하나가 되게. 하나로 뭉치라는 마커의 의지를 받아들이게. 부디 우리와 함께하세."

필드는 그제야 그를 놓아주었다. 알트만은 한 발짝 뒤로 물러나며 뒤숭숭한 속마음을 감추려고 애썼다. 미치거나 죽거나 종교에 빠지거나. 무슨 놈의 선택폭이 이렇단 말인가?

"유니톨로지를 믿는 사람들이 점점 늘고 있다네."

필드는 계속 반쯤 정신 나간 웃음을 지으며 말했다. 그는 자기 셔츠 옷깃을 더듬거리다가 가죽끈을 잡고 끄집어냈다. 가죽끈 끄트머리에는 어설프게 만든 부적이 달려 있었다. 은빛 쇳조각을 서로 꼬아 마커를 나타낸 장신구였다.

"힘이 부칠 때면 이걸 꺼내본다네."

필드는 손으로 부적을 꽉 쥐고 눈을 감고 주문이나 기도처럼 들리는 말을 계속 중얼거렸는데, 워낙 나지막한 목소리로 읊조려서 알트만의 귀에는 무슨 말인지 잘 들리지도 않았다. 솔직히 무슨 뜻인지 알고 싶지도 않았다. 보다 못해 고개를 돌렸더니 주위에 있는 사람 대다수가 똑같은 행동을 하고 있었다. 하나같이 눈을 감고 손에 뭔가를 쥐고는 거기에 대고 중얼거렸다. 그는 살그머니 무리에서 빠져나가 얼른 그곳을 떠났다.

이제는 연구원들과의 교류 방식도 이전과는 판이하게 달라졌다. 전에는 마르코프의 측근과 나머지 과학자들 사이에 거리가 있었지만, 이제는 모두 함께 협동하는 듯했다. 환영(신자들은 이를 '예지'라 불렀다)으로 말미암아 사람들 사이에는 시간이 촉박하다는 다급한 정서가 서려 있었다.

처음 하루 이틀은 가만히 귀를 기울였다. 연구원들이 꼬리에 꼬리를 물고 그를 찾아와 자신들이 새로 발견한 내용을 알려주었다. 다들 열성으로 가득한 얼굴이었는데, 종교적 열성 또는 발견에 들뜬 열성 둘 중 하나였다. 어느 쪽이건 그런 모습들을 보자니 겁이 났다.

설명을 듣고 실험 결과를 살펴보고 마커와 직접 교감하기 시작한 끝에 처음부터 자신의 짐작이 옳았음을, 마커가 인류의 이득과는 전혀 무관한 목적을 품고 있음을 확신하게 되었으나, 정확히 무슨 목적을 띠고 왔는지는 아직도 확실히 결론을 내리기 어려웠다. 밤에 홀로 침대에 누워 지금쯤 에이다가 어디 있을지, 아직도 마커를 향한 맹신에 사로잡혀 있을지 머릿속으로 곱씹으려니 걱정만 커져갔다. 환영이 보이면서부터 시작된 합일과 영생에 대한 말들은 단순히 거짓이라기보다, 마커가 사람들로 하여금 이를 사실로 믿게끔 떠나간 이들에 얽힌 기억을 조작하면서까지 인간의 기준으로 뭔가를 설명하려는 시도의 일환이라 보는 편이 타당했다. 하지만 도대체 무엇을 설명하려는 걸까? 마커 그 자체에 관해? 마커를 창조한 존재에 관해? 일종의 방어 기제에 관해? 아니면 전혀 다른 무언가에 관해? 게다가 그것이 무엇이 되었건 해석되는 과정에서 중요한 무언가가 빠져 있었다. 마커가 그들에게서 무엇을 원하는지는 아무도 모르잖은가. 불안한 생각만 점점 커진 끝에 그는 스티븐스에게 화상연결을 했다.

늦은 시각인데도 스티븐스는 깨어 있었던 듯했다. 그가 입을 열자 변함없이 감미로운 목소리가 흘러나왔다.

"알트만 박사님, 무얼 도와드릴까요?"

전혀 놀라는 기색이 없는 목소리였다.

"여태 안 잤습니까?"

"요즘 들어 잠이 줄었거든요. 죽은 사람이랑 얘기하느라 바빠서 말입니다."

"상의하고 싶은 것이 있습니다. 마커가 환영을 통해 전달하고자 하는 의지에 관한 사실인데, 달리 물어볼 사람이 없어서 말입니다."

"물어보세요. 저도 나름대로 생각을 해봤거든요."

"도대체 무슨 목적인지 의문스럽습니다. 마커를 곧이곧대로 믿어야 할지 확신이 서지 않아요."

"계속해 보세요."

"마커가 하는 말을 긍정적으로만 받아들이는 데는 우리가 마커의 배후에 또다른 생명체가 있을 것이라고 막연히 믿는 탓도 있지만, 마커가 가까운 사람들의 목소리를 빌려 말을 전하는 탓도 있다고 봅니다."

"그럴 법하네요. 분명 마커는 우리가 자신을 긍정적으로 봐주기를 원하고 있습니다."

"하지만 환영이 하는 말을 자세히 들어보고, 또 환영 자체가 인간의 기억 속으로 들어온 외계 존재가 하는 말이라 가정한다면, 그래서 이들이 하는 말이 정말로 내가 아끼고 사랑하던 사람이 하는 이야기가 아니라는 사실을 상기한다면, 하나로 거듭난다는 합일이라는 단어를 달리 해석할 여지가 생깁니다."

"네."

"합일이 의미하는 바가 영생이나 육신의 초월이 아니라 철저한 복속이라면? 통합이라는 말도 결국 개인의 자아를 무너뜨림으로써 하나의 커다란 공동체적 자아로 거듭난다는 말이 아닐까요?"

"군집 생활을 하는 곤충처럼 말이군요. 각각의 개체는 군집의 의지에 귀속되고, 군체의식이 모든 개체를 다스리죠."

"네, 하지만 훨씬 극단적인 형태일지도 모릅니다. 문자 그대로 합일된다는 의미라면? 한마디로 수많은 사람의 육체를 변형해 하나로 합친다는 뜻은 아닐까요?"

"그건 불가능하지 싶군요."

"마커는 미지의 분야입니다. 가능 불가능 여부조차 거의 모르잖습니까. 아무튼 마커는 위험합니다. 지금 우리는 유토피아가 아니라 디스토피아로 직행하는 중일지도 모른단 말입니다."

"이쯤에서 중요한 의문점이 떠오르는군요."

스티븐스가 작은 목소리로 말했다.

"그게 뭡니까?"

"마커에서 얻어내려는 것이 권력의 원천이건 숭배 대상이건 과학적 연구감이건, 과연 우리가 마커를 이용하는 걸까요, 아니면 반대로 마커가 우리를 이용하는 걸까요?"

늘 나긋나긋하던 스티븐스의 얼굴 위로 별안간 불안한 기색이 스쳐갔다. 그는 손으로 얼굴을 감쌌다. 잠시 뒤 손을 치우자 그의 얼굴은 언제 그랬냐는 듯이 원래대로 돌아가 있었다.

"하나 더 있습니다. 죽은 이들한테서 통합에 관한 이야기를 듣는 사람이 있는가 하면 시간이 촉박하다는 이야기를 듣는 사람도 있습니다. 그게 무슨 말일까요? 합일하고는 무슨 연관이 있는 걸까요? 마커가 이제 잠에서 깨어나 인류가 뒤늦게 이곳에 왔다는 이유로 우리를 벌하려는 걸까요?"

"저도 모르겠습니다. 정말로 가혹한 처벌이 기다리고 있을지는 아무도 모를 일이지만, 제 생각에는 더하면 더했지 덜하지는 않을 겁니다. 죽은 자들은 우리 앞에 넘지 말아야 하는 선이 있다는 듯한 암시를 던졌습니다. 하지만 이미 선을 넘어버렸죠. 합일을 새로운 시작이라는 투로 말하기는 하는데, 과연 우리한테도 해당되는 사항일지는 의문입니다. 마커 또는 마커를 조종하는 존재한테만 새로운 시작이 될지 누가 알겠습니까. 사실 합일은 인류를 멸종시켜 새로운 생명 주기를 시작한다는 뜻이고, 우리는 이미 정체 모를 과정에 접어들었는지도 모릅니다."

"박사님 추측이 정확하다면 인류는 멸망 위기에 몰린 셈이군요. 어쨌거나 합일이 생명의 종말을 나타낸다는 사실은 틀림없습니다."

"맞습니다."

"그럼 어떡해야 좋을까요?"

"반드시 막아야 합니다. 하지만 막을 방법은 저도 모르겠습니다. 벌써 가동되기 시작됐으니 마커를 도로 가라앉게 순순히 내버려두지는 않을 겁니다. 우선 마커를 달래어 침묵하도록 만든 다음 한동안 멀찌감치 떨어져 있어야 하는데, 늦어도 합일이 시작되기 전에 손을 써야 합니다. 지금 생각나는 방법이라고는 이것뿐이지만 뒤늦기 전에 마커가 하는 말을 이해하도록 계속 노력해야 합니다. 말뜻을 이해하고 나면 어떻게 말을 건네는지도 알게 될 겁니다."

"하지만 박사님 생각이 틀렸을지도 모릅니다. 마커가 정말로 영생을 약속할 수도 있잖습니까?"

알트만은 고개를 끄덕였다.

"제가 옳다는 보장은 없습니다. 하지만 틀렸을 리는 없습니다. 저한테 전에 그랬잖습니까. 자살률이 급증하고 폭력 사건이 잇따라 발생한다고 말입니다. 두통이 너무 심한 나머지 아픔을 잊으려고 머리가 깨질 지경이 되도록 벽을 들이받은 사람들마저 있습니다. 병동은 환자로 가득한 데다 오갈 데 없이 비명을 지르고 돌아다니는 사람도 부지기수입니다. 멀쩡하던 과학자들이 이제는 벽에 똥칠을 하고 앉았단 말입니다. 당신 눈에는 그게 영생처럼 보입니까?"

스티븐스는 한숨을 내쉬었다.

"아직은 과도기라 그럴지도 모릅니다. 혹시 파스칼의 내기라고 아시는지요?"

"누구의 뭐요?"

"블레즈 파스칼, 17세기에 살던 철학자입니다. 지금은 다들 기억도 못하지만 월면 전투에서 최초로 격침된 함선의 이름도 파스칼 호였죠. 파스칼은 이성으로는 신의 존재를 판가름할 수 없으며, 신이 있다고 믿었을 경우 정말로 신이 있으면 득이고 없어도 본전이므로, 신을 믿는 편이 타당하다고 내기를 걸었죠."

"그게 지금 무슨 상관⋯⋯."

"제가 그렇거든요. 박사님의 말을 믿거나, 마커가 우리의 숙원을 들어주리라 믿거나 둘 중 하나죠. 박사님 말을 믿는다면 어차피 인류는 가망이 없으니, 저는 죽음을 앞두고 풀지도 못할 문제로 골머리를 썩는 꼴밖에 안 됩니다. 대신 마커가 우리의 숙원을 들어주리라 믿는다면 희망을 안고 구원으로 나아가는 셈이죠."

"이럴 수가, 당신마저 신자 나부랭이로 변했군요."

"제가 왜 박사님을 풀어주라고 마르코프 씨를 설득했겠습니까? 아무튼 행운을 빕니다. 박사님이 옳고 제가 틀렸다면 우리 모두를 구할 방법을 찾아주시기를 바랄 뿐이죠. 박사님이 틀렸고 제가 옳다면 저는 저대로 믿음을 통해 득을 볼 테고요."

"신앙이 그런 식으로 먹혀들지는 않을 텐데요. 믿음은 단순한 취사선택이 아니란 말입니다."

"박사님한테는 그렇겠지요. 하지만 저한테는 선택사항입니다. 솔직히 저는 박사님이 틀렸으면 좋겠어요."

알트만은 스티븐스가 손을 뻗어 화상연결을 끊는 모습을 지켜보았다.

스티븐스와 같은 태도를 취하는 사람이 비단 한둘이 아니겠지만, 그래도 아직까지 사리분별을 제대로 하거나 위험을 알면서도 일부러 눈을 감고 무시하는 사람도 조금은 있을 법했다. 알트만은 사람들 앞에서 이 얘기를 꺼냈다가 동료들의 분노를 샀으며 급기야는 주먹까지 날아들었다. 아무리 그들이 자신을 믿고 따른다 해도 갑작스런 공포나 의욕 상실로 인해 업무 능력이 떨어질 여지는 여전히 남아 있었다.

그는 자신만의 도박으로 '알트만의 내기'를 걸기로 마음먹었다. 다른 사람들의 의견에 맞장구쳐주며 마커의 의지를 실현하고자 하는 척하다가, 마커를 물리치기에 충분한 정보를 모으면 막판에 가서 상황을 뒤집는 것이다. 거기서 이긴다면 앞으로 파란만장한 인생이 펼쳐질 테고, 진다면 죽은 목숨이겠지만 이는 다른 사람들도 마찬가지일 것이다.

승산은 실낱 같지만, 방법은 오로지 그것뿐이다.

54

마커의 잠재적 기능에 관해 추측을 내림으로써 최초로 연구의 돌파구를 뚫은 과학자는 쇼월터였다. 그는 마커에 새겨진 기호가 DNA를 상징하는 수학 기호라는 이론을 세웠다. 마커 자체가 형상화된 DNA 염기배열이라는 것이다.

과학자들은 배열 해독에 들어갔다. 그 다음으로 연구에 박차를 가한 인물은 그로테 구테라는 전파천문학자로, 마커가 보내는 신호에 유전 암호가 담겨 있을지도 모른다고 추정했다. 알트만은 필드를 통해 두 사실을 똑똑히 전해 들었다.

쇼월터의 연구조는 마커의 유전자 배열을 풀어냄으로써 그 유전 형질을 알아냈는데, 그는 이것이 인간의 유전자와 놀랄 만큼 흡사하다는 사실을 알트만에게 알려주었다.

"그럼 인간하고 비슷한 건가?"

알트만이 물었다.

"그럴 지도 몰라. 어쩌면 인간하고 일치할 수도 있어. 짐작에는 인류 조상의 DNA가 마커에 들어 있는 것 같아."

쇼월터가 말했다.

"우리 유전 암호가 기록되어 있다는 말이잖아. 그게 뭐 어때서?"

"단순한 기록이 아냐. 마커에서 나오는 신호가 인간 조직의 유전 구성을 미세하게 변형시키는 듯해. 어쩌면 인간의 생명을 창조한 존재가 사실은 마커였을지도 몰라."

알트만은 할 말을 잃었다. 인간의 생명이 자연적 진화도, 신의 은총도 아닌 마커에 기원을 두고 있다는 사실을 도저히 믿기 어려웠다.

"그런데 왜 인간의 유전 암호를 재방출하기 시작한 거지? 인류는 이미 진화했잖아. 신호를 또 보내봐야 무슨 소용이야?"

알트만이 물었다.

"그로테 구테 박사하고 얘기해 봤어? 지금 그걸로 골치 썩고 있어. 제발 부탁이니 그 사람한테 가서 말해."

그래서 그는 그렇게 했다. 구테라는 독일 출신 과학자는 생김새가 예상과는 딴판이었다. 키가 작고 몸은 야위었으며 피부 문제 때문에 온몸에 털이 하나도 없었다. 순해 보이는 수준이 아니라 허약해 보일 정도였다. 그는 알트만이 오기를 기다리던 눈치였다.

"필드 박사님한테서 말씀 많이 들었습니다. 우리랑 같은 편이시라죠?"

알트만은 고개를 젓지도 끄덕이지도 않았지만 구테는 말을 계속했다.

"신호에 대해 알고 싶으신가 보군요. 우리 연구조에서 정말로 신호를 해독해 냈는지 궁금하실 겁니다. 쇼월터 박사님께서 귀띔을 해드렸죠?"

"네."

"신호를 해독하기는 한 것 같습니다. 하지만 난관에 부딪혔죠."

"무슨 난관에요?"

"처음에는 신호를 제대로 해독한 줄로만 알았습니다. 신호가 암호 형태라면 그것이 어떤 암호인지만 알아내면 되니까요. 쇼월터 박사님도 동참하면서 신호를 올바르게 해독한 줄로만 알았죠. 문제는 결과가 제각각 다르다는 겁니다. 쇼월터 박사님은 인간 이전 단계의 염기배열이라 보시더군요. 저는 지금까지 발견된 종과는 전혀 다른 염기배열이라 보고요. 자세히 살펴보려고 지금 제 결과를 토대로 인공합성을 하는 중입니다."

"둘 중 하나는 틀렸겠군요."

"그렇겠죠. 아니면 신호 자체가 마커에 기록되지 않은 암호이거나요."

구테는 고개를 숙이고 진지한 눈빛으로 알트만을 쳐다보았다.

"미리 말씀드리지만, 저는 신자이고 믿음도 굳건합니다. 하지만 신자이기 이전에 과학자입니다. 쇼월터 박사님이 내린 계산하고 제 계산을 자세히 살펴봤어요. 계산은 틀림없더군요. 정말 마커가 인류의 기원이라면 이제 와서 신호를 또다시 보낼 이유가 없어요. 그런데도 굳이 낯선 유전 암호까지 섞어서 보내고 있어요. 어쩌면 결함 있는 유전 암호가 들어간 비정상 신호일지도 몰라요. 마커가 퇴화 과정을 시작하려는 속셈인지도 모른다는 소리죠."

"합일 말이로군요."

"하지만 마커가 착각을 해서 그런지도 몰라요. 우선은 제대로 이해해야 합니다. 기필코 알아낼 겁니다."

"하지만 마커가 처음부터 이럴 작정이었을지 누가 압니까?"

구테는 셔츠 속에서 목걸이를 꺼내 부적을 손에 꽉 쥐고는 고집을 부렸다.

"아뇨, 그럴 리 없어요. 마커는 우리를 위해서 존재해요. 그냥 착각해서 실수했을 뿐일 거예요."

그리고는 가르침을 구하는 눈으로 알트만을 쳐다보았다.

알트만은 고개만 끄덕이고 말없이 자리를 떠났다.

'정신 나간 인간들한테 둘러싸인 꼴이로군.'

그는 그런 생각을 떨쳐버릴 수가 없었다.

'광신도들 같으니라고.'

하지만 그날 밤이 되자 의구심이 들기 시작했다. 정말로 구테가 옳다면? 마커가 단순히 고장이 나서 오작동을 일으켰을 뿐이라면? 그렇다면 표본을 원래 자리에 되돌려놓아 마커를 고칠 수 있을지도 모른다.

'고치기는 무슨. 표본이 채취되기 전부터 신호를 보내고 있었잖아.'

그는 침대에 누워 천장을 바라보며 계속 머리를 굴려 보았다.

'어쩌면 그때는 정상 신호를 보내고 있었을지도 몰라.'

실제로 확인해보지 않으면 잠이 오지 않을 것만 같았다.

그는 쇼월터를 깨워 의견을 털어놓았다.

"벌써 해봤어. 별반 차이도 없더라."

"그래도 혹시……."

"떨어져 나간 조각은 없어도 그만이야. 사실 어느 부분이 떨어져 나가건 상관없어. 마커가 복잡하기는 해도 내부는 똑같이 반복되는 구조를 띠고 있어. 이를테면 속으로 갈수록 촘촘해지는 앵무조개 껍데기처럼 말이야. 일부가 부서지거나 손상을 입더라도 작동에는 아무런 문제가 없어. 작동을 멈추려면 통째로 가루를 내야 될걸."

알트만은 낙담하여 침대로 돌아갔다. 마커 1점 득점, 알트만 0점. 인간이 아는 방법으로는 흠집조차 내지 못한다니. 그렇다면 결국에는 모종의 목적을 달성할 것이 틀림없다. 마커는 인류에게 도움이 되거나, 인류를 파멸로 몰고 갈 것이 분명했다.

55

구테 박사는 몇 시간째 작업에 매달렸다. 연구조의 도움에 힘입어 인공합성 DNA 가닥의 배열 순서를 확인한 다음 나노시스템으로 조립하는 데 성공했다. 그리고 나서는 결과물이 확실한지 꼼꼼히 확인했다. 구조가 매끄럽지 못해서 썩 만족스럽지는 않았지만 오차는 없었다. 복제만 해낸다면 원래 가닥의 구조를 어느 정도 예측함으로써 변이를 일으키는 목적을 알아냄은 물론, 정말로 마커가 손상되었는지 아니면 의도적으로 그렇게 작동하는지 여부를 밝혀낼 수 있을지도 모른다.

구테 연구조는 밤새 작업을 계속한 끝에 대리핵 내부의 염기배열을 양 배아세포 40개에 각각 주입한 다음 화학적 자극을 가해 분열을 일으키는 데 성공했다. 이제는 기다릴 일만 남았다. 성패 여부는 아무도 모른다. 몇 시간 만에 고개를 돌려 나머지 조원들을 살폈더니 하나같이 지치고 초췌한 모습들을 하고 있었다. 서 있기조차 힘들어 하는 이들도 보였기에 다들 눈 좀 붙이라고 돌려보냈다.

구테 박사는 자신도 그만 눈을 붙일까 생각했다. 하지만 하나도 졸리지가 않았다. 사실 마지막으로 졸려본 지가 언제였는지 기억나지도 않았다. 뜬눈으로 밤을 지새운 지가 벌써 며칠 째였다.

그래서 혼자 연구실에 남아있기로 마음먹었다. 그는 의자에 앉아 미동도 하지 않고 가만히 기다렸다. 어쩌면 잠을 잘 필요가 없는 전혀 다른 심리상태에 접어들지 않았는가 하는 생각마저 들었다. 앞으로 영영 잠을 자지 않아도 될 것만 같았다. 마커의 영향을 받은 것이 틀림없다.

그는 기도를 떠올리기에 앞서 셔츠 품에서 목걸이를 꺼내 부적을 손에 꼭 쥐었다. 정말로 나타날까? 간절히 바라면 와줄까?

그때 환영이 벽에서 나와 그에게 다가왔다. 처음에는 희미한 형체에 지나지 않았지만 부적을 더욱 세게 쥐고 집중하자 점차 변하기 시작했다. 주위를 둘러싼 어슴푸레한 공기가 사라지면서 할머니의 모습이 드러났다. 왼쪽 뺨에 있던 작은 흉터만 빼면 마르고 호리호리한 모습이 살아생전 그대로였다.

보고 싶었단다.

"저도요."

할머니가 웃음을 짓자 입에서 핏방울이 찔끔 떨어졌다. 그는 피를 보지 못한 척하려고 애썼다. 피만 빼면 할머니가 웃는 얼굴은 언제나 보기 좋았다.

지금 뭐하는 게냐?

"실험요. 할머니를 이렇게 되돌린 물체의 정체를 밝혀내려고요."

기특하기도 해라. 하지만 그만뒀으면 좋겠구나.

"그래도 저는 진작 이렇게 할머니하고 얘기해보고 싶었는걸요. 할머니가 살아 계셨을 적에는 할머니만 보고 살았죠, 기억나세요? 할머니 뒤만 졸래졸래 따라다녔잖아요."

그랬지.

"그래서 할머니가 돌아가시고 나서는 두 번 다시 이렇게 얘기할 기회가 없을 줄로만 알았어요. 하지만 지금 이렇게 다시 돌아오셨잖아요."

할미는 네 마음속에서 나타난 허상일 뿐이다. 잘 알잖느냐. 네가 할미한테도 직접 그렇게 말했으니 말이다. 할미는 네 기억을 통해 만들어진 껍데기일 뿐인 게야.

"저도 알아요. 하지만 진짜 같은걸요."

할머니가 전보다 크게 웃음을 짓자 핏방울이 뺨을 따라 턱으로 흘러내리기 시작했다. 20년 전에 보았던 모습과 똑같았다. 사실 할머니의 성함도 모르고 있었다. 그때나 지금이나 할머니께서 어쩌다 돌아가셨는지는 수수께끼였다. 할머니를 찾았을 때는 이미 숨이 멎기 직전이었다. 이제는 죽어가는 모습으로 계속 눈앞에 되살아났다.

절대⋯⋯

할머니는 입을 열다 말고 천천히 흐릿해지다가 홀연히 사라졌다. 그는 한숨을 내쉬었다. 다른 동료들은 환영과 오랫동안 얘기를 한다는데, 그는 지금까지 마커의 의지만 전해 들었을 뿐, 진득하게 얘기해볼 기회가 전혀 없었다. 이는 아마도 짝사랑했던 여자를 보고 싶은 욕구가 너무 크고 강하기 때문이라 생각했다.

그는 고개를 돌려 배양기를 쳐다보다가 40개 배양관 모두 성공적으로 복제가 이루어진 것을 보고 깜짝 놀랐다. 이런 적은 이번이 처음이었다. 게다가 이토록 순식간에 복제된 적도 이번이 처음이었다. 전에는 이런 일이 한 번도 없었다. 이제 고작 몇 시간밖에 지나지 않았는데 표본이 육안에 보일 정도였다.

그렇게 한 시간을 더 지켜보는 사이 각각의 배양관은 생체 조직과는 거리가 멀어 보이는 연분홍색 물질로 가득찼다. 직접 꺼내서 관찰해볼까? 표본도 많은데 뭐 어때. 하나쯤 살펴보는데 큰일이라도 나겠어?

그는 배양관을 열고 전류를 살짝 흘려보았다. 분홍색 물질은 전기를 느끼기라도 하듯 움츠러들었다. 정말로 감각이 있는지도 모른다.

그는 배양관을 거꾸로 부어 물질을 책상 위에 올렸다. 물질은 조금씩 꿈틀거리며 한자리에 가만히 있었다. 그는 메스를 들고 조심스럽게 물질을 반으로 잘랐다. 물질은 칼날을 따라 둘로 갈라지기 시작하다가, 다시 감쪽같이 하나로 합쳐졌다.

'정말 놀라운데.'

그렇게 한참 실험에 몰두하는데 전자계측기 위로 할머니의 얼굴이 다시 나타났다. 그는 깜짝 놀라 펄쩍 뛰었다.

물론 그가 할머니를 사랑하기는 해도 이성으로서 사랑하는 것은 아니었다. 어쩌면 개념이 서로 다른지도 모른다. 짝사랑했던 여자는 잠깐 만나고 그쳤기 때문에 그녀를 향한 사랑은 때묻지 않고 순수했다. 하지만 할머니에 대한 감정은 훨씬 복잡했다. 그는 부모님이 돌아가신 뒤로 할머니 슬하에서 자랐다. 그렇다고 미움 받으며 자란 것은 아니지만 할머니는 늙고 괴팍했으며 가끔 도저히 이해하기 어려운 일을 저질렀다. 그가 조금 나이가 찼을 무렵, 할머니는 어디론가 훌쩍 사라졌다. 그때도 할머니한테 사고가 났거나 할머니 스스로 대처하지 못할 일이 벌어졌으리라는 사실쯤은 직감적으로 알고 있었다. 하지만 한편으로는 말없이 떠난 할머니를 원망하지 않으려고 애쓰면서 발만 구르고 있었다.

"대체 왜 이러세요?"

그가 독일어로 물었다.

할미한테 그게 무슨 말버릇이냐?

살아계실 적이었다면 날카로운 독일어로 다그쳤을 할머니가 독일 억양이 강하게 묻어나는 영어로 말했다.

"죄송해요. 말로는 못할 이야기가 있어서 다시 오셨겠죠. 제가 할머니 사랑하는 거 아시잖아요."

한결 낫구나.

할머니는 그렇게 말하며 비닐에 싸인 사탕을 건넸다. 살아계실 적에는 항상 이렇게 손에 사탕을 쥐어주고는 하셨다. 그는 사탕을 받으려고 손을 뻗었지만 아무것도 잡히지 않았다.

때가 됐구나. 너도 알 만큼 알고 있다. 때가 된 게야.

무슨 때? 그는 할머니를 잃은 이후로 만사가 예전 같지 않았다. 그리고 지금 할머니가 다시 돌아왔지만 그렇다고 온전히 돌아온 것도 아니었다. 그의 삶은 항상 그렇게 이별의 연속이었다. 처음에는 부모님, 다음에는 할머니였다. 끝에 남은 것은 연구실뿐이었고, 그가 믿고 의지할 곳은 그곳밖에 없었다. 연구실은 결코 그를 실망시키는 적이 없었다.

할미 말은 듣고 있는 게냐?

할머니가 손가락을 딱 튕겼다.

무슨 말인지 알겠느냐? 당장 연구를 그만두거라.

연구를 그만두라니? 순간 울컥하는 기분이 들었다. 사실 할머니는 예전부터 그가 하는 일을 도무지 이해해주지 않았으니 이제 와서 몰라준다고 그렇게 놀랄 일도 아니잖은가?

"하지만 엄청 중요한 일이에요. 인간의 상상을 뛰어넘는 사실을 파헤치는 중이라고요."

지금 네가 하는 일은 몹시 위험하단다. 할미 말을 믿거라. 다 너를 생각해서 하는 말이다. 너무 늦기 전에 얼른 멈추거라.

눈에서 눈물이 글썽거렸다. 연구를 그만두라니? 그의 인생에서 연구 빼면 뭐가 남는다고?

'진짜 우리 할머니가 아냐.'

그는 속으로 중얼거렸다. 마커가 할머니의 모습과 목소리를 베껴냈을 뿐이다. 왜 짝사랑했던 여자의 환영은 나타나지 않을까? 그녀를 사랑하긴 했지만 결코 사귄 적은 없으므로 그녀를 향한 그리움은 할머니에 대한 그리움에 비길 바는 아니었다. 이제는 마커가 그를 마음대로 조종하려고 할머니까지 들먹이며 저지하려 들었다.

"이만 가주세요. 막무가내로 이러지 마세요."

그는 애써 고개를 돌렸다.

막무가내라고?

할머니가 앙칼진 목소리로 다그쳤다.

인석아, 할미 말 좀 들어라. 정말 중요한 말이란 말이다.

그는 신음을 내뱉었다. 할머니의 말을 들을 수도, 견딜 수도 없었다. 귀를 막아도 소용이 없었다. 앞뒤로 고개를 휘저으며 목청껏 노래도 불러보았다. 그렇게 해본들 할머니의 말소리가 귀에 들리지 않는 건 아니지만, 정확히 무슨 말씀을 하시는지는 분간이 되지 않았다. 그런데도 할머니는 좀처럼 가시지도 않고 꼿꼿이 같은 자리에 서서 말씀을 하고 계셨다.

눈을 감아도 목소리가 계속 머릿속에 맴돌았다. 어쩌면 좋지? 고단해서 쉬고 싶은 생각만 들었다. 할머니를 어떻게 쫓아내지?

그는 정신이 혼미한 나머지 할머니가 머릿속 망상일 뿐이라고, 자신이 만들어낸 허상일 뿐이라고 되뇌기에 이르렀다. 그냥 생각을 멈춘다면 할머니를 쫓아낼 수 있을지도 모른다. 기절하기만 한다면 알아서 해결될 문제였다.

서랍에 새 주사기가 있을 텐데. 주사기를 꺼내려고 귀를 막은 손을 풀기가 무섭게 할머니의 목소리가 귓전을 때렸다.

안 된다, 인석아! 바보처럼 굴지 말고 당장 멈추거라! 좀처럼 알아듣지를 못 하는구나. 이러다 너만 다친단 말이다.

할머니가 악을 써댔다.

그는 몸서리를 쳤다. 진정제가 어디 있더라. 벌써 책상 위에 꺼내 놨네.

인석아! 아직도 모르겠더냐? 마커는 이렇게 되기만 벼르고 있었단 말이다! 네가 지금 제 정신이 아니구나. 할미 말 좀 듣거라!

"저 좀 내버려 두세요."

그는 힘없이 대답하며 바늘을 끼운 다음 주사기에 액체를 채웠다. 생각보다 진해서 바늘로 빨아들이기가 힘들었다. 그리고는 할머니가 떠들어 대는 소리를 들으며 소매를 걷고 손가락으로 정맥을 튕겨본 다음 주삿바늘을 갖다 대었다.

인석아, 대체 뭐하는 짓이냐?

"몇 시간만 눈 좀 붙이려고요."

그는 그렇게 말하며 주삿바늘을 찔러넣었다.

살이 타들어가는 느낌이 들더니 팔 전체가 따끔거리기 시작했다. 할머니가 자지러질 듯한 눈빛으로 그를 쳐다보았다.

네 눈에는 그게 진정제로 보이더냐?

할머니는 고개를 설레설레 저으며 공포에 사로잡힌 얼굴로 뒷걸음질쳤다.

그건 진정제가 아니다. 네가 기어이 합일을 앞당기고 말았구나. 얼른 마커로 가거라. 마커 주변은 데드 스페이스라 그게 네 몸속에서 변이를 일으키지 못하게 막아줄 게다. 가서 네가 무슨 꼴을 당했는지 다른 사람들한테도 보여주고 경고하거라. 마커를 건드리지 말아야 한다고 반드시 설득하거라. 뒤늦기 전에 합일을 막아야 한다. 지금 네게 남은 일은 가서 사람들을 설득하는 것밖에 없단다. 당장 그것부터 하거라.

할머니는 그렇게 말하고는 서서히 흐릿해지다가 홀연히 사라졌다.

그는 잠시 마음 편히 앉아 있었지만, 얼마 가지 않아 할머니의 말씀이 잔소리가 아니라는 사실이 드러났다.

'이런 맙소사.'

그는 빈 배양관과 주사기를 보고 나서야 자신이 방금 뭘 주사했는지 알아차렸다. 손목을 봤더니 정맥이 부풀어 오르고 있었으며, 피부 깊숙한 곳에서는 뭔가가 고통스럽게 꿈틀거렸다.

그는 손을 뻗어 경보장치를 울렸지만 가만히 앉아서 기다릴 수가 없었다. 뭔가 단단히 잘못됐다. 벌써부터 뭔가가 변하기 시작했다. 팔이 얼얼해지면서 감각이 사라지더니 꿈틀거리는 움직임이 심해지면서 다른 곳으로 번져나갔다. 연구실에서 나가 마커에게 가야, 마커에게 말을 해야 한다. 아까 마커가 구해줄 것이라고 할머니께서 말씀하셨지.

그는 허겁지겁 복도로 달려가 나선 계단을 뛰어 내려갔다. 경보가 울리면서 사람들이 어리둥절한 얼굴로 하나 둘씩 밖으로 나오기 시작했다. 통행증으로 출입이 가능한 연구실 두 군데를 지나, 벽면을 따라 바닷물이 출렁거리는 투명 통로로 달려갔다.

통로 끝에 마커 보관실로 가는 출입구가 보였다. 보안요원 두 명이 보초를 서고 있었다.

"들여보내 주세요."

"죄송합니다, 구테 교수님. 지금 경보가 울리잖습니까. 안 들리십니까?"

보안요원이 말했다.

"팔은 어쩌다 그런 겁니까?"

다른 보안요원이 수상쩍은 목소리로 물었다.

"경보는 내가 울렸어요. 그러니 들어가 봐야 합니다. 팔이……."

그는 횡설수설하기 시작했다.

"팔이 이렇다고 어서 말해야 돼요."

"누구한테 말입니까?"

먼저 입을 열었던 보안요원이 의심스러운 목소리로 물었다. 두 보안요원 모두 총을 꺼내들었다.

"당연히 마커죠, 바보 같으니! 지금 나한테 무슨 일이 벌어지고 있는지 마커한테 설명을 들어야 한단 말입니다!"

두 보안요원은 서로 얼굴을 쳐다보았다. 한 요원이 서둘러 내선통신기에 대고 무어라 말을 하기 시작했고, 다른 하나는 계속 총을 겨누었다.

"자, 교수님, 진정하세요. 걱정하실 것 없습니다."

"지금 한시가 급하단 말입니다!"

어느새 사람들이 뒤편 복도에 모여 아리송한 눈초리로 그를 쳐다보았다.

"저 사람 팔이 왜 저래?"

이제 보니 팔뚝이 통째로 뒤틀려 있었다. 손이 잘리거나 접질린 것처럼 뒤로 돌아가다가 원래대로 맞붙었다. 팔뿐만이 아니라 어깨와 가슴도 마찬가지였다. 전부 변하고 있었다.

말을 하려고 했지만 입에서 굵고 낮은 구역질 소리만 새어나왔다. 경보는 계속해서 울렸다. 앞으로 한발 내딛자 보안요원들이 소리를 지르기 시작했다. 팔을 앞으로 내밀자 두 요원은 진저리치며 뒤로 물러났다. 요원 하나가 쏜다! 쏜다! 하고 소리쳤지만 방아쇠를 당기지는 못했다. 구테는 이제 문앞에 서서 출입증을 갖다 대었다. 총알이 다리를 파고들었지만 아무런 감각도 느껴지지 않았다. 곧 문이 열리자 그는 안으로 들어섰다.

마커와 자신을 빼면 보관실 안에는 아무도 없었다. 앞으로 걸어가려는데 갑자기 총알 박힌 다리에서 힘이 빠지면서 발이 질질 끌렸다. 그는 무릎을 꿇고 기어가 마커에 손을 갖다 대었다.

팔에서 무슨 변화가 일어나고 있었는지는 모르겠지만 움직임이 곧바로 멈췄다. 도로 나아지지는 않지만 적어도 악화되지는 않았다. 마커가 자신을 도와주고 있었다. 그는 안도의 한숨을 쉬고는 다리를 파고든 고통에 인상을 썼다.

여기에 있으면 마커가 지켜준다. 일단 몸에 무슨 일이 일어났는지 확인하고 나면 연구조원들을 시켜서 치료법을 찾으면 된다. 최악의 경우에는 팔을 절단해야 하겠지만.

경보음이 멎자 생각하는 데 조금 더 집중이 되었다. 사람을 시켜서 연구실을 이곳으로 옮긴다면 연구를 속행할 수 있을 텐데. 그는 다리를 움직여 보고는 고통에 얼굴을 찡그렸다. 그때 눈가에 출입구가 열리는 모습이 보였다. 고개를 돌렸더니 인상이 험악한 보안요원 지휘관이 보였다. 이름이 뭐였지? 아, 맞아. 크랙스. 연구실 옮기는 일을 도와줄 사람으로 제격이지. 게다가 뒤에 힘깨나 쓰게 생긴 친구들을 줄줄이 달고 왔네. 다들 거들어주겠지.

구테가 입을 열고 무어라 말을 하려는 순간, 크랙스가 그의 이마에 권총을 겨누고 방아쇠를 당겼다.

"꼭 피를 봐야 했나?"

마르코프가 뒤에서 말했다.

"새삼스럽군요. 제가 원래 이런 놈인 줄 잘 아시잖습니까."

"알다마다. 하지만 살아 있는 상태로 살펴볼 가치가 있었단 말이다."

크랙스는 어깨를 으쓱였다.

마르코프는 날카로운 눈초리로 그를 노려보았다.

"시체를 부검실로 넘겨라. 그리고 자네라고 해서 일회용으로 써먹지 말라는 법은 없으니 앞으로 신중히 처신하도록. 이미 10분 전에 비해 이용가치가 떨어졌으니 말이다."

그는 그렇게 말하고는 뒤로 돌아 밖으로 나갔다.

크랙스는 마르코프의 뒷모습을 정나미 떨어진다는 눈빛으로 쳐다봤지만 한편으로는 조금 겁이 나기도 했다. 그도 출입구로 발걸음을 옮겼다.

"시체를 옮겨. 아무 연구실에나 갖다놔."

크랙스가 보안요원들에게 말했다.

그는 웅성거리며 모여 있는 연구원들에게 고개를 돌렸다.

"부검 경험 있는 사람?"

거의 하나도 빠짐없이 손을 들었다. 그는 아무나 세 명을 골랐다.

"자세히 살펴보고 결과를 보고해라."

그리고는 이미 흩어지기 시작한 연구원들 사이를 밀치며 그곳을 떠났다.

56

구테의 시신은 보안요원들이 들것에 실어 옮기기가 무섭게 변하기 시작했지만, 천에 가린 탓에 아무도 곧바로 알아차리지 못했다. 뭔가가 터지고 갈라지는 이상한 소리가 났지만 들것 고정띠에서 나는 소리이거나 복도 바깥에서 들리는 말소리쯤으로 여겼다.

보안요원들은 시신을 어느 연구실로 옮겨 천이 덮인 채로 부검대 위에 올려놓았다. 부검을 맡기로 한 과학자 세 명이 목걸이를 손에 쥐고 무어라 중얼거리며 멀찍이 거리를 두고 따라 들어왔다. 과학자들이 한 줄로 연구실에 들어서는 사이 보안요원들은 밖으로 나갔다.

"필드 박사님께 말씀드려야 해요. 무슨 일인지 알고 싶어하실 겁니다."

앞장선 과학자가 말했다.

"제가 말씀드리죠."

다른 하나가 고개를 끄덕이며 그렇게 말하고는 연구실 내선통신기를 켰다.

질퍽거리는 이상한 소리가 천 밑에서 새어나오더니 뼈가 으스러지는 듯한 소리가 났다. 천이 마구 펄럭거렸다.

"뭐였죠?"

"사후경직 소리겠죠."

다른 과학자가 대답했다.

"그런 소리 같지는 않은데요."

앞장선 과학자가 말했다.

"여보세요, 필드 박사님?"

셋째 과학자가 통신기를 통해 말했다. 필드의 졸린 얼굴이 홀로그램 영상으로 나타났다.

"히데키, 왜 이 늦은 밤에 전화한 건가? 무슨 일이라도 생겼나?"

필드가 말했다.

천 아래에서 뚜둑거리는 소리가 또 새어나왔다. 이번에는 훨씬 더 컸다. 천에 덮인 시신이 눈에 띄게 변해 있었다.

"방금 그게 무슨 소린가?"

"잠시만요."

"사후경직하고는 거리가 먼데요."

다른 과학자가 말했다.

"그러게요."

히데키가 말했다.

셋은 천천히 앞으로 다가갔다. 한 명이 손을 뻗어 천을 걷어냈다.

들것에 눕힌 것은 더 이상 사람이라 하기 어려웠다. 머리는 그대로 남아 있었지만, 어깻죽지가 변해서 생겨난 것처럼 보이는 얇은 피막이 얼굴에 들러붙어 있었다. 시신이 살아 있는 것처럼 조금씩 움직였으며, 살점이 너덜너덜한 가슴은 아래위로 빠르게 들썩거렸다. 다리가 짤막해진 반면 팔은 길게 늘어나 있었다. 온몸이 납작해졌고, 갈비뼈와 가슴을 감싼 피부는 뼈만 남은 손목과 발목 사이로 넓게 늘어나 날개처럼 변해 있었는데, 꼭 쥐가오리를 보는 듯했다. 온몸이 칙칙하고 소름 끼치는 색을 띠었으며, 두 눈은 속으로 빨려들어가 기괴한 광채를 내뿜고 있었다.

"필드 박사님, 보고 계세요?"

히데키가 물었다.

"대체 그게 뭔가?"

"이런 세상에."

다른 두 과학자가 말했다.

또다시 뼈가 으스러지는 소리가 나더니 시체가 계속해서 변하기 시작했다. 이미 알아보기 어려울 정도로 변한 얼굴은 눈과 입만 남기고 송두리째 사라졌으며, 입은 그냥 뻥 뚫린 구멍처럼 보였다. 끝내는 다시 벌어지더니 곤충의 더듬이를 연상케 하는 촉수 다발로 변해 입이 있던 흔적조차 사라졌다. 양손과 양발이 부르르 떨리더니 갈고리처럼 생긴 뼈가 끝에서 튀어나왔다. 시체가 날카로운 괴성을 지르며 몸을 버둥거리기 시작했다.

필드가 도망치라고 소리를 질렀다. 경보가 다시 울리기 시작했다. 히데키 이시무라는 당장 멀리 떨어져야 한다는 일념으로 뒤도 돌아보지 않고 달아났다.

다른 두 과학자는 겁을 먹고 그 자리에 얼어붙고 말았다.

"도망치게!"

필드가 계속 소리를 질렀다.

"도망치란 말일세!"

하지만 그 둘은 꼼짝도 하지 않았다. 괴물이 몸을 거꾸로 뒤집었다. 놈은 부검대 끄트머리를 뒤덮고 씨근거리는 숨소리를 내며 몸을 위아래로 들썩였다.

한 과학자가 기겁을 하며 문으로 달려갔다. 괴물은 부검대에서 풀쩍 뛰어올라 그의 어깨와 얼굴을 감싸고는 질퍽한 몸뚱이를 얼굴에 바짝 갖다붙였다. 과학자가 마구 비명을 질러댔지만 얼마 가지 않아 뚝 멎었다. 필드는 화상연결을 통해 놈이 살을 찢는 소리와 함께 느닷없이 빨대처럼 생긴 주둥이를 대가리에서 꺼내 과학자의 눈을 찌르고 머리를 후벼 파는 광경을 지켜보았다. 놈은 온몸을 전율하며 주둥이로 뭔가를 집어넣었다.

다른 과학자는 구석에 주저앉아 눈을 질끈 감고 흐느껴 울기만 했다.

"도망치라니까!"

필드가 고래고래 소리쳤지만 그는 전혀 귀를 기울이지 않았다.

공격당한 과학자가 바닥에 털썩 쓰러지자 괴물은 주둥이를 거두고 뒤로 물러났다. 한 몇 초쯤 지났을까, 그도 온몸을 부들부들 떨며 변하기 시작했다. 필드는 그의 몸이 보랏빛으로 시퍼렇게 뒤바뀌는 광경을 지켜보았다. 질퍽한 파열음과 함께 칼날처럼 생긴 뼈가 어깨를 뚫고 튀어나오자 팔죽지가 가슴에 묻혀 사라졌고, 꿈틀거리는 손가락 달린 팔이 뱃가죽에서 자라나기 시작했다. 머리카락이 몽땅 빠지고 눈빛은 흐리멍덩해졌으며 귀가 얼굴을 타고 녹아내려 목에 들러붙었다.

놈은 천천히 일어나 연구실 문을 향해 절뚝거리며 돌아섰다.

마지막 남은 과학자는 여전히 훌쩍거리며 구석에 쭈그리고 앉아 있었다. 한때 구테였던 괴물은 바닥으로 엉거주춤 기어 내려와 꼴사납게 몸뚱이를 질질 끌며 다가가 그를 덮쳤다. 필드는 비명을 더 듣기가 두려워 화상연결을 끊어버렸다.

57

알트만은 에이다의 손을 잡고 아무도 없는 바닷가를 함께 걷는 꿈을 꾸었다.

자기야.

"응?"

날 사랑해?

그는 뭐라고 대답해야 할지 몰라서 아무 말도 하지 않았다. 에이다야 당연히 사랑했다. 하지만 어쩌다 그녀가 그렇게 순식간에 변했는지, 어쩌다 서로 이렇게 멀어졌는지 도무지 이해가 되지 않았다.

나 부탁이 하나 있어.

"뭔데?"

아기를 갖고 싶어.

"정말로?"

에이다는 고개를 끄덕였다.

아이가 있었으면 좋겠어. 그럼 우리 사이도 더 가까워질 거야.

그때 꿈속으로 먼발치에서 나는 소리가 계속 들려오기 시작했다. 처음에는 소리가 나는 줄도 몰랐지만 갈수록 점점 커져갔다. 에이다는 아무 소리도 들리지 않는다는 듯이 계속 말을 걸었다. 그때 에이다와 주위의 바닷가가 어둠 속에 잠기더니, 다시 어둠이 천천히 물러나면서 잠에서 깨어났다.

소리가 계속 들렸다. 또 누가 경보장치를 울린 모양이었다. 그는 침대에서 일어나 얼른 옷을 걸치고 복도로 나갔다. 바깥에는 아무도 없었다. 뒤편의 방안에서 내선통신기가 켜지는 소리가 들렸다.

"알트만? 알트만, 필드일세. 거기 있나?"

그는 방으로 돌아가 화면을 켰다.

"여기 있습니다."

"뭔가가 잘못됐네."

필드는 얼굴이 종잇장처럼 하얗게 질려 있엇다.

"똑똑히 봤네만 내 눈이 의심스러울 지경일세. 끔찍한 일이, 너무나도 끔찍한 일이 벌어졌네. 당장 안전한 곳으로 대피하게."

"진정하세요, 선배. 침착하게 무슨 일인지 말씀해 보세요."

"몸에서 칼이 솟아나왔네. 도로 되살아나더니 몸에서 뭔가……."

화면 뒤편에서 비명소리가 들렸다. 필드가 뒤로 돌아서자 그의 손에 들린 총이 보이더니 화면이 툭 꺼졌다.

선실 바깥 복도에서도 비명소리가 들렸다. 머리를 살짝 내밀고 밖을 봤더니 한 연구원이 이리로 달려오고 있었다.

"무슨 일입니까? 잠깐만요, 멈춰 보세요!"

연구원은 대꾸도 없이 달리기만 했다.

"사방이 놈들 천지예요!"

그가 뒤로 고개를 돌리며 소리쳤다.

"아무리 쏴도 계속 쫓아와요!"

그리고는 모퉁이를 돌아 시야에서 사라졌다.

'내가 잠이 덜 깼나 보네.'

알트만은 눈을 감고 고개를 흔들었다가 다시 눈을 떠보았다. 꿈이 아니다. 비명소리가 더욱 늘어났고 이제는 총성까지 들렸다.

그는 서둘러 방으로 들어가 무기를 찾아 주위를 두리번거렸다. 무기로 쓸 만한 것은 하나도 없었다. 다시 복도로 나가 아까 본 연구원이 달려간 쪽으로 빠른 걸음으로 걸어갔다. 모퉁이를 돌아서자 연구실에 있던 책상으로 바리케이드를 쌓아놓은 광경이 눈에 들어왔다. 가까이 다가서자 총알이 튀어나와 얼굴을 스치며 뒤편의 벽에 푹 박혔다.

"쏘지 마세요!"

그는 머리 위로 손을 들며 소리쳤다.

"접니다, 알트만."

웅성거리는 소리가 들리더니 사격이 멎었다. 책상 뒤에 있던 누군가가 알트만에게 손짓하더니 책상을 치우고 그를 안쪽으로 끌어당겼다.

"알트만, 여태 안 잡혀가서 천만다행이야."

쇼월터가 말했다.

"잡혀가다니? 대체 무슨 일이야?"

"나도 잘 몰라."

쇼월터는 초조하게 주위를 두리번거리며 말했다.

"한 놈을 봤는데, 정말 못 볼 걸 봤어. 괴물 같았어. 팔다리가 낫처럼 생긴 뼈로 되어 있고 거미처럼 종종거리면서 움직여. 머리를 축 늘어뜨리고 바닥만 쳐다보는데도 우리가 어떻게 보이나봐. 전에는 누구였는지 모르겠지만 옷가지가 남아 있는 꼴을 보면 원래 사람이었던 것 같아. 하지만 지금은 절대 사람이 아냐. 뭔가 잘못돼도 단단히 잘못됐어."

"어쩌지."

알트만은 주위를 둘러보았다. 한 명은 어디선가 본 듯한 얼굴이었다. 이름이 화이트였던가. 나머지 한 명은 모르는 얼굴이었다.

"이거 받아."

쇼월터가 그에게 권총을 건네주었다.

"머리가 날아간 보안요원한테서 챙겨온 거야. 썩 도움이 될지는 모르겠지만. 어디를 쏴도 안 죽어. 총에 맞아도 계속 덤벼들어."

알트만은 총을 받아들었다.

"생존자는 몇이나 있지?"

쇼월터는 어깨를 으쓱였다.

"낸들 알아? 너까지 쳐서 네 명이 전부인데. 아마 보안요원들은 조금 살아 있을

걸. 도망다니는 사람도 몇 명 있을 테고."

"아까 필드가 나한테 연락했으니 살아 있을 거야. 여기서 문제가 터진 모양이니 수면 위에 있는 연구단지는 아직 무사하겠지."

"거기도 당했을지 몰라."

"필드한테 연락해. 위로 올라가서 기밀 출입구를 잠그고 우리가 도착할 때까지 기다려 달라고 전해. 일단 거기까지만 뚫고 올라가면 우릴 들여보내줄 거야."

쇼월터는 같이 있던 나머지 두 사람에게 지시를 전달했고, 피터 페르라는 사람이 휴대용 홀로그램 영사기를 꺼내 연락을 시도했다.

복도 반대편에서 으스스한 괴성이 들려오더니 뭔가가 발을 끌며 모퉁이를 돌아 나타났다. 일어선 키는 사람과 비슷했지만 배에서 돋아난 양팔은 어린아이처럼 작았다. 양쪽 어깨에는 낫처럼 구부러진 뼈가 각각 돋아나 있었는데, 무슨 깃털이 빠진 새의 날개를 보는 듯했다. 반점 투성이 피부에서는 역겨운 진물이 뚝뚝 떨어졌으며 고기 썩는 냄새까지 희미하게 풍겼다. 얼추 사람 모습을 하고는 있었지만, 몸통에 달라붙은 해어진 보안요원 군복이 아니었더라면 놈이 원래 사람이라는 사실도 눈치채지 못할 뻔했다.

"제기랄."

알트만이 숨죽여 속삭였다.

"페르, 계속 필드한테 연락해봐."

쇼월터가 목소리를 낮추며 말했다.

"우리가 막아볼게. 아, 그리고 부탁인데 애꿎은 벽에다 총알 낭비하지는 말아줘. 놈들한테 몰리면 끝장이야."

화이트가 손마디가 하얗게 보일 정도로 총을 꽉 쥐고 있는 모습이 알트만의 눈에 들어왔다.

놈이 발을 끌며 이쪽으로 천천히 돌아서다가 우뚝 멈췄다. 놈은 가래 끓는 소리를 내고는 크게 울부짖으며 앞으로 달려들었다.

"쏴!"

쇼월터가 소리쳤다.

셋은 동시에 방아쇠를 당겼다. 총알이 쏟아지자 놈은 잠시 주춤했지만 전혀 치명상을 입지 않는 듯했다. 놈은 계속 앞으로 다가왔다. 알트만은 신중히 머리를 겨누고 재빠르게 세 번 연달아 사격했다. 두 발은 머리에 꽂혔지만—총알이 박혀 살점과 함께 피가 터져나오는 모습을 똑똑히 봤는데도—놈은 꿈쩍도 않고 계속 다가왔다.

얼마 지나지 않아 놈은 바리케이드 앞까지 들이닥쳤다. 셋은 놈과 거리를 벌이려고 자세를 낮추고 계속 총알을 퍼부었지만, 놈은 대수롭잖다는 듯이 총알 세례를 뚫고 다가와 화이트를 잡아 올렸다.

화이트는 비명을 지르며 달아나려고 버둥거렸다. 놈은 이미 피로 물든 그의 등덜미를 낫팔로 마구 찔러대더니, 애인을 끌어안듯 가까이 잡아당겨 고개를 숙이고 목을 물어뜯었다.

실로 끔찍한 광경이었다. 화이트는 뭍에 나온 생선처럼 펄떡거리며 알트만이 지금껏 한 번밖에 들어보지 못한 비명을, 머리에 총을 맞았는데도 간신히 숨이 붙은 토끼가 고통을 자각하고 외치는 단말마와 흡사한 소리를 내질렀다. 놈은 징그럽게 쩝쩝거리는 소리를 내고 침을 질질 흘리면서 목을 물어뜯더니, 머리를 흔들어대며 사방에 피 묻은 살점을 튀겼다.

알트만은 달아나야겠다는 생각이 퍼뜩 들었다. 하지만 그러지 않은 유일한 이유는 나라도 살아야 한다는 이기적 본능이 머리를 스쳤기 때문이었다.

'지금 안 죽이면 다음은 내 차례야.'

그는 최대한 가까이 다가가 놈의 목에 총구를 겨누고 네 발을 발사했다. 지근거리에서 총알을 먹이자 화이트의 목을 물어뜯던 머리통이 너덜너덜하게 날아갔다. 하지만 머리가 날아갔는데도 몸뚱이는 계속 움직였다.

"대체 어떻게 해야 죽는 거야?"

알트만이 소리쳤다.

쇼월터는 짜증스레 중얼거리기만 했다. 그는 알트만처럼 놈에게 가까이 다가가 낫팔 관절에 권총을 겨누었다. 방아쇠를 당기자 낫팔이 통째로 떨어져 나갔다.

"그거야! 팔다리를 잘라버려!"

알트만은 그렇게 외치며 총구를 내리고 세 차례 방아쇠를 당겼다. 놈은 다리가 부러져 한쪽으로 비틀거리다가 화이트를 붙들고 넘어졌다. 알트만은 바리케이드를 뛰어넘어가 놈을 깔아뭉갰다. 그는 총알을 한 방 먹인 다음 나머지 팔다리를 발로 짓뭉개 놈이 더는 덤벼들지 못할 지경이 되도록 곤죽을 만들었다. 하지만 그렇게 해놓은 뒤에도 놈이 정말로 죽었을지 확신이 서지 않았다. 확실한 점은 놈이 더는 덤벼들지 못할 만큼 철저히 망가졌다는 사실뿐이었다.

그는 망연자실한 심정으로 뒷걸음질쳤다. 신발과 다리가 온통 피로 끈적거렸고 가슴과 팔도 군데군데 피가 묻어 있었다. 화이트는 아직 숨이 붙어 있었지만 쇼크 상태에 빠졌고, 등덜미는 만신창이가 되어 있었다. 알트만은 옆에 무릎을 굽히고 앉아 정신이 들게 해주려고 뺨을 때렸다. 화이트의 눈이 씰룩거리다가 뒤로 희번덕 넘어갔다. 숨이 끊어지고 말았다.

"화이트는 괜찮아?"

쇼월터가 물었다.

알트만은 그를 되살려 보려고 입을 벌리고 시체의 피를 입술에 묻혀가면서 잠시 인공호흡을 했다.

쇼월터가 어깨에 손을 얹었다.

"그만 보내줘."

알트만은 그를 올려다보고는 고개를 저었다. 다시 고개를 돌리고 입에 얼굴을 대려는 순간, 뭔가 으스러지는 소리가 들리더니 화이트의 상체가 경련을 일으키는 모습이 눈에 들어왔다.

그는 화이트를 밀쳐내며 황급히 뒤로 물러났다. 발작이라도 일으키듯이 온몸이 부들부들 떨리며 뒤틀리더니, 이윽고 변이가 시작되었다.

알트만은 공포에 사로잡힌 속마음을 애써 추스르며 그 광경을 지켜보았다.

"뭐가 어떻게 된 거야?"

"변하고 있어. 이제 화이트도 놈들이 된 거야."

쇼월터가 말했다.

"얼른 여기서 나가자."

알트만이 말했다.

"유감이지만 아직 할 일이 하나 남았어."

쇼월터가 말했다.

"할 일이라니?"

"화이트가 뒤를 쫓아오지 못하게 미리 손을 써둬야 된다고."

알트만은 고개를 끄덕이고 턱을 악물었다.

"설마……."

"사지를 잘라야 돼."

둘은 함께 서서 가쁜 숨을 몰아쉬며 토막난 괴물 시체와 반쯤 변이된 화이트를 내려다보았다.

'다시는 예전처럼 돌아갈 수 없겠구나.'

눈길을 돌리는 모습을 보아하니 쇼월터 역시 비슷한 심정이리란 생각이 들었다. 이전에도 이런 악몽을 꾸었지만, 악몽이 눈앞에서 실제로 펼쳐진 적은 이번이 처음이었다.

"필드하고 연결됐어요."

피터 페르가 말했다.

"자기가 알아본 바로는 괴물들이 아직 수면 아래에 갇혀 있다는군요. 일단 기밀 출입구를 봉쇄하고 우리가 올 때까지 기다려주겠답니다."

"거기까지 헤치고 올라가려면 총 말고 다른 무기가 필요할 거야. 총알로는 부족해. 놈들은 총에 맞아봐야 꿈쩍도 않잖아."

알트만이 말했다.

"뾰족한 수라도 있어?"

쇼월터가 말했다.

"가는 길에 연구실이나 경비실을 샅샅이 뒤져서 쓸 만한 것이 있는지 찾아보자. 팔다리를 자르거나 난도질할 무기를 찾아야 돼."

일행은 처음 들린 연구실에서 휴대용 플라즈마 커터를 찾아 안전장치를 없애고 근접전용 무기를 만들었다. 쇼월터는 다음 연구실에서 찾은 공구로 죽은 보안요원한테서 챙긴 레이저 권총을 개조해 레이저 광선의 폭을 넓혀 절삭력을 높였다. 피터 페르는 레이저 메스를 찾아 손목처럼 굵은 물체도 절단 가능하도록 손을 보았다.

"그 정도로는 부족할 텐데요."

알트만이 말했다.

"일단 낫팔부터 잘라야겠다는 생각이 들어서요. 운이 좋으면 가까이서 휘두를 기회가 있겠죠."

페르가 말했다.

"좋습니다. 밑져야 본전이죠. 갑시다."

알트만이 말했다.

58

"크랙스, 대체 뭐가 어떻게 돌아가는지 설명할 시간 2초 주겠다."

마르코프가 말했다. 그는 제어반 위로 줄줄이 올라오는 홀로그램 영상을 이리저리 뒤적이며 생지옥으로 변한 해상 연구단지 내부를 살펴보았다. 연구원과 보안요원들이 책상으로 바리케이드를 쌓고 몸을 웅크리고 있는가 하면, 어느 사내는 거미인지 마구 휘둘러대는 죽음의 칼날인지 모를 괴물한테 몸통이 꿰뚫려 있었다. 어디서는 토막난 시체가 복도를 뒤덮은 참혹한 광경이 잡혔고, 다른 곳에서는 사람처럼 생긴 괴물들이 갈팡질팡 떠돌아다니는 광경이 잡혔다.

크랙스는 경황이 없어 보였다. 얼굴이 땀투성이에 눈동자는 좌우를 핵핵 오갔다.

"이상한 괴물들한테 공격받고 있습니다. 어디서 나타났는지, 뭐하는 놈들인지 저도 모르겠습니다."

"놈들의 정체는 뭐고, 또 어떻게 단지에 기어들어온 건가?"

"저도 도통 모르겠습니다. 이런 놈들은 난생처음 봅니다."

"눈에 익숙하군요. 못 알아보시겠습니까?"

"뭐가 익숙하단 말인가?"

마르코프는 어느 영상을 힐끔 쳐다보다가 고개를 끄덕였다.

"그렇군. 무슨 말인지 알겠다."

"저기 저놈은 원래 몰리나였던 모양입니다. 뒤틀린 얼굴을 보면 분간이 가능합니다. 거기다 하나같이 다 떨어진 옷을 걸치고 있고요."

"원래 사람이었단 말입니까?"

크랙스가 물었다.

스티븐스는 고개를 끄덕였다.

"지금은 절대 아니지만요."

"대체 배후에 뭐가 있는 건가?"

"지금 히데키 이시무라라는 천체물리학자한테 보고를 받고 있습니다. 괴물을 최초로 목격하고도 살아남은 사람입니다. 하지만 죽도록 겁을 먹은 탓에 무슨 소리를 하는지 모르겠습니다. 계속 구테, 구테……라고 중얼거리기만 합니다. 횡설수설 같지만 정말로 놈들이 사람에서 나왔다면 구테가 최초였을 겁니다."

"자네가 다짜고짜 머리에 총부터 쏘는 바람에 제대로 살펴보지 못한 탓일 게 뻔하군. 이시무라는 어디 있나? 직접 얘기해 봐야겠다."

"지금 대피 준비를 마치고 저하고 같이 있습니다. 당장 여기서 탈출해야 합니다."

"싸움을 눈앞에 두고 도망칠 수는 없다."

"이놈들은 인간이 아닙니다. 대가리에 총알을 두 발, 세 발 박아도 안 죽습니다. 대가리를 통째로 날려도 덤벼든단 말입니다."

"터무니없는 소리 마라."

크랙스는 고개를 저었다.

"이런 놈들하고 어떻게 싸운단 말입니까?"

"작전상 후퇴라는 말이로군. 탈출한 뒤에 전열을 가다듬도록 한다. 중대한 발견 앞에서는 더러 차질을 빚기 마련이지."

"이건 차질이 아니라 재앙입니다."

마르코프는 날카로운 눈초리로 크랙스를 쳐다보았다.

"내부 인원이 몇이나 되던가? 백? 이백? 설령 전부 괴상망측한 괴물로 변해버린다 한들 일대 계획에 비춰 보면 하잘 것 없는 목숨들이다. 사소한 차질일 뿐이다. 계획이야 언제든지 재개 가능하다."

"그걸 지금 말이라고 하십니까?"

"이번 기회에 시설 전체에 설치된 감시 카메라를 한 번 제대로 써봐야겠군. 구명정으로 영상을 송신하도록 설정해라. 원래 시행착오를 겪으면서 배우는 법이잖나. 굉장히 유익하겠군."

"설마 지금……."

"누가 왈가왈부한들, 마커가 존재한다는 사실은 변함없다. 지금 여기서 입는 손실이나 앞으로 입을 손실은 어차피 허용범위 안에 들어간다."

"당장 대피해야 합니다."

크랙스가 잔뜩 긴장한 목소리로 말했다.

"아까 전에도 했던 말이잖나, 크랙스 사관. 대피 준비는 스티븐스와 같이 해두겠다. 자네를 어떡해야 할지는 아직 결심이 서지 않는군."

"절 버리고 가실 겁니까?"

"그걸 말이라고 하나. 자네를 일회용으로 쓰기에는 아깝잖나."

"마르코프 씨."

스티븐스가 나긋하고 다정한 목소리로 말을 걸었다.

"크랙스를 굳이 버릴 이유는 없습니다. 살려두는 편이 훨씬 이득입니다. 크랙스를 버린다면 누워서 침 뱉는 꼴입니다."

마르코프는 잠시 머뭇거렸다.

"항상 입바른 소리만 하는군. 크랙스, 안전한 탈출 경로는 확보해 놓았나?"

"예. 우리가 한 발 빠릅니다. 지금 탈출해야 화를 면합니다."

"알겠다. 앞장서도록."

59

"마르코프는 뭐래?"

알트만이 물었다.

"그 인간이 왜?"

쇼월터가 말했다.

"상황이 이 지경인데 아무 말도 없어?"

"낸들 알아. 한동안 계속 연락을 시도했는데 응답이 없어. 죽었나?"

"해가 서쪽에서 뜨겠네."

셋은 먼저 관제소 내부의 안전문을 지나 연구동으로 들어간 다음 연구실을 차례로 통과했다. 길목에서 괴물 몇 놈과 마주치기도 했지만 대부분은 따돌리는데 성공했고, 실패한 두 놈은 무사히 처치했다. 처음에 발을 디딘 연구실은 안전했지만, 알트만은 다음 문을 열기가 무섭게 이곳은 뭔가 다르다는 사실을 직감했다. 뭔가 심상찮았다.

그때 심상찮은 것이 눈에 보였다. 통풍관에서 자라난 기괴한 생체조직이 바닥에 들러붙어 있었다. 조직이 바닥을 따라 퍼져나가자 바닥도 조직체의 일부로 변해가는 듯했다.

알트만은 플라즈마 커터로 그것을 가리켰다.

"환기구를 따라 여기저기 퍼지고 있어."

얼마 지나지 않아 조명이 깜박이다 완전히 나가고 비상등 불빛만 남자 연구실은 짙은 어둠에 뒤덮였다.

"놈들이 전선망까지 건드렸나봐. 서둘러야겠어."

다음 연구실로 통하는 문에 거의 다다랐을 무렵 천장의 환기구에서 뭔가가 기어가는 소리가 들렸다. 머리 바로 위에 있는 안전망이 덜컹 떨어져 나가더니 뭔가가 일행을 스치며 바닥으로 떨어졌다.

일정한 형체도 없이 흐늘거리는 놈이었는데, 흙무더기마냥 바닥에 납작하게 퍼져 있어서 무슨 물웅덩이 같았다. 놈이 천천히 바닥을 가로질러 기어오기 시작했다. 기어가면서 바닥을 태워먹고 지글거리는 흔적을 남겼다. 놈이 손대는 물체는 흔적도 없이 빨려들거나 쇠골조만 남고 모조리 사라졌다. 알트만은 느릿느릿 굴러가는 몸뚱이 속에서 해골과 뼈다귀, 웃고 있는 얼굴까지 얼핏 보았다.

"팔다리도 없는 놈은 어떻게 처치하죠?"

페르가 물었다.

목소리의 진동 혹은 다른 무언가에 이끌렸는지 놈은 서서히 셋을 향해 방향을 틀었다. 호전적으로 보이지는 않고, 다른 꿍꿍이 있어 보였다. 일행이 놈을 피해 뒤로 물러나면서 함정에 걸린 듯한 기분이 들자, 알트만은 대체 저놈의 정체가 뭘까 싶은 궁금증이 들었다. 놈은 바닥을 몽땅 들어내며 기자재를 남김없이 사라지게 만들었다. 그는 자리에 얼어붙은 채로 가만히 지켜보며, 이제 꼼짝없이 죽겠구나 하는 생각을 했다. 놈은 지나가는 길에 놓인 것이라면 생물이든 무생물이든 깡그리 집어삼켰다. 거기다 놀랍게도 그러면서 점점 덩치가 커졌다. 대체 얼마나 더 커지는 거지? 한계가 있기나 할까? 온 세상을 집어삼키려는 걸까?

"돌아가자."

쇼월터가 말했다.

알트만은 고개를 끄덕이고 들어왔던 문으로 돌아가기 시작했다. 페르가 문을 열려는 순간, 알트만이 그를 막아섰다.

"잠깐만요. 무슨 소리가 들렸어요."

그는 문에 귀를 바짝 갖다 대었다. 분명 뭔가가 문 반대편에 있었는데, 씨근거리는 신음 소리를 들어보니 결코 사람은 아니었다.

'이제 어쩌지?'

알트만은 여기서 벗어날 길을 찾아 연구실을 두리번거렸다. 점막[1]을 뛰어넘어 돌아가면 될지도 모른다. 아니면 점막이 일행까지 붙잡아 집어삼키기 전에 문밖으로 나가 뭐가 덤벼들건 총으로 사지를 작살내면 될지도 모르고.

그때 페르가 어딘가를 가리켰다. 점막의 가장자리 근처에 노즐에 토치가 달린 수소 탱크가 있었다. 알트만은 손을 뻗어 탱크를 끌어당겼다.

알트만은 사용할 방향으로 노즐을 풀고 토치에 불을 당긴 다음 가능한 오랫동안 불꽃이 뿜어져 나오도록 조절했다. 그는 탱크를 바닥 가까이 기울이고 점막을 향해 불을 뿜었다.

불이 살로 옮겨 붙자 놈은 부글거리며 물러났다. 점막은 불길이 닿지 않는 곳으로 몸을 피하며 빠져나가려 들었다. 그는 앞으로 다가가 매캐한 연기에 기침을 하면서도 계속 불을 뿜었다. 놈은 몸이 새까맣게 타는데도 멈출 기미를 보이지 않았고, 불탄 부분은 아래쪽 가운데로 말려들며 사라졌다. 그래도 이제 더는 앞으로 다가오지 않았다.

"없앨 기회는 지금밖에 없어. 혼자서는 역부족이야."

그가 쇼월터와 페르에게 말했다.

페르가 행동에 나서려는 순간 문이 연구실 안으로 떨어져 나갔다. 토치를 계속 흔들며 뒤를 힐끗 돌아봤더니 페르가 레이저 메스로 낫팔을 쳐내고 있었다. 쇼월터는 뒤로 물러나 계속 레이저 권총을 쏴재꼈다. 어기적거리는 괴물 대여섯 놈이 칼

---

1) '점막(크리퍼)': 원문은 크리퍼(creeper). 소설에서만 등장하는 변이체로, 원작 게임의 커럽션(corruption)과 유사.

처럼 생긴 팔을 치켜들고 이리로 오고 있었다. 놈들한테 둘러싸이고 만 페르는 살아남으려고 죽을힘을 다해 싸웠지만 놈들의 수가 너무 많았다. 알트만이 보는 앞에서 한 놈이 페르의 목을 덮쳤다. 페르는 비명을 지르며 안간힘을 다해 놈을 벽으로 떨쳐내고 턱을 메스로 썰었지만, 순식간에 다른 놈이 덤벼들었다. 페르는 비명을 내질렀다. 얼마 지나지 않아 그의 머리가 뜯겨 나가자 주인을 잃은 몸은 바닥에 털썩 쓰러졌다.

두 놈을 쓰러뜨렸고 다른 하나는 팔다리를 하나씩 못 쓰게 만들었는데도 끈질기게 몸뚱이를 앞으로 질질 끌면서 날카로운 숨소리를 내뱉었다. 쇼월터가 놈을 발로 짓밟아 마무리했다.

이제 세 놈 남았다. 알트만은 점막을 향해 마지막으로 불을 퍼붓고는 돌아서서 플라즈마 커터를 꺼내들었다. 막 한 놈이 바람을 가르며 쇼월터의 등덜미에 낫팔을 내리꽂으려 했지만, 칼날이 몸에 닿기 직전, 플라즈마 커터로 놈의 낫팔을 도려냈다. 다른 낫팔이 날아들어 팔에 깊은 상처를 내는 바람에 하마터면 커터를 손에서 떨어뜨릴 뻔했다. 그는 욕을 내뱉고 고통을 간신히 참으며 괴물의 양다리를 절단했다. 그때 레이저가 머리 위를 번쩍이며 스쳐지나가, 마지막 남은 놈의 팔을 못 쓰게 만들었지만, 놈은 괴성을 내지르며 앞으로 몸을 내던지더니 알트만을 비켜나며 쇼월터를 향해 돌진했다.

쇼월터가 뒤로 쓰러지면서 레이저 권총이 발사되어 벽을 검게 그을렸다. 쇼월터는 놈과 뒤얽힌 채로 쓰러져 점막이 있는 방향으로 굴러들어갔다.

알트만은 곧장 토치에 불을 붙이고 앞으로 달려갔지만 이미 늦고 말았다. 쇼월터는 꾸물거리며 기어 다니는 물질에 흔적도 없이 잡아먹히고 말았다. 무시무시하게도 놈은 산 생물까지도 무생물을 흡수하듯 순식간에 집어삼켜 자신의 일부로 만들었다.

알트만은 아직도 살아 움직이는 마지막 놈을 발로 짓뭉갠 다음 점막의 몸뚱이를 따라 불길을 내뿜었다. 놈은 뒤로 움츠러들며 문으로 지나갈 길을 터주었다.

'이제 나뿐이군. 나 혼자야.'

계속 앞으로 나아간들 무슨 소용인가 싶은 허탈감을 떨치기가 어려웠다. 어떻게 될지는 보나마나다. 그도 곧 놈들 손에 붙잡혀 산산이 찢겨질 것이 뻔했다.

하지만 그는 꿋꿋이 앞으로 나아갔다. 이제는 다리를 절고 있었는데, 내가 왜 다리를 저는지, 다리가 어떻게 됐는지조차도 모르고 있었다. 그는 연구실에서 구급상자를 찾아 팔에 붕대를 감은 다음, 점막이 나타날 때마다 걸음을 멈추고 토치로 놈을 지져 뒤로 물러나게 만들었다.

아직은 운이 좋았다. 페르와 쇼월터가 죽은 뒤 비상등 불빛만이 주위를 밝히는 어두컴컴한 통로를 지나면서 지금까지 낫팔을 휘두르는 괴물 다섯 놈과 맞닥뜨렸는데, 한 번에 둘 이상 나타나는 적이 없었으며 하나를 상대하는 사이 다른 하나가 뒤돌아 공격해올 만한 곳에서는 마주치지 않았다. 하나하나는 처치하기 간단하지만 짝을 지어 나타나면 훨씬 더 벅찼는데, 놈들을 해치우고 나서는 방금 플라즈마 커터가 위아래로 조금이라도 빗나갔더라면 목을 물렸을 테고, 그러면 그대로 끝장났으리란 생각이 자꾸 머릿속에 맴돌았다.

그때 에이다가 눈앞에 나타났다. 그녀는 지직거리는 홀로그램 메시지로 그에게 연락해왔다.

"자기야, 거기 있어?"

"에이다. 정말 당신이야?"

"나 여기 있어. 지금은 안전하지만 놈들한테 무슨 짓을 당할지 모르겠어. 혹시 들리면 제발 서둘러줘."

"에이다, 지금 어디 있어?"

하지만 에이다는 알트만의 말이 들리지 않는 듯했다. 그녀가 카메라 화면 밖으로 손을 뻗자 화면이 깜박거리며 꺼졌다가 영상이 반복되었다.

"자기야, 거기 있어?"

반복 송신되도록 설정된 녹화 영상이었다. 하지만 그가 계속 앞으로 나아가도록 힘을 주기에는 충분했다.

그는 연구단지 상층부로 가면서 괴물 몇 놈과 더 마주쳤다. 놈들이 보이면 숨거나 다른 놈들을 불러 모으지 않게끔 최대한 조용히 처치했다.

그럼에도 어느새 기밀 출입구까지 터널 하나만을 남겨두게 되자 자기도 모르게 놀랐다. 어쩌면 정말 살아나갈 수 있겠다는 생각이 문득 들었다.

다만 문제가 하나 있었다. 시체 여러 구를 합쳐 놓은 괴물이 앞길을 가로막고 있었다. 얼추 거미처럼 생겼으며, 다른 놈들한테서 봤던 다리 구실을 하는 낫처럼 생긴 부속지가 일곱 개나 달려 있었다. 흉곽이 서로 겹치고 뒤틀려 괴상하게 하나로 맞붙은 몸뚱이에, 끄트머리에는 머리통 두 개가 금방이라도 떨어질 것처럼 힘없이 대롱거렸다.

그는 문간에 반쯤 몸을 숨기고 놈을 몰래 살펴보았다. 몸통 아래에 누렇고 시커먼 혹이 씰룩거리며 매달려 있었는데, 꼭 종양 덩어리처럼 보였다.

'앞으로 뛰쳐나가 사지를 잘라버려야겠다.'

계획이라 하기도 민망하지만 지금 머릿속에 떠오르는 생각은 그뿐이었다.

그는 그렇게 한참을 망설이다가 숨을 크게 들이쉬고 놈을 향해 달려갔다.

놈은 그를 향해 고개를 홱 돌리고는 신음을 흘렸다. 놈이 종종걸음으로 다가오기 시작하자 뼈처럼 앙상한 마디 같이 변한 다리 끝이 터널 바닥에 닿으면서 둔탁한 소리가 울렸다.

하지만 미처 플라즈마 커터의 공격범위에 들기도 전에 예상치 못했던 일이 벌어졌다. 대롱거리며 매달려 있던 머리통 하나가 꿈틀대며 몸에서 빠져나오더니 그를 덮쳤다. 놈은 가슴에 들러붙어 힘줄처럼 가느다란 촉수로 목을 휘감고 꽉 조여들기 시작했다.

'뭐야 이거.'

그는 뒤로 휘청거리며 놈을 떼어내려고 안간힘을 썼다. 거미처럼 생긴 본체도 종종거리며 계속 다가왔고, 나머지 머리통도 정신을 차리고 고개를 치켜들고 있었다. 그는 목에 감긴 놈을 플라즈마 커터 측면으로 후려치고 또 후려쳤다. 촉수가 살짝 느슨하게 풀리면서 간신히 숨통이 트이자 머리통과 목 사이의 촉수를 붙잡고 놈을 떼어냈다.

놈은 팔을 붙들고 기어오르며 도로 목을 덮치려 했지만 그는 놈이 꼼짝도 못하게 꿈틀거리는 촉수를 단단히 붙잡았다. 남은 머리통도 달려들었으나 이번에는 들붙을 틈을 주지 않고 곧장 바닥에 내팽개쳐 곤죽이 되도록 짓밟았다. 그리고는 양손에 붙잡힌 머리통을 벽에 대고 후려친 다음 플라즈마 커터로 두 조각냈다.

거미처럼 생긴 몸뚱이는 아직도 이리로 다가오고 있었다. 부속지 하나를 잘라내자 놈은 세 뒷다리를 웅크렸다가 나머지 네 부속지를 휘둘렀다. 그는 부속지 두 개를 슬쩍 피하며 세 번째로 날아든 부속지도 잽싸게 피했다. 플라즈마 커터에 끄트머리가 잘려 뭉툭해진 네 번째 부속지가 가슴을 강타했지만 치명상을 입히지는 못했다. 그는 바닥에 쓰러져 숨을 헐떡였다.

놈은 어정거리며 쓰러진 그의 위로 다가와 몸을 꿰뚫으려 들었다. 다리를 자르고 하나를 더 잘랐지만 놈은 균형을 잃지 않았다. 그는 놈을 발로 걷어차 떨쳐내고 허겁지겁 뒤로 기어간 다음, 헛수고인 줄을 알면서도 조금이라도 시간을 끌어 보려고 플라즈마 커터를 꺼내들고 발사하기 시작했다.

플라즈마가 섬광과 함께 다리를 뭉텅 잘라내고 날카로운 소리를 내며 몸뚱이를 파고들었지만, 조금도 움직임이 둔해질 기미가 보이지 않았다. 놈이 또다시 덮치려 들자 이번에는 양발로 걷어찼더니 끝내 균형을 잃고 거꾸로 뒤집어졌다.

놈이 몸을 일으키려고 몸부림치자 꿈틀거리는 누렇고 시커먼 혹이 다시 드러났다. 그는 플라즈마 커터로 혹을 겨누고 발사했다.

귀청이 터질 듯한 요란한 소리와 함께 혹이 터지자 그는 문으로 튕겨났다. 조각난 몸뚱이들이 꿈틀거리는 가운데 아직도 멀쩡한 놈이 이리로 다가왔다. 그는 바닥에서 일어나 절뚝거리며 다가가 플라즈마 커터로 놈을 토막토막 조각냈다.

폭발의 충격 때문에 터널 벽면이 쩍쩍 갈라지며 가느다란 금으로 뒤덮였다. 그는 휘청거리며 일어나 금간 벽면을 살펴보았다. 아직은 그런대로 버텨주는 듯했다.

그는 아직도 먹먹한 귀를 감싸쥐고 터널 끝으로 절뚝이며 걸어가 기밀 출입구 해치를 쾅쾅 두드렸다. 반대편에서는 아무런 대답이 없었다.

"접니다, 알트만! 들여보내주세요!"

그래도 대답이 없자 홀로그램 영사기로 필드에게 연락을 하면 되겠다는 생각이 퍼뜩 들었다. 그러자 곧바로 출입구가 열렸고, 그는 비틀거리며 안으로 들어갔다.

"알트만."

필드가 말했다. 그는 한손으로 마커 부적을 꼭 쥐며 반대쪽 손으로 기밀 출입구를 단단히 잠갔다.

"마커시여 감사합니다. 이제 가망이 없다고 생각하던 참이었네."

"에이다는 어디 있죠?"

알트만은 그것부터 물어봤다.

"무슨 말인가? 육지 시설에 갇혀 있는 줄로만 알았는데. 못 본 지 며칠은 됐네."

"하지만 똑똑히 봤어요. 영상으로 봤단 말입니다. 에이다는 여기 있어요."

"미안하네만 나는 못 봤네."

'어쩌면 마커가 보여준 환영일지도 몰라.'

하지만 어떻게 그런 일이? 마커는 죽은 사람만 눈앞에 보여주잖은가. 하지만 에이다는 안 죽었는데. 그 순간, 에이다가 나왔던 꿈이 무슨 의미였는지를 불현듯 깨달으면서 가슴이 찢어지는 것만 같았다. 에이다는 이미 죽었던 것이다.

필드가 팔을 붙잡았다.

"어서 가야 하네. 놈들을 얼마나 더 가둬둘 수 있을지 장담하기 어렵네."

"마르코프는 어디 있죠?"

"나도 모르네. 아마도 한참 전에 탈출했나 보더군. 아니면 지금쯤 죽었을 걸세. 죽었건 살았건 내가 알 게 뭔가."

알트만은 고개를 끄덕였다.

"자네도 알겠지만 언젠가 되돌아와야 할 걸세."

"네?"

"도와줄 사람을 모아서 돌아와야 하네. 놈들이 풀려나지 않게 막아야 하잖나. 마커를 지켜야 한단 말일세."

알트만은 필드를 따라 기밀 출입구에서 나온 다음 열린 선실과 주 돔으로 이어지는 곡선형 통로를 지나 위로 올라갔다. 둘은 승강기를 타고 꼭대기로 가려고 했지만 승강기가 작동을 하지 않았다.

"왜 멈춘 거죠?"

필드는 고개를 설레설레 저었다.

"예비 전력으로는 승강기까지 작동하지 않는 모양일세. 사다리를 잡고 올라가야겠군. 자네가 먼저 가게."

알트만은 플라즈마 커터를 등에 메고 출입용 사다리를 잡고 올라갔다. 필드는 바로 뒤에서 따라 올라갔다. 사다리와 벽면 사이에 공간이 그리 넓지 않아 올라가는 길이 좁았고, 얼마 가지 않아 힘이 부치기 시작했다. 여기까지 길을 뚫고 오느라 이미 지칠 대로 지친 판에, 이제는 양발을 번갈아 올리는데 힘을 쏟아야 하다니. 힘들어 하기는 아래에 있는 필드도 마찬가지였다. 그는 금방이라도 나가떨어질 것처럼 낑낑거렸다.

"괜찮아요, 선배?"

알트만이 아래로 소리쳤다.

"끄떡없네."

필드는 뭐라고 말을 더 하려다가 갑자기 캑캑거리는 소리를 내면서 목소리가 뚝 끊겼다.

고개를 힐끔 돌려 아래를 쳐다봤더니 뱀인지 창자인지 모를 회백색 밧줄이 필드의 목을 조르고 있었다. 놈은 한쪽 끄트머리로 사다리를 단단히 말아 붙잡고, 다른 한쪽으로는 그의 목을 졸랐다. 필드는 한손으로 목 언저리를 벅벅 긁으며 다른 손으로 사다리를 계속 붙잡으려고 안간힘을 썼다. 알트만이 아래로 내려가며 소리치는 사이 필드는 사다리를 아예 놓고 두 손으로 목에 감긴 촉수[1]를 붙잡았다.

알트만은 놈을 절단하려고 계속 아래로 내려가면서 등에 멘 플라즈마 커터를 다시 손에 쥐었다. 하지만 필드가 사다리에서 아예 손을 놓고 있었다. 지금 놈을 잘라 버리면 필드까지 아래로 추락할 것이 뻔했다.

"선배! 사다리 붙잡아요!"

하지만 필드의 귀에는 그 말이 들리지 않는 듯했다. 얼굴이 보라색으로 질리고 귀에서는 피까지 흘러나왔다. 알트만은 아래로 다리를 뻗어 사다리를 붙잡고 있는 촉수를 짓밟았다. 놈은 밟힌 채로 꿈틀거리면서도 끝까지 사다리를 놓지 않았다. 반대편 촉수가 목을 확 비틀자, 필드의 머리가 포도처럼 뚝 떨어져 벽을 따라 쿵쿵 부딪히며 아래로 추락했다. 주인을 잃은 몸도 벽과 사다리에 부딪히며 금방 뒤를 따라갔다.

알트만은 촉수가 잽싸게 구불거리며 기어 내려가는 모습을 지켜보았다. 놈은 바닥에 닿자 몸을 비틀고 구부리며 머리가 없는 필드의 시체로 다가갔다. 그리고는 알트만이 보는 앞에서 필드의 배를 쿡 찌르고는 한쪽 끄트머리를 가늘게 모아 피부를 파고들었다. 놈은 온몸을 전율하며 천천히 필드의 배를 뚫고 들어갔다. 놈이 꿈지락대며 뱃속으로 몸을 숨기자 배가 서서히 부풀어 올랐다.

알트만은 토가 나올 것만 같았다. 그는 잠시 사다리에 그대로 매달려 아래를 내려다보았다. 한동안 이대로 매달려 있을까 싶기도 했지만 곧 불길한 생각이 머리를 스쳤다.

'놈들이 더 있을지도 몰라.'

그는 조마조마한 심정으로 필드를 힐끔힐끔 내려다보며, 사다리를 잡고 계속 위로 올라갔다.

머리 위에 해치가 보이자 해치를 열고 플랫폼으로 올라선 다음 다시 단단히 잠갔다. 제발 놈들이 해치를 열 줄 모르기를 빌었지만 어떻게 될지는 장담하기 어려웠다.

---

1) '촉수(스트랭글러)': 원문은 스트랭글러(strangler). 크리퍼와 마찬가지로 소설에서만 등장하는 변이체로, 원작 게임의 디바이더(divider)와 유사.

그는 조심스럽게 돔 측면을 내려가며 유리 표면 사이에 있는 좁다란 보행로를 따라갔다. 아래로는 보트 정박장이 파도를 따라 넘실거리고 있었다. 나머지 보트는 전부 사라지고 단 한 대만 남아 있었다. 그는 밧줄을 풀고 보트에 올랐다.

먼저 모터에 시동부터 걸었다. 그러자 머릿속으로만 되뇌던 생각들이 피부에 와 닿기 시작했다. 여기서 정말로 탈출할 수 있겠다는, 살아남을 수 있겠다는 희망이 보였다.

그러자 자신을 기다려준 탓에 죽음을 맞이한 필드가 떠올랐다.

언젠가 되돌아와야 할 걸세. 놈들이 풀려나지 않게 막아야 하잖나.

'싫어. 겨우겨우 살았어. 죽어도 안 돌아갈 거라고.'

그때 보트 뒤 눈에 보이지 않는 곳에서 인기척이 느껴졌다. 필드의 얼굴이 나타날까봐, 금방이라도 머리가 몸에서 떨어질 것만 같은 필드의 모습이 나타날까봐 뒤로 고개를 돌릴 엄두가 나지 않았다.

나야, 알트만.

인기척이 말했다.

"저 좀 가만히 내버려 두세요."

날 위해서 돌아와 줄 거지?

잠깐 생각을 해보니 필드의 말투가 저랬던가 싶었다.

"선배는 죽었어요. 선배를 위해 돌아오고 자시고가 어디 있어요."

하지만 난 어떡하고?

결코 필드의 목소리는 아니었다. 여자 목소리가 틀림없다. 고개를 홱 돌렸더니 에이다가 있었다.

"지금 어디 있어? 누가 당신을 죽인 거야?"

나 여기 있잖아. 부탁이 있어. 자기가 시작한 일을 매듭지어줘.

그는 설레설레 고개를 저었다.

"넌 에이다가 아냐. 환영일 뿐이라고."

아직 안 끝났어. 다들 엄청난 위험에 처했단 말이야. 자기가 합일을 막아야 해.

"도대체 합일이 뭔데?"

합일이 어떤 건지 자기도 봤잖아. 반드시 막아야 돼.

에이다는 그렇게 말하더니 홀연히 사라졌다. 그는 보트에 기어를 넣고 속력을 최대로 높였다. 에이다가 자신에게 무엇을 바라는지, 마커가 자신으로 하여금 무엇을 하기를 원하는지 그로서는 도무지 이해할 수가 없었다. 그는 속으로 다짐했다.

'절대 안 돌아갈 거야. 안 돌아갈 거라고.'

하지만 정말로 돌아가게 될까봐 마음이 조마조마했다.

60

칙술루브 부두에 도착하자 누가 마중을 나와 있었다. 에이다가 소개해주었던, 해변에서 발견된 괴물에 관해 얘기해준 차바가 기다리고 있었다. 차바는 흐릿한 불빛 아래에 서서 몸을 달달 떨고 있었다. 옆에는 이름을 잃었다던 동네 주정뱅이 영감이 같이 있었다.

"오실 줄 알고 기다렸어요."

알트만이 밧줄을 묶어놓고 보트에서 내리자 차바가 말했다.

"브루하 할머니께서 말씀해 주셨어요. 돌아가셨는데도 말씀해 주시더라고요. 아저씨더러 반드시 돌아가야 한댔어요."

"죽어도 싫어."

"돌아가셔야 해요. 아저씨가 할머니를 도와드려야 돼요."

차바가 순진무구하고 진심어린 눈빛으로 말했다.

"그러는 영감님은 왜 여기까지 나왔습니까?"

영감은 술에 취한 몰골이 아니었는데, 적어도 겉으로는 그렇게 보였다. 그는 손가락을 겹치며 악마의 꼬리 손짓을 했다.

"악마를 물리치는 유일한 방법은 바로 악마를 몸속에 들이는 것이라오. 마음을 열고 악마를 받아들이시오. 그래야 악마가 어떻게 생각하는지 눈에 보일 거요."

"지금 이럴 시간 없습니다. 가서 도움을 구해야 돼요."

"맞아요. 우리도 같이 갈게요."

그는 부두를 떠나 발걸음을 옮겼고, 영감과 차바가 뒤를 따랐다. 차바는 그가 드레저 사 건물로 직행한다는 사실을 알아차리고서 헐레벌떡 달려가 붙잡아 말렸다.

"거기 사람들은 안 도와줄 거예요."

그는 차바의 손을 뿌리치고 정문을 향해 계속 걸어갔다. 뒤를 돌아봤더니 차바와 영감이 걸음을 멈추고 먼지투성이 도로 위에서 가만히 기다리고 있었다.

"여기서 기다릴게요."

차바가 뒤에서 소리쳐 불렀다.

그는 통행증을 대고 정문을 열었다. 텅 빈 마당을 가로질러 건물로 걸어가 통행증을 다시 댔지만 이번에는 문이 열리지 않았다.

문을 두드리고 초인종을 누른 다음 기다렸다. 한참이 지나서야 그의 얼굴 옆에 있는 화면에 불이 들어오면서 테리의 모습이 지직거리는 흑백으로 나왔다.

그는 알트만을 빤히 쳐다보고는 안경을 고쳐썼다.

"들여보내 주세요."

"죄송하지만 지금은 출입 불가입니다."

"중요한 일입니다. 해상 연구단지에서 심상찮은 일이 벌어졌어요. 당장 조치를 취해야 합니다."

누군가 화면 바깥에서 말하는 소리가 들렸지만 목소리가 작아서 무슨 말인지 분간하기 어려웠다. 테리는 고개를 돌리고 화면에 잡히지 않는 곳을 쳐다보았다.

"조사단에 있던 사람입니다. 이름은 기억이 안 나네요. 알터였지 싶은데."

그가 왼편에 있는 누군가에게 말했다. 그가 입을 다물자 두런거리는 말소리가 다시 들렸다.

"아, 맞습니다. 알트만."

그는 옆에서 하는 말에 열심히 귀를 기울이다 알트만에게 고개를 돌렸다.

"들어오세요."

"방금 누구랑 얘기한 겁니까?"

"아무도 아닙니다. 걱정 마세요."

"위험한지 안전한지 확인해야 하니 누군지 알아야겠습니다."

"안전할 겁니다."

테리가 잠시 망설이다 말했다. 옆 사람 눈치를 살피는 꼴을 보아하니 거짓말이 뻔했다.

바깥 정문으로 다시 돌아서려는데 테리가 문을 열고 나왔다. 알트만은 앞만 보고 뚜벅뚜벅 걸어갔다.

"잠깐만요. 어디 가는 겁니까?"

"죄송하지만 못 들어가겠습니다."

"저 총 있습니다. 되도록 안 쏘고 싶군요."

알트만은 우뚝 멈췄다.

"좋은 말 할 때 돌아오시죠."

테리가 시키는 대로 했다. 그는 천천히 뒤돌아 걸어갔다. 테리는 장난치듯 태연한 자세로 총을 들고 있었다. 안전한 거 좋아하네.

"그게 뭡니까?"

테리가 플라즈마 커터를 힐끗 내려다보며 물었다.

"대체 무슨 수작입니까? 처음에는 못 들여보내 준다더니 이제는 강제로 끌고 가려고요?"

"그러라고 시키니 말입니다. 잠자코 들어와 주시면 됩니다."

테리는 그렇게 말하고는 플라즈마 커터를 가리켰다.

"그건 버리시죠."

"누가 시킨 겁니까?"

테리는 낸들 아냐는 듯이 어깨만 으쓱였다.

"들어가기 싫습니다. 먼저 매듭지을 일이 있어서 말입니다."

알트만은 그렇게 말하며 슬쩍 앞으로 발을 내딛었다.

"저는 가능하면 총은 쓰기 싫거든요. 여차하면 정말 쏠 겁니다. 그거 버리고 손 드시죠."

그때 누가 갑자기 정문을 쾅쾅 두드리면서 철컹거리는 소리가 났다. 테리가 힐끗 고개를 돌리는 틈을 타, 알트만은 그에게 몸을 날려 권총이 들린 손을 가격했다. 총이 발사되면서 총알이 철조망에 맞고 불꽃을 튀겼지만 테리는 손에서 총을 놓치지 않았고, 도리어 그를 향해 겨누려 들었다. 알트만은 동시에 플라즈마 커터를 번뜩이며 그에게 달려들었다. 에너지 칼날이 손목을 잘라내면서 손에 들린 권총이 땅으로 굴러 떨어졌다.

워낙 순식간이라 테리는 방금 무슨 일이 벌어졌는지도 알아차리지 못했다. 그는 자기 손이 어떻게 됐는지도 모르고 멍하니 서 있다가, 불현듯 정신을 차렸다. 그는 기겁을 하고 뒷걸음질 치며 길게 비명을 질렀다.

알트만은 뒤에서 들려오는 비명을 외면하며 무작정 달렸다. 그는 쏜살같이 정문으로 뛰쳐나가 차바와 나란히 뛰었다.

"아저씨를 찾으려고 가서 문을 두드렸는데 정말로 나오셨네요."

"타이밍 한번 기막히구나. 할아버지는 어디 계시니?"

"엘보라초[1] 할아버지요? 이만 가봐야 된다고 하셨어요. 목마르시다나 뭐래나."

그는 차바를 데리고 다시 시내로 돌아갔다.

'이제 어쩌지?'

그는 돌아서서 차바 곁에 무릎을 굽히고 앉았다.

"아저씨는 가서 악마들을 좀 잡아야 한단다. 네가 바닷가에서 보여줬던 그런 악

---

1) 티 borracho. 스페인어로 술꾼.

마들 말이야."

"저도 도와드릴게요. 힘을 합치면 잡을 수 있어요."

"그럼 못 써. 이건 장난이 아니란다. 너는 가만히 있거라. 아저씨는 서둘러 무기를 챙겨 가봐야겠구나."

차바는 잠시 머리를 굴리다가 해맑게 웃었다.

"저랑 같이 가요. 따라오세요."

차바는 시내를 가로지르고 판자촌을 지나 그를 밀림 변두리로 데려갔다. 차바는 어느 나무로 다가가 나무껍질에 손을 대고는 조심스럽게 다른 방향으로 돌아서더니, 양다리를 쭉 펴고 발에 힘을 주며 걸었다. 그러다 발소리가 다르게 들리는 곳에 다다르자 그곳에서 멈췄다.

"여기예요."

차바는 땅바닥을 가리켰다. 손으로 땅을 파헤치자 쇠고리가 달린 폭 60센티미터에 높이 180센티미터쯤 되는 나무문이 나왔다. 차바는 알트만에게 열어 보라고 손짓했다.

그는 플라즈마 커터를 땅에 내려놓고 손을 뻗어 고리를 당겼다. 문이 삐걱이는 소리와 함께 열리자 돌을 쌓아 지어놓은 관처럼 좁은 공간이 드러났다. 한쪽에는 각종 총기와 소총이 가득했으며 다해서 열 자루 정도 되어 보였다. 반대쪽에는 도끼와 망치, 나무 꼬챙이, 정글도, 연료 깡통 하나, 구식 전기톱이 있었다.

"이것 중에서 골라 쓰세요. 하지만 나중에 꼭 돌려놓으셔야 돼요. 우리 아빠 거거든요."

차바가 자못 진지한 목소리로 말했다.

"아버지는 뭐하는 분이시니?"

"사람들을 위해 싸우는 투쟁가세요. 뭐라더라……."

차바는 잠깐 말이 기억나지 않아 더듬거리다가 퍼뜩 생각해 냈다.

"환경운동 게릴라세요."

"환경보호광들한테 감사할 날이 올 줄이야."

다른 무기는 제쳐두고 전기톱 하나만 챙기자, 차바는 어리둥절한 눈치였다.

"혹시 괴물이 나무예요?"

처음에는 사실대로 말해주려다가, 입을 여는 순간 대답하기가 얼마나 난감한지를 문득 깨달았다. 그래서 고개만 끄덕였다.

"그래, 나무란다."

하지만 그렇게 얼버무렸더니 설명하기만 더 난감해졌다.

"그런데 나무가 어떻게 괴물이에요?"

차바가 꼬치꼬치 캐물었다.

"말로 설명하기 힘들단다."

"무슨 나무인데요?"

차바는 알트만의 뒤를 따라가며 스페인어로 나무 종류를 줄줄 읊어댔다.

알트만은 못 들은 체했지만 차바는 계속 뒤를 졸졸 따라갔다. 이제 조금만 더 가면 보트가 나올 즈음 홀로그램 영사기가 울렸다. 전화를 받자 크랙스의 얼굴이 홀로그램으로 나타났다.

"안녕하신가, 알트만 박사."

그는 바로 영사기를 껐다. 크랙스가 다시 전화를 걸었다. 이번에는 아예 받지 않으려고 했지만, 받을 때까지 걸어댈 것이 뻔했다. 그래서 그냥 받아 보았다. 하지만 이번에는 자기가 할 말부터 쏟아놓았다.

"테리를 아주 병신으로 만들어 놨더군. 이건 너무하잖아. 당장 체포해야겠어."

"어차피 그러지도 않을 거잖습니까."

"틀린 말은 아니지. 하지만 과민반응이라는 사실은 말해둬야겠군. 우리는 그저 얘기만 몇 마디 나누고 싶었을 뿐이거든."

"얘기만 하고 끝낼 심산도 아니잖습니까. 날 가둘 작정이었을 텐데요."

"그야 당신의 안전을 위해서지. 뭐하러 명줄을 재촉하는지 모르겠군. 지금이라도 돌아오지 그래."

"싫습니다."

"그럼 애인은 어쩌고? 에이다는 내팽개칠 건가? 애인을 생각해서라도 와야지?"

알트만은 걸음을 멈췄다.

"바꿔주시죠."

처음으로 크랙스가 난처한 얼굴이 되었다.

"지금은 전화 받기가 곤란한데."

"죽었으니 당연히 못 받겠죠."

"바보 같은 소리. 왜 에이다가 죽었다고 생각하는 거지?"

"에이다의 환영을 보기 시작했습니다. 댁이 죽였거나, 스스로 목숨을 끊었겠죠. 어느 쪽입니까?"

"환영은 그저 헛것일 뿐이지. 에이다는 아직 살아 있어."

알트만은 다시 발걸음을 옮겼다.

"그럼 얼굴이라도 보여주시죠. 그러면 돌아가겠습니다."

"말했다시피 지금은 좀 곤란해. 날 믿는 편이 좋을걸. 애인의 목숨이 당신 손에 달렸으니까."

어느새 부두가 눈앞에 보였다.

"안녕이다, 크랙스."

알트만은 전화를 끊고 영사기의 전원을 아예 꺼버렸다.

그는 보트에 장비와 몸을 실은 다음 덩달아 올라타려는 차바를 말렸다.

"여기 있거라. 아저씨 때문에 죽은 사람이 한둘이 아니라 그렇잖아도 맘이 무겁단다."

61

파도를 따라 보트를 몰며 부서져 들어오는 바닷물을 맞자니 머릿속으로 온갖 생각이 다 들었다.

'내가 미쳤지. 뭐하러 되돌아가는 걸까. 처음에 무사히 탈출한 것도 순전히 운이 좋아서였을 뿐인데.'

처음에는 이런 생각밖에 들지 않았다. 에이다가 죽지만 않았어도 육지에 잠자코 머물렀을 것이다. 하지만 에이다가 죽었으니 육지로 돌아갈 이유가 없었다. 그렇다면 나라도 나서서 끝장을 봐야겠다는 생각이 들었다.

그는 주정뱅이 영감이 부둣가에서 뭐라고 충고했는지 기억을 더듬어보았다.

'악마를 물리치는 유일한 방법은 바로 악마를 몸속에 들이는 것이라오. 마음을 열고 악마를 받아들이시오. 그래야 악마가 어떻게 생각하는지 눈에 보일 거요.'

그렇다면 악마의 사고체계는 대체 어떻단 말인가? 지금 상황에 대입하자면 마커의 사고체계는 대체 어떤 것일까?

정답을 아는 사람이 있다면, 그것은 바로 그 자신이리란 생각이 들었다. 마커를 여러 차례 직접 보았으며, 신호를 최대로 발산하던 순간에 가까이 있으면서도 무사히 살아남았잖은가. 게다가 마커는 환영을 통해 그에게 계속 말을 걸었다.

마커가 에이다에 관한 기억을 통해 가장 최근에 했던 말이 뭐였지?

부탁이 있어. 자기가 시작한 일을 매듭지어줘.

마치 귀신이 하는 말처럼 모호하기 그지없는 소리라 정확히 의미를 집어내기 어려웠다. 분명하기로 치면 그 전에 꿈속에서 들었던 이야기가 차라리 나았다. 하지만 정말로 마커가 꿈으로 자신에게 말을 걸 것일까, 아니면 그저 꿈이었을까, 혹은 단순한 꿈 이상이었을까? 꿈은 환영과는 거리가 멀었다.

하지만 꿈속에서 무의식이 그에게 무언가 말을 하려고 했는지도 모른다. 꿈속에서 에이다가 뭐라고 했더라?

나 부탁이 하나 있어. 아기를 갖고 싶어. 아이가 있었으면 좋겠어. 그럼 우리 사이도 더 가까워질 거야.

하지만 꿈이 환영과 다를 바가 없다면? 어쩌면 그의 무의식이 나타난 것이 아니라 전혀 다른 무언가일지도 모른다. 아기를 갖고 싶다니 대체 무슨 뜻일까? 설마 죽어서 괴물로 변한 연구원들을, 마커의 자식들을 말하는 것일까? 정말로 괴물들이 마커가 발산한 유전 암호를 통해 생겨났다면 그렇게 생각해도 무리는 아니었다. 하지만 그가 잘못 짚은 것이 아니라면 에이다에 관한 꿈은 정체 모를 괴물들이 생겨난 일과는 무관했다. 경보를 듣고 잠에서 깨어난 뒤에야 괴물들이 활보한다는 사실을 알기는 했지만, 꿈을 꾸었던 때는 괴물들이 나타난 직후가 분명했다.

어쩌면 여과 없이 받아들여야 뜻이 통할지도 모른다. 어쩌면 번식이야말로 마커가 인류에게 바라는 바일지도 모른다. 자신이 생식이 가능하다는 사실을 마커에게 증명해 보인다면 상황은 원래대로 돌아올지도 모른다.

'그럼 간단하잖아.'

하지만 의심이 그를 괴롭혔다. 지금까지의 생각은 한낱 해몽일 뿐인데다, 그마저도 환영을 통해 들었던 이야기와 매끄럽게 맞아떨어지지 않았다. 꿈에는 아무런 의미가 없거나, 아니면 전혀 다른 무언가가, 또 다른 힘이 그를 조종하려 드는지도 모를 일이다. 설령 그의 추측이 맞다 하더라도, 정말로 마커가 상황이 원래대로 돌아가기를 바란다는 증거가 어디 있단 말인가? 상황이 지금보다 더 나락으로 떨어질지도 모르는데. 사실 마커는 인류의 생존에는 아무런 관심조차 없고 인류를 한낱 도구로 볼지도 모르잖은가?

'목적을 달성하면 또다시 우리를 아무렇지도 않게 부려먹거나 죽이겠지. 인간을 파리 목숨처럼 여기는 걸까? 그렇다면 지금 인류는 진퇴양난에 빠진 건가? 결국에는 어차피 멸망하게 되나?'

그는 고개를 저었다. 잡다한 생각은 이만하면 충분하다. 주어진 기회를 붙잡아보는 수밖에 없다. 하지만 자신이 어떤 선택을 하게 될지, 어떤 위험을 무릅써야 할지는 알 길이 없었다. 그때 '알트만의 내기'가 떠올랐다. 어쨌거나 열쇠를 쥐고 있는 것은 마커이다. 무엇이 앞길을 가로막건 마커로 되돌아갈 수밖에 없다.

　이제 주위는 어두컴컴했다. 저 멀리 해상 연구단지에서 나오는 빛이 보였다. 비상 전력이 가동되는 중이라 침침하기는 해도 불은 들어와 있었다. 조금 있으면 보트가 저곳에 닿는다. 곧 물음에 대한 답을 얻거나, 죽음을 맞이하게 되겠지.

7부

세상의 종말

62

아직 해치를 열지도 않았는데 벌써부터 뭔가가 잽싸게 뛰어다니는 소리가 안에서 들렸고, 유리 아래로는 흐릿한 형체가 지나다니는 광경까지 보였다.

'죽기 아니면 까무러치기다.'

그는 해치를 열고 안으로 들어갔다.

이제 겨우 사다리를 몇 발짝 내려왔는데 뭔가가 어깨에 툭 떨어졌다. 뭔가 싶어 고개를 돌리는 찰나 그것이 얼굴을 감쌌다. 사람 머리통에 질긴 촉수다발이 달린 놈이었다. 놈은 곧장 숨통을 조르기 시작했다.

앞이 보이지 않았다. 플라즈마 커터로 두들겨 패서 떨쳐내려 했지만 그럴수록 촉수만 더욱 단단히 조여들었다. 사다리의 가로장에 대고 들이받아 봐도 도무지 떨어질 기미가 없었다.

'제기랄, 이대로 꼼짝없이 죽는구나.'

그는 더듬거리며 플라즈마 커터의 방아쇠에 손가락을 걸고 위로 들어올렸다. 그리고는 자기 얼굴을 날려버리지 않도록 조심조심 발사하다 애꿎은 사다리 난간만 죄다 절단했다. 이제 눈앞이 흐려지기 시작했다. 다시 커터를 얼굴 가까이 겨누고 방아쇠를 당기자, 칼날이 피부를 스치면서 놈의 살을 파고드는 것이 얼굴로 느껴졌다. 촉수가 느슨해지자 고개를 휘저어 놈을 떨쳐내고는, 놈이 눈앞에 있는 가로장에 부딪혔다 바닥으로 떨어지는 모습을 지켜보았다.

하지만 최악의 고비는 그 다음이었으니, 바로 놈의 얼굴을 알아본 순간이었다. 온통 피로 시뻘건 데다 피부가 늘어나 기괴하게 일그러져 있었지만, 그것은 분명 필드의 얼굴이었다. 머리통이 아래에 있는 가로장에 부딪혔다가 데굴데굴 떨어지는 광경을 지켜보자니, 자기 손으로 필드를 죽인 것만 같았다.

그는 숨을 고른 뒤 계속해서 내려갔다.

어둠침침한 비상 조명이 사방에 그림자를 만들어냈다. 그림자 속에서 뭔가가 계속 움직이는 모습이 보였다. 약간 먼발치에서 무슨 소리가 들리더니 조금씩 가까워졌다. 뭔가가 사다리 옆으로 기어 올라오려고 들었다. 아래로 고개를 돌렸지만 아무것도 없었다. 가만히 귀를 기울여도 아무런 소리도 들리지 않았다.

'내가 잘못 들었겠지.'

하지만 아래로 한발 내려가는 순간 소리가 다시 들려 고개를 돌렸더니 필드의 목을 따갔던 힘줄처럼 꿈틀거리는 놈이 힐끗 보였다. 놈은 사다리 반대쪽에 있다가 별안간 눈앞에서 사라졌다. 놈을 찾으려고 다른 데로 고개를 돌리자 사라진 놈이 다시 힐끔 보였다. 하지만 소리는 훨씬 가까운 곳에서 들렸다.

그는 사다리에 한쪽 팔을 감고 기다렸다.

'어디로 갔지?'

그때 놈이 불과 몇 발짝 아래에서 불쑥 나타났다. 몸이 회색이라 사다리와 분간이 되지 않았다. 놈은 그가 보는 앞에서 한쪽 촉수를 사다리에서 풀고 독 오른 뱀처럼 구불거리며 붙잡을 육신을 찾아 두리번거렸다. 그러더니 순식간에 위로 솟구쳐 발을 칭칭 감았다.

놈이 촉수로 발을 단단히 감고 잡아당기는 바람에 균형을 잃고 한쪽 팔로만 대롱거리며 간신히 버텼다. 플라즈마 커터를 아래로 겨누고 놈을 썰어버리려 했지만 거리가 너무 멀었다. 아래로 내려가려면 손을 놓는 수밖에 없는데, 그러자면 사다리에서 추락하고 만다. 놈은 촉수를 꿈틀거리며 발을 단단히 조이고는 발목을 타고 다리로 올라왔다. 그는 반대쪽 발을 디디려고 몸부림치다 가까스로 사다리에 발을 붙였다. 발꿈치를 세우며 있는 힘껏 몸을 위로 끌어올리자 발목이 떨어져 나갈 것만 같았다. 한쪽 팔을 풀고 조금 아래에 있는 가로장을 다시 붙들었다. 이만하면 됐다. 이제 공격범위에 들었다. 알트만은 플라즈마 커터로 놈을 반으로 썰었다. 놈은 체액을 쏟으며 아래로 떨어졌다.

그는 어지럼증을 뒤로하며 사다리를 단단히 붙잡았다. 사다리의 난간에 머리를 기댔다가 어렴풋이 울리는 쿵쾅거리는 소리를 듣지 못했더라면 이대로 가만히 매달려 있었을 지도 모른다. 다른 뭔가가 오고 있었다. 아직도 머리가 어질어질한 가운데 아래로 고개를 돌렸다. 다른 두 놈이, 어깨에서 낫팔이 솟아난 사람처럼 생긴 놈들이 벌써 올라오고 있었다. 놈들은 배에 돋아난 작은 양손으로 사다리를 붙잡으면서 낫팔을 미친 듯이 앞뒤로 휘둘렀다.

놈들이 자신을 바짝 뒤쫓는다는 생각에 그는 해치 입구로 돌아가 평평한 플랫폼에 발을 디디려고 정신없이 사다리를 잡고 위로 올라갔다. 놈들이 금방이라도 낫팔을 뻗어 다리를 잘라갈 것만 같았다.

어느새 꼭대기에 다다르자 무릎을 꿇고 숨을 헐떡였다. 그는 플라즈마 커터를 등에 메고 전기톱을 꺼내들었다. 그리고는 아슬아슬한 자세로 전기톱을 들고 줄을 잡아당겼다. 처음에는 바로 시동이 걸리지 않았다. 먼저 오던 놈이 벌써 꼭대기 가까이 올라오면서 낫팔과 대가리가 차례로 시야에 들어왔다. 줄을 더욱 세게 잡아당기자 드디어 시동이 걸렸다. 그는 톱을 회전시킨 다음 아래로 몸을 숙이고 놈을 향해 전기톱을 들이밀었다. 톱날이 피를 사방으로 튀기면서 머리끝에서 발끝까지 피를 뒤집어썼다.

그는 털털거리는 전기톱을 손에 들고 사다리에서 내려왔다. 나머지 놈들은 어디로 갔지? 공간은 넓고 조명은 어두웠다.

우선 기밀 출입구로 돌아가고자 연구동으로 이어진 통로로 조심스럽게 발걸음을 옮겼다. 환기구를 따라 벽면이 온통 생체조직으로 뒤덮여 있었다. 겉보기에는 살아 있는 듯했다. 발로 하나를 건드려 보았지만 아무런 반응도 없이 가만히 있었다. 짓밟아도 봤지만 그런다고 상처를 입는 것도 아니었다.

연구동 출입구에 거의 다다른 순간 괴물이 끔찍한 괴성을 지르며 달려들었다. 주위가 어두컴컴한 탓에 처음에는 스쳐지나가는 흐릿한 모습밖에 보이지 않았다. 그는 톱날을 회전시킨 다음 놈을 정면으로 마주보고 휘둘러 머리를 정통으로 맞혔다.

이토록 흉측한 짐승을 보기는 난생처음이었다. 놈은 쉭쉭거리며 잽싸게 뒤로 빠졌다. 아래턱이 크게 부풀어 올라 이빨이 육식동물처럼 길게 돋아났으며, 관절 부위까지 피부가 남김없이 벗겨져 있었다. 양팔이 앞다리로 변했으며 몸통이 앞은 넓고 뒤는 좁았다. 뒤편에는 근육이 비대한 뒷다리가 붙어 있었는데, 다른 뒷다리는 길고 가늘게 쪼그라들어 꼬리처럼 움직였으며, 납작해진 발가락이 꼬리 꽁무니에 붙어 나근거렸다.

놈은 옆으로 몇 발쯤 물러났다가, 자세를 잡으며 앞으로 몸을 날렸다. 그는 전기톱으로 대가리를 썰어버리려고 했지만, 딱딱한 키틴질 같은 것에 톱날이 걸려 전기톱이 통째로 손에서 딸려나가는 바람에 하마터면 어깨가 탈골될 뻔했다. 목덜미가 불끈거리면서 체액이 그의 가슴 위로 쏟아져 나오자 놈은 머리를 한쪽으로 기울이고 계속 으르렁거렸다. 놈은 앞발로 바닥을 긁고는 그를 찢어발기려 들었다. 전기톱을 찾으려고 계속 어둠 속을 더듬거렸지만 좀처럼 손에 잡히지 않았고, 찾는다 한들 다시 시동이 걸릴지도 의문이었다. 그는 놈을 발로 걷어차고는 자루처럼 축 늘어진 대가리가 이쪽을 향하기 전에 살금살금 뒤로 돌아갔지만, 놈이 무작정 휘두른 앞발에 왼쪽 옆구리를 얻어맞고 벽으로 튕겨났다. 그는 허겁지겁 일어나 플라즈마 커터를 손에 쥐고 전원을 켰다. 놈은 그를 쓰러뜨려 바닥을 뒤덮은 냄새 고약한 생체조직에 처박고는, 뒤로 물러나 그의 위로 그림자를 드리웠다. 황급히 한쪽으로 몸을 굴렸지만 발톱을 무사히 피해가지는 못했고, 놈은 셔츠와 어깻죽지를 찢으며 한쪽 팔을 꼼짝도 못하게 붙들었다.

그는 바로 그때 플라즈마 커터를 꺼냈다. 커터를 힘껏 휘둘러 몸을 붙잡고 있는 앞다리를 잘라내자 놈은 남은 두 다리로 엉거주춤하게 균형을 잡았다. 나머지 앞다리마저 잘라내자 맥없이 바닥을 처박혔다.

놈을 밀쳐낸 다음 주춤거리며 뒤로 물러나고 나서야 어깨에 고통이 느껴지기 시작했다. 놈의 주위를 천천히 돌면서 남은 다리 하나도 잘라낼 기회를 노리던 찰나,

재밌는 일이 벌어졌다. 놈이 남은 다리를 써서 이쪽으로 다시 풀쩍 뛰어들 줄로만 알았지만, 오히려 다리를 바닥에 짚고 온몸을 휙 뒤집더니 꼬리에 있는 다리 하나로 몸을 지탱하고 일어섰다. 그렇게 완벽하게 균형을 잡고 그대로 가만히 있는데, 별안간 꼬리에 있는 다리가 죽은 거미 다리마냥 오그라들었다.

'이제 죽었겠지.'

그는 천천히 앞으로 다가갔지만 놈은 꼼짝도 하지 않았다. 조심스레 손을 뻗어 플라즈마 커터 끄트머리로 툭툭 건드리는 순간, 다리가 용수철처럼 솟구치면서 그의 가슴을 들이받아 벽으로 날려보냈다.

충격 때문에 잠시 일어나지도 못했다. 가슴뼈가 함몰된 것만 같았다. 그는 천천히 몸을 일으켰다. 놈은 여전히 꼬리다리로 균형을 맞추고 가만히 서서 다시 다리를 오그리고 있었다.

'에라 모르겠다.'

그는 무기를 거둔 다음 놈을 멀찍이 돌아서 출입구로 걸어갔다.

출입구 바로 너머에 있는 연구실은 흡사 도살장을 연상케 했다. 하나같이 엎어지고 무너져 성한 것이 하나도 없었으며, 시체와 조각난 시체가 사방에 널려 있었다. 그는 아무것도 건드리지 않으려고 조심조심 움직이며 다음 문으로 걸어갔다.

다음 연구실은 거의 원상태 그대로였지만, 그렇기 때문에 더욱 긴장이 되었다. 그는 연구실 한가운데에 있는 책상을 지나 관찰대로 걸어갔다. 거기서 비상전력으로도 가동되는 영상 시스템에 접속했다.

접속한 카메라에 잡힌 영상을 재빨리 훑어보니 거의 보는 곳마다 놈들의 머릿수가 늘어나 있었다. 연구단지 상층부와 하층부 사이의 기밀 출입구는 활짝 열린 채 불꽃을 튀기고 있었다. 기밀 출입구와 바로 맞닿은 공간에, 지금 알트만이 있는 연구실과 방 하나를 사이에 둔 곳에서 점막이 기어 다니고 있었는데, 그전에 탈출하면서 맞닥뜨렸던 바로 그놈인 듯했다. 하지만 지금은 전보다 더욱 컸으며 이 순간에도 계속 덩치가 불어났다. 놈은 앞으로 천천히 움직이면서 몸에 닿는 것은 깡그리 집어삼켜 하나로 만들었다.

'염병할, 저기로는 못 가겠군.'

그는 시스템에 다른 경로가 있는지 물어봤지만 우회로는 없다는 답변이 나왔다. 이곳 연구단지는 상층부와 하층부를 잇는 지점이 하나만 있도록 의도적으로 설계되어 있었다. 점막이 저곳에서 버티고 있는 한 전진이 불가능했다.

아니면…….

'아니면 바다를 통해서 가면 되잖아.'

그는 화면에 잠수정 격납고를 비추었다. 격납고로만 들어가면 하층부로 내려갈 수 있다. 한 20미터쯤 아래로 가면 나오던가? 헤엄쳐서 가기에는 상당한 먼 거리인데다 수압도 강할 것이 뻔했다. 게다가 격납고로 들어간다 한들 수문부터 닫고 바닷물이 밖으로 빠져나가기를 기다려야 한다. 운 좋게 익사하지 않는다 해도 차가운 바닷물 때문에 죽을지 모른다.

그때 화면이 지직거리며 끊어지더니 다른 실시간 흑백영상이 떴다.

"거기 누굽니까? 시스템에 누가 있습니까?"

웬 사내가 말했다.

어디선가 만났던 사람 같았다. 기억을 더듬어 보니 보관실로 들어가 마커를 직접 보게 해주었던 바로 그 보안요원이었다. 이름이 뭐였지? 헤 어쩌고였는데. 아, 생각났다, 헨리 하몬.

그는 저쪽에서 자신이 보이도록 이쪽 카메라를 틀었다.

"하몬, 여기는 알트만입니다. 아직 살아 있었나요?"

"제가 마지막 생존자인 줄 알았습니다. 얼굴을 보니 눈물 나게 반갑습니다."

"지금 어딥니까?"

하몬은 자기가 어디 있었는지조차 잊어먹은 것처럼 주위를 두리번거렸다.

"마커 보관실에 있습니다. 이제 꼼짝없이 죽는 줄 알았는데 무슨 까닭인지 놈들이 마커 근처에는 얼씬도 안 하더군요. 박사님도 살아 있어서 천만다행입니다."

"그리로 가겠습니다."

"힘들 겁니다. 얼마 못 가서 놈들이 찢어발기려고 달려들 겁니다."

"부탁 하나 해야겠습니다. 혹시 거기서 잠수정 격납고에 있는 수문을 열 만한 장치가 있나요? 작동 권한도 있고요?"

"물론입니다. 그런데 왜죠?"

"수문을 활짝 열어두세요. 그리로 들어갈 테니까. 아, 하나 더요."

"말만 하십쇼."

"시스템에서 마커에 관한 자료를 최대한 남김없이 모아주셨으면 합니다. 신호, 성분, 규모, 구성, 전부 다요."

"알겠습니다. 뭐라도 하나 붙잡고 있어야죠."

"어쩌면 제가 마커가 원하는 바가 무엇인지 알아낼 수 있을지도 모릅니다. 일단 가보면 알겠죠. 살아서 간다면 말입니다."

하몬이 뭐라고 말을 하려 했지만 알트만은 이미 연결을 끊은 뒤였다. 그는 연구동에서 나가 왔던 길로 되돌아갔다. 산소통이나 잠수복을 구하려고 사물함과 캐비닛을 샅샅이 뒤졌지만 찾는 물건은 어디에도 없었다. 그렇다면 위험을 감수하는 수밖에 없다. 그는 전기톱을 쳐다보았다. 놈들 상대로 그리 알맞은 무기는 아니었다. 톱날이 몸뚱이에 걸리기라도 하면 도리어 그가 죽을 가능성이 컸다. 어찌됐건 앞으로 더는 쓰지도 못하지 싶었다. 물에 닿으면 망가질 테니까. 하지만 플라즈마 커터는 얘기가 달랐다. 바닷물에 젖더라도 작동이 될 듯했다.

그는 15미터짜리 밧줄 뭉치 두 개를 찾아 어깨에 짊어지었다. 그리고는 다시 사다리를 타고 해치로 올라갔다.

63

그는 돔을 따라 파도에 넘실거리는 보트 정박장으로 내려갔다. 잠수정 격납고는 거기서 약간 왼쪽 아래에 있었다. 정박장 가장자리로 걸어가 아래를 내려다보았다.

저기 보이는군. 열린 수문 사이로 희미한 빛이 새어나왔다.

그는 밧줄 뭉치 두 개를 서로 묶고 확실히 매듭지어졌는지 양쪽을 잡아당겨본 다음 신중히 길이를 재어보았다. 그런 다음 플라즈마 커터에 달린 멜빵을 밧줄 끝에 달고 혹시 풀릴까 싶어서 이중매듭으로 묶었다. 반대쪽 끝은 서둘러 정박장에 매어두었다.

조심스레 플라즈마 커터가 묶인 밧줄을 내리며 바닷물에 담그자 몇 미터 내려가지 않아 시야에서 사라졌다. 그는 웃통을 벗고 몸을 풀며 머리를 굴려보았다.

기회는 한 번뿐이다. 일정 깊이까지 들어가면 그대로 계속 앞으로 나갈 수밖에 없다. 잠수정 격납고에 도착하거나 도중에 익사하거나 둘 중 하나다.

그는 빠르게 숨을 들이고 내쉬었다가 코로 공기를 내뿜으며 바닷물로 뛰어들었다. 그는 팔다리를 최대한 빠르게 저으며 늘어뜨린 밧줄을 따라 곧장 아래로 내려갔다. 어느새 수압이 온몸을 짓누르면서 머리가 쥐어 짜이는 기분이 들었다. 속도가 얼마나 더딘지 아무리 팔다리를 허우적거려도 여태 정박장에서 불과 몇 미터밖에 헤엄쳐 나오지 못한 것처럼 느껴졌다.

그는 쉬지 않고 꾸준히 팔다리를 저으면서 심박을 일정하게 유지하는 동시에 침착함을 잃지 않으려고 애쓰면서 계속 헤엄쳐 나갔다. 심장이 고동치는 소리가 귓속으로 울려오는 듯했다. 일정한 간격으로 들려오던 고동 소리가 점차 느려지기 시작했다. 정말로 팔다리가 느려졌을까, 아니면 느려진 것처럼 느껴질 뿐일까?

불빛이 보였다. 잠수정 격납고가 코앞이다.

'아냐, 보지 말고 정신을 집중하자. 계속 아래로 헤엄만 치는 거야.'

허파가 있지도 않은 산소를 달라고 발버둥치는 기분이 들었다. 입에서 꾸르륵거리는 소리가 새어나오자 바닷물을 들이키지 않으려고 애썼다. 주위가 전보다 훨씬 더 느려진 듯했다.

그때 밧줄 끄트머리에 매달려 어둠 속의 그림자처럼 물속에 떠있는 플라즈마 커터가 눈에 잡혔다. 신나서 가슴이 뛰는 동시에 눈앞이 아득해지자 이대로 정신을 잃을 것만 같았다.

하지만 팔을 뻗어 손잡이를 잡는 순간, 아무리 용을 쓴다 한들 커터를 가지고 격납고 안으로 들어가지 못한다는 사실을 직감했다. 더는 숨을 참기 힘들고 커터를 챙길 힘도 없었다. 내버려두고 가는 수밖에 없었다.

그는 플라즈마 커터를 손에서 놓았다. 옆으로 고개를 돌리자 불과 몇 미터 떨어진 곳에 수문이 열린 잠수정 격납고가 보였다. 밧줄을 놓고 그리로 헤엄쳐갔다. 하지만 결국에는 성공하지 못하리란 사실을 직감했다. 잠수정 격납고까지는 들어가도 그때면 이미 수문을 닫고 바닷물이 빠져나가기를 기다릴 힘도 없을 것이 뻔했다. 부질없는 짓이었다.

하지만 어째서인지 계속 앞으로 헤엄쳐 나갔다. 그는 입구를 지나 격납고로 들어섰다. 수문 개폐기로 향하던 도중 머리 위에서 번득이는 빛이 눈에 들어오자 좋은 생각이 떠올랐다. 그는 최대한 빠르게 위로 솟구쳐 올라가다 천장에 정신을 잃을 정도로 머리를 세게 들이받고 말았다. 하지만 천장 구석에는 아직 공기가 남아 있었다. 얼굴을 천장에 바짝 대고 숨을 헐떡이자 입 주위로 바닷물이 찰랑거렸다.

물에 둥둥 뜬 채로 가만히 기다리자 어느새 숨소리가 잦아들고 두방망이질 치던 심장이 도로 가라앉았다. 이제 살았다. 익사할 걱정은 없었다.

그렇게 침착함을 되찾은 다음 다시 잠수해 아래로 내려갔다. 하지만 수문 개폐기 쪽이 아니라 도로 바깥으로 헤엄쳐 나갔다. 순간 사방이 훤히 트인 깊은 바다 속에서 방향감각을 잃고 헤매면서 방향을 잘못 잡았나 싶은 생각이 머리를 스쳤다. 그때 밧줄 그림자가 눈에 잡히자, 너무 위쪽을 살펴보고 있었다는 사실을 깨달았다.

고개를 살짝 아래로 내리자 플라즈마 커터가 보였다.

그는 아래로 헤엄쳐가 플라즈마 커터를 손에 쥐고, 밧줄을 같이 끌어당기면서 곧장 잠수정 격납고로 돌아갔다. 밧줄 무게가 만만찮은 까닭에 헤엄치는 속도가 너무 느렸다. 그냥 커터를 버릴까 하는 생각이 잠깐 들었지만 그때 묘안이 떠올랐다. 그는 플라즈마 커터를 뒤로 돌려 가동한 다음 밧줄을 잘랐다.

플라즈마 커터 자체도 꽤 무거웠기 때문에 한쪽 팔로만 헤엄쳐야 했다. 이러다 자칫 물에 가라앉아 죽을지도 모를 일이었다. 나중에는 격납고 바닥 깊이보다 더 아래로 가라앉자, 조금 당황하여 필사적으로 발을 움직이며 위로 올라갔다. 격납고 가장자리 틈새에 손가락을 걸고 몸을 끌어당길 즈음에는 처음 헤엄쳐서 내려왔을 때만큼이나 녹초가 되어 있었다. 그는 플라즈마 커터를 구석으로 밀어낸 다음 재빨리 수문 개폐기로 헤엄쳐갔다.

버튼을 누르고 손잡이를 아래로 내렸다. 격납고 내부에 들어온 비상등이 번쩍이기 시작했다. 격납고 바닥이 수로를 따라 미끄러져 움직이며 닫히기 시작했다. 다시 위로 올라 공기가 아직 남아있는 곳을 잠시 찾아 헤맸지만 아무리 둘러봐도 없었다. 어디였지? 그는 천장에 바짝 붙어 헤엄치다가 주먹만 한 너비로 공기가 남은 곳을 찾아내 간신히 얼굴을 들이밀었다. 숨을 가쁘게 들이쉬었다 내쉬는 사이 공간이 조금씩 넓어졌다. 수문이 닫히면서 물속으로 울리는 둔중한 쇳소리와 함께 펌프 소리가 아래에서 어렴풋이 들려오기 시작했다.

수위가 내려가기 시작하자 머리가 통째로 물 밖으로 빠져나왔다. 그는 크게 숨을 들이쉬자마자 정신을 잃고 말았다.

아들, 아들아, 일어나거라.

어디선가 목소리가 들렸다.

그는 눈을 떴다. 눈앞에 아버지가 보였다.

얼른 일어나거라. 언제까지 그렇게 드러누워 있을 거냐?

"5분만 있다가 일어날게요."

그는 자기 목소리가 멀리서 들려오는 소리처럼 공허하게 들렸다.

당장 일어나거라. 계속 누워 있으면 침대에서 떨어뜨릴 줄 알아라.

그는 꼼짝도 않았다. 아버지가 그를 잡고 흔들었다. 그는 칭얼거리며 고개를 저었다.

"에이, 아빠……."

일어나!

이제 아버지는 고래고래 소리쳤다. 얼마나 얼굴을 바짝 붙이고 고함치는지 입에서 술냄새가 느껴졌다.

일어나래도!

그는 바닥에 얼굴이 닿은 채로 정신을 되찾았다. 몸이 격납고 가장자리를 따라 설치된 잠수정 통로에 반쯤 걸쳐진 상태였다. 운이 좋았다. 바닷물이 고이는 격납고 중앙에 빠졌더라면 지금쯤 물에 고개를 처박고 물위를 둥둥 떠다녔을 테니, 이렇게 살아남아 물을 게워내지도 못했을 것이다.

그는 간신히 벽에 등을 기대고 몸을 추슬렀다. 그리고는 통로 끄트머리로 조금씩 다가가 물로 뛰어내렸다.

아무리 찾아도 플라즈마 커터가 보이지 않았다. 뭔가 잘못됐다. 수문이 닫히는 사이 물살에 실려 밖으로 쓸려나갔을 가능성도 있다. 정말 잃어버렸는지도 모른다.

그는 다시 물위로 올라가 통로 끄트머리를 붙잡았다가 도로 잠수해 이번에는 더욱 구석구석 살펴보았다. 알고 보니 구명조끼 사이에 박혀 있었는데, 더듬거리다 손으로 만지고 나서야 거기 있는 줄을 알았다.

그는 커터를 빼내고 부상한 다음 통로로 올라갔다. 그리고는 기운을 되찾으려고 통로 위에 드러누워 숨을 헐떡였다.

다시 일어서자 아직도 몸이 휘청거리고 심장이 쿵쿵거렸다. 그는 벽면에 부착된 내선통신기 화면에 맺힌 물방울을 손으로 닦고 마커 보관실로 통신을 연결했다.

"들려요? 들립니까?"

하몬이 전보다 겁먹은 목소리로 말했다.

"접니다, 알트만."

하몬은 화면을 힐끗 쳐다보았다.

"혹시 죽지 않았을까 걱정하고 있었습니다. 아직 살아 있는 겁니까? 환영이 아니라 진짜 맞습니까? 아까 전하고는 약간 달라보여서 말입니다."

"아직 안 죽었습니다. 물에 홀딱 젖었다 뿐이죠."

"지금 어디 있습니까?"

"잠수정 격납고입니다. 거기까지 금방입니다."

하몬은 고개를 끄덕였다. 그는 홀로그램 파일을 띄워 알트만 쪽으로 보냈다.

"그쪽 현위치는 여기입니다."

지도 위에 붉은 반점이 표시됐다.

"헤맬 것도 없습니다. 일단 약간 내리막진 통로를 따라가면 됩니다. 거기서 다른 통로로 들어가 연구실 두 군데를 지나가십쇼. 그리고 마지막으로 통로 하나만 더 지나면 도착입니다."

"가는 길은 안전한가요?"

"마커 주위에는 놈들이 하나도 없습니다. 이 근처에는 얼씬도 안 해요. 마지막 통로까지 도착하면 다음부터는 안심해도 됩니다. 그전까지는 조금 까다롭겠지만 말입니다."

하몬은 잠수정 격납고 바로 바깥 장면을 띄웠다. 카메라가 천천히 돌아가면서 무더기로 쌓인 시체와 그 위로 퍼덕거리는 허연 박쥐같은 괴물이 보이나 싶더니 화면이 지직거리면서 끊어졌다.

"카메라가 부서지기 직전까지 녹화된 상황이 이렇습니다. 지금은 어떻게 됐을지 누가 알겠습니까."

화면이 바뀌면서 두 연구실에서 각각의 카메라로 녹화된 영상이 동시에 나왔다.

한쪽에서는 그전에 처치했던 거미처럼 생긴 놈이 보였는데, 머리통이 셋이고 등털미를 따라 돌기가 나란히 돋아난 점이 달랐다. 다른 한쪽에서는 낫팔을 휘두르는 괴물 두 놈이 보였다. 놈들은 죽은 것처럼 바닥에 가만히 드러누워 있었다.

"이건 현재 상황입니다. 최대한 조용히 연구실을 지나가기 바랍니다. 통로하고 통로 너머에는 한 놈도 없는 듯합니다."

알트만은 숨을 크게 들이쉬었다.

"알겠습니다. 죽기 아니면 까무러치기죠."

그는 기밀 출입구를 살짝 열고 틈새로 출입구 너머를 내다보았다. 비상조명이 제대로 들어온 곳이 있는가 하면 조명이 껌벅거리는 곳도 있어서 통로 바깥은 침침했다. 하지만 흐릿한 형체가 눈에 잡히고 이상한 소리가 들리는 점으로 봐서는 분명 놈들이 저곳에 있었다.

그때 문틈에서 팔이 불쑥 튀어나와 그의 팔을 붙잡고 기밀 출입구로 끌어당겼다.

처음에는 그것이 팔인 줄로만 알았지만, 놈을 뿌리치려고 필사적으로 몸부림치다 알고 보니 팔이 아니라 길고 촘촘하게 밀집된 힘줄 다발에 가까웠다. 플라즈마 커터를 꺼내들려고 했지만 팔이 문틈과 바로 맞닿은 탓에 놈을 잘라낼 공간이 없었다. 놈은 팔을 아예 뜯어낼 기세로 거칠게 잡아당겼다. 놈의 손아귀에서 벗어나려고 팔을 있는 힘껏 뒤로 끌어당겼지만 좀처럼 빠져갈 수가 없었다. 그는 다급한 마음에 레버를 돌려 기밀 출입구를 마저 열었다.

사람이 지나가기 충분한 틈이 생기자마자 힘줄이 온몸을 안으로 쑥 끌어당겼다. 통로 내부는 피부와 유사한 생체조직으로 겹겹이 뒤덮여 통째로 재구축된 상태였다. 마치 내장 속에 떨어진 기분이 들었다. 플라즈마 커터로 힘줄을 끊으려 했지만 칼날이 끝까지 베어내려가지 않았다. 힘줄이 갑작스레 꿈틀거리더니 그를 더욱 깊숙한 곳으로 끌고 들어갔다. 고통에 겨워 비명을 지르며 다시 칼질을 하자, 이번에는 깨끗이 잘려나갔다.

멀리서 뭔가가 울부짖으며 으르렁거리는 소리가 들렸다. 나머지 힘줄이 통로를 따라 순식간에 기어가더니 배기관 속으로 들어가 사라졌다. 몸뚱이에서 잘려나간 부분은 여전히 팔뚝에 꽉 감겨 있었다. 그는 플라즈마 커터를 아주 조심스레 다루며 팔에 감긴 힘줄을 토막토막 잘라냈다.

마치 악몽 속을 걸어가는 듯했다. 사방이 피와 살점으로 가득했으며, 놈들이 언제 어디서 덮칠지 몰라 불안하기 그지없었다. 점점 가슴이 조마조마해졌다. 잠시 쉬면서 마음을 진정시키지 않으면 금방이라도 놈들한테 잡혀갈 것만 같았다. 하지만 어떻게 이런 생지옥 속에서 마음을 가라앉힌단 말인가?

그는 욱신거리지 않는 곳이 없는 몸을 이끌고 썩은 배설물 진창 사이를 헤치고 살점으로 뒤덮인 벽면과 천장을 되도록 피하며 어렵사리 통로를 지나갔다. 웬 시체가 길을 가로막았다. 치우려고 발로 툭 건드렸더니 날카로운 숨소리를 내뱉으며 달려들었다. 놀라서 뒤로 휘청거리다 발을 헛디뎌 넘어지자 놈이 진창 속에 숨기고 있던 낫팔로 목을 쳐내려 들었다. 무릎을 들어 온몸을 덮친 놈을 향해 방향을 트는 순간, 침이 질질 흘러내리는 아가리가 목에서 불과 몇 센티미터 떨어진 광경이 눈에 들어왔다. 그는 자기도 모르게 놈을 양손으로 붙잡아 몸에 닿지 않게 거리를 유지하며 버텼다. 놈이 짜증스레 날카로운 소리를 지르며 낫팔을 바짝 숙이고 몸을 들이밀자, 놈의 입김 때문에 구역질이 나올 것 같았다.

신음을 내뱉으며 놈을 있는 힘껏 한쪽으로 밀어낸 다음, 몸을 돌려 등에 깔린 플라즈마 커터를 꺼내들었다. 놈이 벌써 코앞까지 들이닥쳤지만 이제 플라즈마 커터를 손에 쥐고 한쪽 낫팔을 잘라냈다. 그래도 나머지 멀쩡한 쪽과 뭉툭해진 낫팔을 휘두르며 계속 달려들자, 플라즈마 커터 몸통으로 내리쳐 머리를 박살냈다. 그런데도 놈은 끈질기게 다가왔다. 그는 황급히 뒤로 물러난 다음 후려치기에 적당한 거리에서 멈췄다. 나머지 낫팔을 잘라버리면서 뭉툭해진 팔도 마저 도려냈다. 놈은 진창에 반쯤 파묻혀 잠시 몸부림을 치다가 끝내 움직임을 멈췄다.

하지만 침묵도 잠시, 곧 뒤에서 뭔가가 다가오는 기척이 느껴졌다. 벌떡 일어나 뒤로 돌아서려는데, 낫팔이 팔뚝을 파고들면서 플라즈마 커터를 바닥에 떨어뜨리고 말았다. 비명을 지름과 동시에 손바닥으로 놈의 몸을 밀쳐내는 순간, 죽어서 딱딱하게 굳은 살점이 손바닥에 닿으면서 헛구역질이 나왔다. 놈이 잠깐 뒤로 휘청거리는 사이 잽싸게 플라즈마 커터를 주워들었지만 고통에 겨워 움찔거렸다. 놈이 도로 덤벼들자 그는 바람을 가르며 날아드는 낫팔을 피해 민첩하게 몸을 숙이고 놈의 다리를 걷어찼다.

놈이 그를 향해 쓰러지는 통에 진창과 그 밑으로 깔린 악취를 풍기며 썩어가는 살점 사이에 갇히자, 이제 죽은 목숨이나 마찬가지라는 생각이 머리를 스쳤다. 알트만은 이미 자신이 저승을 떠돌다 살았을 때 지은 죄를 심판받는 지옥 문턱까지 도착한 기분이 들었다. 플라즈마 커터가 그와 위에서 짓누르는 놈의 몸뚱이 사이에 끼였다. 놈은 어깨를 물어뜯다가 서서히 목으로 아가리를 돌리면서, 한쪽 낫팔을 바닥에 받치고 반대쪽 낫팔로 그를 찌르려 들었다.

그는 플라즈마 커터가 너무 아래로 내려오지 않았기를, 자신의 몸이 아니라 놈을 향해 돌아가 있기를 빌며 방아쇠를 당겼다. 무릎 사이로 칼날이 튀어나오자, 그는 커터를 위로 돌려 골반을 시작으로 조금씩 위로 날을 옮기면서 놈을 둘로 썰었다. 놈이 양옆으로 길게 두 토막 났지만, 혹시 모르니 양쪽 모두 움직이지 않을 때까지 발로 짓밟았다.

그는 휘청거리며 앞으로 걸어갔다. 팔에 생긴 상처에서 피가 뚝뚝 흘러내렸다. 급한 대로 셔츠 아랫부분을 찢어 어설프게나마 붕대처럼 감아두었다. 지혈이 되지는 않지만 적어도 출혈 속도를 늦춰줄 테니 일단은 그만하면 충분했다.

'이제 통로 두 군데만 더 지나가면 돼.'

그는 출입구가 있는 통로 끝부분으로 걸어갔다. 개폐기를 찾느라 출입구를 뒤덮은 생체조직을 잘라내야 했지만 통행증을 갖다 대자 문제없이 열렸다.

그는 내부를 들여다보았다. 하몬의 말대로였다. 그곳은 놈들이 하나도 없었고 시설도 멀쩡해 보였다. 통로 옆으로 연구실 출입문 두 개가 보였다. 계속 앞으로 걸어가 최대한 조용히 지나가기만 하면 다음부터는 안전할 듯했다.

그는 조심스레 다음 통로로 들어가 다른 방에서 흘러나온 진창 위를 철벅거리며 천천히 걸어갔다. 첫 번째 출입문 뒤에서 뭔가가 움직이는 소리가 들렸다. 그는 숨을 죽였다. 그리고는 그곳을 지나 두 번째 출입문에 다가섰다. 두 번째 출입문 뒤에서도 무슨 소리가 들렸는데, 우드득거리는 소리와 함께 길게 울부짖는 저음이 들렸다. 그는 발걸음을 재촉하며 그곳도 지나쳐갔다.

이제 거의 반대편 출입구에 다다른 순간 연구실 출입문 하나가 열렸다. 그는 고개를 돌려 어느 문이 열렸는지 확인하지도 않고 곧바로 통행증을 스캐너에 대고 얼른 출입구가 열리기를 빌었다.

울부짖는 저음이 다시, 전보다 훨씬 크게, 가까이서 들렸다. 그는 출입구가 열리자마자 마지막 통로로 부리나케 뛰어들어가 뒤를 힐끗 돌아보았다. 머리통 셋 달린 거미 같은 놈이 어느새 통로 끝부분까지 나와 그를 빤히 지켜보고 있었다. 전에 봤던 놈과는 확연히 달랐다. 놈의 등에는 돌기가 빼곡하게 돋아나 있었는데, 지켜보는 사이 놈은 돌기를 빳빳이 세웠다. 놈이 등덜미에 있던 돌기를 내뻗자 그의 얼굴 바로 옆에 있는 벽면에 돌기가 꽂혔다. 놈의 몸통에 거꾸로 매달린 대가리 세 개가 동시에 쉭쉭거렸지만 더는 앞으로 다가오지 않았다. 그때 그와 놈 사이의 출입구가 닫혔다.

그는 통로 끝에 있는 출입문에 다다라 내선통신을 연결했다.

"누굽니까?"

하몬의 목소리였다.

"저 말고 누가 있겠습니까?"

알트만이 대답했다.

"알트만 박사님? 정말로 박사님이 맞는지 어떻게 확신하란 말입니까?"

"하몬, 얼른 문이나 열어요."

"안 됩니다. 다른 사람들은 모르고 박사님만 아는 저에 대한 사실을 말하기 전에는 안 됩니다."

지금 저 인간이 실성했나?

"서로 그렇게 잘 아는 사이도 아닐 텐데요. 알아야 말을 하든 하죠."

"죄송하지만 못 열어 드리겠습니다."

그리고는 통신을 끊어버렸다.

알트만은 통신을 다시 연결했다. 하몬이 연결을 받자마자 이 말부터 꺼냈다.

"끊지 마세요. 내 얼굴이 보이게 화면을 켜 봐요."

하몬은 시키는 대로 했다.

그는 잔뜩 긴장한 얼굴로 실눈을 뜨고는 그를 자세히 뜯어보았다. 한손에는 목걸이 끝부분에 달린 뭔가가 쥐어 있었다.

"봐도 잘 모르겠군요. 영상은 얼마든 조작 가능합니다."

그가 천천히 입을 뗐다.

"편집증일 뿐이라니까요."

알트만은 그렇게 말하는 순간, 정말로 그가 편집증에 사로잡혔음을 눈치챘다. 마커가 그를 그렇게 만들고 있었다. 하지만 하몬이 신자라는 사실도 기억났다.

"잠깐만요, 놈들이 마커 근처에는 오지 못한다고 나한테 그랬죠? 그게 사실이면 저는 당연히 놈들이 아닌 셈입니다. 제가 놈들처럼 변했다면 이렇게 가까이 오지도 못했을 테니까요. 그렇게 굳게 믿는다면 마커가 당신을 계속 지켜줄 겁니다. 마커에 맹세컨대 이제 그만 문이나 열어주시죠."

하몬은 왠지 모를 숙연한 눈빛으로 한참동안 그를 쳐다보다가, 버튼을 눌러 영상을 껐다. 곧 문이 열리기 시작했다. 알트만은 손을 들고 천천히 앞으로 걸어갔다.

"아, 정말 박사님이로군요. 마커를 경배하라!"

64

"반드시 오실 줄 압니다. 오실 줄 알았어요."

알트만의 눈에 비친 그는 비지땀을 흘리고 있었다. 하는 행동에 일관성이 없고 말투도 심드렁했다가 무미건조했다가 겁먹고 소리쳤다가 하면서 자꾸 오락가락했다. 척 봐도 제정신이 아니었다.

"간다고 미리 통신기로 말했잖아요."

"아뇨! 그런 말은 못 들었습니다. 그냥 오실 줄 알고 있었다니까요!"

하몬이 언성을 높였다.

"진정하세요. 제가 선택받은 자라도 되는 것처럼 말하는군요."

"여기까지 살아 도착한 사람은 박사님뿐입니다. 그러니 박사님은 당연히 선택받은 분이 아니겠습니까. 다른 사람들은 전부 죽었습니다."

하몬은 차분한 목소리로 뻔하지 않느냐는 듯이 대답했다.

알트만은 천천히 고개를 끄덕였다. 마커를 향한 하몬의 믿음을 잘만 써먹으면 유용하겠다는 생각이 들었다. 자신이 무슨 행동을 하건 그가 알트만이 하는 일을 방해하지 말아야 한다고 믿도록 만들면 그만이다.

"문제가 터지자마자 여기로 달려왔습니다. 놈들이 이 근처는 얼씬하지도 않는 광경을 보고 나서야 제가 어떻게 살아남았는지 감이 오더군요. 마커께서 저를 여기로 인도하신 겁니다. 이전까지만 해도 마커를 불신했지만, 그때는 제가 틀렸던 겁니다. 마커께서 저를 지켜주셨어요. 마커께서는 저를 사랑하십니다."

"저도 사랑하시죠."

"박사님도 말입니다."

하몬은 알트만의 팔을 덥석 붙잡았다. 흥분해서 손이 뜨겁게 달아올라 있었다.

"박사님도 믿습니까?"

알트만은 어깨를 으쓱였다.

"그럼요. 왜 안 믿겠습니까."

"그럼 제 속뜻을 아시겠지요?"

그는 기대에 들뜬 눈빛으로 알트만의 대답을 기다렸다.

"잘 압니다."

알트만은 끝내 대답했다.

하몬은 웃음을 지었다.

"아까 정보를 모아달라고 했죠. 준비 됐나요?"

하몬은 홀로그램 화면을 가리켰다.

줄줄이 올라온 홀로그램 파일 사이로 이전에 봤던 자료와 보지 못했던 자료가 뒤섞여 있었다. 최초로 투입되었던 심해잠수정을 인양한 다음 내부를 촬영한 영상이 있었다. 문제의 잠수정 내부는 전에도 통신망에 걸린 헤네시의 영상과 유리창 밖을 통해 직접 본적이 있었다. 카메라가 천천히 내부를 비추자, 피로 휘갈긴 기호가 다름 아닌 마커의 표면에 새겨진 기호였음을 알아차렸다. 하지만 마커에 새겨진 것과는 적힌 순서나 배치가 달랐다. 지금까지 보았던 정신이상 징후는 사실 무언가를 자각하고 어설프게나마 계산하는 과정이었던 것이다.

그밖에 마커의 구조와 밀도를 비롯해 수백 가지에 달하는 신호 정밀조사 결과, 각종 추측, 증명되지 않은 가설 등이 올라와 있었다. 마커의 신호를 토대로 쇼월터와 구테가 재구축한 서로 다른 유전 암호에 관한 정보도 있었다. 하지만 자료가 너무 많아서 필요한 내용만 걸러보기도 힘들 지경이라, 여기서는 전부 읽을 수가 없었다. 수백 수천 장에 달하는 사진에 수십 시간 분량의 영상이 저장되어 있었다. 뭐가 중요하고 뭐는 중요하지 않을까? 이제 어쩌지? 당최 어디서부터 살펴봐야 하지?

하몬이 의자 옆에서 바닥에 몸을 굽히고 마커를 올려다보았다.

"이런 물체를 보신 적이 있습니까?"

"아뇨."

"황홀합니다. 마커께서는 저를 사랑하세요. 마커께서 저를 어루만지고 제가 마커를 만지면 사랑이 느껴집니다."

"뭐가 느껴져요?"

"사랑이 느껴진다고요!"

하몬이 발끈하며 숨넘어갈 것처럼 소리를 질러댔다.

"마커께서는 우리를 모두 아끼고 사랑하십니다! 직접 만져보시면 압니다!"

알트만은 고개를 저었다.

"만져보십쇼! 만져보라니까요!"

하몬은 계속 고함을 질렀다. 알트만은 그렇게라도 그를 진정시키려고 하는 수 없이 자리에서 일어나 보관실을 가로질러 마커로 다가간 다음, 손을 뻗어 만졌다.

그는 사랑이 아니라 무언가 다른, 전혀 느낌이 없는 다른 것을 느꼈다. 처음에는 지금까지 자신이 보았던 온갖 환영과 더불어 다른 사람들이 보았던 환영을 한꺼번에 합쳐 동시에 경험하는 듯했다. 대부분의 환영이 서로 앞다투어 다른 환영을 가리면서 나타나는 탓에 눈이 아플 정도로 흐릿했지만, 그런 와중에도 못 보던 것들이 눈에 들어왔다. 알고 보니 환영은 마커가 보여주는 것이 아니라 정반대편에 있는 다른 무언가에서, 자신의 뇌에 뿌리박힌 무언가에서 나오고 있었다. 지금까지 환영은 그를 지켜주려고 눈앞에 나타났지만 결국 실패했다. 과정은 이미 시작되고 말았다. 이제 그에게 남은 방법이라고는 마커를 달래어 그 과정을 가로막는 것뿐이지만, 그렇다 한들 합일이 완성되지 않도록 온전히 막기는 역부족이었다.

바로 그때, 뭔가가 분명해지면서 환영을 헤치고 마커 자체가 어렴풋이 보이기 시작했다. 뭔가가 그로 하여금 마커를 이해할 수 있도록 두뇌 구조를 뒤바꾸며 신경을 고치고 회로를 재구성하는 것처럼 느껴졌다. 어느 새인가 마커의 내부 구조가 들여다보이면서 상세한 부분까지 머릿속에 각인되었다. 머릿속이 터지도록 가득차면서 머리에 불이 붙은 것만 같다가, 두개골에 금이 가면서 그와 함께 밖으로 쏟아져 나왔다.

다시 정신을 차리고 보니 하몬이 위에서 머리를 쓰다듬으며 기쁨이 넘치는 웃음을 머금고 있었다.

　"보셨습니까? 사랑을 보셨나요?"

　알트만이 눈을 뜨자 그가 말했다.

　알트만은 그를 밀어내고 바닥에서 일어나 급히 모니터를 살펴보기 시작했다. 그는 미친 듯이 타자를 치며 구조를 그려냈다. 머리보다 손이 훨씬 더 날쌔게 움직이면서, 한꺼번에 여러 동작을 하며 간간이 홀로그램 파일을 뒤적이다가 다시 작업으로 되돌아갔다. 그는 자신이 지금 새로운 마커의 기초 설계도를 그리고 있다는 사실에 충격을 받았다. 설계도는 어설프고 엉성하기 그지없었다. 아직 해답을 구하지 못한 의문과 풀리지 않은 수수께끼가 산더미처럼 남았는데도 그의 손끝에서 설계도가 완성되어 갔다.

　"그게 뭡니까? 지금 뭐하시는 겁니까?"

　하몬이 뒤에서 물었다.

　"알아냈어요. 전부터 어렴풋이 알고는 있었지만, 여태까지 정확히 무슨 뜻인지 이해하려고 발버둥쳤죠. 이제는 전부 알겠어요."

　그는 한참을 작업에 집중했다. 얼마나 오랫동안 몰두했는지는 그로서도 알 길이 없었다. 머리가 핑핑 돌고 손가락이 저리기 시작했다. 그는 마침내 작업을 끝내고 하몬에게 돌아섰다.

　"도움이 필요합니다."

　"무슨 일입니까?"

　"지금 제가 여기 적은 내용을 풀이해서 마커로 다시 전송해야 하니 능력껏 도와주세요."

　하몬은 처음에는 설계도를 멍하니 바라만 보다가 천천히 자리에 앉아 자세히 살펴보기 시작했다. 그는 내용을 차근차근 훑어보았다.

　"이건 마커잖습니까. 마커의 바람대로 마커를 온전히 이해하셨군요."

　하몬이 외경심으로 가득한 목소리로 말했다.

알트만은 고개를 끄덕였다.

"마커께 마커 본연의 형상을 전송하는 과업을 저한테 맡기신다는 말입니까?"

"네."

"마커를 경배하라! 알트만을 찬양하라!"

하몬이 자신의 이름을 그런 구절에 올리자 알트만은 온몸에 소름이 돋았지만 꾹 참고 아무 말도 하지 않았다. 지금 작성한 설계도는 불완전한 상태라 앞으로 수년에 걸쳐 연구를 거듭해야 완성되겠지만, 지금은 그만하면 합일을 막기에 충분했다.

이후 몇 시간 동안 여러 가지 방법으로 설계도 전송을 수차례 시도한 끝에, 마침내 뭔가가 맞닿았다. 마커가 신호를 보내던 때처럼 짧고 강렬한 에너지 파장을 한바탕 터뜨리고는 침묵에 잠겼다.

"혹시 뭐가 잘못된 겁니까?"

하몬이 말했다.

"마커가 잠들었어요. 원하던 바를 이뤄준 겁니다. 우리가 세상을 구했어요."

65

알트만은 전송을 끝낸 뒤 가만히 앉아 오랫동안 생각에 잠겼다. 마커는 왜 자신이 복제되기를 바라는 것일까? 그러면 어떠한 파급력이 생기는 것일까? 그것이 무슨 뜻일까? 그리고 환영이, 예지가 마커의 정반대편에서 나오는 것이라면 그 근원은 대체 무엇인가? 대체 어느 쪽이 인류의 편이란 말인가?

지금도 마커를 믿을 수가 없었다. 분명 마커를 만졌던 순간, 사랑은커녕 아무런 감정도 느끼지 못했다. 마커는 인류에 대해 처음부터 끝까지 완전한 무관심으로 일관했다. 인류는 목적을 이루기 위한 도구에 불과했다. 그 목적의 정체는 불확실하지만, 마커가 우리를 소모품으로 여긴다는 사실을, 무언가 다른 단계로 넘어가기 위한 첫 과정으로 간주한다는 사실을 어느 때보다도 뼈저리게 깨달았다. 새로운 마커가 축조되는 날에는—이는 틀림없이 마커가 바라는 바일 텐데—과연 무슨 일이 벌어질까? 지금 당장 합일을 막아내기는 했지만, 그럼으로써 인류를 훨씬 더 비극적인 운명으로 몰아넣을 발견을 앞당겼을지 모를 일이었다.

하지만 한편으로는 이런 생각도 들었다. 만일 내가 틀렸다면? 편집증에 시달린 사람이 바로 나였다면? 하몬이 느꼈다는 사랑은 단지 그의 감정이 투영되면서 빚어낸 착각일 뿐일지도 모른다. 마커를 향한 하몬 자신의 종교적 사랑이 자신을 향한 마커의 사랑으로 비춰진 것이 아닐까? 그렇다면 알트만이 느꼈던 무관심은 사실 마커에 내재된 감정이 아니라, 마커에 대한 자신의 무관심이 투영된 결과가 아닐까?

그는 가만히 앉아서 생각하고 또 생각했지만 전혀 실마리가 잡히지 않았다. 이제는 어쩌지? 마커가 원하는 바를 이루어줌으로써 뜻하지 않게 인류가 처한 상황을 악화시킨 것은 아닐까?

"이제 가야 합니다. 마커가 그만 물러가라고 하는군요."

알트만이 하몬에게 말했다.

"그걸 어떻게 아셨습니까?"

"마커가 저한테 말해줬어요."

하몬은 고개를 끄덕였다. 그리고는 마커에 다가가 입을 맞추었다. 마커가 송신을 멈췄기 때문에 그는 전처럼 편집증에 시달리지도, 안절부절 못하지도, 의심하지도 않았다. 하지만 여전히 신자로 남았다.

"어디로 가면 됩니까?"

하몬이 물었다.

"통제실로 가야 합니다. 떠나기 전에 처리할 일이 있습니다."

상황이 이렇게 될 줄은 꿈에도 몰랐다. 마커가 송신을 멈춘 순간부터 괴물들은 힘을 잃고 바닥에 쓰러지거나 아예 산산조각났다. 하지만 전부 그렇지는 않았다. 하몬과 함께 마커 보관실을 나선 다음 통로 반대편에 있는 출입구를 열자 거미처럼 생긴 괴물이 여전히 길을 가로막고서 둘을 기다리고 있었다. 전보다 약간 움직임이 굼뜨고 무기력해 보였지만, 그래도 그들을 죽이려고 떡하니 버티고 있었다.

그런 광경을 보자니 계획한 바를 반드시 성공해야겠다는 생각만 더욱 깊어졌다.

출입구를 여는 순간 놈의 등덜미 돌기가 곤두서기 시작했다. 알트만은 하몬을 붙잡고 문틀 뒤로 몸을 날렸다. 이상한 원뿔 돌기가 쏜살같이 그들을 스치며 벽면에 턱턱 꽂혔다.

그는 고개를 살짝 내밀고 다음에는 놈이 어떻게 나올지를 기다렸다. 머리통 세 개가 모두 느슨하게 풀려나 종종거리며 이리로 다가오고 있었다.

그는 플라즈마 커터의 안전장치를 풀었다.

"잠시 이대로 기다리세요."

그리고는 문간으로 걸어갔다.

앞장서서 기어온 놈이 앞으로 달려들자 그는 머리에서 촉수를 분리시켰다. 잘려 나간 머리는 일그러진 얼굴로 벽에 부딪히면서 튕겨나 땅바닥에 떨어진 다음 그의 발에 짓밟혀 아작났다. 다음 놈은 문간 위의 천장으로 기어 올라갔다가 위로 찌른 칼날에 잡혔다. 그때 본체가 또 돌기를 발사하자 그는 잽싸게 벽으로 물러섰다.

마지막 놈은 하몬의 목을 비틀려고 들었다. 놈이 어느 틈에 자신을 따돌렸는지는 그도 모를 노릇이었다. 하몬이 뒤에서 그를 붙잡고 흔들지 않았더라면 놈은 그에게 달라붙었을지도 몰랐다. 점점 시퍼렇게 변하는 하몬의 얼굴이 눈에 들어오자 그는 속으로 '또 이꼴이네.'하고 중얼거리며 커터를 휘둘렀는데, 어떻게 놈만 깨끗이 동강나고 하몬의 얼굴은 멀쩡했다.

하몬은 기침을 하며 목을 주물렀다.

"알트만을 찬양하라."

그가 잔뜩 쉰 목소리로 말했다.

"그만 좀 하시죠. 저 알트만은 찬양받기를 원치 않습니다."

알트만은 다시 문간을 슬쩍 내다보았다. 놈이 창처럼 뾰족한 다리를 달각거리며 통로를 따라 앞으로 다가오고 있었다. 그는 손가락을 입에 대고 하몬에게 찍 소리도 내지 말라고 이른 다음 그를 벽에 바짝 밀어붙였다.

놈이 다가오는 소리가 들렸지만, 수많은 다리가 함께 움직이면서 생겨나는 발소리가 통로를 따라 어지럽게 울리는 탓에 대체 놈이 얼마나 가까이 왔는지 가늠이 되지 않았다. 놈이 문간에서 우뚝 멈추는 소리가 들렸다. 계속 앞으로 다가올 줄로만 알았는데 어째서인지 더는 움직일 생각을 하지 않았다. 그리고는 갑자기 돌아서서 다른 곳으로 가기 시작했다.

'망할, 이대로 놔두면 습격 받을 공산이 큰데.'

알트만은 그렇게 생각하며 문간으로 뛰쳐나가 놈을 뒤쫓았다.

놈은 다리가 거추장스럽게 많이 달렸는데도 놀랄 만큼 잽싸게 몸을 돌렸다. 그는 가까운 다리를 베어낸 다음, 놈이 등을 곤두세우며 돌기를 발사하는 순간 바닥으로 몸을 날렸다. 그리고는 같은 방향에 있는 다리를 연달아 자르자 놈은 쓰러질 뻔하다 다른 다리를 받쳐 균형을 잡았다. 다시 커터를 휘두르자 놈은 한쪽으로 기울다 바닥에 처박혀 꼼짝도 하지 못했다. 이번에는 누렇고 시커먼 종양 덩어리를 건드리지 않으려고 조심하면서 나머지 다리도 모조리 끊어놓았다.

그는 하몬에게 되돌아가 함께 통로를 지나갔다. 연구실을 지나다 보니 두 곳 다 문이 열린 상태였다. 두 번째 문 안에는 낫팔 달린 괴물 두 놈이 같은 자리를 빙빙 돌며 요상한 춤을 추고 있었는데, 마커가 침묵에 빠지기 직전 놈들에게 불가해한 지시를 내린 탓에 어디가 고장 나서 같은 동작만 끊임없이 되풀이하는 듯했다. 알트만은 놈들을 그냥 내버려두고 조용히 지나갔다. 이쪽을 눈치채지 못했다면 굳이 건드릴 필요도 없다.

둘은 다음 통로를 거쳐 바로 잠수정 격납고로 가지 않고, 옆길을 따라 돌아가 통제실로 향했다. 통제실로 가던 도중 통로에 멍하니 있으면서 길을 가로막은 낫팔 괴물 두 놈과 맞닥뜨렸다. 한 놈을 플라즈마 커터로 건드리기가 무섭게 바로 덤벼들었다. 하몬은 뒤로 돌아서서 흐느껴 울며 왔던 길로 달아났다. 알트만은 한 놈의 양다리를 잘랐지만, 커터를 돌리는 틈에 다른 놈이 달려들어 낫팔로 그를 붙잡았다. 놈이 목을 물어뜯으려고 그를 바짝 끌어당기며 신음을 내뱉자, 놈의 아가리에서 분비되는 정체모를 액체가 뚝뚝 떨어지면서 목이 타들어가는 것만 같았다. 놈의 가슴을 찔러 몸통을 가르고 양다리를 잘라놓았지만 남은 윗부분은 몸에서 떨어질 기미를 보이지 않았다. 양다리가 날아간 놈은 낫팔로 앞으로 몸을 질질 끌며 그의 다리를 붙잡고 올라오려 들었다. 먼저 목에 들러붙은 놈부터 뿌리치려 했지만 생각처럼 되지 않았다. 플라즈마 커터는 여전히 몸통에 박혀 있었다.

그는 커터의 버튼을 누르고 위로 올리면서 놈의 몸통을 천천히 갈라내며 마침내 날을 밖으로 꺼내 낫팔 하나를 잘라냈다. 그렇게 간신히 놈을 떨쳐낸 다음, 놈과 그 놈 친구를 철저히 짓밟았다.

그는 하몬을 찾으려고 통로를 되돌아갔다.

"그만 정신 차리고 갑시다."

그가 지친 목소리로 말했다.

알트만이 지닌 통행증으로는 통제실 출입이 불가능했지만 하몬은 가능했다. 통제실 내부는 손상 없이 멀쩡했으며 아무도 없었는데, 아무래도 마커 보관실 바로 위에 맞닿아 있는 영향인 듯했다. 그는 제어반으로 걸어가 명령어를 입력할 만한 곳을 찾아보았다.

명령을 입력하려는데 접근이 차단되었다. 다시 입력해 보았다.

가동을 중단하시겠습니까? 예/아니오

홀로그램 화면에 물음이 올라왔다.

예.

인증 암호를 입력하세요.

"하몬, 인증 암호를 알고 있나요?"

"왜요? 그걸 알아서 어쩌려고 그럽니까?"

"제가 아니라 마커가 알고 싶어 해서요."

하몬은 잠시 망설이다가 암호를 알려주었다. 그는 암호를 입력했다.

그 즉시 경보가 울리기 시작했다.

10분 뒤 침수 개시. 명령을 취소하시겠습니까? 예/아니오

"방금 뭘 어떡한 겁니까?"

하몬이 소리쳤다.

아니오

카운트다운이 시작되었다.

N을 눌러 언제든 명령 취소 가능.

하몬이 뒤에서 고래고래 악을 썼다.

"대체 뭐가 어떻게 돌아가는 겁니까?"

그는 계속 소리를 질러댔다.

알트만은 그의 어깨를 붙잡고 흔들었다.

"시설을 통째로 가라앉히는 중입니다."

하몬은 금방이라도 눈물을 흘릴 것처럼 울상을 지었다.

"아니 왜요?"

"마커를 지키기 위해서죠. 마커가 지금까지 바다에 잠겨 있었던 것도 안전을 위해서였습니다. 또 그렇게 하면 괴물들도 싹쓸이되겠죠. 하몬, 제가 장담컨대 시설을 반드시 가라앉혀야 합니다."

"어서 카운트다운을 멈춰요."

"안 됩니다."

"그럼 저라도 멈출 겁니다."

"그렇게는 못하죠."

알트만은 그렇게 말하며 플라즈마 커터를 그의 얼굴에 겨누었다.

"어서 같이 가죠. 싫다면 여기서 죽일 겁니다."

벌써부터 연구단지 내부의 압력에 변화가 일어나기 시작했다. 통로에 들어서자마자 천장에서 물이 흘러내리면서 시설이 천천히 침수되기 시작했다. 이제는 결코 돌이킬 수 없다. 하지만 시스템이 침수를 완전히 개시하기까지 아직 10분이라는 시간이 남아 있다.

하몬은 처음에는 펄펄 뛰다가 나중에는 눈물을 펑펑 쏟더니, 천천히 눈물을 거두고 코를 훌쩍이며 다시 조용해졌다. 처음에 알트만은 그가 자신을 죽이려들 줄 알았지만, 결국 하몬은 성질을 죽이고 고분고분 따라왔다.

알트만은 전자 손목시계를 힐끔 확인했다.

"시간이 얼마 없어요. 상층부에 놈들이 얼마나 남아 있을지, 또 처치하는 데 얼마나 시간이 걸릴지 아무도 모릅니다. 얼른 잠수정 격납고로 나가야 돼요."

"잠수정이 여태 남아있는 줄은 몰랐습니다."

"없어요."

"그럼 어떻게……."

"헤엄쳐서 나가야죠. 내부로 물을 들인 다음 수문을 열게요. 수문이 열리는 즉시 최대한 빨리 헤엄쳐서 물위로 올라가는 겁니다. 밧줄을 묶어놨어요. 밧줄이 보이면 그걸 따라 위로 올라가세요. 그러면 보트 정박장이 나올 겁니다. 거기 보트 한 대를 매어 뒀습니다. 제가 뒤에서 봐줄게요."

하몬은 눈을 휘둥그렇게 뜨고는 고개를 끄덕였다.

둘은 서둘러 움직였다. 알트만이 앞장서서 계속 주위를 살폈다. 아무것도 없었다. 단지 내부에 아직 괴물들이 남았을 텐데 어떻게 한 놈도 보이지 않았다. 놈들이 환기구에서 튀어나오거나 등 뒤에 있던 문을 스르륵 열고 나타나거나 느닷없이 앞에서 튀어나올 때를 기다렸지만 한 놈도 나오지 않았다. 아무것도 없으니까 오히려 뭔가가 있을 때보다도 훨씬 불안했다. 고요한 분위기 속에서 긴장을 늦추지 않으며 어디선가 튀어나올 놈들에 대비했으나, 플라즈마 커터에 응축된 에너지를 방출할 일이 전혀 없었다.

잠수정 격납고 출입구에 도착하고 나니 침수까지 2분 남은 상태였다. 이미 통로는 무릎까지 물이 차올랐으며, 열려고 해도 출입구가 꼼짝도 하지 않았다. 잠김을 해제하고 문을 억지로 열어젖혀 옆으로 지나갈 만큼 틈을 벌리자, 둘은 통로에 들어찬 물에 휩쓸려 격납고 안으로 쏟아져 들어갔다.

그는 문을 닫으려 했지만 뜻대로 되지가 않았다. 문을 닫지 않으면 격납고 내부를 침수시킬 수가 없었다. 하몬을 부르며 도와달라고 했지만 그는 멍하니 서서 잠수정 통로 끄트머리를 쳐다보기만 했다. 알트만이 협박조로 고래고래 소리치고 나서야 하몬은 정신을 차렸다. 둘은 힘을 합쳐 알트만이 수동 개폐기를 조작하는 사이 하몬이 문을 밀어 간신히 출입구를 닫았다.

"물이 차오르면 격납고 위로 헤엄쳐 올라가세요. 천장에 닿을 때까지 머리를 위로 향하다가 물이 끝까지 차오르면 잠수해서 바닥으로 내려오는 겁니다. 알았죠?"

하몬은 아무런 대답도 없었다.

알트만은 그의 뺨을 치고 소리쳤다.

"알았냐고요?"

하몬은 고개를 끄덕였다.

둘은 격납고를 침수시키기 시작했다. 처음에는 하몬이 가만히 서서 차디찬 바닷물이 차오르면서 다리가 물에 잠기는 모습을 지켜보고만 있자, 알트만은 그가 저렇게 멍하니 서 있기만 하다가 익사하면 어떡하나 싶은 생각이 들었다. 하지만 물이 가슴까지 차오르자 갑자기 숨을 크게 들이쉬며 팔다리를 젓기 시작했다.

"명심하세요. 천장까지 올라간 다음 바닥으로 내려가 다시 수면으로 올라가는 겁니다. 너무 서두르면 안 됩니다."

알트만이 물에 둥둥 뜬 채로 말했다.

그는 숨을 늦추며 수위를 가늠했다. 사방에 들어찬 바닷물이 소용돌이치며 물보라를 일으켰다. 혹시나 싶은 생각에 하몬을 확인했지만 침착하게 잘 해내고 있었다. 두 번이나 물에 잠겼지만 그럴 때마다 금방 다시 물위로 솟아올랐다.

그때 머리가 천장에 닿았다. 알트만은 고개를 들어 천장에 있는 쇠격자를 붙들었다. 그대로 기다리면서 숨을 고르는 사이, 물이 얼굴까지 차올랐다.

그는 잠수한 다음 개폐기로 헤엄쳐 가서 바다 수문을 열었다. 돌아보니 하몬도 벌써 여기까지 내려와 바닥을 손으로 내리치며 밖으로 나가려고 몸부림치고 있었다. 그는 수문이 열리기가 무섭게 쏜살같이 튀어나갔다. 알트만도 서둘러 뒤를 따라갔다.

물속이 전보다 훨씬 더 어두웠다. 무작정 앞으로만 내려가다가, 너무 이르게 방향을 틀고 위로 올라가는 바람에 격납고 바닥을 들이받았다. 그는 격납고에서 멀찍이 떨어져서 다시 수면으로 올라가기 시작했다.

내려갈 때만큼 힘들지는 않았지만 어렵기는 매한가지였다. 지나치게 서둘렀다가는 다리에 쥐가 나서 꼼짝없이 죽을지도 모른다. 그래서 천천히 헤엄쳐 올라가는 사이, 허파에 있던 산소가 서서히 바닥나면서 심장박동 역시 조금씩 느려졌다. 수면에 거의 다다를 무렵에는 허파에 불이 붙은 것만 같았다. 하늘에 은빛 달이 떠 있어서 간신히 주위가 분간되었다. 주변을 둘러보니 보트 정박장이 어렴풋이 보였지만 하몬은 어디에도 없었다. 사방을 두리번거려도 보이지 않았다.

"하몬!"

알트만은 그를 목청껏 소리쳐 불렀다.

다시 팔다리를 저으면서 가능한 멀리 헤엄쳐 가보았다. 그래도 하몬은 보이지 않았다. 바로 그때, 정박장이 바닷물에 살짝 잠기면서 반대쪽에 둥둥 떠 있는 머리가 드러났다.

그는 정박장으로 헤엄쳐 사다리를 잡고 위로 올라간 다음, 바닷물에 넘실거리는 정박장 위를 휘청거리며 반대편으로 걸어갔다. 해상 연구단지가 이상한 모양으로 가라앉으면서 한쪽으로 기울고 있었다. 단지 내부로 쏟아져 들어가는 물소리인지, 아니면 뭔가가 내는 소리인지 모를 굉음이 들려오는 가운데, 무게를 떠받들던 부력이 사라지면서 지지대와 이음매에 압박이 가해져 구조물 전체에서 끼긱거리는 소리가 새어나왔다.

"하몬!"

그는 다시 소리쳐 불렀다.

하지만 소음 때문에 부르는 소리가 들리지 않는 듯했다. 알트만은 도로 물에 뛰어들어 가까이 헤엄쳐 가서 그를 붙잡았다.

"하몬, 뭐하고 있어요!"

그는 쇼크에 빠졌는지 얼떨떨하고 어리둥절한 눈치였다. 알트만은 그의 뺨을 때리고 정박장 쪽으로 떠밀었다. 하몬은 다시 헤엄치기 시작했지만 마치 혼수상태에 빠진 것처럼 보였고, 정박장에 도착한 다음에는 알트만이 그를 직접 위로 끌어올려야 했다.

정박장은 침몰하는 돔에 휩쓸려 반쯤 물에 잠겨 한쪽으로 기울고 있었다. 그는 하몬을 보트가 있는 곳까지 끌어다 안에 던진 다음 자신도 얼른 몸을 실었다. 뒤에서 들리는 끼긱이는 소리가 아까 전보다 훨씬 낮아짐과 동시에 정박장이 물에 가라앉자, 매어놓은 밧줄이 팽팽하게 당겨져 보트가 금방이라도 전복될 것처럼 한쪽으로 기울기 시작했다. 밧줄 매듭을 풀려고 했지만 압력 때문에 단단히 조인 탓에 그의 힘으로는 역부족이었다. 다급히 날붙이를 찾아 두리번거렸지만 아무데도 보이지 않았다. 하지만 닻이 있으니 닻으로 세게 내리치면 밧줄이 풀릴지도 모른다.

보트가 더욱 기울어지면서 점점 물에 가까워졌다.

"보트 반대쪽으로 가요!"

알트만은 하몬에게 소리쳤지만, 그가 정말로 시키는 대로 하는지 돌아볼 틈도 없었다. 그는 쉬지 않고 있는 힘껏 밧줄을 내리찍었다.

느닷없이 보트가 뒤로 갸우뚱거리자 뒤집어지지 않게 막느라 얼른 보트로 뛰어들었다. 그리고는 다시 닻을 들고 허겁지겁 일어나는 찰나 밧줄과 정박장이 없어진 광경을 보고서, 자신이 성공했음을 뒤늦게 알아차렸다.

보트가 빙빙 돌기 시작했다. 이제 해상 연구단지가 통째로 가라앉기 시작하면서 아래로 빠져드는 소리가 요란하게 났다. 그는 운전석으로 뛰어들어가 시동을 걸은 다음 속력을 최대로 높였다. 보트가 앞으로 튀어나갔지만 이상하게 돔을 향해 곧장 나아가기 시작했다. 방향을 틀었지만 여전히 어딘가 이상했다. 연구단지가 가라앉으면서 생겨난 소용돌이에 보트가 휩쓸린 상태였다.

그는 키 조작은 관두고 뱃머리를 틀어 물살을 따라가며, 가장자리 부근에서 소용돌이를 벗어날 기회를 노렸다. 마지막 돔이 물속에 통째로 잠겨 사라졌다. 키가 아래로 빨려 들어가는 느낌이 들었지만, 침착함을 잃지 않고 앞만 보면서 당황하지 않으려고 진땀을 흘렸다. 보트가 제멋대로 움직이면서 아래로 빠져들거나 거꾸로 뒤집힐 듯한 기분이 들기도 잠시, 어느새 소용돌이에서 벗어났다.

그는 속력을 높여 그곳을 벗어나며 뒤로 고개를 돌렸다. 전자 설비와 발전기가 아직도 합선을 일으키는지, 파도에 가려 어렴풋이 내다보이는 연구단지 내부에서 섬광이 번쩍이고 불꽃이 튀고 있었다. 힐끗 쳐다보기가 무섭게 연구단지는 시야에서 사라졌다. 그는 보트를 크게 돌려 칙술루브로 되돌아갔다.

슬슬 하몬을 살펴봐야 하지 않을까 하는 생각을 하고 있는데, 하몬이 뒤에서 다가왔다. 그는 뒤로 돌아서는 순간 닻에 머리를 얻어맞고 바닥에 나가떨어졌다.

"절 속였군요, 박사님. 마커는 처음부터 가라앉기를 바라지도 않았습니다. 이제 보니 마커를 사랑하는 것이 아니라 도리어 미워했군요."

'아냐, 그런 게 아냐.'

그는 말을 하려고 했지만 목소리가 나오지 않았다.

하몬이 자신의 위로 몸을 숙이는 모습이 눈에 들어왔다. 그는 알트만의 양손을 거칠게 붙잡고는 나란히 대고 묶기 시작했다.

"박사님은 저랑 같은 편인 줄 알았습니다. 박사님도 신자인 줄 알았단 말입니다. 하지만 정말로 신자라면 이게 없을 리가 없잖습니까?"

그는 마커 목걸이를 눈앞에 꺼내보였다.

"믿었던 제가 어리석었습니다."

'내가 생명의 은인이잖아.'

알트만은 그렇게 말하고 싶었다.

'그냥 거기서 죽게 내버려둘 수도 있었는데 굳이 살려줬잖아.'

"이제 진짜 도움을 구하러 가야겠습니다."

하몬은 그렇게 말하고는 바닥에서 일어나 조종석에 앉았다.

알트만은 눈을 게슴츠레하게 뜨고 그대로 누워 있었다. 따뜻한 물이 뺨을 따라 입으로 흘러내렸다. 그는 그것을 삼키고 나서야 피였음을 알아차렸다. 그리고 그것이 자신의 피라는 사실도 뒤늦게 알아차렸다.

'괜찮아, 이보다 더한 일도 겪었잖아.'

그는 손을 움직이려고 했지만 손이 아예 느껴지지 않았다. 몸이 머리에서 떨어져 나간 듯한 기분마저 들었다.

'잠시만 쉬어야지. 이대로 잠시 누워 있다가 밧줄을 푸는 거야.'

그는 스스로 중얼거렸다.

눈앞이 흐려지기 시작하다 서서히 사라져 버렸다. 엔진 소리에 귀를 기울였지만 그마저도 점차 들리지 않았다. 가만히 누워서 보트가 파도를 헤치며 덜컹거리는 진동을 몸으로 느꼈다. 시간이 지나자 그것도 아주 멀리서 울리는 진동처럼 느껴졌다. 다시 시간이 지나자 그마저도 사라졌다. 그는 아무것도 보지 못하고, 듣지 못하고, 느끼지 못하고 보트에 누워 있었다. 주위를 둘러싼 온 세상이 자취를 감춘 듯했다. 그는 입안에서 느껴지는 피맛에 가능한 오랫동안 정신을 집중하려고 애썼다. 하지만 얼마 가지 않아 그것마저 느껴지지 않았다.

에필로그

1

그때 감각이 되돌아왔다. 아득히 머나먼 곳에서 조그마한 불빛이 비치기 시작했다. 불빛이 점점 가까이 비치는지 아니면 점점 멀어지는지 살펴보려고 지켜보았지만, 분간이 되지 않았다. 그렇게 한참을 쳐다보는데, 어쩌면 그가 느끼기에만 한참이었을지도 모르지만, 빛이 도로 사라졌다.

캄캄한 어둠 그 자체였다. 하지만 몸의 감각도 함께 돌아왔다. 몸의 한계가 느껴졌다.

'내가 죽었구나. 여긴 지옥이고.'

한참 시간이 지나도 아무런 일도 벌어지지 않았다. 조그마한 불빛이 다시 나타났다. 불빛이 다시 나타났는지는 몰라도 저기서 비친다는 사실을, 빛이 나타난 지가 한참 됐다는 정도는 알고 있었다. 이번에는 빛이 더욱 크게 비춰졌다. 빛이 천천히 이리로 다가왔다. 그러다 느닷없이 견디기 어려울 정도로 밝아졌다.

불빛의 주위가 드러나기 시작했다. 가느다란 은빛 원통에서 빛이 나오고 있었다. 분홍색 같은 물질이 원통 주위를 감싸고 있었는데, 그것이 사람의 손이라는 사실을 서서히 깨달았다.

"미약한 반응을 보이는군. 투여량을 늘이도록."

무미건조한 목소리였다.

몸 어딘가에서 따끔한 느낌이 들었다. 얼굴의 근육이 갑자기 다시 움직여지기 시작했다.

'여기가 어디지?'

물어보려고 했지만 무어라 웅얼거리는 소리만 입에서 흘러나왔다.

"이제 됐군요."

다른 목소리였다. 빛이 뒤로 빠지자 수술용 마스크에 반쯤 가린 얼굴이 보였다. 뒤편으로 대여섯 명쯤 되는 다른 사람들의 얼굴이 드러났다.

"여기가 어디죠?"

다시 묻자 이번에는 말이 나왔다.

"살아나신 겁니다. 그것만 알면 됩니다."

수술용 마스크에 가린 목소리가 말했다.

그는 팔을 움직이려 했지만 단단히 묶여 있었다. 반대쪽 팔은 물론 다리도 마찬가지였다. 등을 굽히며 팔다리를 풀려고 몸부림쳤다.

"자자, 그만하시죠."

목소리가 말했다.

"어차피 풀지도 못할 테니까요. 가만히 계세요."

수술용 마스크가 옆으로 돌아가더니 뒤에 있던 누군가를 불렀다.

"가서 마르코프 씨를 모셔와. 알트만이 정신을 되찾았다고 전해."

도로 잠이 들었던 듯했다. 다시 눈을 뜨자 크랙스, 마르코프, 스티븐스 세 사람이 침대를 내려다보고 있었다.

"축하한다, 알트만 박사. 아직 숨이 붙어 있었군 그래."

크랙스가 말했다.

입을 열고 말을 하자 쉰 목소리가 새어나오면서 목이 아팠다.

"네놈이 에이다를 죽였어."

"아냐, 에이다는 자살했어. 환영을 보기 시작하더니 자기 목을 베어 죽었지. 정신력이 형편없어. 살 가치도 없었던 거지."

"뭐? 살 가치가 없어?"

알트만이 물었다.

"잠깐 얘기 좀 하지."

마르코프가 말했다.

알트만은 눈을 가늘게 뜨고 조심스레 그를 살폈다.

"댁 친구 하몬한테 얘기를 들었거든. 무슨 일이 있었는지 전부 실토하더군."

크랙스가 말했다.

"마커를 도로 가라앉히셨더군요. 왜 그런 겁니까?"

스티븐스가 말했다.

"위험하니까요."

알트만이 속삭임에 가까운 목소리로 간신히 말했다.

"위험한 게 아니라 신성한 거지."

크랙스가 한마디 던졌다.

"제대로 미쳤군."

알트만이 말했다.

"아뇨, 크랙스 말이 맞습니다. 유감스럽게도 우리 셋이 내린 결론은 그렇습니다.."

스티븐스가 말했다.

알트만은 천근만근 무거운 머리를 마르코프 쪽으로 힘겹게 돌렸다. 움직이자 머리가 아팠다.

"거짓말이죠? 마커의 위력을 보고도 어떻게 신성하다는 발상이 나옵니까?"

마르코프는 만면에 무정한 웃음을 지었다.

"마커는 생명을 창조하잖소. 마커가 어떻게 죽은 육체를 되살리는지 직접 봤소."

'어쩌면 아직 진심으로 믿지는 않을지도 몰라. 혹시 다른 사람들 생각에 동의하는 척하는 중일지도 모르지. 내가 하몬한테 그랬던 것처럼.'

알트만은 속으로 생각했다.

"그게 무슨 생명입니까? 그건 끔찍한 괴물입니다."

"오류가 있었을 뿐일 겁니다. 마커가 손상된 것이 분명해요. 하지만 근본은 온전합니다. 손만 보면 됩니다."

스티븐스가 말했다.

"여차하면 새로 만들어도 되고 말이오."

마르코프가 말했다.

"어찌되었건 조사해본 바, 마커가 오래 전에 지구에 생명을 탄생시켰다는 사실은 자명합니다. 제대로 작동하는 마커만 있다면 우리를 육체라는 필멸의 굴레에서 진화시켜 줄지도 모릅니다. 마커가 우리한테 영생을 열어줄 겁니다."

"아뇨, 그런 것이 절대 아닙니다. 단단히 잘못 짚었군요. 마커는 멀쩡합니다. 마커는 지금까지 원래 계획대로 움직였습니다. 우리를 파멸시키려 한단 말입니다."

알트만이 나직한 목소리로 말했다.

"그렇다면 왜 멈췄을까요? 어째서 박사님이 자신의 암호를 전송함으로써 마커를 복제할 방법을 알아냈다는 사실을 증명하고 나자 멈췄을까요?"

스티븐스가 물었다.

"그건 어떻게 알아낸 겁니까?"

"설마 우리가 시설 내부에서 무슨 일이 벌어지는지 기록할 조치도 해두지 않고 내뺐다고 생각하지는 않을 테지? 전부 지켜보고 있었다. 남김없이 촬영했고."

크랙스가 말했다.

하지만 알트만은 고개만 저었다.

"잘못 짚었어요. 마커는 인류를 파멸시킬 겁니다."

"마커는 인류를 돕고자 합니다."

스티븐스가 반박했다.

"박사님이 무엇을 알아냈는지 하몬한테 들었습니다. 마커가 자신이 복제되기를 바란다면서요. 분명 스스로 손상되었다는 사실을 자각한 겁니다. 그래서 인류에 도움이 되도록 새로운 마커를 만들기를 바라는 거죠. 하지만 우리가 기술을 더욱 다듬을 겁니다, 알트만 박사님. 온전히 작동할 뿐만 아니라 더욱 뛰어난 마커를 만들어낼 겁니다."

스티븐스가 몸을 가까이 숙이자 알트만은 얼굴에 입김을 느낌과 동시에 그의 차분한 얼굴에 서린 광신의 흔적을 느꼈다.

"분명 다른 행성에도 마커가 존재하겠죠. 그곳에 있는 마커들이 우리를 앞으로 이끌어줄 겁니다. 일단은 지구에 있는 마커부터 연구하면서 복제해 내도록 노력을 기울여야죠."

"정말 큰 수고를 덜어주었소, 알트만 박사."

"하지만 마커는 가라앉았잖습니까."

알트만은 필사적으로 받아쳤다.

"전에도 가라앉아 있었는데 건져 올렸잖소. 그 사실을 누구보다 잘 알면서 그러는군. 도로 가라앉힌들 다가올 필연을 고작 몇 주, 몇 달쯤 늦춘 것에 지나지 않소."

"이제 연구 자료도 없잖습니까. 수심하고 바닷물 때문에 몽땅 날아갔을 겁니다. 처음부터 새로 해야 할걸요."

크랙스가 고개를 저었다.

"어쩌면 그리도 순진해 빠졌을까."

"하몬을 기억하시오? 하몬이 마커 보관실에서 뭘 하고 있었겠소? 자료가 소실되지 않도록 남김없이 기록하고 있었던 거요. 그리고 주머니에 고스란히 담아 왔소. 하몬의 주머니를 확인했거나 그냥 죽게만 놔뒀어도 한동안 차질을 빚었을 텐데, 굳이 그러지도 않았소. 그렇게 아무나 덥석 믿어서 되겠소, 알트만 박사? 모든 자료가 우리 손에 들어왔소."

"구테 교수의 연구 자료도 전부 있지요. 그걸 보면서 마커의 어디가 잘못됐는지 알아내고 수리하는 방법을 터득할 겁니다. 박사님이 의식을 잃은 동안에 벌써 첫 번째 실험에 착수해서 인공합성을 통해 DNA 복제에 성공했습니다. 단단히 밀폐된 데다 안전장치가 겹겹이 둘러진 연구실에서 말이지요. 환영 때문에 서두르다 빚어낸 사고였던 모양이지만, 어쨌든 교수의 경우보다 훨씬 더 안전에 만전을 기울이고 있지요."

스티븐스가 말했다.

"그리고 솔직히 말해서, 네놈이 시설에서 사투를 벌이는 모습을 지켜보니 어떻게 놈들을 통제할지를 파악하는 데 크나큰 도움이 되더군. 네가 없었으면 이만큼 진전을 거두지도 못했을 거야."

크랙스가 말했다.

"지금 엄청난 실수를 저지르는 겁니다."

알트만이 나직이 말했다. 너무나 피곤했다. 이제는 아무것도 어떻게 해볼 길이 없었다. 하지만 조금만 시간이 지나면 또 모른다. 체력을 회복하기만 하면 된다. 기력을 되찾기만 하면 무슨 수를 써서라도 마르코프 일당을 저지할 생각이었다.

"정말로 이렇게 나올 작정이라면 인류는 끝장이나 다름없습니다. 지금 당장은 아니더라도 언젠가 그렇게 될 겁니다."

"그게 우리가 바라는 바입니다. 이대로만 나간다면 인류는 진화의 다음 단계에 들어설 겁니다. 인간이 아니라 인간보다 뛰어난 존재로 거듭나는 셈이죠."

스티븐스가 말했다.

"잘 계시오, 알트만 박사. 당신은 훌륭한 호적수였소. 하지만 결국 당신이 졌소."

마르코프가 말했다.

셋이 나가고 나자 일당을 데려왔던 의사가 되돌아와 외과의의 귀에 대고 무어라 속삭였다. 외과의는 고개를 끄덕이고는 피하주사기에 약물을 채워 알트만의 팔에 꽂았다. 세상이 잿빛으로 변하더니 조금씩 눈앞에서 사라졌다.

2

다시 일어나보니 여전히 침대에 몸이 묶여 있었다. 그는 감옥처럼 작은 병실에 홀로 누워 있었다. 팔다리를 풀려고 끙끙거렸지만 끈으로 단단히 조인 상태였다.

그는 잠에서 깼다가 도로 잠이 들었다. 가끔씩 간호사가 들어와 옆에 매달아둔 약물 주머니를 바꿔주고 갔다. 머리가 욱신거렸다. 간호사는 들어올 때마다 그가 자기 얼굴을 살펴볼 수 있도록 작은 손거울을 비춰주었다.

머리에 붕대가 칭칭 감겨 있었다. 정말 자신의 얼굴이 맞는지 의심스러울 지경이었다.

"자, 보이시죠."

간호사는 그렇게 말하며 그의 머리 위를 가리켰다.

"여기에 사고를 당하셨어요."

"사고요?"

"네, 실족해서 다치셨잖아요."

"사고가 아니었습니다."

간호사는 웃음을 지었다.

"머리에 트라우마가 생기면 기억이 뒤엉키기도 하는 법이죠."

"아녜요. 무슨 일이 있었는지 정확히 기억합니다."

간호사는 짐짓 가짜로 웃는 것처럼 보였다.

"저는 환자 분하고 얘기하면 안 돼요. 규정이 그래요."

간호사는 그렇게 말하고는 천천히 문밖으로 나갔다.

몇 분 뒤, 다시 문이 열리더니 웬 사내가 피하주사기를 들고 나타났다.

다시 눈을 떠보니 다른 곳에 있었다. 감옥처럼 보이지는 않았지만 영락없는 감옥이었다. 머리에 감긴 붕대가 사라졌지만 커다란 혹과 아물어가는 상처는 여전히 남아 있었다. 그들이 포박을 풀고 그를 바닥에 내팽개쳤다. 오랫동안 움직이지 않아 근육이 쇠약해진 까닭에 가까스로 다리를 바닥에 짚고 일어섰다.

방은 온통 흰색이었고 별다른 표시나 무늬 하나 없었다. 벽 한가운데에 작은 문이 하나 보였다. 손이 닿지 않는 천장에는 감시 카메라가 달려 있었다. 구석에는 작은 화장실이 있고, 바로 옆으로 배식구가 보였다.

그는 앞으로 걸어가 문을 쾅쾅 두드렸다.

"이봐요! 이봐요!"

그렇게 소리치고는 문에 귀를 바짝 붙였다. 아무런 소리도 들리지 않았다.

그는 잠시 기다렸다가 다시 시도해 보았다. 아무 일도 일어나지 않았다. 다시 시도했다. 그래도 마찬가지였다.

시간이 흐르고, 몇날 며칠이 지나갔다. 바깥에서 나는 소리라고는 배식구로 식사가 들어오면서 나는 달그락 소리뿐이었다. 언제 식사를 넣어달라고 부탁할 수도 없고, 누를 만한 버튼 따위도 없었다. 느닷없이 달그락 소리와 함께 식사가 들어올 뿐이었다. 받아서 모아둔 식판은 방 한구석에 차곡차곡 쌓여갔다.

마치 자신이 지구에서 홀로 남은 사람처럼 느껴졌다. 이러다 미칠 것만 같았다.

그는 점점 자신 속으로 틀어박히며 조금씩 바깥세상과 단절되어 갔다.

그러면서 죽은 자들이 하나 둘씩 되돌아와 말벗이 되어주었다. 하나같이 그로 말미암아 죽었던 사람들이 나타나 주위에 앉아서는 그에게 죗값을 물었다. 에이다와 필드, 헨드릭스와 해먼드, 그리고 얼굴을 알아보지 못하는 사람 하나였다. 그곳에는 그와 죄책감과 죽은 자들밖에 없었다.

그러다 잠에서 깨고 나니 감옥이 아니라 넓은 탁자 앞에 놓인 의자에 앉아 있었고, 양손은 팔걸이에 묶여 있었다. 탁자 맞은편에는 마르코프와 스티븐스가 앉아 있었다.

"잘 잤소? 알트만 박사."

마르코프가 말했다.

처음에는 대답도 하지 않았다. 살아있는 사람들과 한방에 있다는 사실이 이상하게 느껴지다 못해 견딜 수가 없었다. 눈앞에서 벌어지는 일을 도무지 현실로 받아들일 수가 없었다.

"알트만 박사님, 여기입니다. 여길 보세요."

스티븐스가 손가락을 딱 튕겼다.

"당신들은 여기 없어. 나는 환영을 보고 있는 거야."

"아뇨, 정말 있습니다. 진짜 환영이라 한들 얘기 좀 한다고 다칠 일도 없잖아요?"

스티븐스가 말했다.

'그건 그래. 다칠 일도 없잖아?'

그렇게 생각하는 순간 환영의 말에 귀를 기울이다 죽은 헤네시가, 환영의 말에 귀를 기울이다 죽은 헨드릭스가, 환영의 말에 귀를 기울이다 죽은 에이다가 생각났다. 그런 사람들이 꼬리에 꼬리를 물었다. 그는 눈물을 글썽거렸다.

"왜 저러는 건가?"

마르코프가 물었다.

"정신이 망가진 겁니다. 그러게 너무 오래 가뒀다고 말씀드렸잖습니까."

스티븐스가 말했다.

"우리는 환영이 아닙니다, 박사님. 어떡하면 우리가 진짜라고 믿으시겠습니까?"

"그래봤자 안 속아."

"스티븐스, 어떻게 손 좀 써봐라. 이래서야 어떻게 써먹겠나."

스티븐스가 앞으로 뛰어나가 따귀를 갈기고 또 갈겼다. 알트만은 얼얼한 뺨을 만져보았다.

"느껴지십니까?"

스티븐스가 점잖은 조롱조로 말했다.

정말로 아픔을 느꼈을까, 아픔을 느꼈다고 상상했을까? 분간이 되지 않았다. 하지만 결정을 내려야 했다. 얘기를 하던가, 계속 무시하던가.

너무 오랫동안 주저한 나머지 스티븐스인지 스티븐스의 환영인지 모를 것이 또 따귀를 때렸다.

"어때요?"

"네. 진짜 같기도 하네요."

그렇게 말하자 그들이 더욱 진짜처럼 느껴졌다. 하지만 저들이 환영일 뿐이라고 자꾸 고집하면 정반대되는 일이 벌어질까? 정말로 연기처럼 사라질까?

"좀 낫군."

마르코프가 그렇게 말하며 눈을 번득이기 시작했다.

"크랙스는 어디 갔죠?"

알트만이 물었다.

마르코프는 손을 저으며 답하기를 꺼렸다.

"크랙스는 실수를 저질러 일회용으로 전락했소. 지금은 그놈이 아니라 알트만 박사 당신에 관해 이야기하려고 온 거요."

"제가 왜요?"

"박사님을 어떡할지 결정해야 하거든요. 온갖 말썽만 일으키고 다니셨죠."

스티븐스가 말했다.

"이를테면 워싱턴에서 언론에 접촉했던 일 따위 말이오. 취미가 참으로 고약하더군. 그것만 하더라도 당장 죽여버리고 싶소."

"그럼 왜 살려뒀나요?"

마르코프는 스티븐스를 힐끔 쳐다보았다.

"냉철한 사람이 승리하는 법이라고는 하나, 막 나가는 당신을 상대하다 보니 틀린 말임을 깨달았소."

"제 말이 그 말입니다."

스티븐스가 말했다.

"연구단지로 되돌아온 이후로 당신은 더더욱 막나가기 시작했소. 실험에 간섭하고 막대한 기물 손해를 입히는가 하면 온갖 방해될 짓만 골라서 했소. 해상 연구단지에서 차질을 빚었을 때만 해도, 나는 놈들이 당신을 알아서 찢어발겨 똑같이 변이시킬 테니 편히 앉아서 팝콘에 사탕이나 먹으면서 화면으로 구경하면 되겠구나 생각하고 있었소. 하지만 둘 다 신통찮았소. 결국 당신은 어마어마한 자금이 투입된 연구시설을 통째로 수장시켰소."

"하몬하고 같이 데려오자마자 죽이려고 했지만, 마르코프 씨께서 박사님만큼은 확실히 죽이고 싶어 하셨습니다."

"그렇소. 확실히 해두고 싶어서 말이오."

"둘 다 미쳤군요."

"전에도 했던 말이잖소. 이왕 욕을 하려면 참신한 욕을 하시오."

"어떡할 계획인지 알려 드릴까요?"

"아뇨. 다시 감방에나 넣어주시죠."

스티븐스는 그의 말을 무시하고 말을 이었다.

"마커의 비밀을 풀어내는 대로 새로운 마커를 복제하여 대중에 알릴 겁니다. 일단은 그러기에 앞서 미리 준비시킬 겸 앞으로 다가올 미래의 맛보기를 선보일까 합니다."

"그래서 당신이 필요한 거요."

마르코프가 말했다.

스티븐스는 고개를 끄덕였다.

"이렇게 머리를 굴리다 보니 박사님을 우리가 원하는 대로 써먹을 수가 있겠더군요. 다짜고짜 믿음을 들이대는 식으로는 부족합니다. 인류의 구원이 걸린 문제인 이상, 믿음을 널리 전파해야 하거든요. 막연히 정식 종교를 창설하는 것보다 좋은 방법은 뭘까요? 계획대로만 된다면, 때가 무르익을 즈음에는 다들 귀의할 준비가 되어 있을 겁니다."

"사건의 전모를 아는 사람은 얼마 없소. 아무렴, 속속들이 아는 사람은 엄선한 측근들로만 제한할수록 좋은 법이지. 비밀스러운 분위기를 조금은 풍겨야 사람들이 천천히, 꾸준히 들어오는 법이라오. 권력은 돌아갈 사람한테만 맡기고 말이오."

알트만은 자기도 모르게 손을 부들부들 떨었다.

"하지만 언론에 폭로했는걸요. 사람들이 진실을 파헤칠 겁니다."

"네, 크게 터뜨리셨죠. 그래 주셔서 감사합니다. 국민이 마땅히 알아야 하는 사실을 정부가 숨긴다는 사실을 퍼뜨려 주셔서 말입니다. 기억을 돌이켜 보세요. 박사님이 나오는 영상은 물론 인터뷰까지 빠짐없이 살펴봤습니다. 마커가 공포의 대상인지 연구의 대상인지 갈팡질팡하면서 확답을 꺼렸더군요. 그런 박사님의 의견을 놓고 우리가 얼마든지 원하는 대로 꾸며낼 수 있습니다. 박사님을 마무리 지을 무렵이면, 여태 박사님이 벌인 언론놀음쯤은 아무런 걸림돌이 되지 않을 겁니다. 박사님은 성인으로 추대될 테니까요. 말을 퍼뜨린 사람은 바로 알트만 박사님 당신입니다. 전부 박사님이 시작한 일이라고요. 다들 박사님이 종교를 창설한 장본인이라고 철석같이 믿을 겁니다."

"그런 데 놀아날 생각은 추호도 없습니다."

알트만은 두려움이 온몸을 엄습하는 가운데 그렇게 답했다.

마르코프는 파안대소했다.

"처음부터 부탁할 생각도 없었소."

"무릇 예언자가 그러하듯이 박사님 역시 살아 있는 것보다는 죽는 편이 우리한테 더 유용할 겁니다. 박사님이 죽고 나면 진실을, 우리가 지어낸 진실을 퍼뜨릴 계획인데, 이미 죽은 사람은 왈가왈부할 수도 없죠. 박사님은 죽은 뒤에 살아서보다 더욱 영향력 있는 인물로 거듭날 겁니다. 박사님에 관한 역사를 기록해서 성서로 지정할 겁니다. 맘에 들지 않는 부분은 싹 없애고 우리 입맛에 맞게 꾸며서 말입니다. 박사님의 이름은 유니톨로지 교단과 함께 앞으로 영원히 따라다닐 겁니다. 박사님이 우리 교단의 창립자가 되시는 겁니다."

"말인즉 우리는 뒤로 물러나서 실무만 담당하면 된다, 이 말이오. 솔직히 말해서 당신이 지금까지 그토록 저지하려고 발버둥친 움직임을 앞으로 이끌어나가기 위한 초석으로 당신의 이름이 쓰인다는 사실이 흡족하기 그지없소. 이렇게 보자니 지금까지 당신이 일으킨 말썽이 모두 보람 있는 일처럼 느껴질 정도요."

"당신네도 무사하지 못할 겁니다."

알트만이 말했다.

마르코프는 씩 웃으며 송곳니를 드러냈다.

"박사님은 못 믿겠지만, 우리는 이러고도 무사할 겁니다."

스티븐스가 말했다.

"지금 이 시간부로 당신은 공식적으로 이용가치를 잃었소. 시신은 과학을 위해 기증할 생각이오. 당신을 위해 아주 잔인한 죽음을 준비해 두었소."

"가보면 재밌을 겁니다. 구테 교수가 복제한 여러 유전 재료를 써서 생체표본을 개발해 냈는데, 꼭 직접 만나보셨으면 좋겠군요. 세 사람의 시체 조직에 DNA를 섞어서 만들었답니다. 거기에 쓰인 시체 하나의 이름을 따서 그 표본을 크랙스라 부르기로 했습니다. 보면 아시겠지만 그 결과물이 참 걸작이죠."

알트만은 탁자 위로 뛰쳐나가려 했지만 의자를 비트는 것이 고작이었다. 그는 바닥에 고개를 처박고 쓰러졌다.

잠시 뒤 마르코프와 스티븐스가 의자에서 일어나 그를 다시 일으켜 세웠다.

"그나저나 크랙스가 애인 분을 죽이지 않았다고 잡아뗐는데, 그건 거짓말이었소. 애인 분 이름이 어떻게 되셨소? 하기야 이름은 아무래도 상관없겠군. 범인은 크랙스였소. 거짓말을 밥 먹듯 하던 놈이었지. 바로 그렇기 때문에 일회용으로 전락한 거요."

알트만은 아무런 대답도 하지 않았다.

"그러니 그걸 생각하면서 분발하세요. 복수죠. 크랙스를 죽여 에이다의 원한을 풀어주는 겁니다. 아주 좋은 볼거리가 되겠군요."

스티븐스가 웃음을 지었다.

"정말 기막히게 맞아떨어지지 않나요? 박사님이 최후를 맞이할 절호의 기회 아니겠습니까? 이보다 좋은 기회가 어디 있을까요?"

"아무래도 우리가 당신을 맨손으로 싸움터에 몰아넣는다고 생각하는 모양이로군. 그렇게 생각한다면 오산이오. 이렇게 무기도 준비해 왔잖소."

마르코프는 주머니에 손을 넣어 숟가락을 꺼내더니 알트만의 주먹에 억지로 쥐어 주었다.

"자, 여기 있소. 건투를 빌겠소."

그리고 둘은 말없이 방에서 나갔다.

3

마르코프와 스티븐스가 알트만을 던져 넣은 곳은 지름이 6미터쯤 되는 원형 밀실이었다. 그들은 그를 압력문으로 밀어 넣고는 우스꽝스러운 무기를 손에 쥐고 가만히 있도록 한참을 내버려두었다. 그는 조금이라도 덜 우스꽝스러워 보이려고 숟가락을 벽에다 날카롭게 갈고 끝을 뾰족하게 다듬어 급한 대로 칼을 만들었다.

천장 위로는 아래쪽 밀실과 모양과 크기가 똑같은 관측실이 있었다. 밀실의 천장은 유리로 되어서 위쪽 밀실의 바닥 구실을 했다. 스티븐스와 마르코프가 위에서 자신을 내려다보는 모습이 보였다. 둘은 샴페인 잔을 기울이며 웃고 있었다.

'이렇게 죽는구나. 그냥 죽는 것도 아니고, 내가 죽고 나면 저놈들이 내 이름을 빌려 무슨 악행을 저지를지 뻔히 알고 죽는 신세라니. 술주정뱅이 영감처럼 차라리 진작 이름을 잃었더라면 다행이련만.'

밀실 반대편에 있던 압력문이 열리면서 어두컴컴한 통로가 드러났다. 그는 처음에 떠밀려 들어온 압력문 근처에서 자리를 지키며 뭔가가 들어오기를 기다렸다. 아무것도 들어오지 않았다.

'이 세상은 지옥이야. 실패하지 않으려고 발버둥치고 용케 죽음을 모면해도 결국

에는 한 번의 실수로 모조리 물거품이 되는구나.'

삶이란 본디 그런 것이었다. 적어도 그의 삶은 그랬다.

갑자기 냄새가 풍겼다. 썩을 대로 썩은 냄새였다. 입에서 구역질이 나왔다.

그때 육중한 뭔가가 벽을 긁는 소리가 나더니 괴물이 압력문 사이로 몸뚱이를 비집고 나오며 모습을 드러냈다.

놈은 밀실로 들어오면서 통로 측면을 벅벅 긁어댔다. 놈의 몸뚱이 여기저기서 한때 인간이었던 흔적이 보였다. 갈라지고 길게 늘어난 발이 키틴질로 뒤덮인 거대한 팔의 관절 부분에서 튀어나와 있었고, 턱에는 손가락 같은 촉수가 돋아나 꿈틀거렸다. 그리고 불끈거리는 아랫배 가운데에는 비명을 지르는 크랙스의 얼굴처럼 생긴 커다란 굳은살이 박여 있었다.

놈은 밀실로 몸을 마저 들이밀고 크게 울부짖었다.

'이런 세상에. 이건 환영이야. 이건 꿈이라고. 얼른 잠에서 깨야 돼.'

그는 눈을 질끈 감았다가 다시 떴다. 괴물은 그대로였다. 놈은 괴성을 지르며 앞으로 달려들었다.

〈끝〉

감사의 말

때마침 완벽한 집필 장소를 구해준 프랭크와 닉 머레이가 아니었더라면 이 책은 빛을 보지 못했을 것입니다. 그런 프랭크와 닉에게 고마운 마음을 전하며, 르 트레플 루주, 그리고 최고의 일인칭 SF/호러 게임의 소설 집필을 내게 맡긴 비셔럴 게임즈 및 EA 직원 일동에게도 감사드립니다.

마지막으로 정성을 다해 아낌없는 노고를 기울인 편집자 에릭 랍에게 박수를 보냅니다.